# 弔いのイヴ

アイリス・ジョハンセン
矢沢聖子 訳

SILENCING EVE
by Iris Johansen
Translation by Seiko Yazawa

Published by K.K. HarperCollins Japan, 2020

# 謝辞

わたしの娘タマラは、
つらいことがあっても人生は素晴らしいものだと
口癖のように言っています。
でも、周囲のみんなが素晴らしい人生を送れるのは、
彼女の強さや立ち直りの速さ、
どんなときでも喜びを見つけられる能力のおかげなのです。
タマラは彼女にしかできない方法で
わたしたちの人生を照らしてくれます。

## 謝辞

息子のロイは、
わたしとの共著以外でも常に支えとなり、
インスピレーションを与えてくれます。
ケンドラがひときわ優れた手腕を発揮したときは、
ロイがヒントをくれたと思っていただいて間違いありません。

# 弔いのイヴ

## おもな登場人物

イヴ・ダンカン——復顔彫刻家
ジョー・クイン——アトランタ市警の刑事
ジェーン・マグワイア——イヴの養女
セス・ケイレブ——謎の男
マーク・トレヴァー——ジェーンの元恋人
キャサリン・リング——CIA捜査官
ケンドラ・マイケルズ——音楽療法士
マーガレット・ダグラス——動物と話せる女性
リー・ザンダー——殺し屋
ハワード・スタング——ザンダーの秘書
ベナブル——CIA捜査官
ジム・ドーン——連続殺人犯の父親
ハリエット・ウェバー——ドーンの元妻

# 1

## アトランタ空港

死んだ。

イヴが死んだ。

その言葉が空港ターミナルに向かうキャサリン・リングの頭の中でこだましていた。何度自分に言い聞かせてもどうしても信じられない。あのイヴ・ダンカンが――息子を取り戻してくれた恩人で、大切な友人が亡くなったなんて。

「リング捜査官ですね」砂色の髪の若い男に声をかけられた。「ブラッド・リンデンです」CIAの身分証を見せる。「ベナブル捜査官から追悼式にご案内するように指示されました」

「だったら、車を回しておいて。バッグを取ってくるから」キャサリンは足を止めずにターンテーブルに向かった。「なぜベナブルが来なかったの？　文句を言ってやろうと手ぐすね引いていたのに」

「追悼式に参列しています。そろそろ始まる時刻ですよ。今から駆けつけてもおそらく間に合わないでしょう」

「遅れたのは誰も知らせてくれなかったからよ。まさかイヴがそんなことになったなんて――」相手の困惑した表情に気づいて言葉を切った。やり場のない怒りをこの若い捜査官に向けてもしかたがない。コロンビアで秘密工作に携わっていたとはいえ、イヴのためなら飛んで帰ってきた。ベナブルが教えてさえくれれば。なのに、亡くなったことも、数日前に誘拐され捜査が続いていたことも知らせてくれなかった。コロンビアからマイアミに戻ってパソコンを開き、『USAトゥデイ』の記事を見たときのショックといったら。「正面玄関に車をつけて、できるだけ早く連れていって」

キャリーバッグが出てくるのを待っている間、飛行機の中で暗記するほど読んだ新聞記事にもう一度目を通した。きっと出るはずのない答えを探しているのだろう。イヴが誘拐され殺害されるに至ったのはさほど特殊な事件ではなかった。誘拐犯がイヴを監禁していたコロラド州のゴーストタウンを爆破した。詳細は不明なのか、記事ではもっぱらイヴ・ダンカン個人に焦点を当てていた。生い立ちを紹介し、復顔彫刻家としての技量を、彼女の協力を得た法執行機関の幹部のコメントを引用しながら賞賛していた。たしかにイヴは復顔彫刻家として一流だった。でも、決してそれだけの人じゃなかった。キャサリンの胸に苦い思いが広がった。メディアが善良な市民にスポットライトを当てることなどそうそうない。

　イヴはアトランタのスラムで私生児として生まれ、自身も十七歳で私生児を産んでいる。娘のボニー誕生後に一念発起してハイスクールを卒業し、薬物依存症だった母親を立ち直らせた。だが、平穏な生活は長続きしなかった。七歳になったボニーが誘拐され殺害されたのである。それでも、イヴは屈しなかった。大学で復顔彫刻を専攻し、努力を重ねた結果、現在では世界屈指の復顔彫刻家とみなされている。イヴが制作した復顔像によって身元が確認されたおかげで、失踪した子供をようやく取り戻せた親がどれだけいることだろう。

　しかし、善意の行動が災厄を招くこともある。昔からよくそう言われるが、イヴはいつもそうやって事件に巻き込まれてきた。

　涙が込み上げてきた。キャサリンはノートパソコンを閉じてバッグに入れると、スマートフォンを取り出してジョー・クインにかけてみた。留守番電話になっている。今日イヴの追悼式があると知って駆けつけたマイアミ空港からかけたときもそうだった。連絡してほしいとメッセージを残したが、かかってこなかった。今は誰とも話す気になれないのだろう。無理もない。ジョーはイヴに全身全霊を捧げていた。イヴを救い出すために何もしなかったわたしに愛想を尽かしたのかもしれない。

　誤解よ、ジョー。知っていたら何をおいても駆けつけた。

またしてもベナブルに対する怒りが込み上げてきた。これでまともな釈明が聞けなかったら、首を締め上げてやりたい。わたしが捜査に加わっていたら、こんな悲しい結末にならずにすんだかもしれないと思うと、鼻の奥がつんとしてきた。

今は泣いてなんかいられない。泣くのはひとりになって、イヴの思い出に浸れるようになってからだ。

新聞記事によると、誘拐犯のドーンが町を爆破したとき、自分もろともイヴを吹っ飛ばしてしまったせいで遺体が発見されず、葬儀はできなかったそうだ。

犯人が生きていたらこの手で地獄に送ってやったのに。ベナブルはわたしからそのチャンスも奪った。

ぜったいに許せない。

キャサリンはターンテーブルを回ってきたキャリーバッグをつかむと、正面玄関に向かった。

いい女じゃないか。いらいらしながら待っているキャサリン・リングの前に車をつけながらブラッド・リンデンは内心でつぶやいた。肩までの黒髪とやや吊り上がった目がエキゾチックな魅力を醸し出している。ロシア人の血を引く韓国人女性とアメリカ人兵士との間にホーチミンで生まれ、香港でストリートチルドレンとして育ったという。捜査官仲間から噂は聞いていたが、会うのはこれが初めてだった。とびきり優秀な捜査官だが、指示に従わず自分のやり方を押し通す。それでも必ずミッションを達成するので黙認されているそうだ。十四歳のとき香港でベナブルに見いだされて捜査官になったと聞いているが、今はいくつになったのだろう？　二十代後半だろうか？

「忘れものはありませんか」助手席のドアを開きながら彼女に言った。「三十分でクインのコテージに着きます。さっきベナブルに電話したら、追悼式は終わったそうです」

「あら、ベナブルに電話が通じたの？」キャサリンは皮肉っぽい声を出した。「わたしは何度かけてもつながらなかったわ」

　ブラッドはあわてた。「あなたのことを気にしていましたよ」急いでパソコンを見せた。「犯人のドーンとゴーストタウン事件に関する報告書です。ごらんになりたいだろうとベナブルが言うので用意しておきました」

「どうせならイヴが吹っ飛ばされる前に見たかったわね」キャサリンはぼんやりとスクリーンを眺めた。「あなたは読んだでしょ。だいたいのところを教えて」

「イヴ・ダンカンは数日前に自宅から拉致されました。世界でも有数の復顔彫刻家であることから、当初は彼女に恨みを抱いた変質者、もしくは連続殺人犯の犯行ではないかと推測されたのですが」

「でも、ベナブルが捜査に介入したということは、そうじゃなかったわけね」キャサリンは語気を強めた。「イヴがCIAの捜査対象になるなんて」

「これには事情がありまして。実は、ジム・ドーンはCIAの保護を受けながらコロラド州ゴールドフォークで隠遁生活を送っていたのですが、警備の隙をついて逃亡したんです。ベナブルはドーンがイヴ・ダンカンを狙う可能性を考慮しましたが、その時点ではまだなんとも——」

「どうしてイヴが狙われるの?」

「報告書はその点に触れていません。ベナブルに訊いてもらうしか」

「そうする。要するに、ベナブルの判断ミスだったということでしょ」

「いえ、さっき言ったように、その時点ではドーンがイヴ・ダンカンを狙っていると判明していなかったので」

キャサリンはため息をついた。「質問を変えるわ。ジム・ドーンはなぜCIAの保護下にあったの? 海外で諜報活動をしていたの? それとも重要事件の参考人だった?」

「どちらでもありません。ドーンは五年前に殺害されたケヴィン・レリングの父親です。ケヴィンは陸軍特殊部隊に所属していたのですが、ひそかに祖国を裏切る活動に手を染めるようになった。具体的に言うと、アルカイダと結託してビンラディンの追跡を阻もうとしたんです。その一方で、赴任する先々で幼い少女のレイプ殺人を繰り返していた。マルセイユで殺害された当時五歳の女の子は、ターサー将軍のひとり娘でした。アルカイダ撲滅をはかる将軍への嫌がらせだったようです」

「なんて卑劣なことを！」

「事実を突き止めた将軍は、リー・ザンダーという殺し屋にケヴィン・レリングを始末させました。ザンダーはケヴィンの遺体を葬儀屋に託したんですが、父親のドーンが頭蓋骨だけをかろうじて火葬炉から回収したそうです」

「それでイヴを拉致したの？　息子の復顔像をつくらせるために」

「監禁中、復顔作業をさせていたようです」

「だったら、なぜ殺されたの？　イヴは冷静な人よ。犯人に逆らって命を危険にさらすようなまねをするはずがない」

「ベナブルに訊いてください。わたしが知っているのはドーンがコロラド州リオグランデ・フォレストに移ってからのことだけです。そこのゴーストタウンの酒場にドーンとイヴ・ダンカンがいるのを突き止めて、われわれのチームが――そして、クインとジェーン・マグワイアが近づいたとき、ドーンが酒場と町の半分を爆破して」ブラッドはキャサリンに目を向けた。「どうしました？　だいじょうぶですか？」

「だいじょうぶなわけないでしょ。どうして阻止できなかったの？　方法ならいくらでもあったはずよ。ベナブルは何をしてたの？」キャサリンは消え入りそうな声で続けた。

「わたしがいたら、そんなことはさせなかった」

「あなたは重要なミッションについているとベナブルが――」

「勝手に決めつけて」キャサリンは車窓の景色に目を向けた。「それで？　イヴがその酒場にいたのは確か？」

「ドーンがイヴを連れ込むのが目撃されているし、その直後に赤外線スコープで中に二人の人間がいるのを確認しています。爆発が起きたときもまだ中にいました」

「DNA採取は？」

「やっていますが、時間がかかりそうです。ほとんど何も残っていませんから。さっきも言いましたが、町の半分がなくなってしまうほどの衝撃で、おそらく遺体も――」

「それ以上聞きたくない。少なくとも今は」

噂に聞いていたほどリング捜査官は気の強い女性ではないらしい。いや、いくら気が強くてもひとりの人間であることに変わりはないということか。

「イヴ・ダンカンはなかなかの人物だったそうですね。惜しい人を亡くしたものだ。追悼式には上院議員や警察幹部が何人も列席していました」

「みんな、彼女の本当の価値はわかってないわ。知っているのは復顔彫刻家としてのイヴだけよ」キャサリンはしばらく無言で報告書を読んでいたが、やがて顔を上げた。「あとどれぐらい？」

「追悼式は故人が暮らしていたコテージの前の湖畔で行われたんです。イヴは家に帰りたいだろうからとジョー・クインが言って。きれいなところですよ」

キャサリンはまたしばらく黙っていた。「ええ、知ってる。初めてイヴに会ったのはあのコテージだった。息子の写真を持っていってエイジ・プログレッションをしてもらった」

そのことも噂に聞いていた。リング捜査官の息子はロシア人に誘拐された。リング捜査官は懸命に捜し続けたが、九年間杳（よう）として消息が知れなかった。イヴ・ダンカンが経年人相画（エイジ・プログレッション）の技術を駆使して、九年間のうちに成長した息子の顔を作成したおかげで、ようやく居所を突き止められたという。

「彼女は恩人だったんですね」

「あなたに何がわかるの？」キャサリンはブラッドを見つめた。

ブラッドは視線をそらすことができなかった。怖いもの知らずの敏腕捜査官とは違うキャサリン・リングの一面を見た気がする。悲しみに暮れる彼女を守りたい。ふとそんな思いが込み上げてきた。いやいや、それも噂に聞いている。こういう女の武器を使って相手の心をつかむのがリング捜査官の得意技なのだ。

「わたしにできることがあったら電話してください」口に出してから、言わなければよかったと後悔した。ベナブルに腹を立てている彼女の味方をしたら、ベナブルに何を言われるかわからない。「もちろん、ベナブルが万事うまく取り計らってくれるでしょうが」

車をクインが駐車場にしている木立のそばの一画に入れた。「着きましたよ。コテージの近くにつけたいんですが、参列者が多くて」車をおりると、反対側に回ってキャサリンのためにドアを開けた。「コテージから湖まで人で埋まっていますよ。いっしょに行きましょうか？」

「けっこうよ」キャサリンはまっすぐコテージに向かった。「面倒なことに関わりたくないだろうから」

ブラッドはキャサリンの姿が見えなくなるまで見送ってから、ようやく背を向けた。心の中にぽっかり穴が開いたような気分だ。花火に見とれていたら、いつのまにか暗い夜空を見上げていたような。

彼女がベナブルに食ってかかるところを見られるなら、少々面倒なことになってもかまわなかったのに。

コテージの裏手に回ると、ベナブルがいた。

ダークスーツ姿の彼はやけにかしこまって見える。ニューヨーク市警察の制服警官と話していたが、顔を上げてキャサリンと目を合わせた。

警戒した表情をしている。それでも、ワイングラスを持ち上げてうなずいてみせた。

キャサリンは深呼吸した。ここでベナブルに突っかかったら、一悶着（ひともんちゃく）起こるのは間違いない。イヴの追悼式でそんなまねはしたくなかった。今は我慢しよう。そっけなく会釈を返しただけで、ジョー・クインを捜すことにした。

　ジョーは、下院議員らしい長身の白髪の男と話していた。青ざめた厳しい顔をしているが、追悼式の主催者としての役目を果たしている。キャサリンは二人に近づいていった。

　キャサリンに気づくと、ジョーは会話を切り上げて足早に向かってきた。「来てくれたんだね」

「遅くなってごめんなさい。知らなかったの。ほんとよ。知ってたら駆けつけたのに。何度も電話したんだけど」

「出られなかったんだ」ジョーはキャサリンの腕を取って人気のない場所に導いた。「四六時中誰かがそばにいて」コテージのそばの芝生に出ると、周囲に誰もいないか確かめた。「くわしいことは話せないが、きみには知っておいてもらいたいことがある」

「何を？　今日、マイアミに着いて初めて――」

「実は、きみが思っているような事態にはなっていないんだ」ジョーはキャサリンの肩をつかむと、声を潜めた。「コテージでケンドラ・マイケルズから事情を聞いてほしい。きみが来ることは伝えてある。ぼくは手が離せないから」

「どういうことなの、ジョー？」

「きみの喪服姿はすてきだが、喪に服する必要はないということだ」そう言うと背を向けた。「またあとで。とにかく、ケンドラから聞いてほしい」

キャサリンは唖然(あぜん)として後ろ姿を見つめた。一瞬、息が止まりそうになった。喪に服する必要はないということは……。目を閉じて祈るような気持ちになった。すべてがとんでもない勘違いでありますように。

イヴがまだ生きていてくれますように。


キャサリンはコテージに入ってドアを閉めた。「ケンドラ・マイケルズはいる？」

窓際に立って湖畔を眺めていた女性が振り向いた。「わたしだけど。あなたは？」

「キャサリン・リングよ」近づいて身分証を見せた。「ジョーにあなたから事情を聞いてほしいと言われた。真相を説明するのがあなたの役目らしいわね」

ケンドラはうなずいた。「ジョーから電話があったわ。一応、本人確認したかっただけ。報道関係者も集まっているから、万が一の場合を警戒したの。今さらだけど、イヴは有名人だったのね。目立ちたがる人じゃなかったのに、誰からも能力を認められていた」

「そのとおりよ」キャサリンは口元を引き締めた。「でも、それは過去の話じゃないでしょ。さっきのジョーの感じでは、イヴが生きている可能性が高そうな気がした。お願いだから、否定しないで」

「わたしの言い方が悪かったみたいね。このところ悲嘆に暮れた友人を演じ続けていたせいかしら。ジョーは決して希望的観測を口にしたわけじゃないの。イヴが生きているのはまず間違いないわ」

キャサリンは安堵（あんど）のあまりしばらく声が出なかった。「よかった！　やっぱりそうだったのね」

「断定はできないけれど、わたしの経験から判断して、イヴはゴーストタウンの爆破から生き延びたと確信している」

「その根拠を教えてもらえるかしら？」

「言っても信じてもらえないでしょうね」ケンドラは小首を傾（かし）げた。「あなたは頭で納得できないことは受け入れない人だから」

キャサリンはケンドラを見つめた。「イヴかジョーからわたしのことを聞いたの？」

「そんな気がしただけよ。あなたはわたしのことを聞いてる？」

「イヴから聞いたことがあるわ。生まれつき目が不自由だったけど、数年前に手術で視力を回復したって」

ケンドラはうなずいた。

「目が見えなかったときに研ぎ澄ました感覚を捜査に活（い）かしているそうね」

ケンドラは肩をすくめた。「本職は音楽療法士よ。頼まれて捜査に協力することはあるけど」

「でも、イヴの捜査には進んで協力しているんでしょう?」

「当然よ、友達だもの。イヴが拉致されたと聞いて、何もかも投げ打って駆けつけた」ケンドラは値踏みするようにキャサリンを見つめた。「ジョーの話ではイヴと親しいそうだけど、あなたのことをイヴから聞いたことがないわ」

「それはわたしたちが、なんというか――あまり大っぴらにできない関係だから」

「どういうこと? そうか、あなたがCIA捜査官だからね」

キャサリンはぎくりとした。「どうしてわかったの?」

「肯定も否定もしなくていい。ベナブルと話しているところを窓から見たの。ベナブルがやけに身構えているし、あなたはあなたで怒りを押し殺していた。だから、以前からの知り合いとわかった。彼の下で働いているの?」

キャサリンは目をそらせた。

「嫌だったら答えなくていいわ」ケンドラはかすかな笑みを浮かべた。「ちなみに、その黒いジャケットを着るときはたいていショルダーホルスターをつけてるでしょ。今日は例外として」

キャサリンはうなずいた。「追悼式だから」そう言うと、ジャケットの左脇を見おろした。「そんなに目立つかしら?」

「だいじょうぶ。ちょっと膨れているけど、普通の人にはわからないわ」

「あなたにはわかるの？」

「ええ」

「だったら、北朝鮮の暗殺者にもわかるかもしれない。ショルダーホルスターを買い換えたほうがよさそうね」

「でも、あなたの武器はそれだけじゃないでしょ。わたしは言葉に敏感なのに、あなたの訛りは特定しづらかった。子音を短く発音して、母音にあまりアクセントをつけないわね。CIAの訓練の賜物？」

「かもしれない」

「たいしたものよ。あなたがどこの生まれか見当がつかない」

「それを聞いて安心した。こういう仕事をしていると敵も少なくないから、極力プライベートなことは知られたくない」

「その目標は達成したようね」

キャサリンはケンドラを見つめた。「秘密主義者なのはあなたも同じ。でも、イヴが生きているというあなたの判断を信じるわ」

ケンドラはほほ笑んだ。「こう言ったほうが話が早いと思って。わたしを信用してほしいとは言わない。できるだけ先入観を捨ててくれればそれでいい」

キャサリンは一歩近づいた。「ゴーストタウンで何があったか話してくれる？」

「どこまで知ってるの？」

「新聞記事とＣＩＡの報告書は読んだけど。でも、さっきジョーからイヴがまだ生きているとほのめかされて、まだ夢を見てるような……」

「イヴは生きているわ」

「教えて」キャサリンは迫った。「わたしは友達の多いほうじゃないから、数少ない友達のイヴを失うなんて考えただけで頭がどうかしそう」

「わたしが知っていることは全部話すわ。ゴーストタウンの酒場が爆破されたとき、中に二人の人間がいたことが赤外線スコープで確認されたの」

「だとしたら、疑いの余地はないわね。町全体を揺るがすほどの大爆発だったというから、生存者がいる可能性はゼロ」

「そういうこと。回収できたのは骨格の断片と焦げた肉の一部だけだった」

「それなら、いったい――」

「酒場にいた二人は爆破前に死んでいた可能性がある。しかも、イヴとドーンではなかった」

キャサリンは絶句した。それが事実なら、どんなにいいだろう。「それは確か？」

「ええ、ＤＮＡ鑑定の結果はまだ出てないけど。二つの遺体は赤外線スコープが体温を感知できるように、熱を反射する素材でできた寝袋に入れられていたんだと思う。実際、鎮火してから鑑識チームと現場に入ったとき、そういう素材の切れ端を見つけているし」

「でも、イヴとドーンが爆破直前に酒場にいたのを目撃した人間が複数いるわけでしょ。見つからずに逃げ出すなんて不可能じゃないかしら」

「ドーンはあの一帯の地形を熟知していたみたい。あのゴーストタウンは、すり鉢状の渓谷の底にあって、地元ではパンチボウルと呼ばれているの。最近、大雨続きだったから、通りはぬかるんでいた。でも、不思議なことに氾濫していない」

「そのどこが不思議なの？」

「周囲の渓谷から雨水が集まってきて、その水が捌けるところがなかったら、当然、氾濫する。ただし……水を溜めておける場所があれば話は別」

キャサリンは少し考えた。「洞窟とか？」

「そのとおり。酒場の裏手に細い溝があった。雨水はそこから地下の洞窟に流れていたわけ。そこから川になって山間部を流れているの。そんなこととは知らないまま、わたしたちは消火のために川の水を使っていた」

キャサリンの胸はどきどきしてきた。「ドーンは酒場の裏口からイヴを連れ出して、その洞窟に向かったということ？」

「洞窟があるのは地下六メートルほどのところだけど、水量がかなりあるから、その流れに乗って比較的簡単にたどり着けたと思う。溝自体は細いから、あらかじめ土をかぶせておけば隠せたはずよ。爆破のあとは瓦礫で覆われていたから、なかなか見つけられなかった。みごとに行方をくらましたものね」

「酒場にあったのは誰の遺体？」

「まだわからない。確認できる材料がほとんど残っていないから。ただ、道がぬかるんでいたせいで酒場の前で興味深い足跡を見つけたわ。ドーンの相棒のテレンス・ブリックがオフロード車でやってきて、酒場に何か重いものを運び込んだことがわかった」

「足跡でそこまでわかるの？」

「偶然、その少し前にブリックが警察官を撃ち殺した現場に居合わせて足跡を調べたから。ブリックはそのときと別のブーツを履いていたけど、あの歩き方は間違いない。右と左の足跡がほとんど一直線になるような独特の歩き方をするのよ。それに、車の後ろに残っていた足跡はそれまでよりかなり深かった」

「何か重いものというのは遺体だったわけね。でも、遺体は二つあったんでしょ」

「たぶん、もう一体はブリックだと思う」

キャサリンはゆっくりうなずいた。「ドーンが相棒を殺したということ？」

「ブリックの足跡は店まで続いているけど、店から出た形跡はなかった。でも、車は残っていなかった。おそらく、ブリックに運び込ませたのは女性の遺体で、男性の遺体が必要だったんでしょうね。それで、ドーンはブリックを殺した。そのあとイヴと酒場の前にいるところを目撃させてから、急いでイヴを連れて店に入ると、歩かせるか引きずるかして、ベナブルの部下が赤外線スコープを設置する前に洞窟に逃げ込んだんだと思う。そして、用意しておいたゴムボートで川をくだって、ブリックの車をとめていた場所まで行った。川岸にタイヤの跡があったわ。タイヤはスーパースワンプTSL、ということは、ブリックが乗ってきたオフロード車と同じ。こういう状況を総合すると、ドーンは大火事の最中に逃げ出したとしか考えられない」ケンドラは苦い笑みを浮かべた。「どさくさにまぎれてね」

「それに気づいたのはいつ？」

「爆破の数時間後。だから、イヴが生きている可能性に気づいた時点で、ドーンはかなり遠くに逃亡していた。それでも、マーガレットが教えてくれなかったら、もっと時間がかかったかもしれない」ケンドラはイヴの作業台に寄りかかった。「今思えば、気づくべきだったのに。でも、イヴが酒場に引きずり込まれるのを見た直後に爆発が起こったから、あまりのショックに茫然(ぼうぜん)として」

「無理ないわ」

「冷静に考えたら、もっと早く行動を起こせたのに」

「そう考えられるだけでもたいしたものよ。イヴがあなたを買っていた理由がよくわかる」

「でも、なんの役にも立てなかった」

キャサリンは窓の外に目を向けて追悼式の出席者を眺めた。「なぜ追悼式なんか？ イヴは生きていると公表してもよかったんじゃない？」

「ドーンを油断させるのが狙いよ。今もベナブルは捜査官を投入してドーンとイヴを捜させている。現場からDNAを採取して結果が出るまでには数週間かかるから、その間に計画を進められるとドーンは踏んでいたはずよ」ケンドラは口元を引き締めた。「ベナブルに聞いたところでは、ドーンは自らの計画に自信を持っているらしいから、イヴも自分も死んだものとして諦めさせてしまえば次の行動をとりやすいと思ったんでしょうね」

「次の行動？」

「次のターゲットはリー・ザンダー、ドーンの息子のケヴィンを殺した男よ。でも、ザンダーは世界でも有名な暗殺者だから、そう簡単にはいかないはず」

「イヴには関係のないことでしょ。そもそも復顔作業のために拉致されたんだから」

「最初はそう思っていたけど、ドーンの狙いは違っていた。ドーンは、イヴがザンダーの娘だと信じているらしいの。息子を殺された腹いせにザンダーの目の前でイヴを殺す気でいる」

キャサリンはぎょっとした。「ザンダーがイヴの父親？」

「事実かどうか確認はしていないけど、少なくともベナブルはその話を信じている。ドーンがそう思い込んでいる以上、どっちにしても同じことよ」

「信じられないことばっかりで」キャサリンはいらだちに首を振った。「でも、もっと深い事情がありそうな気がする」

「わたしも。そのあたりはベナブルに訊いて。答えてくれるかどうかわからないけど」

「それはどういう意味？」

「ベナブルの判断が気になるの。ゴーストタウンに攻撃チームを送り込んだのは、イヴを犠牲にしてでもドーンを捕まえたかったからだろうと思っていたけど」ケンドラは一呼吸おいた。「今になって思うと、ほかに思うところがあったのかも」

「イヴを救う気はなかったということ？」

「そうは言わないけど、彼には別の計画があって、イヴは最重要事項ではなかったんじゃないかしら」ケンドラはキャサリンと目を合わせた。「そもそも、イヴが誘拐されたとあなたに知らせなかったのがおかしくない？　あなたとイヴとは友達だし、ベナブルは誰よりもあなたの能力を買っているはずなのに」

「わたしも彼に同じことを言った」

「納得する答えが得られた？」

「はぐらかされただけ」

「つまり、あなたは彼を信用できなくなったということね。ちなみに、わたしも信用してないみたいだけど」

キャサリンは苦笑した。「あなたは信用していいという気になってきたわ」そう言うと、表情を引き締めた。「わたしなりに整理してみようと思っているけど、あなたの言うことを頭から否定する気はない。それで、イヴが生きていると知っている人はどれだけいるの？」

「ジョー、ジェーン・マグワイア、マーガレット・ダグラス、それに当初からイヴの捜索に加わっている人たち」

「イヴの母親のサンドラは？」

「知らせてない。ジョーがサンドラには危なっかしいところがあると言うから」ケンドラは眉をひそめた。「ジョーなりにサンドラに気を遣ったんでしょうね。はっきり言って、自分勝手な人よ。追悼式にも来なかった。その気力すらないという理由からだけど、そう言いながら、テレビに出たりマスコミのインタビューに応じたりしているのよ。親子の関係は他人にはかりしれないものだけど」

キャサリンはそれよりもケンドラが挙げた名前が気になった。「マーガレット・ダグラスって？　そういえば、さっきもその名前が出たけど、途中でやめたでしょう。どうして？」

「マーガレットのことは……なんというか、一言で説明できないから」

「話題にしたくないわけ？」キャサリンはケンドラの顔を見つめながら、何を聞いたか思い出そうとした。さっきは真相を知りたいと願うあまり、細かい点は聞き漏らしていた。

「たしか、イヴがドーンに連れ去られたとわかったのは彼女のおかげだと言ってたけど」

「推理するのにもっと時間がかかったというだけよ」ケンドラは窓の外に目を向けた。

「マーガレットに直接会うのがいちばんいいわ。わたしに言えることがあるとしたら、まだ若いけど、ちゃんとした人間だということぐらい。理解できないようなことを口走るかもしれないけど、信頼できる人間よ」

「とにかく、自分で確かめてみないと」キャサリンはケンドラの視線を追って、窓から見える参列者を眺めた。「どの人？」

「ジェーン・マグワイアの隣にいるのがマーガレット。いつも過保護なくらいジェーンのそばを離れないの」

「過保護って、ジェーン・マグワイアに？」

　キャサリンはジェーンに会ったことがある。自立心旺盛な女性で、誰かに守ってもらう必要があるとは思えない。それに、ケンドラの話では、マーガレットはまだ若いというではないか。キャサリンはジェーンのそばに立っているマーガレットを眺めた。

　きれいに日焼けした金髪の娘だ。シンプルな黒いドレスをまとった体はほっそりしていて、せいぜい二十歳くらいにしか見えない。追悼式にふさわしい深刻な表情をしていても、あふれんばかりのエネルギーは隠しきれなかった。

「なぜジェーンのそばを離れないの？」

「命の恩人だから。ドーンの相棒のブリックがマーガレットを狙ったとき、ジェーンが身代わりになって撃たれたの。イヴが誘拐される前のことだけど。それで、マーガレットは恩返ししようとしてる」

「そういう事情があったのね。マーガレット・ダグラスと話してみるわ」キャサリンはドアに向かった。「紹介してくれる？」

「悪いけど、ひとりで行ってくれない？　考えたいことがあるの」

「考えたいことって？」

「状況が変わってきたから、決断を下さないと」ケンドラは深刻な顔で答えた。

「いろいろ教えてくれてありがとう」キャサリンはドアを開けた。「イヴを救い出す可能性があるとわかってどんなにうれしいか」

「遅きに失した感があるけど。振り出しに戻ってしまったみたいね」

「必ずしもそうとはかぎらないんじゃない？　こちらからドーンに罠を仕掛けられるかもしれない」

「それはどうかしら？　罠をかいくぐってきた男だから」ケンドラは一呼吸おいた。「幸運を祈ってるわ、キャサリン」

これきり会わないような言い方だ。ポーチの階段を駆けおりながら、キャサリンはなんとなく不吉な予感がした。

状況を見極めたら、進むべき方向はおのずから決まる。ベナブルはゴーストタウンでイヴの安全を最優先しなかったとケンドラが言っていたが、たぶんそのとおりなのだろう。ベナブルとは長いつき合いだから、誰よりも彼のことはわかっているつもりだ。腹の底を見せない男だが、優秀な捜査官だ。任務にきわめて忠実だから、苦渋の決断を迫られたら、イヴを二の次にしても不思議はない。

ベナブルには慎重な態度で接しなくては。むやみに信用したり、動揺させたりしてはいけない。

キャサリンは参列者をかきわけてジェーンとマーガレットに近づいた。だが、それより先にマーガレットがジェーンに何かささやくと、こちらに向かってきた。キャサリンは反射的に足を止めた。笑顔で近づいてくる姿は優雅で生気にあふれている。美人と呼んでいいのか、それとも内面から滲み出す輝きで相手を魅了するタイプなのだろうか。

「キャサリン・リングね？」そう言うと、手を差し出した。「マーガレットよ。わたしに話があるんでしょ」

「どうしてそれを？」

「ケンドラに会うためにコテージに入るのを見て、ジェーンにあなたが誰か訊いたの」かすかな笑みを浮かべた。「来てくれてうれしいわ。ジェーンの話では、とても頼りになる人だというし、イヴのおかげで息子さんを見つけたんですってね。それって大きなモチベーションになる」マーガレットはちらりと周囲を見回した。「森を散歩しながら話さない？ ここは人目がありすぎて」

キャサリンは並んで歩き出した。「ケンドラと話したあとであなたを捜すと思ったのはなぜ？ あなたしか知らないことがあるの？」

「というか、ケンドラは自分では話しにくいのよ」マーガレットは笑った。「わたしのことが好きだし、あなたにショックを与えるようなことは言いたくないから。わたしって、一言で説明できない人間なの」

「ケンドラも同じことを言ってたわ」静かな森に入ると、キャサリンは足を止めてマーガレットと向き合った。「ショックを受けるのはかまわないけど、嘘はつかれたくない。あなたは信頼できるとケンドラは言っていたけど」

「ケンドラがそう言ったの？ うれしいわ、あのケンドラに認められたなんて」マーガレットは手を伸ばしてハイヒールを脱いだ。「ああ、すっきりした。いつもサンダルかスニーカーばかりだから」裸足（はだし）で地面を踏みしめる。「今日はまともな格好をしなくちゃいけないと思って我慢してたの。ショッピングモールの安売り店で買ってきたけど、こんな窮屈な――」はっとしたように言葉を切った。「そんな話、どうだっていいわね。それよりイヴが心配でたまらないんでしょう。わたしに何が訊きたいの？」

「知っていることを全部教えて」キャサリンは言った。「あなたの言うとおりよ。イヴが心配でたまらない。イヴを救い出すためならなんでもするわ。ケンドラの話では、イヴが生きている可能性を指摘したのはあなただそうね」

「単なる可能性じゃない。事実よ。ゴーストタウンが爆破された夜、ジェーンとケンドラに教えたのに、二人とも納得してくれなかった。信じたい気はあっても、証拠もないのにぬか喜びに終わるんじゃないかと警戒したんでしょうね」マーガレットはぱっと明るい顔になった。「それで、ケンドラに推理力を発揮して証拠を探してもらったの。そのことはケンドラから聞いたでしょう？」

「ええ。でも、なぜイヴが生きているとわかったの？」

マーガレットはため息をついた。「やっぱりその話になるのね」そう言うと、顔をしかめた。「あの山にはオオカミの群れが住んでいるんだけど、オオカミは比較的扱いやすいの。犬ほどじゃなくてもね」

「何が言いたいのかわからない」キャサリンは眉をひそめた。「オオカミのことが訊きたいわけじゃないわ」

「イヴが生きているとわかった理由が知りたいんでしょ。だから、説明してるの。オオカミたちはドーンに関心を持った」マーガレットは小首を傾げた。「どうしてだかわからないけど。とにかく、群れはドーンの後を――ということはイヴの後もつけるようになって、餌食にするためかと訊いたら、そうじゃなかった。ドーンはあの山にいてはいけないって」

「いてはいけない？」

「生かしておくわけにいかないという意味」

キャサリンはいらいらしてきた。「オオカミはどうでもいいから、わたしの訊いたことに答えて」

「だから、これが答えよ。オオカミたちがドーンを嫌ったのは、自然の摂理と関係があるらしいの。死や沈黙や、赤毛の女の子のイメージも伝わってきたわ」

「いいかげんにして」

「あなたが知りたいというから話してるのよ」

「こんな作り話が知りたいわけじゃない」

「ゴーストタウンで火災が起きた夜、周辺をうろついていた群れの一頭を見つけたの。遠吠えを聞いて、もしかしたらと思って行ってみたら」マーガレットは笑みを浮かべた。

「大当たりだった。金の卵を見つけた。ケラクは金の卵だったの」

「ケラク？」

「その雄オオカミの名前。人間の言葉にすると、こう発音するしかないわ」

「オオカミに名前があるの？」

「ええ。動物がみんなそうやって仲間を識別しているわけじゃないけど、オオカミは知能が高いから」マーガレットはふっと息をついた。「急いで話すわ。あなたが我慢の限界にきて病院に連絡しないうちに。わたしは動物と交信できるの。子供の頃からずっと。といっても、ドリトル先生みたいに動物の言葉がわかるわけじゃない。漠然とした印象が伝わってきたり、記憶を引き出したりできるだけ。けっこう役に立つこともあるのよ。カリブ海のサマーアイランドにある実験施設で働いていたときに今回の事件に関わるようになったんだけど、施設では重宝がられていたわ」かすかに顔をしかめる。「薄気味悪がる人たちもいたけど、役に立つから、だんだん慣れてくれたというところかな。獣医さんからも信頼されていたと言ったら、あなたがわたしを見る目も変わるかしら？」

「人の意見は鵜呑みにしないことにしてる」

「だったら、自分で判断して」

キャサリンはマーガレットと目を合わせた。マーガレットは視線をそらそうとせず、あっけらかんとした表情で見つめ返した。

嘘ではないとキャサリンは確信した。マーガレット・ダグラスがどんな人間かはともかくとして、嘘つきではないのは確かだ。

キャサリンは肩をすくめた。「ケンドラはあなたがちゃんとした人間だと保証していた。

それだけ聞けば、まあ充分よ。これまでいろんな人に出くわしてきたわ。ブードゥー教信者とか、蛇使いとか……幽霊を見たこともある。わたしは香港の裏町で育って、世界中を旅してきたから、この世界には理屈だけで説明できないものもあると知っている。そのオオカミのことを話して。それがイヴを見つける役に立つというのなら」

「ほんと？」マーガレットは顔を輝かせた。「こんなに物分かりのいい人だなんて思ってなかった。ジョーは半信半疑だったけど、わたしにチャンスをくれたわ。でも、ケンドラは手ごわかった。白黒つかないものは受け入れない人なのに、わたしは常にグレーゾーンにいるわけだから」

「さっきの話を続けてくれる？」

「ああ、ケラクのことね。最初はなかなか心を開いてくれなかった。でも、そのうち信じてもらえると、いろんなものが見えてきたの」マーガレットは一呼吸おいた。「川が見えた。ドーンとイヴがゴムボートで川をくだって、ゴーストタウンから何キロも離れたところで上陸するのをケラクが見たの。イヴはぜんぜん動かなかったというから、気を失っていたんでしょうね。ドーンはゴムボートをたたんで車にのせて立ち去ったそうよ」

「どこへ行ったの？」

「森を抜けて南に向かった。森を抜けたところで匂いが消えてしまったから、山に戻ってきたと言ってたわ」

「それだけ?」

マーガレットは笑い出した。「オオカミたちはやれることはやってくれたわ。ケラクから話を聞いたあと、なんとかケンドラを納得させてドーンが車をとめていた場所に案内したの。タイヤの跡が見つかってからはケンドラがせっせと情報収集してくれて。イヴが生きているという確証をつかんでからジョーとジェーンに知らせた。そのあとのことは二人が決めたの」

「この追悼式のこと?」

「そう、ドーンを油断させるために」マーガレットはうなずいた。「賭けみたいなものだけど、死んだと思われているとドーンに知らせるのが狙い。今の状況では、利用できるものはなんでも利用するつもり」真剣な表情で続けた。「ぜったいにイヴを見つけなくちゃ。イヴを失ったと信じていた数時間、ジェーンの落胆ぶりは見ていられないほどだった。ジョーもそう。今日、追悼式に集まってくれた人を見て、イヴはこんなにたくさんの人に必要とされていたって改めてわかったの。初めて聞く話もたくさんあったわ。命の重さはみんな同じだけど、イヴは特別な存在なのよ」

「言いたいことはわかるわ」キャサリンはうなずいた。「もちろん、必ず見つけてみせる。まだ何かある?」

マーガレットは首を振った。「知っていることは全部話したわ」

「じゃあ、戻りましょうか。さあ、靴を履いて。ジョーに訊いてみたいことがある」

「ジョーはこんな形の追悼式にしたくなかったの。でも、ドーンに確実に伝えるにはメディア関係者を呼ばないわけにいかないから。イヴはこんな派手な追悼式を嫌がるだろうって、ジョーは最後まで抵抗してたわ」

「本当に死んでいたら、嫌がるも何もないけど」

「そうね」

「でも、たぶん静かにこの世から消えて記憶の中で生き続けたいと思うでしょうね。それはわたしも同じ」

湖畔に戻ると、ジョーは相変わらず大勢の参列者に囲まれていた。この調子では、しばらく待つしかなさそうだ。

「そういえば」キャサリンは急に思いついた。「ザンダーは？　リー・ザンダーは来ていないの？　彼にも話が聞きたい。今回の事件の鍵を握っているのは彼のような気がする」

「来てないわ。火災の直後にゴーストタウンから姿を消した。期待しないほうがいいわ。ザンダーはイヴが生きていようと死んでいようと気にしてないんじゃないかしら。ドーンが生きていると知ったら、なんらかの行動に出るかもしれないけど」

「ザンダーがどう思っていようとかまわない。訊きたいことがあるだけ」

「人にはそれぞれやり方があるものね」そう言うと、マーガレットはジェーンのそばに戻っていった。

キャサリンはその場にとどまってジョーの体が空くのを待つことにした。ジョーがいらだっているのが遠目にもわかる。テレビ局のカメラマンが湖畔を歩き回って、参列した著名人たちを撮影している。スタンドマイクこそ並んでいないが、ハンドマイクを持ったレポーターが二人いた。

とっさにキャサリンは人目につかないところに移動しようかと思ったが、考え直した。ジョーが嫌な思いをしながら報道陣の関心を引いているのは、世間に公表することがイヴの救出につながると信じているからだ。

しっかり見届けるのよ、ドーン。キャサリンは心の中で呼びかけた。

## 2

**ワイオミング州キャスパー**
**スターライト・モーテル**

「見たらいいじゃないか」ドーンはイヴに呼びかけた。「スターにしてやったんだから」テレビの音量を絞る。「これを見るかぎりじゃ、あんたはもともとスターだったらしいが。まあ、死んだ被害者を悪く言うやつはいないからな」

「消して」イヴは修復中のケヴィンの復顔像を見つめた。洞窟を出て川を渡っている間にまた少し崩れてしまった。「作業に集中できない」

「嘘だろ」ドーンは椅子の背もたれに寄りかかった。「あんたは天才だそうじゃないか。みんなが申し合わせたように褒めちぎっている。数えただけで、警察署長が四人もいた」

「真に受けることないわ。わたしの仕事を評価してるだけで、わたしを褒めているわけじゃない」イヴは復顔像に視線を向けたまま言った。

動揺させるのが狙いならドーンは目的を達したわけだが、それは知られたくなかった。

負けたことになるし、このところずっとドーンの思いどおりになっているのだから。

「復顔像を完成させたいんじゃなかったの？　今度はわたしのせいじゃないわ。あれだけ水に浸かったらだめになるのはわかっていたはずよ」わざと意地の悪い笑みを浮かべた。

「ケヴィンはどう思ったかしらね」

ドーンは真顔になった。「あの子はわかってくれるさ。追いつめられて急いで脱出するはめになったのはあんたのせいだ」そう言うと、満足気に続けた。「だが、そうなった場合も見越して準備しておいた。だから、うまくいったんだ。計画を立てるのは得意でね。ケヴィンといっしょに動いていた頃も計画を練るのはわたしだった。あの子もわたしの能力を認めてくれていたよ」

「息子のために幼い女の子をかどわかしてきては褒めてもらっていたんでしょうね」そうして多くの少女がケヴィンにレイプされ殺害された。結局のところ、父と息子のどちらがいっそう罪深いのだろう？「父親なら止められたはずよ。たくさんの命を救うことができたのに。それなら少しは誇りを持てたでしょうに」

「あんたはわかってない。何度も言ったじゃないか。ケヴィンは特別な人間だったんだ。もう少し生きていたら、世界を支配した人間だ。どこにでもいるような女の子なんかどうだっていい」ドーンは肩をすくめた。「偉大な人間はエネルギーを発散する必要がある。ケヴィンはその対象にあの子たちを選んだ」

吐き気が込み上げてきた。ドーンが息子を正当化するのはこれが初めてではないが、何度聞いても胸が悪くなる。「今ごろ地獄でその報いを受けているわ。あなたがそうなる日も遠くない」

「地獄になんかいるもんか。あんたにもわかっているだろう。あの子はすぐそばで待っている。死んで終わりじゃないんだ」ドーンの目に異様な輝きが宿った。「だが、ボニーに近づけて喜んでいるだろう。かわいい女の子が好きだからな。二人はいっしょにいる。あと少しでものにできるはずだ」

「やっぱり頭が変よ」イヴは恐怖を押し殺そうとした。話を聞いていると、ドーンの狂気に取り込まれそうな気がしてくる。実際、復顔作業をしている間、ケヴィンの魂がドーンに乗り移って、失った生命を取り戻そうとしているのではないかと思ったことが何度もあった。ドーンばかりか、ケヴィンはボニーにも魔手を伸ばそうとしているのだろうか。

「死後の世界のことはわからないけど、ボニーがケヴィンといっしょにいるはずがないわ。あの子は闇を照らす光だもの」

「だから、ケヴィンはその光に引かれて――」

「やめて！」

思わず叫んでいた。これまではドーンの挑発をやり過ごすことができたのに、ずっとケヴィンの復顔像と向き合っていて神経がまいってしまったのだろう。ゴーストタウンを脱出してこのモーテルにたどり着いて以来、一度も外に出ていなかった。移動中は麻酔注射で眠らされ、意識が戻るとすぐ、ここに連れ込まれた。ツインベッドにバスルームひとつの狭い部屋で、丸テーブルを作業台がわりにしているが、ドーンがずっとそばで目を光らせているから息が詰まりそうだ。たまに部屋を出るときは手錠をはめられるし、ことあるごとに神経を逆なでするようなことを言われる。たいていのことには我慢できるが、ボニーを話題にされると平静ではいられなかった。

イヴは背を向けて、バスルームに向かった。「もうたくさん」

「中断していいとは言っていないぞ」

「顔を洗ってくるわ。何時間も働きっぱなしで目がしょぼしょぼしてきた。大切なケヴィンの顔を台なしにされたくないでしょう」

バスルームに入ると、閉めたドアに寄りかかった。

目がかすむのは事実だったから、目を閉じてしばらく休ませることにした。ドーンに弱みを見せたのはうかつだった。ボニーがわたしの泣き所だと気づいたにちがいない。当時七歳だったボニーが誘拐され殺害されたのはもう何年も前のことだ。

でも、ボニーとの絆が切れたわけではない。遺体が発見されたのは最近のことだが、失踪して一年ほど経ったとき、ボニーが来てくれた。最初は夢に現れたのだと思っていたが、何度かそういうことが続くうち、会いに来てくれるのだと信じるようになった。あの世でボニーと再会することだけを願っていたわたしは、生きる気力を取り戻した。

どこにいるの、ボニー。姿を見せてちょうだい。

きっと戻ってこられないのだろう。ドーンに拉致されてからボニーが来てくれたのは一度だけだ。コロラド州の鋳造所に監禁されていたとき、ガスを吸い込んで昏睡状態になったわたしの前に姿を見せてくれた。あのとき、ママがこんな状態じゃなかったら、ケヴィンに邪魔されて来ることができなかったと言っていた。

邪悪なケヴィンでも、ボニーのように生と死の境界を越えることができるのだろうか？永遠の命を授かるのは善人だけのはずなのに。

「愚痴をこぼしてるんじゃないのよ」イヴはボニーに呼びかけた。「あなたががんばってくれているのはよくわかってる。でも、一目だけでも会いたいの。あなたを見たら、ドーンが嘘をついているのがはっきりするから」

イヴは背筋を伸ばして目を開けた。狭いバスルームのどこにもバッグス・バニーのTシャツを着た女の子はいなかった。

さあ、めそめそしていないで戻らなくては。イヴは洗面台の前に立って水を出そうとした。

テレビの音が急に小さくなった。イヴは反射的に聞き耳を立てた。また電話しているのかもしれない。わたしがバスルームに入っている隙にドーンが電話をかけていたことが、これまでに二度あった。最初はカートランドという名前しか聞き取れなかった。二度めも同じ相手のようで、最初よりははっきり聞き取れた。シアトル、パキスタンの工作員、そんな言葉が切れ切れに聞こえてきた。

どういうことだろう？　カートランドという人物は、ドーンの緻密な計画とやらにどんな関係があるのだろう？　ドーンはやけに慎重でモーテルの部屋から出ようとしない。本当なら電話は外でかけたいだろうに。

でも、もうどうだっていい。ドーンがどんな計画を立てようと、誰と電話しようと、わたしにはどうすることもできない。ドーンと渡り合うのに疲れてしまった。

イヴは洗面台の鏡を眺めた。やつれ果てた別人のような顔が見つめていた。痩せて目がくぼみ、口元を固く結んでいる。全世界を敵に回す覚悟を決めたみたいな陰鬱な顔。ドーンにとらわれてからこれほどまで変わってしまったのか。優しさや人間味がそぎ落とされて、頑(かたく)なな芯だけが残った。このままではわたしらしさを失うのは時間の問題だ。

諦めてはだめ。最後まで闘わなくては。ドーンが誰かに電話したのは、ひとりではできないことが発生したからだろう。計画どおり進んでいないにちがいない。それなら、ドーンの弱点を見つければなんとかなるかもしれない。

ドアに近寄って耳を澄ませた。ドーンはまだ電話していた。

「言い分はもっともだ、カートランド。必要な資金と人材を送ってくれたら、場所を教える。ザンダーが死んだら、望みのものは手に入る。空約束なんかじゃない。ケヴィンは信頼できる人間だ。あんたを裏切るようなまねはしない」そう言うと、ドーンは電話を切った。

テレビの音がまた大きくなった。

まるでケヴィンがまだ生きているような言い方をしていた。カートランドはケヴィンから何を手に入れようというのだろう。

そして、それがドーンの最終的な計画なのだろうか？　アンテナを張り巡らせて探り出さなければ。

イヴは蛇口をひねって冷たい水で顔を洗った。そして、タオルで拭いてからドアを開けた。

ドーンが機嫌のいい顔を向けた。「さっぱりしたようだな。逃げ出さなくてもよかったのに。ケヴィンがボニーを狙っているとわかってショックを受けたのか？　あの世に行ったって、ケヴィンから逃れられる人間なんかいないんだ」

イヴは自分の顔がこわばるのがわかった。またこの場を離れたくなったが、それよりもドーンの注意をボニー以外のことに向けたほうがよさそうだ。「洗面所に行っただけよ。テレビを消してくれない？　家族や友達が集まってわたしの死を悼んでいるところを見るのはつらいから。それに、復顔像を明日までに仕上げさせたいんじゃなかった？」

「それはそうだが、こんな面白いものを見逃す手はないぞ。CNNニュースで聞いて楽しみにしていたんだ。じっくり見たいから録画してある。あとでほかのケーブルテレビ局でもやるんじゃないかな」

「わたしはそんな有名人じゃないわ」

「それは謙遜というものだ。あんたの母親の姿が見えないな。母親とうまくいっていなかったのか？」

「母なりにわたしのことを気にかけてくれているわ」

「ザンダーも来ていない」

「来るわけがないでしょ。あなたがなんと言おうと、わたしは父親と認めない。血も涙もない殺し屋にすぎないわ」

「あいつはあんたを気にかけている。父親とはそういうものだ。わたしだって、ケヴィンのためにこの計画を立てた。たぶん、ザンダーは参列すると面倒なことになるから、どこかでひっそりと喪に服しているんだろう」ドーンはにやりとした。「明日、あんたが仕事を終えたら、あいつに会いに行こう」

「会いに行くって、そんな――」

「見てみろ。ジョー・クインが映っているぞ。ひどく落ち込んでいるじゃないか」

ジョー。恋人でかけがえのない友人で庇護者。イヴは食い入るように見つめた。厳しい表情で歯を食いしばり、茶色の目をぎらつかせている。

　これが落ち込んでいる顔？

　イヴははっとした。表情を変えてはいけないと自分に言い聞かせて、無表情のまま画面を見つめた。こんなジョーの顔を見たことが何度もある。顔を見れば、彼の考えていることはだいたい察しがついた。

　わたしを失って悲嘆に暮れている顔ではない。極度にいらだっている。この過熱報道を早く終わらせたくてたまらないのだろう。

　どうして？　わたしの追悼式なのに。

　次の瞬間、すとんと胸に落ちた。ここ数日、心身ともに極限状態にあったから、じっくり考える余裕がなかった。追悼式のこともドーンの言ったことを鵜呑みにしていたけれど、わたしが派手な葬儀を嫌っているのを知っているジョーが、大々的な追悼式を開いてマスコミに取材させるわけがない。

　わたしのための追悼式でないとしたら？　ドーンに見せるためだ。捜査の裏をかいたと自信満々のドーンに一矢報いるために。

「ほら、ジェーン・マグワイアだ」ドーンが言った。「なかなかの美人だ。カメラが彼女ばかり追うのも無理はない。気の毒に、こっちも意気消沈している」

「意気消沈」イヴはおうむ返しにつぶやきながらジェーンの顔を見つめた。

十歳で養女になってから、ジェーンは娘であると同時に親友のような存在だ。イヴはジェーンの反応を正確に読み取ることができた。

青ざめた生真面目な顔をしている。悲しみに沈んでいる感じはしない。緊張しているだけだ。そして、ジョーと同様、いらだっている。二人とも早くこの茶番劇を終わりにしたいのだ。

イヴの胸に喜びと希望が湧き上がった。

ドーン、あの二人を見くびってはいけない。

あなたの逃走計画は見抜かれている。

二人はわたしが生きているのを知っているのだ。

「ここにいる必要はないわ」マーガレットはジェーンに近寄ってささやいた。「マスコミに神経をずたずたにされるだけよ。コテージでケンドラと過ごしたらどう？」

そうできたらどんなにいいだろうとジェーンは思った。喪に服しているふりをするのが苦痛でたまらなかった。「家族が中座するわけにいかないわ。だいじょうぶよ、もう少しだから」

「もう充分だ」いつのまにかセス・ケイレブが後ろに立っていた。「務めは果たしたよ。カメラマンもテレビクルーもきみばかり映していた。ほかの参列者にテレビに映るチャンスを譲ったほうがいい」ジェーンの肘を取ってポーチの階段に向かった。「一週間前に退院してからろくろく休んでいない。今のきみには休息が必要だ」

「わたしに指図しないで」ジェーンは周囲に聞かれないように声を落とした。「放して」

「相変わらず頑固だな」ケイレブは参列者と話しているマーク・トレヴァーにちらりと目を向けた。「トレヴァーもきみも正しい行動をとらなければいけないという考えに凝り固まっている。だから、誰かが悪者になってやめさせないと」薄い笑みを浮かべて続けた。「おれ以上の適役はいないだろう?」

「まあね」ジェーンはケイレブを見上げた。強いオーラを放つ黒い目が不敵に輝いている。この目で見つめられると引き込まれそうになる。彼の魅力に目をつぶろうとしても、うまくいったためしがない。今もつかまれた肘から熱い疼(うず)きが広がってくる。「また積極的になったのね。この一週間は珍しくおとなしくしていたのに」

「その気になったら、これでもいい役者になれるんだ。今回はきみを助ける役回りに徹している」ケイレブの顔から笑みが消えた。「だが、なかなかチャンスが回ってこない。トレヴァーが黄金のマントできみをすっぽり包んでしまうから、黄金のマントを持っていない身としては太刀打ちできない。しかも、きみはおれを警戒しているし」

「何よ、黄金のマントって。ディズニー映画じゃあるまいし」

冗談にまぎらしたものの、ケイレブを警戒しているのは事実だった。ケイレブはこれまで知っているどのタイプにも当てはまらない。血流を操る能力を祖先から受け継いだというのだが、実際、二年ほど前にその能力を活かして殺人犯を殺したとイヴから聞いたことがある。ジェーン自身、血流を改善して傷口を治してもらった。催眠術にかかったような一種独特の体験だったが、そのおかげで予定より早く退院できた。

その点ではケイレブは恩人だ。ロンドンから自家用ジェットでサマーアイランドに連れていってくれたのもケイレブだし、その直後にイヴが誘拐されるという悪夢のような事件が起きてからずっと支えてくれている。それでも、ケイレブを前にすると警戒が先に立つのはどうしようもなかった。

「トレヴァーはわたしが頼んだことを黙ってしてくれる。それに、あなたと違って何を考えているかわかるから安心できるの」

「おれが考えていることをはっきりさせたら、うさんくさい目で見られるのがオチだろうな」ケイレブは肩をすくめた。「魅力的なきみの恋人とは違ってね」

「トレヴァーは恋人じゃないわ」

「それを聞いて安心した。だが、数年前は恋人だったたし、トレヴァーはよりを戻したがっている」ケイレブはジェーンの目を見つめた。「それぐらいなら、きみを離さなければよかったのに」

「別れたのはわたしの意志だし、無理に引きとめたりする人じゃない。あのままではうまくいかないのは二人ともわかっていたし」階段の前まで来ると、ジェーンは足を止めた。

「でも、あなたには関係のないことよ。その話はしたくないと言ったはず」

「悪かった。さあ、早く入って休むといい。ジョーには伝えておくから」

ジェーンは驚いてケイレブを見上げた。「中に入る気なんかないわ。ここに来たのは、人前で言い争いたくなかったからよ」そう言うと、肘を振りほどいた。「自分のことは自分で決める。そこをどいて」

ケイレブは動かなかった。

「聞こえたでしょ」

「このまま動き続けたら十分以内に倒れる」

「どうしてわかるの？」

「きみを見ればわかる。追悼式のためにジョーと二人でしゃかりきになって働いてきた。ろくろく眠っていないんだろう」

「そんなことないわ」

「退院したいと頼まれたとき、無理を続けたら、効果が長続きしないと言ったはずだよ」

「疲れただけよ」ジェーンは言い返したが、実際には、気力だけで動いていた。それでも、撃たれた傷が治りきらないまま罹（かか）った感染症のせいだとは思いたくなかった。

「今休んでおけば、もっと効果が続く可能性がある」ケイレブはにやりとした。「これも前に言ったが、もしものときはまた癒やしてあげるからね」

「もうたくさん」

「不愉快な体験じゃなかったはずだよ。傷口に血液を送って回復させるレーザー治療は医学的に認められている。おれはもっと広い範囲に血液を送り込める。レーザー治療よりはるかに効果的だ」

　不愉快どころか、めくるめくような体験だった。触れ合った肌、傷口を覆うケイレブの唇の感触がよみがえってきた。とたんに全身が熱くなった。

「思い出してくれたんだね。あのときは最後までできなかった。きみがその気になってくれたのに、おれの決心がつかなくて」

　たしかに、そのとおりだ。あのときのジェーンは官能の波に翻弄されていた。「始める前に性的興奮を伴うと説明してくれなかったわ」

「説明したとしても、あのときのきみはためらわなかったはずだ。イヴを捜すためにどうしても退院したかったんだから」ケイレブは含み笑いをした。「正直なところ、あれだけ効果が出るとは予想していなかった。きみの体におれの血が流れているせいかもしれないな。サマーアイランドできみが撃たれたときに輸血したから。きみはおれを信用していないかもしれないが、おれたちの間につながりがあるのは確かなんだ」

「信用していないわけじゃないけど」ジェーンはケイレブの目を見つめた。「わたしの体力が持たないというのは本当？」

　ケイレブは真顔になった。「ああ、時間の問題だ。おれには病気を治す力はない。血流を操作して一時的に症状を緩和するだけだ。あのときはそれで退院できた。適切に休養をとれば自然治癒力を高められるが、きみはイヴを見つけるまで休む気はなさそうだ」

「しかたないでしょ」

「短時間でも定期的に休むようにすれば、エネルギーを温存できる。血を共有する体験を繰り返さずにすむ」ケイレブは複雑な表情になった。「おれとしては繰り返したいところだが、きみにとって依存性薬物のような存在にはなりたくない。弱みにつけこむようなまねは嫌なんだ。今度きみに触れるのは、健康を取り戻したきみが望むときであってほしい」

　ジェーンはケイレブから無理やり目をそらせた。「あなたにしては珍しく率直な言い方をするのね」そう言うと、ポーチの階段をのぼり始めた。「今倒れるわけにいかないから、できるだけ体を休めるようにするわ」

「念のためにそばにいる。電話してくれたら駆けつけるからね」

　ジェーンはそれには答えなかった。「ジョーにはケンドラと話していると伝えておいて。間違っても、疲れて休んでいるなんて言わないでよ」

「わかった」ケイレブは階段の下に立ったままうなずいた。「しかし、クインにおれはあまり信用がないからな。クインはきみに対して過保護なうえに、おれの乱暴で型破りなやり方を知っている。きみがメールしたほうがよさそうだ」

大量の血を送り込んで殺人犯の心臓を止めるのは、たしかに乱暴で型破りなやり方だ。ジェーンはコテージのドアを開けた。「あなたの言うとおりね。自分で伝えるわ」

# 3

ジェーンがドアを閉じると、ケイレブは引き返した。痛々しいほどやつれているが、ジェーンなら必ず立ち直る。数年前に初めて会ったとき、即座に惹かれたのもそんな強さに魅力を感じたからだ。それでも、あんなふうに頼りないところを見せられると、手を差し伸べて力いっぱい抱き締めたくなる。いや、正直なところ、そうでなくても会うたびにそんな欲望を抑えるのに苦労している。

いっそ〝あの体験を繰り返さないと体力が続かない〟と言いくるめればよかった。こんなに欲望をそそられる女性に出会ったのは初めてなのに、なぜか一線を越えられない。だが、ジェーンの欲望を掻き立てることができたら、案外、あっさりと――。

「ジェーンはだいじょうぶ？」

振り返ると、マーガレットだった。「やあ、さっきは悪かったね、いきなりジェーンを連れ去って」ケイレブはからかうような口調で続けた。「何かされないか心配でついてきたんだろう？」

「そうよ」マーガレットは真顔で答えた。「ジェーンはしっかりしているけど、あなたは何をしでかすかわからない人だから」

「こんなときに不謹慎なまねはしない」

「どうかしら。でも、そんなことをしたらジェーンは一生許さないわ」マーガレットはコテージのドアに目を向けた。「ずいぶん疲れた顔をしてたけど」

「心配ない。休めばだいじょうぶだ」

「なぜ言いきれるの？　ジェーンからあなたと血のつながりを聞いたけど、それと関係があるの？」

「聞いた内容によるな」

「血にまつわる超能力を祖先から受け継いでいると教えてくれただけ」マーガレットは笑いながらつけ加えた。「でも、吸血鬼ではないって」

「汚名をそそいでもらってうれしいよ」

「わたしはがっかりしたわ。あんまりしつこく訊くから根負けして教えてくれたんだけど、あなたに直接訊いてはだめと釘を刺された」

「吸血鬼のほうがよかった？」

「というわけじゃないけど、昔から吸血コウモリに興味があるの。でも、うまく交信できないから、何か参考になるんじゃないかと思って」そう言うと、眉をひそめた。「訊かれる前に言っておくけど、動物の言葉がわかるわけじゃないのよ。漠然としたイメージが伝わってくることがあるだけ」

「なるほど」ケイレブはうなずいた。「さっき、何をしでかすかわからない人だと言われたが、たしかにおれには粗野で野蛮なところがある」

「それに知的で皮肉屋の一面も」マーガレットは笑顔になった。「あなたのことは好きよ。面白い人だもの。ただジェーンを狙っているから油断できない」

「きみには関係のないことだろう」

「ジェーンは命の恩人だから全力で守らなくちゃいけないの」マーガレットは真剣な表情で続けた。「あなたがしつこく言い寄っているのは知ってるわ。ジェーンがはっきり拒否しないからといって、傷つけるようなまねはしないで。心身ともにまいっているときにこれ以上動揺させないでほしいの」参列者を見回してマーク・トレヴァーに目を向けた。

「今のジェーンのセックスパートナーならトレヴァーのほうがよさそう」

「なんだと?」ケイレブは怒りを抑えようとした。「きみにはこれ以上我慢できない」

「わかってる。一応はっきりさせておきたかっただけ」マーガレットは腕時計に目をやった。「あら、もうこんな時間。テレビ局の人も引き上げたから、そろそろ終わりね」またコテージを見上げた。「ジェーンのためにできることはないかしら?」

「ないな」

「だったらジョーを手伝いに行くわ」マーガレットは背を向けた。「わたしがそばにいなくたって、あなたがつきまとっているわけだし。守護天使というより悪魔の使いみたいだけど。じゃあね」そう言い捨てて離れていった。

何が悪魔の使いだ？　ケイレブは舌打ちしたが、その場を離れる気はなかった。ジェーンがコテージにいるとわかったら、報道陣が押し寄せてきて質問攻めにするだろう。連中が立ち去るのを見届けるまで張り込んでいたほうがいい。

そう、張り込むのだ。つきまとっているわけじゃない。


「いいかしら？」コテージのドアを閉めると、ジェーンは声をかけた。「避難してきたの。しばらくここにいてもかまわない？」

「それはわたしの台詞よ。あなたの家なんだから。わたしも静かなところで考えたいことがあって」ケンドラは立ち上がってキッチンに向かった。「コーヒーを淹れるわ。カフェインが必要な顔をしている」

「もう、あなたまでそんなことを言うなんて」ジェーンは顔をしかめた。「でも、考えてみれば、わたしが感染症を起こしているから病院に連れていくようジョーに言ったのはあなただったわね。あなたが観察力の鋭い人じゃなかったら入院せずにすんだのに」

「そして、極限まで耐え抜いたあげく、クインにイヴだけじゃなくてあなたの心配までさせることになったわ」ケンドラはジェーンにマグカップを渡した。「入院してよかったのよ」そう言ってからジェーンの顔を見つめた。「具合が悪そうね。ジョーに知らせる？」

「告げ口したら二度と口をきかない。あなたには感謝してるのよ、ケンドラ。あのゴーストタウンを突き止められたのはあなたのおかげ。でも、今、関心を向けるべきなのはわたしじゃなくてイヴでしょ。わたしはだいじょうぶだから」

「だいじょうぶとは思えないけど、まあ、いいわ。イヴを捜すのに全力をあげましょう」

ケンドラは悔しそうな顔になった。「あと一息でドーンを捕まえられたのに。次はぜったい失敗しない」コーヒーを一口飲んで続けた。「鍵はザンダーよ。ドーンはザンダーを狙っているから、ザンダーを追えばドーンを見つけられる。でも、肝心のザンダーの居所がわからない。ベナブルとやりとりした直後に姿を消して、電話しても出ないそうよ」

「一段落したら、ジョーが見つけてくれると思う」ジェーンは表情を引き締めた。「とにかく、イヴの無事を知っていることをドーンに見抜かれないようにしないと。出し抜く方法はそれしかないんだから」そう言うと、口をゆがめた。「でも、嘘とわかっていても追悼式はつらいわ。これが現実になったらと思うといたたまれない気持ちになる。ドーンがザンダーを捕まえるまでイヴを生かしておく保証はないわけだし、考え始めると頭が爆発しそうになるの」

「わたしも同じ。どうしてもっと早く気づかなかったのかと思うと悔しくて」ケンドラは一呼吸おいた。「あなたの言うとおりよ、ジェーン。イヴの無事をわたしたちが知っていると気づいたら、ドーンは計画を変更するかもしれない」

「イヴを殺すという意味？」

「そんなことは考えたくないけど」ケンドラは唇を舐めた。「ドーンの疑惑を招くような行動は極力慎まなくては。相棒のテレンス・ブリックはドーンに殺される前、この周辺を見張っていたらしくて。ベナブルの部下が湖畔でブリックらしき男を見かけているわ。今も誰かにコテージを見張らせている可能性がある」そう言うと自分の胸を叩いた。「わたしがイヴのためにここに来たのはみんな知ってる。隠さなければいけないようなことじゃなかったから。ブリックはわたしがゴールドフォークのドーンの隠れ家に行ったのも知っていたし」

「何が言いたいの？」

「わたしの行動はドーンに知られているということ。これ以上ここにいたら、ドーンが不審に思うんじゃないかしら。そのことをずっと考えていたの」ケンドラはコーヒーテーブルにカップを置いて立ち上がった。「ドーンとイヴが死んだと信じているなら、わたしはもうここにいる必要はないわけだから」

「でも、ブリックはもういないし、そこまで警戒しなくていいんじゃないかしら」

「この一連の事件には不確定要素が多すぎる」ケンドラはドアのそばに置いてあるダッフ

ルバッグに近づいた。「ドーンの狙いはベナブルの説明とは違うような気がするの。おそらく、ブリックのほかにも協力者がいると思う」ダッフルバッグを開いて、よれよれの日記帳を取り出した。「これがヒントになるかもしれない」

ジェーンはカウチの上で座り直した。「なんなの、それは？」

「ケヴィンの日記。ゴールドフォークのドーンの隠れ家で、例のディスクを探していたときに偶然見つけた。何度も目を通してみたけど、少女を餌食にする変質者の記録以外の何物でもなかったわ。でも、壁に埋め込んで隠していたぐらいだから、ドーンにとって値打ちのあるものなのよ」ケンドラはいったん言葉を切ってから続けた。「ディスクにはパキスタンに潜伏しているCIA捜査官の氏名が記されていると聞いたけど、家中くまなく探しても見つからなかった。そもそも、そんなディスクが存在するのかしら？」

「ディスクのことはベナブルに聞いただけだから」

「ケヴィンの軍隊時代のことも当時のパキスタンの動向も、情報源はすべてベナブルね」ジェーンは日記帳を見つめた。「ケヴィンの日記を見つけたことはベナブルに報告していないんでしょう？　全面的に信用はできないという意味のことを前に言っていたし」

「ベナブルが陰で糸を引いていると疑っているわけじゃないわ。そんな疑念を抱いていたら、イヴとドーンが生きているとクインを通してベナブルに教えたりしなかった。ベナブルにはイヴのために動いてもらう必要がある。彼の立場でなければできないことがあるから。ただ、ベナブルはひとりの人間と複数の人間の安全を秤にかけるタイプだと思う。そういう捜査官は珍しくないわ」

「わたしはベナブルを信頼していたから、イヴが監禁されている酒場を攻撃チームに急襲させたときは目を疑った。爆発が起きたのは攻撃チームのせいではないとベナブルは断言しているけど」

「ええ、それは間違いない。あの爆発はドーンが仕組んだのよ。でも、だからといってベナブルに責任がないわけじゃない。当然、リスクを見越していたはずよ」ケンドラは考えながら続けた。「しかも、あの攻撃はイヴを救出するためではなかった。狙いはあくまでドーン。ベナブルはどんな指示を出したのかしらね。殺害？　それとも捕獲？」

「ベナブルに問いただすつもりなの？」

「訊いてもはぐらかされるだけよ」ケンドラは肩をすくめた。「それに、わたしは手を引くことにしたから」そう言うと、日記帳を差し出した。「あとはあなたが決めてちょうだい」

　ジェーンは目を丸くした。「どういうこと？」

「言ったでしょう、わたしが来たのはイヴを捜すためだから、これ以上ここにいるわけにはいかない。サンディエゴに帰ってふだんの仕事に戻るわ」

「じゃあ、イヴのことはもう――」

「そうじゃない」ケンドラはため息をついた。「捜索を打ち切ったと見せかけるだけ。サンディエゴに戻ってもできることはするわ。この日記ももっと調べてみたいし、ほかにできることがあったら、知らせてもらえば——」悔しそうにこぶしを握った。「どんどん動きたいのにじれったくてたまらない。でも、現場にいなくても協力できるはずよ。状況を知らせてね」

最初のショックが収まると、ジェーンにもケンドラの苦しい立場が理解できた。「もちろんよ。気持ちはわかるわ。わたしも入院中ずっとじれったい思いをしていたから」ジェーンは日記帳を見おろした。「なぜわたしにこれを?」

「ジョー・クインを別にしたら、この世で誰よりもイヴのことを気にかけているから。あなたならイヴを取り戻すために命がけで闘う。ベナブルのように事情を考慮して、守るべきものを秤にかける必要もない。あなたにはイヴがすべてだもの」

「そのとおりよ」ジェーンは日記帳に触れた。「ベナブルに見せないようにとは言わないのね」

「それもあなたの判断に任せる。わたしは手元にコピーを置いておく。ベナブルに対するわたしの意見は言ったけど、今後、実際に動くのはあなただから。しっかり結論を出して」

「もう出したわ。ジョーに日記を見せて相談してみる。でも、ベナブルには見せない。少なくとも、彼の狙いがはっきりするまで」

「それを聞いて安心した。キャサリン・リングが来てくれたから、ＣＩＡの協力が必要なときは彼女に頼むといい。彼女ならイヴを見つけることだけを考えてくれるわ」ケンドラは顔をしかめた。「表舞台から引っ込むのってけっこう勇気がいるわね」

「わかるような気がする。あなたのことがずいぶん理解できるようになったわ」

「わたしの五感の鋭さとか？」

「そういう意味じゃないの。どんな人かということ。あなたは信頼できる人だわ」

「最高の褒め言葉よ。あなたはあまり人を信頼しないのかと思っていた。もちろん、クインとイヴは別だけど」

「きっと育ちのせいね」ジェーンは肩をすくめた。「イヴに引き取られるまで里親の家を転々としてた。やっとうまくいったと思っていたら、突然、養護施設に戻されたりして。里親と折り合いが悪いときは、戻れるようにわざと荒れてみたり。だから、他人と信頼関係を築くのが苦手なの」

「マーク・トレヴァーとも？　よく知っているわけじゃないけど、彼なら賭けてみる値打ちはありそう。映画スターみたいだし、優しそうだし。つき合っていたんですってね。別れたとクインから聞いたわ」ケンドラはあわてて手を振った。「ごめんなさい、わたしには関係のないことなのに。ヒントがあると、どこまでも追求しようとする性格なの」

「いいのよ、あなたに言われても気にならないから。トレヴァーはあなたが言うとおりの人よ。わたしにとっては初恋の人」

「でも、人生を共にする気にはなれなかった？」

「まあ、そんなところ」

「わたし、詮索しすぎね。あなたは警戒心が強いのに情熱的な一面もあるから興味があっただけ」ケンドラは小首を傾げた。「セス・ケイレブのことを訊こうとしないのに気づいた？」

反射的にジェーンは体をこわばらせた。

「今あなたが見せたような反応を示すとわかっていたからよ。ケイレブと目を合わせないようにしているのが不思議だったけど、そのうち気づいたの。性的には惹かれるものがあるけれど、いっしょにいると落ち着かないんでしょう？」ケンドラは苦笑した。「彼との関係は複雑すぎて分析する気になれない。あなた自身、どう考えていいかわからないんでしょうね。でも、きちんと考えておいたほうがいいかもしれない。ケイレブは今のあなたに大きな影響力を持っているし、それがイヴの捜索にも影響するだろうから」

「イヴのこととは関係ないわ」ジェーンは言い返した。ケイレブとの関係を見抜かれたことにとまどったが、相手はケンドラだ。普通ではわからないことまで見えてしまうのだろう。話題を変えることにした。「マーガレットのことはどうしたらいいかしら？　イヴの捜索を打ち切ったと見せかけるなら、彼女もここにいないほうがいいわけでしょう？」

「そのことも話そうと思っていたの。マーガレットはあなたに託すわ」ケンドラはドアに向かった。「手を引くように言ってみるけど、たぶん説得できないと思う。頑固だし、何よりもあなたを守るのが務めだと思い込んでいるから」ドアの前で立ち止まって振り返った。「マーガレットのことをお願いね。面倒を見てあげて」

「あなたがそんなことを言うなんて意外だわ。マーガレットといっしょに行動しているうちに情が移ったみたい」

ケンドラはうなずいた。「かもしれない。それに、マーガレットはぜったいにあなたを裏切らない。ただ、思いがけない行動に出ることがあるから」

「言いたいことはわかる。ゴーストタウンの森でオオカミの群れといるところをわたしも見たから。わたしのために危険を冒すようなまねはさせないから安心して」

「自分の身を守ることも忘れないで」ケンドラはドアを開けた。「あなたは自分で言うほど元気なわけじゃないから」

「元気だなんて言ってないわ。でも、今はそんなこと二の次よ」

「気をつけてね、ジェーン。わたしにできることがあったら、いつでも電話して」そう言うと、ケンドラは出ていった。

突然、コテージがだだっ広くなって、改めてケンドラの存在感を思い知らされた。

ジェーンは手にした日記帳を見おろした。

体力がなくても、ケヴィンの日記を読んでヒントを探すことぐらいはできるだろう。ひょっとしたら、ケンドラが見落としたことを発見できるかもしれない。

ジェーンは嫌悪に身震いしながら日記帳を開くと、覚悟を決めて読み始めた。

**コロラド州　デンバー**
**ドレークホテルのペントハウス**

「ウェイナーと連絡がつきました」ザンダーが滞在しているスイートルームに秘書のスタングが入ってきた。「留守電はちゃんと聞いていて、すでに作業に当たっていました。爆発の当日、ワイオミング州境で特殊タイヤを装備したオフロード車を見かけたという報告が現地要員から入ったそうです。褐色のトヨタ4ランナーで、情報がもっとはっきりしたら電話するつもりだったと言っていましたが、おそらく、あなたを恐れているんでしょう。あなたとのつながりをジョー・クインに認めてしまったから」

「ご苦労だった」ザンダーは皮肉な口調で言った。「ジョー・クインをウェイナーに引き合わせたのはきみだろう、スタング。軽率なことをしたものだ。わたしを恐れなければいけないのはきみのほうじゃないか」

スタングは笑みを浮かべた。「そうかもしれませんが、あなたの下で長年働いているうちに恐怖心が鈍ったようです」電話番号を記した紙をザンダーの前の机に置いた。「ウェイナーはドーンの居所を突き止められるでしょうか？」

「ある程度役には立つだろう」ザンダーは椅子の背もたれに寄りかかった。「あの男は天才的なプログラマーで、柔軟な発想ができる。最新の機器も備えている。あとはモチベーション次第だろう」そう言うと、にやりとした。「自慢する気はないが、わたしはモチベーションを引き出すのは得意なんだ」

相手を思いどおりに動かす力がザンダーにあるのは、スタングが誰よりよく知っていた。外見も迫力のある男だが、知る人ぞ知る暗殺のプロだ。スタングは長年会計士兼秘書として働いてきたが、常に恐怖と背中合わせの日々だった。ザンダーは必要最低限のことしか明かさないが、スタングにはそのほうがむしろ気が楽だった。ザンダーの仕事を具体的に知ってしまったら、致命的とは言わないまでも、危険が及ぶ可能性がある。ところが、最近、ザンダーは個人的なことをスタングに話すようになった。ドーンがイヴ・ダンカンを誘拐した経緯も知らせておきたかったようだ。

「ウェイナーにどんな魔法を使わせるんですか？」

「魔法じゃない。どこにでもあるカメラだ」

「カメラというと？」

「以前は公共のカメラや防犯カメラを使って標的を突き止めさせていた。地域を指定すると、ウェイナーは壁に大きな地図を貼って、蛍光ペンを使って標的の車を追跡した」

「具体的にどうするんです?」

「都市の主要な交差点には交通監視カメラがある。映像は最低二、三週間、サーバーのハードディスクに保存されている。最近では、インターネットで誰でもライブ映像を見られるようになったが、ウェイナーはさらに一歩踏み込んで、運輸省のサーバーに侵入して、過去の映像も見られるように工夫した。ほかに民間企業の防犯カメラや、道路に面して設置されているATMの防犯カメラもある。それに、高速道路の料金所のカメラ……」ザンダーは手を振った。「挙げたらきりがない」

「われわれは四六時中監視されているわけですね」

「二、三年前まではカメラ映像を利用することはできなかった。ビデオカセットに保存されて、外に出ることはなかったからだ。だが、今では、ハードディスクに保存されて、たいていネットワーク化されているから、遠く離れたところからでもハッキングできるようになった」ザンダーは唇をゆがめた。「ウェイナーの腕はたいしたものだよ。ドーンがどの方角に向かったか、どの道路を通ったかわかると、グーグル・ストリートビューで追いかける。道路の左右にある企業や銀行を確かめると、そこの防犯カメラをハッキングするんだ」

「なぜコロラド州とワイオミング州に絞るように指示しなかったんですか? それに、こんなタージマハルの現代版みたいなホテルでのんびりしていないで、さっさとバンクーバーに帰ったらいかがですか」

「勘だよ。ドーンは洞窟から川をくだって逃亡した。相当体力を消耗したはずだから、しばらくどこかに潜んでいるだろう。あの逃亡劇が功を奏したか確かめてから、次の計画に乗り出すにちがいない」ザンダーはイヴの追悼式を放映しているテレビに顎をしゃくってみせた。「これを見てドーンも安心して動けるはずだ」そう言うと、にやりとした。「そして、クインはわたしをおとりにしてドーンを捕まえようと画策するだろう」

「計画としては悪くないようですね」

「ドーンをどうするかはわたしが決める」

「イヴ・ダンカンを救い出すにはクインと手を組むしか方法はないでしょう」スタングはザンダーと目を合わせた。「イヴの生死に関心がないふりをしても無駄ですよ。わたしにはあなたの内心が見抜けると言うつもりはありません。あなたは固い鎧(よろい)をまとって生きてきた。しかし、酒場が爆破されて、イヴもドーンも死んだと誰もが信じた夜のあなたの顔は今でも忘れられません」

ザンダーは表情を変えずにスタングを見つめた。「ドーンを仕留められなくて腹を立てていただけだ」

「そうでしょうか。あなたはイヴ・ダンカンに関する報告書をわたしに読ませたし、ドーンや息子のケヴィンのことも話してくれた。これまでのあなたからは考えられないようなことばかりです」

「単なる気まぐれだ」

「いえ、わたしにイヴ・ダンカンのことを知らせておきたかったんです。彼女の味方になって、助けに行けとあなたを説得させるために」

「わたしがそんな回りくどいことをする人間だと思っているのか?」

「どうでしょう。あなたは永遠の謎です」

「少しは謎が解けたのかな?」

「手がかりがつかめただけです」スタングは眉をひそめた。「いくら関心がないふりをしても、イヴはあなたの娘ですからね」テレビ画面を身振りで指した。「それに、あの偽追悼式にあれだけ参列者が集まったのを見ても、彼女が救う価値がある人間だとわかるじゃありませんか。あれほどの女性はめったにいませんよ」

「きみはそんなに雄弁だったかな。だとしたら、それをずっと隠していたわけか」

スタングはすぐには答えなかった。「あなたが聞きたがっていることを言っただけです。自分の気持ちに素直に従って、イヴを助けに行けばいいでしょう」

「わたしに命令する気か?」

スタングはぎくりとした。危ない橋を渡っているのはわかっていた。「命令というよりお願いです。イヴはさんざんつらい目に遭ってきた。そろそろ終わりにしてあげたらどうです？」一呼吸おいて続けた。「コロラドでイヴに会ったんでしょう？　それなら、彼女がどんな人間かわかったはずです」

　沈黙が続いてから、ようやくザンダーが答えた。「イヴは並はずれた女性だ。だが、そのこととわたしはなんの関係もない。あの人格は人生経験から培ったものだろう。わたしがそばにいないほうがよかったという証（あかし）だ」

「悔いはないんですか？　イヴの娘のボニーのことはどうです？　そばにいたら助けられたかもしれないのに」

「わたしを亡き者にしようと近づいてくる、ろくでもない連中に利用されただろう。わたしは二十五歳になる前に数カ国の犯罪者リストに載っていたし、四つの犯罪組織から命を狙われていた。生き残れたのは、足手まといになる家族もなく、ひとりでやってきたからだ。わたしに近づいただけで何人の人間が命を落としたか知りたいか？　復讐心（ふくしゅうしん）と金銭欲は強いモチベーションになる。今でもその両方を備えた連中に狙われているんだ」ザンダーはまっすぐスタングの目を見つめた。「わたしに罪悪感を抱かせようとしても無駄だ。そんな気持ちがあったら、とっくに頭に銃弾を撃ち込んでいるさ」そう言うと、いらだたしげに続けた。「そんな同情するような顔で見ないでくれ。人間関係に慎重になったのは、相手を傷つけないためではない。そのほうが自分も安全だと悟ったからだ。距離をおくのがいちばんだと」

「なるほど」

「きみが内心何を考えているかはわかっている。せいぜいわたしを心理分析の対象にするといいだろう。どう思おうときみの自由だ。だが、これがわたしの選んだ生き方で、今後も変えるつもりはない」

「それよりもイヴをドーンから救い出すのが先決でしょう」

「わたしの話を聞いていなかったのか？」

「傾聴していましたよ、言葉の裏に隠された真意が読み取れるくらい」スタングはスマートフォンを取り出した。「ウェイナーにかけて例のトヨタを早く見つけるよう指示しましょう。追悼式を見てドーンが行動に出るとしたら、一刻も早く居所を突き止めたほうがいい」

ザンダーはしばらく無言でスタングを見つめていた。「いや、わたしがかける」自分のスマートフォンを取り出した。「やけに押しつけがましくなったな、スタング。恐怖心に欠けるのがきみの弱点だ。恐怖心は強い味方になる」電話がつながるのを待ちながら顔を上げた。「また出すぎたまねをするようなら、きみがどれほど重宝な存在か言いふらしてやる。かけがえのない人間で、弟のような存在だと言ってやってもいい」そう言うと、にやりとした。「二日と経たずにきみはあの世行きだ。ああ、ウェイナーか」電話に向かって言った。「スタングから聞いた。トヨタ4ランナーに関する報告書を至急送ってくれ。わかるかぎりの追加情報を提供するつもりだが、今はインターネットときみがつくった追跡ネットワークに全力をあげてほしい。とりあえず、今わかっている位置情報を……」

# 4

## ジョージア州 アトランタ

### 湖畔のコテージ

やっとジョーと話ができそうだ。キャサリンは湖畔を眺めながら思った。

太陽が傾き始めると、参列者たちが三々五々ジョーに別れを告げに来た。やがて、最後まで残っていたカメラマンも薄闇に包まれた哀愁漂う湖の写真を撮ると引き上げていった。

それでも、ベナブルはまだ残った参列者たちと雑談している。長いつき合いでなかったら、わたしを避けるためにぐずぐずしていると勘ぐったところだ。でも、ベナブルは面倒から逃げる男ではない。おそらく、どう釈明するか考えているのだろう。

電話が鳴ったので、キャサリンは発信者を確かめた。ジョン・ギャロからだ。よりによってこんなときに――。

「知らなかったのよ、ほんとに」電話がつながると、すぐ言った。「知っていたら、真っ先に知らせたわ。今朝マイアミに着いてやっと新聞で知って。あなたに電話したら留守電になっていた。だから、わたしのせいじゃないわ。誰もわたしに教えてくれなかったのよ。こんなことってある？　猛烈に腹が立って」

「落ち着けよ」ギャロがさえぎった。「イヴのことなら知ってるよ。三日前にネットニュースで見た。何度かきみに連絡しようとしたがベナブルに妨害された」

「そうだったの」キャサリンは一息ついた。「三日前に知っていたのなら、追悼式に参列すればよかったのに」

「最初は遠慮したほうがいいと思ったんだ。クインやジェーンによけいな気を遣わせることになるから。イヴにとっておれは過去の人間だ。おれの娘を産んだのはまだ十代のときだが、クインとは長年のパートナーだ。二人の間に割り込む権利はおれにはない」

「最初はということは、考えが変わったの？」

「電話でジョー・クインと話し合ったら、興味深い進展になってね」

「クインとあなたが話し合ったって？」

「クインはイヴを取り戻すためなら手段を選ばない気でいる。おれが役に立つと判断してくれたらしい」

たしかに、ジョン・ギャロは救出活動にうってつけだ。北朝鮮で捕虜になって強制収容所で過ごした後、陸軍特殊部隊で潜入および暗殺を専門にしてきたという経歴の持ち主だ。優秀な工作員として定評がある一方、過酷な強制収容所生活の後遺症の神経症に悩まされていて、突発的に狂暴になることがあった。そもそもキャサリンがギャロに接触したのは、怒りの発作に駆られた彼が娘のボニーを殺害したのではないかと疑っていたからだった。最初から危険をはらんだ関係だったが、キャサリンはギャロに惹かれるものを感じた。それでも、その思いは極力抑えてきた。長年の努力が実って、捜査官としてCIAで地位を確立しつつある。失踪して九年後に取り戻した息子のルークは、最近やっと心を開いてくれるようになった。苦労して築いた安定した生活をギャロのせいで狂わせたくない。自分にそう言い聞かせてきた。

「クインはどうだ？」キャサリンが黙っているのでギャロが訊いた。「電話では相当まいっている感じだったが」

キャサリンは当面の話題に集中しようとした。ギャロと話していると、ついよけいなことを考えてしまう。

「無理もないわ。長年イヴと二人三脚で歩んできたんだもの」いったん言葉を切って訊いてみた。「あなたはどう思う、ギャロ？」

「今でもイヴを愛していると言わせたいのか？」短い沈黙があった。「ああ、愛しているさ。イヴと再会して、ボニーの思い出を共有していることや、イヴがおれと絆を断ち切るつもりがないことに気づいた。別々の人生を歩むことになってもそこだけは変わらない」また短い沈黙があった。「イヴとの絆がとぎれないのはボニーのおかげだよ。イヴはおれの娘を産んでくれた人で、大切な友人だ。クインのように人生を共に歩むことはできなかったが、必要とされたらいつでも駆けつける用意がある。この説明で満足してくれたかな？」

「わたしにそこまで説明しなくてよかったのに」

「いや、一度言っておきたかったんだ」

「あなたとイヴがどんなに強い絆で結ばれていても、わたしには関係ない」

「そうかな？」ギャロは低い笑い声をあげた。「おれはきみと結ばれたいと心から願っている。会うたびに欲望を抑えきれない。イヴが共通の友人だからといって、そのことにこだわらないでほしいんだ」

胸が熱くなると同時に困惑して、キャサリンは話題を変えた。「追悼式に参列しなかった理由をまだ聞いていないわ」

「おれが追悼式に出ても出なくても誰もなんとも思わない。それなら、ザンダーに会いにバンクーバーに行ったほうがいいと思ったんだ。クインの話では、ザンダーをおとりにすればドーンをおびき出せるというから。まだバンクーバーにいる」

「ザンダーに会えた？」

「いや、屋敷はもぬけの殻だった。行き先がわかるかもしれないと思って机の書類を調べてみたが」ギャロは一呼吸おいた。「ベナブルに当たるしかないな。ザンダーの居所を知っている人間がいるとしたらベナブルだ」

「わたしからベナブルに訊いてみる。何かわかったら連絡するわ」

「そうそう、きみのメッセージを聞いたあとで香港のフー・チャンに電話しておいたよ。きみの帰国が予定より遅くなりそうだとルークに伝えてほしいと頼んでおいた」

「あの子にはマイアミから電話を入れたわ。フー・チャンのラボに夢中で、どんな実験をしているかうれしそうに話してくれた。フー・チャンのあとをくっついて歩いているみたい」無理もない。フー・チャンには人を引きつける力があるし、キャサリン自身、今のルークより少し年上の頃、フー・チャンにつきまとっていた時期があった。「寂しがっている暇もなさそうよ」

「いや、ルークはきみがいなくて寂しがっているよ。たしかに、フー・チャンは魅力的な男だがね。いつまで預けるつもりだ？」

「二週間後には学校が始まるの」キャサリンはため息をついた。「イヴのことがなかったらルイビルに連れて帰る予定だったけど、もう少し預かってもらうことになりそう」

「おれが言うのもなんだが、もっと無難な人間に預けたほうがよかったんじゃないかな。ルークに毒薬の調合を教えないという約束を取りつけてあるなら話は別だが」

「フー・チャンはそんなまねはしないわ。わたしを失うことになると知っているから」

「ほんとかな？　フー・チャンに強く言われたら、きみは催眠術にかけられたみたいに言いなりになってしまうんじゃないか？」

「妙なことを言わないで。彼とは友達よ」

　香港で暮らしていた頃、友達と呼べるのはフー・チャンだけだった。当時、路上生活を送っていたキャサリンは情報提供者として生き延びていた。フー・チャンは毒薬づくりの名人で、世界を股にかけて商売していた。普通なら出会うはずのない二人だったが、なぜか気が合った。

「それに、ルークを可愛がってくれているから、あの子のためにならないようなことをするはずがない」もっとも、フー・チャンの道徳観念は世間一般とかなり違うのだが。「彼なりにわたしとの友情を大切にしているから」

「なんだか自分に言い聞かせているみたいだな」

「そんなことないわ。フー・チャンは優秀な人で、ルークは学校で学ぶ以上のことを教えてもらっている。香港で休暇を過ごせたのはあの子にとっていいことだったと思う」そう言ってからつけ加えた。「でも、フー・チャンに事情を知らせておいてくれて助かったわ。ルークにはまた今夜電話する」

「礼を言われるほどのことじゃないさ。きみの戦闘準備を手伝おうと思っただけだ。じゃあ、ベナブルから情報を引き出してくれるのを期待している」ギャロは電話を切った。

　キャサリンはスマートフォンをポケットに入れた。やる気がむくむくと湧いてきた。ジヨン・ギャロはすでに動き出している。わたしも負けていられない。

白髪の男性と雑談していたベナブルが、決然とした足取りで近づいていくキャサリンに気づいて顔を上げた。

「心配してたんだ」ポーチの階段をおりてきたジェーンを見て、マーク・トレヴァーが言った。「ケイレブに押し込まれるようにしてコテージに入るのを見たよ。具合はどう？」

「やっと終わったわね」ジェーンは参列者のいなくなった湖畔を眺めた。「ジョーを捜さなくちゃ。わたしのことは心配しないで。少し体を休ませたほうがいいと思っただけだから」

「ケイレブに休めと言われたんだね」トレヴァーは口元を引き締めた。「やけにきみの世話を焼きたがるのは、何か魂胆があるからだろう。あの男には気を許さないほうがいい」

「ええ、そのつもり」

「きみが妙にケイレブを意識しているのが気になってしかたがないんだ。だが、もとはと言えば、こんなに長い間きみをひとりにしておいたぼくが悪い。あのときは距離をおくのがきみのためになると思っていたが、果たしてそうだったんだろうか？　今は何よりも空白の時間を取り戻したい」トレヴァーはジェーンの手を取った。「最近ようやく気づいたんだ、きみを守ることがぼくの人生における役割だと。きみは笑うかもしれないが、そのことを何度か夢にまで見たよ。情熱や喜びを共有することも大切だが、それ以上に意義があるのは相手に対する自分の役割を自覚することじゃないかな」

ジェーンはどう答えていいかわからなかった。トレヴァーがこんなことを言い出すなんて。茶目っ気があり皮肉な一面も持ち合わせているが、〝人生における役割〟を語るようなタイプではなかった。思わずまじまじと顔を見つめてしまった。こんな真剣な表情を見たのは初めてだ。

ジェーンはぎこちない笑い声をあげた。「どうしたのよ、急に。わたしは誰にも守ってもらわなくてもいい。それぐらいわかってるでしょ」

「きみがどう思おうとかまわない。ぼくは自分の役割を果たすと決めたから」トレヴァーは指をからませてジェーンを引き寄せた。「ほら、ジョーはあそこでシカゴ警察の警部に捕まっているよ。ぼくが警部の注意を引きつけてあげよう」

「警部と知り合いでもないのに?」そう言ってから、ジェーンは苦笑した。「人の注意を引くことにかけてあなたの右に出る人はいないわね。過去の経験の賜物(たまもの)かしら。あなたが波瀾万丈(はらんばんじょう)の人生を送ってきたことをときどき忘れてしまうの」

「少なくともこの点に関しては常にきみの期待に応えられる」トレヴァーはそう言うと、何か言いかけたジェーンを制した。「まあ、見ててごらん」警部に近づくと、トレヴァーは愛想のいい笑顔を向けた。「ラリマー警部、あなたにとってこの種の悲劇は日常茶飯事でしょうが、今回の事件の特異な点は――」

ジェーンはあっけにとられてトレヴァーを眺めていた。警部にうまく持ちかけてビュッフェに誘うと、カップにコーヒーを注いで差し出しながらしきりに話しかけている。

「トレヴァーのおかげで助かったよ」その様子を眺めながらジョーがつぶやいた。「ラリマー警部の長話にはいいかげんうんざりしていたが、邪険に追い払うわけにもいかなくて」そう言うと、ジェーンに顔を向けた。「具合が悪そうだとマーガレットから聞いたが」

「ちょっと疲れただけ」ジェーンは顔をしかめた。「みんな、わたしが今にも死ぬんじゃないかと思ってるみたい」湖畔に向かいながら話題を変えた。「少し休んだら元気になったわ。でも、そのあとずっとケンドラからもらった日記を読んでいたの」

「日記？」ジョーが足を止めた。

ジェーンはケンドラから聞いたことを伝えた。「胸の悪くなるような内容だった。ケヴィンは良心のかけらもない悪党よ。幼い少女たちに繰り返した極悪非道な行為が事細かに記してあったわ」

「ほかには？」

「パキスタンのことも少し書いてあったけど、アルカイダが知りたがっているような名前は挙げていなかった」そこで一呼吸おいた。「ＣＩＡと取り引きしたとも書いてあった。二重スパイとして多額の報酬を受け取っていたみたい」

「珍しい話じゃない。パキスタンに潜入しているCIA捜査官なら喜んで取り引きに応じるだろう」

「相手は潜入している捜査官ではないようなの。もっと地位の高い人物らしくて、その人物を意のままに動かせると自信満々だった。しかるべき人物を組織の要職につけて、プロジェクトを進めさせると書いてあったわ」

「どんなプロジェクトだ？」

「具体的なことは書いてなかった。ビンラディンに関係したことじゃないかしら。CIAはビンラディンを狙っていたとベナブルが言っていたでしょう」

「可能性はあるが」ジョーは眉をひそめた。「そうじゃないかもしれない」

ジェーンは当惑した顔でジョーを見つめた。「ケンドラはケヴィンの日記のことはベナブルに知らせないほうがいいと言っていたけど、あなたもベナブルを疑っているみたいね」

「疑いたくはないさ。彼とは長いつき合いだ。しかし、このところ彼の行動は腑に落ちないことばかりだ。ぼくの言うことに耳を貸そうともしない。攻撃チームにゴーストタウンの酒場を急襲させたときもそうだった」

「ほかにも何かありそうね」

「ベナブルはケヴィンと同時期に中東にいたし、パキスタン情勢にもくわしい。しかも、ケヴィンの暗殺を命じたターサー将軍ともつながりがある。だが、その一方で、ケヴィンの父親を五年間も保護していた」ジョーは一呼吸おいた。「ベナブルによるとドーンは、保護が取りつけられない場合、パキスタンの潜入捜査官の名前を記したディスクを新聞社に渡すと脅したというが」

「やっぱりそういうディスクが実在するわけね」

「だが、ケヴィンの日記にはディスクのことは書いてないんだろう？」ジョーは口元を引き締めた。

「もう少しはっきりするまで、ベナブルに日記を渡さないほうがよさそうだな」

「そうね。じっくり読んだら、何かヒントが見つかる可能性もあるし」

「ＣＩＡのラボに鑑定を依頼するわけにいかないが、ＦＢＩなら知り合いがいる」

「それなら、すぐ鑑定を頼んで」ジェーンは唇を舐めた。「なんだか見当違いのことをしているような気がしてならないの。イヴの捜索は全面的にベナブルに頼っている形だけど、イヴを見つけるより重要な目的が彼にあるとしたら――イヴがゴーストタウンから消えてからもう五日になるのよ」

「ぼくもベナブルを全面的に信用しているわけじゃない。捜索に関する報告書を見せてもらっているが、それだって改竄されていないという保証はない」ジョーは少し考えてから続けた。「いや、さすがにそこまではしないだろうが。ベナブルも手を尽くしてくれているし、情報が漏れないように気を配っている。それに、彼がゴーストタウンでイヴの安全を二の次にしたとしても、ドーンを捕まえたらイヴを見つけられるわけだから」そう言うと、ジェーンの額にキスした。「後片づけをすませたら、しばらく留守にする。悲嘆に暮れた遺族が姿をくらませても不自然に思われないだろう。連絡するよ」

予想はしていた。「どこに行くの？」

「バンクーバーだ。ベナブルが偽造パスポートを用意して、バンクーバー郊外の小さな飛行場まで運んでくれることになっている。ベナブルの話では、ザンダーの屋敷は無人らしいが、秘書のハワード・スタングに連絡をとってみようと思う。スタングもザンダーといっしょに姿を消したが、電話に出てくれるかもしれない」そう言ってから首を振った。「当てにできるかどうかわからないがね。スタングは底の知れない男だから」

「それを言うなら、ザンダーだって」ジェーンは言った。「コロラドの山でイヴを救うチャンスがあったのに、助けなかったなんて許せない」

「同感だ。ザンダーはぼくたちの許しなどいらないだろうが」

「イヴの父親なのに」

「二人とも、それとこれとは別だと言うだろう。ザンダーは娘を認知しようとしなかったし、イヴも今さら父親など必要ないはずだ」

「でも、イヴをドーンから救い出すにはザンダーが必要よ」

「そのとおりだ。ザンダーを見つけて協力させる」ジョーは断言した。「イヴが殺されずにすむなら、喜んでザンダーをドーンに差し出すつもりだ」

ジョーは命がけでザンダーと対決する気でいる。ジェーンは不安になった。ザンダーは世界でも指折りの殺し屋だ。いくらジョーでも簡単に倒せる相手ではない。

「わたしもいっしょに行くわ」

ジョーは首を振った。「二人そろって姿を消すのは変だ。スタングと連絡がついたら知らせるよ」

「ここでぼんやり待っているなんて嫌よ。何もせずにいるのはもううんざり」

「焦らないでほしい。ドーンを油断させるためにしたことが水の泡になってしまう」

ジョーの表情を見て、ジェーンはこれ以上言っても無駄だと悟った。落胆と不満が込み上げてきた。「わかった。一日待つわ。それから、後を追う。ケイレブにロンドン行きのフライトプランを提出するように頼んでから、明日の午後、アトランタからバンクーバーに向かう。ロンドンに帰るのなら疑惑を招かないでしょう。この悪夢のような出来事が起こるまではロンドンにいたんだから」

「きみのパスポートまでベナブルに用意させられない」

「ベナブルが何よ」ジェーンは挑むように言った。「もう決めたの。ここでじっとしてなんかいられない。あなたの邪魔はしないわ。わたしはわたしでザンダーを捜す」

ジョーは悪態をついた。

「こんなことになるなんて」目頭が熱くなってきて、ジェーンは背を向けた。「ケヴィンの日記はイヴの作業台の引き出しに入れておいた。発つ前にＦＢＩのラボに送るといいわ。気をつけてね、ジョー」

涙で目がかすんでいたので、コテージに向かう途中でマーガレットにぶつかりそうになった。

「カメラマンが帰ってしまったのが残念ね」マーガレットが言った。「今のあなたは絶好の被写体なのに」湖岸にたたずんでいるジョーに目を向けると、肩をすくめた。「ここに残れと言われたのね。でも、わかってあげて。大切なものを失うと、せめて残ったものだけでも守りたくなるのは当然よ」

「わたしだってイヴを見つけるために行動を起こしたいのよ」ジェーンはため息をつくと、気を取り直そうとした。「ケンドラはサンディエゴに帰ったわ。あなたもここにいてはいけないと言われたでしょう」

「邪魔になるだけだって」マーガレットはにっこりした。「あなたもケンドラと同じ意見かもしれないけど、追い返そうとしても無駄よ。わたしがどんなに役立つ人間で、わたしがいないとやっていけないかを証明してみせるわ」マーガレットは小首を傾げた。「日記を読んだでしょう？」

「ええ。胸が悪くなった」

マーガレットはうなずいた。「わたしも読んだけど、ケンドラやあなたが見落としたことに気づいたような気がするの。書いたのがケヴィンだとわかっていると、普通は嫌悪感が先に立って、彼の行動の理由や意味を考えられなくなるんじゃないかな」

「あなたは冷静に読めたというの？」

「そういうつもりはないけど、わたしは森で育ったから、ありのままに受け入れるのは得意だと思う。自然界にはいいことも悪いこともあるから、上手に受け入れないと生きていけない」マーガレットはまたちらりとジョーに視線を向けた。「彼の言うとおりよ。あなたがついていっても役に立たない。ほかの方法を考えたほうがいいわ」

「たとえばどんな？」

「追悼式が終わったら、ケンドラにそのことを相談するつもりだったんだけど、さっさと帰ってしまったから」マーガレットは肩をすくめた。「理詰めでしか考えられない人なのよ」

「でも、的確な判断を下すわ」

「ケンドラの行動を身近で見られて楽しかったわ。理屈に合わないことばかりするわたしとなぜいっしょにいられるのか、不思議でたまらなかったみたい。そんなケンドラを見るのが面白くて」

「ケンドラがいなくなって寂しくなるわね」

マーガレットはうなずいた。「でも、これきり会えないわけじゃないし。わたしをありのままに受け入れてくれる人はめったにいないから大切にしなくちゃ」マーガレットは笑顔を向けた。「あなたもそのひとりね」

「理解できるまでに少し時間がかかったけど」

ジェーンがマーガレットと出会ったのは、カリブ海の島にある動物実験施設だった。ジェーンは瀕死になった愛犬トビーに治療を受けさせるために島に連れていったのだが、診断がつかなくて途方に暮れていたとき、施設のスタッフだったマーガレットが不調の原因を突き止めてくれた。トビーは何者かに毒を盛られたというのだ。マーガレットによると、トビーが訴えようとした漠然とした印象から判断したということだった。おかげでトビーは回復に向かった。

「結果さえよければ方法はどうでもいいというわけにはいかない場合もあるから」

「そのとおりよ。わたしの方法を無条件に受け入れられる人はめったにいないわ」そう言うと、マーガレットは話題を変えた。「ケンドラはケヴィンの日記のコピーをとっていたけど、あなたももらった？」

「ええ、オリジナルはジョーに渡すことにした」

マーガレットは探るようにジェーンの顔を見つめた。「あなたもここを発つつもりなんでしょう？」

「これから荷物をまとめて、今夜は空港ホテルに泊まるつもり。ジョーとコテージで顔を合わせて話を蒸し返されたくないから」

「トレヴァーやケイレブもいっしょ？」

「ケイレブにプライベートジェットでカナダに連れていってもらうつもり。トレヴァーのことは考えていなかった」

「トレヴァーがあなたを目の届かないところに行かせるわけないわ。あなたに夢中だもの」マーガレットはまた小首を傾げた。「ケイレブはどうなのかしら？　彼の考えていることはよくわからない。あなたのためを思って行動してるのか、それとも欲望に突き動かされているだけなのか。どっちにしても見逃す手はないわね」そう言うと、背を向けた。

「着替えてスーツケースを取ってくる。日記のコピーを一部持っていくのを忘れないでね。わたしももう一度読みたいから。わたしもホテルに泊まっていい？」

ジェーンは唖然(あぜん)とした。「ついてきていいと言った覚えはないわ」

マーガレットは振り向いて、いたずらっぽい笑みを浮かべた。「どこへ行けばいいか判断できるのは、たぶんわたしだけ。ついてくるのはあなたのほうよ」

# 5

**ワイオミング州　キャスパー**
**スターライト・モーテル**

暗いモーテルの部屋の隣のベッドからドーンの体臭が漂ってくる。ベッドのヘッドボードに手首を縛られたイヴは、無力感に打ちひしがれた。

眠ってしまったら何もかも忘れられる。眠りは救いになる。でも、救いを待っていないで生き延びる道を探さなくては。

ドーンは何度か電話をかけていた。相手はいつもカートランドという男らしい。どういう関係だろう。考えていると、いきなりドーンに声をかけられた。

「眠れないのか？　鉄の女もついに不安に取りつかれたかな。クインがあんたの追悼式を開いたのがよほどショックだったんだろう。まあ、どっちにしても、あんたはもうこの世に存在しないも同然だ。あと二、三日で決着がつく」

「あいにく、まだこの世に存在してるわ。眠れないのは、この狭い部屋であなたの体臭に悩まされているからよ。胸が悪くて」闇の中で言葉を交わしていると、距離感が近くなるような気がする。今ならドーンに探りを入れられるのではないかしら？　やってみて損はない。「復顔像が完成したらバンクーバーに行くの？　ザンダーがバンクーバーにいるとは思えないけど」

「ザンダーはわたしたちが死んだと思い込んでいる。家をたたんで高飛びする理由はないだろう」

「ベナブルやジョーにも居所を知られているし、当然、警戒するでしょう。ザンダーの命を狙っているのはあなただけじゃないはずよ」

「だが、あいつを殺すのはわたしだ。それに、行く前にちゃんと調査させる。わたしの計画に抜かりはない」

「何度も聞いたわ。でも、現実には計画どおり進んでいないどころか、挫折続きみたいね。それでこんな安モーテルに潜んで計画を練り直すはめになった。それに、ザンダーの調査を誰にさせるの？　相棒のブリックを殺してしまって孤立無援のくせに」

「わかったようなことを言うな。計画を練り直すのに多少時間がかかっているだけだ。これからザンダーの家に乗り込んでいって、あいつの目の前であんたを殺すとでも思っているのか？」

「そうじゃないの？」

「そんな単純な計画なんか立ててない。ベナブルにも思い知らせてやらなくてはならないし。保護すると約束しておいてゴーストタウンでわたしを殺そうとした。あいつはもう信用できない。全員に思い知らせてやらなくては」

　イヴはぎくりとした。「全員って？」

「クインとジェーンのことを考えているなら、心配は無用だ。脅威でなくなった人間まで標的にするつもりはない」

　部屋が暗くて、ほっとした顔を見られずにすんだ。ドーンは弱みを握ったらすかさず攻撃してくる。しかもむら気で、些細なきっかけで考えを変える。「ベナブルのことはわかったけれど、ほかに誰に思い知らせたいの？」

「ザンダーがケヴィンを殺すのを阻止しなかったやつらだ。連中はあの子を救うべきだったんだ。ケヴィンは逃亡資金と引き換えに工作員の名前を教えると持ちかけたんだから」

「パキスタンに潜入していた捜査官の名前を書いたディスクのことを言ってるの？」

「あれは交渉の手付金みたいなものだった。だが、ターサー将軍が娘を殺害されて大騒ぎしたから、取り急ぎの軍資金が必要になった。それで教えることにしたんだ」

「誰の名前を？」

　ドーンは答えない。これ以上は訊き出せそうにないとイヴが思ったとき、ドーンがまた話し出した。「あんたに教えるわけがないだろう。この期に及んでもまだ逃げる気でいるのは知ってるぞ」ドーンは含み笑いをした。「往生際の悪いやつだな。その気になったら、今すぐあんたの頭に銃を突きつけられるんだ」

「その気はないくせに。わたしを殺したからどうなるというの？　それであなたの計画がうまくいくわけでもないでしょうに」

「あんたが死を恐れていないのは知ってるよ。それも癪の種だ。あんたを目の前で殺せばザンダーを苦しめることになるが、あんたに死の恐怖を味わわせることはできない。いっそ、クインとジェーン・マグワイアを巻き添えにするか」ドーンはしばらく考えていた。

「いや、もっといい方法があった。あんたは優しい心の持ち主だから、罪もない人間が死ぬと知ったら心を痛めるにちがいない。それが子供だったらなおさらだろう。何十万人もの子供が命を落とすと知って苦しみながら死ぬことになる」

「何十万人もの子供？」イヴはぎくりとした。

「ほら、子供のこととなると、すぐ反応する」ドーンは満足そうだ。「思ったとおりだよ。あんたは失踪した子供を親のもとに帰すことに人生を捧げてきた。だが、これまでに帰すことのできた子供たちとは比べものにならないほどたくさんの子供たちが一瞬にしてこの世から消えたら、どんな気がするだろうな。もっとも、親もいっしょに消えてしまうから悲しむ人間はいないわけだが」

「なんの話？　誰がこの世から消えてしまうの？」

「ブリックとあいつが運んできた娼婦の死体も消えてしまうはずだった。だが、爆薬の量を間違えたらしい。ケヴィンならうまくやっただろうに。あの子に比べたら、わたしは素人だからな。だが、ケヴィンの計画なら被害者は跡形もなく消える。広島で起こったように数百万の人間があっというまに消えるはずだ」

イヴは息ができなかった。「原爆のこと？」

「ほかに何がある？　ケヴィンはちゃちなことなんか考えない。ヒトラーを崇拝していたと教えたじゃないか。ヒトラーが原子爆弾を手にしたら神のような存在になれただろう。ケヴィンは自分がそうなろうとしたんだ。綿密に計画して完璧にやり遂げるはずだった」

「ありえない」

「声が震えているぞ。よほどショックだったんだな」

怯えているのを見抜かれたら、ドーンをますます勢いづかせることになる。「突然こんな話を聞かされたら誰だって……」

「ケヴィンの考えることは凡人とは違うんだ。あの子の絶大な力を目の当たりにしたら、誰もがその前にひれ伏す。あんただって例外じゃない」

「でも、何十万人もの子供たちを犠牲にするなんて」

「やっぱり気になるだろう。ケヴィンはあんたなんか恐れていない。あの子はどんどん強くなっていくし、あんたは弱くなる一方だ。残り少ない日々を恐怖におののいて過ごすあんたを見るのが楽しみだ」

「いったいどうやって――」

「高性能の核爆弾を遠隔操作するんだ。五年前は最新の機器だった。今では少々時代遅れになったが、それでもちゃんと作動する。爆発した瞬間、アメリカの二つの都市の大半が吹っ飛ぶ」ドーンは含み笑いをした。「かろうじて残った地域もその後三十年は住むことができない。それぐらいの威力がある。ケヴィンのすることに抜かりはないさ」

「二つの都市って？」

「二つの主要都市を破壊すれば、アメリカ経済は機能しなくなる。その後、数年は景気が停滞するだろう。五年前の試算では――」

「考えたのは誰？　ケヴィンだなんて言わないでちょうだい。ケヴィンにこんな計画が立てられるわけがない」

「厳密に言えば、ケヴィンじゃない。資金を提供したのはアルカイダだ。長年この計画を練っていたが、小型の核爆弾なら実行可能と判断したんだ。標的の都市に工作員も送り込んだ。ケヴィンは二つの都市にウランを運ぶ役割を与えられたが、幹部に信頼されて最終的に爆弾の設置場所を一任された。だから、あの子が始めた計画のようなものだ」

「その信頼を裏切って工作員の名前を教えようとしたわけね」

「背に腹は代えられなかった。国土安全保障省テロ対策チームのフレッド・ジャスコウという男に正体を知られて、交換条件を出されたんだ。工作員の名前を教えたら、別人として生きる道を保証すると」ドーンは苦い口調で続けた。「ターサーがザンダーにあの子を殺させたのはその直後だ。国土安全保障省はターサーに殺害を禁止していたと、あとから聞かされた。が、聞いてどうなるものでもない。あの子が戻ってくるわけじゃないんだ」

「パキスタンに潜伏しているＣＩＡ捜査官の名前を記したディスクをベナブルとの交渉の材料にしたわけじゃなかったのね」

「あれはあれでいい材料になった。アメリカはビンラディンを狙っていて、パキスタン情勢に敏感だったからな。だが、テロ対策チームがしくじったせいで、アメリカ本土で数百万人の死者を出すことになる計画をつぶすことができなかった」

「阻止したわけじゃないの？」

「ケヴィンが殺されたとき、アルカイダは計画が発覚したと思ったんだ。潜伏していた工作員は散り散りになった」

「それなら、しくじったことにはならないでしょう」

「やつらは核爆弾を回収できなかった。ケヴィンはいったん帰国して爆弾を別々の場所に隠してから、またパキスタンに戻った。隠し場所は誰にも教えなかった。国土安全保障省との取り引きの材料にするつもりだったんだ」

「でも、教える前に殺されてしまった」イヴは考えをまとめようとした。「それで、あなたが引き継いだのね。国土安全保障省としては、爆弾のありかは聞き出せなくても、ベナブルがあなたを監視しているかぎり、テロリストに情報を売ることはないと判断した」

「まんまとベナブルの裏をかいてやった。ベナブルだけじゃない。連中はあっさり騙された」

「でも、五年前の話でしょう。その爆弾がまだ作動するとはかぎらないわ。ひそかに破壊された可能性だって」

「ケヴィンがそんなことをさせるもんか」

「アルカイダが計画を進めるつもりなら、新しい爆弾を持ち込めばすむでしょうに」

「わかってないな。ケヴィンの爆弾にどれだけ価値があるか。ここに着いてすぐカートランドに連絡したら、宝の山を提供されたみたいに喜んで話に乗ってきた」

「作動するかどうかもわからない古い爆弾に、そんなに価値があるの？」

「ちゃんと使える」ドーンは断言した。「それに、二つの都市に新たに爆弾を設置するのはとてつもなく困難な作業だ。五年前、ケヴィンたちも苦労したが、今は当時とは比べものにならない。国土安全保障省のテクノロジーは当時よりはるかに進んでいるし、広範なネットワークを持っている。だいじょうぶ、あの爆弾は今でも使える。起爆装置のスイッチを押せばいいだけだ」

「やけに自信たっぷりね。ケヴィンが設置しそこなった可能性もあるのに」

「いちいち癪に障ることを言うやつだな。ケヴィンを一目見たらどれほど優秀な人間かわかったのに。いや、これからも多くの人間が思い知らされるはずだ。爆弾が作動すれば、世界中があの子に畏怖の念を抱くだろう」

「悪名を轟かせるだけよ。そうじゃなかったら、作動しなくて物笑いの種になるか」

「黙れ」ドーンは怒りを爆発させた。「今にわかる、あれがどれぐらい――」いったん言葉を切って、また続けた。「そうだ、あんたとザンダーに威力を見せてやろう。それこそ完璧な結末だ。ここを出てケヴィンが爆弾を隠した都市に行く。そして、あんたをおとりにしてザンダーをおびき寄せる。たぶんあんたは爆発前に死ぬことになるが、死ぬよりつらい苦しみを味わうはずだ」

「わたしをおとりにしたってザンダーは来ないわ」

「いや、現にゴーストタウンに助けに来たじゃないか。あいつを見たときは、してやったと思ったよ」

イヴはしばらく考えてから訊いてみた。「どこへ行くの？」

「気になるのか？」

これまで都市名を探り出す勇気がなかったが、今なら話の流れの中でさりげなく訊き出せそうだ。「そういうわけじゃないけれど」

「どっちにするかな。バンクーバーに近いほうがいいだろう。遠出させることになったら、ザンダーがためらわないともかぎらない」ドーンはしばらく考えていた。「シアトルにしよう。あそこならおあつらえ向きだ。シアトルに行ったことはあるか?」

「ないわ。行きたくないと言っても許されそうにないわね」

「あんたを許す気はない。ケヴィンとわたしをこんな目に遭わせたんだから。だが、あんたのことは忘れないだろう」

「わたしはさっさと忘れたい。あなたが息子のもとに行ったとたんに頭から追い払う」

「まだ息子のもとに行く気はない。わたしがこちらの世界にいるかぎり、もっと強くなれるとケヴィンは言っている」

「あなたに乗り移る気かしら。ケヴィンの霊が存在すると信じてるわけじゃないけど、存在するとしたら、父親を利用することしか考えていない悪霊に決まってる」

「あんたにはわかってない。わたしたちは仲のいい親子だった。今でも絆は深まっている」

「息子に魂を捧げるなんて愚かなまねをしているからよ」

「減らず口を叩くな」ドーンはしばらく沈黙してから、また低い声で話し始めた。「だが、考えてみたら、あの子に利用されるのも悪くないな。息子は父親を乗り越えていくものだと昔から決まっている。ケヴィンは生まれつき優秀な子だった。わたしよりずっと優秀だった。あれだけ才能に恵まれていたら、この世でできないことなどないだろう」

イヴは背筋が寒くなった。ドーンは本気で息子になり代わろうとしている。ケヴィンのようにではなく、ケヴィンになりたがっている。ケヴィンが自分に乗り移ることを望んでいる。

「こんな話はもうたくさん。少し眠るわ。あなたの息子は死んだのよ。もうなんの力も及ぼせない」

「シアトルに行けばわかるさ。そうだとも、シアトルに行ったら……」

そうだ、そのことを考えなければ。ドーンから思った以上の情報が引き出せた。まだまだ訊き出せそうな気もするけれど、それより考えなければいけないことがある。

アメリカの二つの都市が核の脅威にさらされている。

そのひとつ――シアトルをドーンはわたしの死に場所に選んだ。

ドーンが口にしたカートランドという男、そして、パキスタンの工作員。

このどれかがヒントにならないだろうか？

明日、復顔像の最後の仕上げをすませたら、ドーンはすぐここを引き払うだろう。それまでにジョーとベナブルがここを突き止めてくれればいいけれど。あの偽物の追悼式をすませたあと、ジョーはなんらかの行動に出るにちがいない。だが、ベナブルはどうだろう？　ドーンはベナブルの裏をかいたと言っているが、この五年間、ベナブルがただドーンを泳がせていたとは考えられない。核爆弾の話をジョーに教えたかもしれない。

シアトルに向かっていることを二人に伝える方法はないだろうか。四六時中ドーンに監視されているから、隙を狙うのは大変なことだ。でも、バスルームなら。鏡にメッセージを残すのはどう? 湯気で消えてしまうだろうか? そもそも口紅一本持っていないのだから、メッセージを書き残すことができない。それに、ドーンは部屋を引き払う前にバスルームも調べるだろう。

でも、よく考えれば、何か方法が見つかるはず。

命がかかっているのはザンダーとわたしだけではないのだ。数百万の死者が出るとドーンは言っていた。

罪もない人々を犠牲にするわけにいかない。

**ジョージア州　アトランタ**

**湖畔のコテージ**

ベナブルは近づいてくるキャサリンの顔を見て、覚悟を決めたようだ。話し相手に笑顔を向けて会話を打ち切った。「失礼、仕事です」キャサリンの腕を取って駐車場に向かいながらつぶやいた。「口実だと思っただろうな。きみを見て仕事仲間と信じる男はいない」

「雑談しに来たと思った?」キャサリンは言い返した。「そんな気分じゃないわ。どこに行くの?」

「車で話そう。今のきみは火花を散らさんばかりだ。目立ちすぎる」

「目立ったらどうだというの？　ずっとわたしを避けていたでしょう」

「ああ、もっと早く来ると思っていたよ」ベナブルはレクサスの助手席側のドアを開けた。

「あちこちで情報収集していたんだろう」自分も運転席に乗り込んだ。「いよいよ戦闘準備完了というわけか」

「なぜイヴが誘拐された時点で知らせてくれなかったの？」

「きみはコロンビアで仕事中だった。ちなみに、大成功だったようだな」

「はぐらかさないで。交代要員を送ればすむことでしょう」

「きみほど有能な人物はいないからね」

「イヴはわたしの恩人よ。こういうときこそ役に立ちたい」

　ベナブルはしばらく黙っていた。「きみの気持ちはわかるが、今回は帰国させるわけにいかなかった」

「なぜ？」

「コロンビアに交代要員を送りたくなかったのと同じ理由だよ。きみが人一倍有能だからだ」ベナブルは唇をゆがめた。「きみの目はごまかせない。きみが加わったら、捜査を根底から覆す恐れがある。そんなリスクは冒せなかった」

　キャサリンの顔がこわばった。「やり口が卑劣よ」

「そうせざるを得なかった」

「あなたがゴーストタウンの酒場を攻撃させたのはイヴの利益に反する行動だったとケンドラは言っていた」

「そう言われてもしかたがない。ケンドラには見抜かれるだろうと思っていたよ」

「なぜイヴの利益を優先しなかったの？　殺されてもかまわなかったの？」

「何を言うんだ？　イヴは大切な友人だ。あれでもぎりぎりまで全力を尽くした」

「ぎりぎりまで？」

「最優先課題はジム・ドーンの殺害あるいは逮捕だった」

「でも、ほかに方法があったはずよ」

「だから、きみを捜索に加わらせたくなかったんだ。手に負えなくなる」

「たしかに、ドーンの首を取るためにイヴを犠牲にするというなら猛反対したわ。ＣＩＡ幹部の意向なんて知ったことじゃない。人生の大半をＣＩＡに捧げてきたあなたは、そうはいかないだろうけど」

「そのとおりだ。人生を捧げる価値があると信じている。きみだってそうじゃないか。価値を見つけなかったら捜査官にならなかっただろうし、こんなに長続きしなかった。やり口が卑劣だという非難に反論する気はない。しかし、敵の卑劣さに比べたら取るに足らないことだ」ベナブルは一呼吸おいた。「ドーンのやり口が目に余るようになって、苦渋の決断を下さざるを得なかった」

「ドーンの首のためにイヴの命を差し出すという決断？」

　ベナブルはすぐには答えなかった。「必要となったら」

「ひどい！」

「なんと言われても返す言葉がない」

「ドーンを抹殺するのがそれほど重要なことなの？」

「ああ、手段は選ばない」

「イヴを犠牲にしてでも？」

「ひとりの命と無数の命、どちらを取るかだ。選択の余地はなかった」

「いったいなんの話？」

「二つの都市が核の脅威にさらされている。ドーンは核爆弾の隠し場所を知っていて、作動させることができる。これだけ言えば充分かな？　ドーンは抹殺しなければならない。コロラド州のゴーストタウンでその機会があったが、取り逃がした。あいつはイヴを連れて逃げた。今ごろ、どこかで仲間と連絡をとって、二つの都市を破壊する準備を進めているだろう」

「二つの都市ってどこ？」

「国土安全保障省は一箇所をシカゴと突き止めたが、もう一箇所はまだ特定していない」

シカゴは大都市だ。残る一箇所も同じように人口の多い都市だとしたら、想像を絶する被害に見舞われるだろう。

「核爆弾にはどれぐらい威力があるの？」

「確実に都市の四分の一は破壊できるらしいが、くわしいことはわからない。なにしろ五年前のことだから」

「五年かけても国土安全保障省は爆弾を見つけられなかったの？」

「ドーンの息子のケヴィンは殺害される直前に爆弾を隠したが、よほどうまくやったんだろう。その場所を知っているのはドーンだけだ。ドーンが息子と関わりのあったアルカイダの工作員に場所を教えたら、あとは連中がやるだろう」

「工作員に関する情報は？」

「一部の工作員の名前が判明している。ケヴィンが殺されたあと、工作員たちは泡を食って地下に潜伏してしまった。ポール・ベルリッツ、リーダー役だったらしいジョージ・カートランド、そして、ムハンマド・ナリ。それ以外の工作員の名前も調査中だが――」

「誰ひとり捕まえられなかったわけね」

「ああ、捜査は続けているが。パキスタンに帰った可能性もあるが、われわれは中東で軽率な行動はとれない。だが、ドーンが隠れ家を出たあと様相が変わった」

「工作員たちは新しい身分証を手に入れたわけね。シカゴの情報源には当たったんでしょうね」ベナブルの渋い顔を見て、キャサリンは肩をすくめた。「今回はいつもと違う方法をとっているようだから、一応訊いておかないと。それで、これからどうするの？」

「ドーンを見つける。できれば、捕まえて爆弾の隠し場所を訊き出す。それが無理なら、殺して、まだカートランドに場所を教えていないのを祈るだけだ」

「いずれにしても、イヴは窮地に立たされるわ」

ベナブルは黙っていた。

キャサリンは訝しげに彼の顔を見つめた。「なぜそこまで教えてくれるの？　問いつめたわけでもないし、ジョー・クインやジェーン・マグワイアには秘密主義を通しているようなのに」

「ドーンを抹殺するに当たって、あらゆる災いのもとを表面化させたくないからだ。そんなことになったら、国家安全保障省の何人かの首が飛ぶ。ドーンとイヴをゴーストタウンで追いつめたわたしの行動を無謀だと思っているようだが、国家安全保障省のテロ対策チームが何をするつもりだったか知ったら、さすがのきみも愕然とするだろう。州境にドローン部隊を待機させていたんだ。翌日、エロルドン少佐から電話があって、なぜドローン攻撃の発動を要請しなかったのかと叱責された」ベナブルは苦い表情で続けた。「ドーンとイヴが死んだと聞いて少し機嫌を直したが、情報を逐一提供しなかったことを根に持っている」

「ドローン攻撃って？　イヴを救出しようともせずに攻撃を許可するつもりだったというの？」

「国家の安全のためだ」ベナブルは吐き捨てるように言った。「そして、わが身の安全のため。官僚がこの二つを大義名分にしたら危険だ」

「もしドローンが本当に死んでいたら、核爆弾のありかはわからずじまいだったわ」

「当面の問題は解決したと評価したいんだろう。ドローン部隊を待機させること自体、ドローン殺害を目的にしていたんだから」

「国家安全保障省の幹部に情報を逐一提供しなかったと言ったわね」キャサリンはベナブルの表情を探った。「今後もそのつもり？」

ベナブルは答えなかった。

「やっぱり、指示に従うのね？」

「わたしに何を言わせたいんだ？　問題は解決したわけじゃない。とにかく、わたしが指揮をとって全力を尽くす。指揮官が多すぎるとろくなことはない。とりわけ、エロルドンのような傲慢な男が出てきた場合は」ベナブルはキャサリンと目を合わせた。「だが、応援が必要な事態になったら、協力を要請する」

「さすがね。あなたらしいわ」

「きみにも協力してもらいたい。きみに知らせなかったのは機密を守りたかったからだが、もうその必要はなくなった。得られるかぎりの協力がほしい。一刻も早くドーンを見つけるために」

「ドーンはどうだっていい。見つけたいのはイヴよ」

「キャサリン」

「ドーンの計画を阻止しなければいけないことぐらいわかってるわ。でも、あなたがドローン部隊を出動させる前にイヴをドーンから奪い返さなくては。現時点で判明していることを教えて」

「ドーンが洞窟から川をくだって逃げたあとで使った車のタイヤの跡を、ケンドラが見つけてくれた。ごく普通のオフロード車のタイヤだ」

「ケンドラから聞いたわ」

「周辺の防犯カメラをすべてチェックして、その種のタイヤを装着している車を探した」

「それで？」

「ゴーストタウンで火災があった夜、ワイオミング州境で左のフェンダーがへこんだ褐色のトヨタ4ランナーが目撃されている。防犯カメラには運転者しか映っていないが、イヴが意識を失ったまま座席に横たわっていた可能性がある。現在、コロラド州とワイオミング州のすべての防犯カメラを調べているところだ」

「ほかには？」

「そのトヨタの行方はわからない。州境を徹底的に捜したが、収穫はなかった。現在も捜索を続けている」

「頭の回る人間なら、幹線道路から離れてどこかに潜むわね」

ベナブルはうなずいた。「州警察の応援を借りて、二つの州のホテルやモーテル、B&Bを片っ端から調べている」

「とにかく、どんな手がかりでも追うしかない」キャサリンはドアを開けて車からおりた。「ドーンに関する情報を提供するという条件で捜索に協力させてもらう。些細なことでも何かわかれば次につながる可能性がある」

「協力を求めるからには、判断材料はすべて提供する」

「本当かしら？」キャサリンはさりげない口調で言った。「クインには何もかも教えたわけじゃないでしょう。わたしはちゃんとした答えがほしいの」

「答えたじゃないか」

「まだ隠していることがある。ドーンを保護した時点で、ザンダーとなんらかの取り引きをしたはずよ。ザンダーが行方をくらませたのは、イヴとドーンが死んだからだと誰もが思っている。でも、事件の鍵を握っているザンダーをあなたが手放すとは考えられない。おそらく、わたしに打ち明けたことをザンダーにも教えたんでしょう。捜査の進展をちゃんと報告しているはずよ。あなたなら電話一本で彼の居所を突き止められる」

　短い沈黙のあとでベナブルは口を開いた。「電話してもいいが、彼が出る保証はない。ケンドラに聞いたタイヤ跡の情報は伝えたが。ザンダーはわたし以上に秘密主義だから、何かつかんでいるとしても教えるとはかぎらない」

「褐色のトヨタのことは知らせていないの？」

「ああ、車を見つけてからでいいと思って」ベナブルは低い声で笑った。「だから、できるだけきみを遠ざけておきたかったんだ。きみの目はごまかせないから」

「香港の裏町で出会ってから、ずっとあなたを見てきた。あなたは変わったわね、いい意味でも悪い意味でも」

　ベナブルは苦笑した。「その言葉をそっくりきみに返すよ。だが、きみが興味深い人物であることに変わりはない」

「ザンダーに関する情報をメールで送って。どこにいて、何をたくらんでいるか」キャサリンは背を向けた。「それから、ドーンが接触する可能性のある工作員のファイルも」

「承知した。ただし、記録の大半は偽造と思ったほうがいい」

「手に入るだけのものでいい」

「キャサリン」

　呼び止められて、キャサリンは振り向いた。

「ケンドラはゴールドフォークのドーンの隠れ家で何か見つけたらしい。わたしは彼女に信用がないが、きみなら話が別だ。発つ前に何か言っていなかったか？」

「ドーンが持っているとあなたが触れ回っているディスクのこと？」

「ケンドラから聞いているんだろう？」

「推察どおりよ。ケンドラはあなたを信用していないと言っていた」

「それで、何か見つけたのか？」

「かもしれない。でも、あなたがイヴを犠牲にするのを目撃したから、二度と同じことをしないと納得させるまで教えてくれないでしょうね」キャサリンはベナブルの目を見つめた。「その前にわたしを納得させられるかしら」そう言うと、また背を向けた。「そのディスクとやらに何を期待しているのか打ち明ける気があるなら、道が開けるかもしれない。考えておいて、ベナブル」

## 6

ジョージア州　アトランタ
ハイアット空港ホテル

「いいホテルね」マーガレットはジェーンからルームキーを受け取りながら言った。「こんなところに泊まるのは初めて。あちこち旅してきたけど、安いモーテルばっかりだったから」エレベーターに乗ると、四階のボタンを押した。「ねえ、今夜、あの日記をみんなで調べてみない？　二十分後に集合ということでどうかしら？　まずはこの窮屈なドレスとハイヒールを脱いで一息入れたいわ」そう言うと、ジェーンに笑いかけた。「あなたの部屋でいい？」

「許可を求めてくれてありがとう」ジェーンは皮肉な声で言った。「何から何まで仕切るつもりかと思ってた」トレヴァーとケイレブにちらりと目を向ける。「それでいい？」

トレヴァーはうなずいた。

「異議なし」ケイレブはエレベーターをおりて左に向かった。「マーガレットが考えることはいつも面白いよ。じゃあ、あとで」

「部屋まで行くよ」トレヴァーがジェーンのキャリーバッグを持った。

「自分で運べるから――」そう言いかけたときにはトレヴァーは歩き出していた。ジェーンはあわてて後を追った。

トレヴァーはジェーンからキーを受け取ってドアを開けた。「よけいなことかもしれないが、ぼくにできることはしたいんだ」ほほ笑みかけながらキーを返した。「自分の役割に気づいたと話しただろう」ドアの内側に荷物を置くと、ジェーンの額に軽く唇をつけてから廊下に出た。「じゃあ、二十分後に」

トレヴァーの背中を見送っていると、ジェーンは胸が熱くなった。恋人だった頃の燃え上がる思いとはまた違う。彼の温かさに包まれていると、不安も孤独も忘れられそうな気がする。呼び止めてもう一度彼の笑顔を見たくなった。

その思いが通じたかのようにトレヴァーが振り返った。「ぼくは本気だからね。今後はぼくたちの関係も変わると思う。ぼくは運命を信じるタイプじゃなかったが、最近、考えが変わったんだ。今きみをつなぎとめておかないと、永遠に失ってしまう。だから、ぼくを信じてほしい」

トレヴァーの気持ちはうれしかったが、今のジェーンには自分のことを、ましてや今後のことを考える余裕などなかった。一刻も早くイヴを見つけたい。頭の中にあるのはそれだけだ。

　ドアを閉めると、ケヴィンの日記を取り出して居間のコーヒーテーブルに置いた。とたんに、先ほどまでのぬくもりがかき消える。得体のしれない不気味さが日記から漂ってくる。

　こんなことではだめ。マーガレットのように一息入れて、心構えをしておかなくては。バッグを寝室に運ぶと、顔を洗って着替えた。それから、ルームサービスでコーヒーを頼んだ。

　二十分後に届くように。


「コーヒーが飲みたかったところ」カウチに腰をおろすなりマーガレットが言った。「ビュッフェでサンドイッチをつまんできたけど、カフェインで頭をすっきりさせたかったの」ジーンズとチュニックに着替えて革サンダルを履いたマーガレットは、実年齢の十九歳より幼く見えた。「あなたも飲んだほうがいいわ、ジェーン。わたしよりくたびれた顔をしてる」

「さあ」ケイレブがカップにコーヒーを注いでジェーンに渡した。「たぶん、だいじょうぶだろう……今夜のところは」

「わたしは元気よ。その話題はこれでおしまい」ジェーンはきっぱり言うと、コーヒーをすすった。「今日は大変だったから疲れただけ」

「無理もないよ」トレヴァーが思いやりを込めたまなざしを向けた。「ゴーストタウンの火災以来、息つく暇もなかったからね」ケイレブに視線を移す。「きみがだいじょうぶと保証してくれて安心したよ」

「ジェーンの健康状態はおれが誰よりも知っている」ケイレブは、ジェーンとトレヴァーが反論する前にマーガレットに顔を向けた。「このミーティングをできるだけ短く切り上げて、早くジェーンを休ませたほうがいい」コーヒーテーブルの上の日記に目をやった。「ジェーンの話では、この忌まわしい代物を読んで気づいたことがあるそうだね」

「誇大妄想者の自慢話とポルノと詩が書き散らしてあるんだけど」マーガレットは日記を手に取ると、最初のほうのページを開いた。「あなたが言ったとおり忌まわしい代物よ。特に被害に遭った女の子たちの描写は……」そう言うと身震いした。「読んでいて胸が悪くなった」

「それで?」ケイレブが先を促した。

「そういう記述の間に、気になる表現がたまに出てくるの。うっかりすると見落としそうだけど」マーガレットは開いたページに視線を落とした。「たとえば、ここ。『すべすべした肌、子供の肌、サテンのように滑らかな母の肌に似ている』」またページを繰った。「『青い目がおれを見つめている。怯(おび)えた目、自分の身に起こっていることを憎んでいる。

だが、美しい目だ。本当に美しい。母の目のように』声に出して読むと、顔を上げて日記帳を閉じた。「こんな表現がほかにも何箇所かあって」マーガレットは意味を噛みしめるようにゆっくり続けた。「必ず母親にたとえてあるの。わたしたち、ずっと父親のドーンとの関係に注目していたでしょ。でも、ケヴィンは残虐行為を繰り返しながら母親を思い出していたみたい。全体の印象からすると、母を慕う息子の姿が浮かび上がってくるの」

ジェーンが眉根を寄せた。「連続殺人犯の動機に母子関係が関わっている場合、大半が母親への憎しみだとジョーに聞いたことがあるけど」

「犯行の動機とは関係ないのかも」マーガレットが言った。「ドーンの居所を突き止める手がかりが何もないなら、別の方向から調べてみたらどうかと思っただけよ。ケヴィンの母親は息子に大きな影響力を持っていたようだから」そこで一呼吸おいた。「まだ生きているのかどうかわからないけど」

「ベナブルからケヴィンの母親のことを聞いたことはないか？」トレヴァーがジェーンに訊（き）いた。

「ベナブルはわたしに何もかも教えてくれたわけじゃないから」ジェーンはスマートフォンを取り出した。「でも、調べる方法はあるわ。キャサリン・リングに頼んでみる」キャサリンの番号を表示させる。三度めの呼び出し音でつながった。「お願いがあるの。ケヴィンの母親のことだけど、まだ生きているのかしら？　ベナブルから何か聞いてない？」

「いいえ。なぜ母親のことが知りたいの？」

「手がかりになりそうな気がして。どう、ベナブルから訊き出せそう？」

「たぶん。わたしをおとなしくさせておくために今回はやけに協力的だから。だめだったらCIAのデータベースにアクセスしてみる。二十分待って」キャサリンは電話を切った。

「二十分で調べてくれるって」ジェーンはスマートフォンを置きながら言った。「効率を絵に描いたような人ね」

電話がかかってきたのは十五分後で、ジェーンはすぐスピーカーホンに切り替えた。

「ハリエット・レリングは生きているわ。離婚したのはケヴィンが十五歳のとき。その後、旧姓に戻して、インディアナ州のマンシーに移住。現在は地元のフェリー・ロード・ハイスクールで英文学を教えている」

「離婚後もドーンと連絡をとっていたの？」

「それはなさそうね。離婚届では〝和解しがたい不和〟が原因に挙げられている。ベナブルの報告書を読むかぎりでは、相当きつい性格の女性らしい。五年前にドーンに対して証人保護の措置をとるに当たって、ベナブルは別れた妻のことも徹底的に調査しているの。その時点では、異性関係は皆無で、男嫌いと噂されていた。友人も多くない。学校改善運動に携わっていて、インディアナ州各地で講演活動をしている。英文学の博士号取得者で、複数の大学から引きがあったけれど、すべて辞退している。三年前には地元で自閉スペクトラム症の支援団体を立ち上げた。さっき言ったように、離婚後はハリエット・ウェバーと名乗って、周囲には未亡人だと言っているそうよ」一気にそこまで言うと、キャサリンはいったん言葉を切ってから続けた。「ベナブルの説明によると、彼女を監視しなかったのは、離婚したあと、夫とも息子とも連絡をとっている形跡がなかったからだそうよ」

「ドーンの監視もかなり杜撰だったようね」ジェーンは言った。「そうじゃなかったら、イヴを誘拐することはできなかったはずよ」

「たしかに。ベナブルはおおむね正しい判断を下すけど、今回は惨敗ね。ハリエットから話を聞く必要があると思う？」

「今の説明では、話が聞けるかわからないけど」ジェーンは考えながら答えた。「でも、一応、会ってみる。ケヴィンの日記に母親のことが書いてある以上、調べて損はないはずよ」

「ベナブルが送ってきたハリエットのファイルを転送するわ。また何かあったら電話して」

「ありがとう、助かったわ。今、何に取り組んでいるの？」

「ザンダーよ、もちろん。鍵を握っているのは彼だと思う」

「バンクーバーに行くつもり？」

キャサリンはしばらく無言だった。「別のルートをたどる。この電話を切ったら、すぐ出発するわ。報告できることがあったら知らせる」一呼吸おいて続けた。「ケヴィンの母親から話が聞けるといいわね。あんな悪党をこの世に送り出した女性なんて想像がつかないけど。でも、この世には悪党がいくらでもいて、例外なく母親がいるわけだから。わたしは遺伝をあまり信じていないの。人間にはそれぞれ生まれもった資質があると思う。その点ではイヴと意見が一致した」

「ケヴィンは父親のドーンから邪悪な心を受け継いだのかもしれない」

「どうかしら。ドーンが潜在的にそういう一面を持っていて、息子が悪事に走るようになってから表面化した可能性も考えられるけど」キャサリンはいらだたしげな口調になった。「こんなことを考えていても埒が明かないわ。それより、自分の直観に従って行動したほうがいい。ドーンが危険人物になった原因はともかくとして、手遅れになる前にわたしが始末する」

そこで電話は切れた。

「すごい女性だな」ケイレブが低い笑い声をあげて立ち上がった。「遺伝を信じていないのは承服できないが。ある種の形質が代々伝わることは身をもって証明できる」

「あなたに特殊な能力があるのは認めるけど」ジェーンは言った。「先祖が悪魔の申し子だと村で噂されていたことにこだわる必要はないわ。一種の伝説みたいなものよ」

ケイレブはトレヴァーに目を向けた。「あんたはどう思う?」

トレヴァーは少し考えてから答えた。「あんたは強い人間だ。その気になったら、自分が理想とする人間になれると思う」

ケイレブは目を丸くした。「きみは不思議な男だな。ライバルのおれを蹴落とすどころか、いい面を見ようとする。印象をよくしておけば、先々役立つこともあるというわけか」

「そこまで計算したわけじゃない」

「冗談だよ」ケイレブは苦笑すると、ジェーンに顔を向けた。「インディアナ州に行くんだろう?　出発は何時にする?」

ジェーンは腕時計を見た。「今から行くとマンシーに着くのは夜中になるわね。ハリエットを訪ねるのは朝八時以降にしたいから、三時間後ということで」

「少しでも眠ったほうがいいわ」マーガレットは勢いよく立ち上がるとドアに向かった。

「準備ができたら電話して。ロビーで落ち合うことにしましょう」

「マーガレット」ジェーンは呼び止めた。「気持ちはうれしいけど——」

「いいから、何も言わないで」マーガレットが笑顔でさえぎった。「エネルギーの無駄よ。まさか、わたしをここで捨てていく気じゃないでしょう?」

「それはそうだけど」

「どうしてもと言うなら、別行動をとってもいい」マーガレットはドアを開けると、トレヴァーとケイレブを急き立てた。「早く出て。ジェーンを休ませてあげなくちゃ」

トレヴァーは当惑した笑みを浮かべながら廊下に出た。「言わせてもらっていいかな、マーガレット。ここに集まったのはきみが言い出したからだよ」

「集まってよかったじゃないの」マーガレットはケイレブを廊下に押し出してから、ジェーンに念を押した。「置いていかないでよ」

ひとりになると急に疲れが出て、ジェーンは寝室に向かった。マーガレットに言われたように少し眠っておこう。そろそろ限界らしい。

着替えもせずに横になって目を閉じた。

気持ちを落ち着けて眠ろうとしても、ついこれからのことを考えてしまう。

インディアナ州まで行っても無駄足になるかもしれない。そのときはバンクーバーに向かおう。少なくとも、行動していれば、道が開ける可能性がある。漫然と不安を募らせているよりずっといい。

枕に頭を預けながら自分に言い聞かせた。

三時間後には行動開始。

**コロラド州　デンバー**
**ドレークホテルのペントハウス**
**午前八時四十分**

キャサリンはホテルの部屋の前で一瞬ためらった。

何を今さらと自分を叱咤(しった)すると、力を込めてドアをノックした。

誰かがのぞき穴から様子をうかがっている。「何か？」

「ザンダーに話があるの」

「部屋が違います」

「あなたはスタングね。中に入れて」

「違うと言ったでしょう」

「ザンダーがいるのはわかってる。ドアを開けないと、大声を出す。あなたが子供の養育費も払わずに逃げたと騒いでやる。一分待つわ」

「警備員を呼びますよ」

「騒ぎが大きくなるだけよ」

「通していいぞ、スタング」そっけない低い声がした。「わたしに任せろ」

ドアが開いた。「ハワード・スタングです」セーターを着た三十代の長身の男が出迎えた。「あなたは？」

「キャサリン・リングだ」白髪の男がバルコニーから入ってきた。黒いパンツに白いシャツ。左袖をまくり上げて腕にギプスをはめている。年齢はよくわからない。力強さと優雅さを兼ね備えていて、抑えた荒々しさを漂わせている。「わたしの思い違いでなければ」

キャサリンは無表情のままうなずいた。「どうしてわかったの？　ここに来ることはベナブルに言わなかったのに」

「指示されたわけじゃないのか？」

「もちろんよ。あなたとベナブルは適度に距離をおいて楽しんでいるようだけど。雲隠れされて連絡がつかなくなるのをベナブルは心配してるわ」

ザンダーはうっすらと笑みを浮かべた。「その必要はない。ベナブルはそれなりに役に立つから、一応連絡がつくようにしている」笑みが消えた。「しかし、軽率にわれわれの関係を漏らすようなら、考え直さなければならないな」

「わたしがあなたを訪ねるなんてベナブルは予想していなかったから」

「判断ミスというわけか。もっと始末が悪い」

「なぜわたしがわかったの？」

「消去法だ」ザンダーはスタングに顔を向けた。「コーヒーを差し上げたらどうだ？」そう言うと、またキャサリンに向き直った。「お茶のほうがよかったかな？　香港育ちならコーヒーよりお茶だろう」

「どちらでも」キャサリンはスタングが電話をかけるのを眺めながら続けた。「消去法とやらを説明してもらえる？」

「きみは大胆で頭が切れる。それに、向こう見ずだ。ＣＩＡの人間でなければ、わたしの居場所を突き止めるのは不可能だろう。それに、キャサリン・リング捜査官は友人だとイヴが言っていた。可能性の低い選択肢を消していくと、必然的にきみに行き着く」

「イヴとはコロラド山中で会ったそうね。でも、わたしの話をしたわけじゃないでしょうに」

「別れる直前にイヴがきみの名前を出した。気になったから、あとで調べてみたんだ。デンバーに来てから暇を持て余していたんでね」

「それで、わたしが香港育ちだと知っているのね」

「ああ。本当はもっと早くイヴを助けに来たかったんだろう。ベナブルが知らせなかったんだな」

　キャサリンは驚いてザンダーを眺めた。一筋縄ではいかない相手だ。

「イヴが誘拐されたと知ったのは、昨日の朝マイアミに着いてからよ」

「そうだったのか」

「ベナブルにはさんざん抗議してきた。でも、ベナブルは正しい決断を下したと思い込んでいる。それに、あなたが言うとおり、それなりに役に立つわ」キャサリンはザンダーと目を合わせた。「あなたがここにいると教えてくれたのも彼よ。これまで築いてきた、なごやかな関係を台なしにする覚悟で」

ザンダーは含み笑いをした。「なごやかとは無縁の関係だ。お互い常に相手の出方をうかがっている」そう言うと、椅子を勧めた。「座ったらどうだね。突然の訪問を歓迎しよう。死ぬほど退屈していたところだ」

「こんなときに退屈だなんて」キャサリンは椅子に腰をおろした。「わたしは恐怖と自己嫌悪と怒りでいっぱい。ドーンを殺して、ベナブルの首を締め上げたい」顔を上げてザンダーを見た。「あなたをどうするかはまだ決めていないけど。コロラドでイヴを助けなかったのはどうして？」

「助けたところで足手まといになるだけだ」

「イヴはあなたの娘なんでしょう？　そのことは決断に影響しなかった？」

「ああ。きみには信じられないかもしれないが」

「そんなことはないわ。わたしの父はアメリカ人兵士で、わたしが生まれる前に母を捨てた。母はドラッグ依存症の娼婦で、わたしは路上で育ったようなものよ。だから、家族の絆はよくわからない。でも、世の中には家族愛の強い人もいるから、あなたもそうじゃないかと期待しただけ。そうだったらイヴが生き残れる可能性が高くなるから」

「あいにくだったな」

「でも、イヴと話をしたら、どんな人間かわかったはず。彼女はかけがえのない人よ」キャサリンはザンダーの目を見つめた。「イヴを救い出すにはあなたのそばにいるのがいちばんだと判断したの。それで、ここに来た」

「なるほど」ザンダーはキャサリンと向かい合う形で座った。「それで、リング捜査官、わたしに何を期待しているんだ？　脅して思いどおりにさせるつもりかな？」

「キャサリンでいいわ。捜査官ではなくイヴの友人として来たから。あなたも父親らしい行動がとれないなら、せめてイヴの友人になろうとして。それから、皮肉はたくさん。あなたは脅されて言いなりになる人間じゃない。それに、どうやら死ぬのを恐れていない」

キャサリンは小首を傾(かし)げた。「そうでしょう？」

「時と場合によるな。きみはどうだ？」

「今は生きていたいと思う。息子を取り戻せたから」

ザンダーは眉を上げた。「思いどおり動かすのが目的ではないなら、何をしに来たんだ？」

「ベナブルから聞いたのよ。ドーンはまだこの一帯にいる可能性が高いし、あなたなら防犯カメラや交通監視カメラをハッキングさせて、居所を突き止められるかもしれないと。そのときはわたしも立ち会いたい」キャサリンは一呼吸おいた。「ドーンはあなたの命を狙っているわ。それもここに来た理由のひとつ」

「それはどういう意味だ？」

「あなたのボディガードになる」

部屋の隅にいたスタングが息を呑む気配がした。

ザンダーは唖然とした。「わたしの聞き違いかな？」

「あなたをドーンに殺させたくない。ドーンはあなたの目の前でイヴを殺す気でいるとベナブルから聞いたわ。イヴを生かしておくには、あなたを死なせるわけにいかないの」

「わたしが自分の身を自分で守れるとは思いつかなかったのか？」

「それはわかっているけど、できるかぎりリスクは避けたい。あなたが本気でイヴを助ける気があるのかもよくわからないし。だから、観念して。あなたのそばを離れないわ」

ザンダーはしばらくキャサリンを見つめていた。「驚いたな。きみを始末するくらい、わたしにはなんでもないことを知っているだろう」

「いくらその方面のプロでも、わたしはそう簡単に始末できないはずよ」

ザンダーはまたしばらく無言だった。「そうだろうな」そうつぶやくと、椅子の背もたれに寄りかかった。「ところで、アンクルホルスターにナイフをしのばせる習慣はあるのか？」

「え？」キャサリンは驚いて訊き返した。「ときには」

「今は？」

「持ってるわ、いざという場合に備えて。なぜそんなことを訊くの？」

「イヴからちょっと聞いたものでね。ふくらはぎにナイフをつけてやろうとしたとき、きみがアンクルホルスターをつけていると言っていた」

「イヴにナイフを渡したの？」

「せめてナイフぐらい持たせたほうがいいと思ってね。特別なことをしたわけじゃない」

「血も涙もない男にしては珍しいことをしたものね」キャサリンは立ち上がった。「バスルームを借りていい？　アトランタからデンバー空港に着いた足でここに来たの」

「遠慮はいらない」ザンダーはバスルームのドアを指した。「好きに使うといい」

「そのつもりよ」キャサリンはドアに向かった。「客室係に電話して、簡易ベッドを入れさせて。なんならソファで寝てもかまわないけど」

「どういうつもりだ？」ザンダーは訝しげにキャサリンを見た。「ここに居座るつもりなのか？」

「そばを離れないと言ったでしょ」

「頭がどうかしてる。きみといると、こっちの頭までおかしくなりそうだ」

「その可能性はなくはないけど、わたしは役に立つし、そこそこ知的な人間だし、たぶん誰よりも頑固。だから、バルコニーから突き落とさないかぎり追い払えない」

「いっそ突き落としてやりたい」

「わかるわ」キャサリンはバスルームのドアの前で足を止めた。「どうするか早く決めて」

ザンダーは無表情のままキャサリンを見つめた。「目の保養になるものは焦って処分することはない。神経を逆なでされないうちは置いてやることにするか」立ち上がりながら続けた。「だが、きみが自分で言うほど役に立つわけじゃないとわかったら、すぐ出ていってもらう」ちらりとスタングに目を向けた。「これで決まりだ、スタング。置いてやることにした」そう言うと、バルコニーに向かった。

キャサリンは後ろ姿を目で追った。「まるで野良犬になった気分よ、スタング」

「ぼやくより感謝したほうがいいでしょう」スタングは皮肉な声で応じた。「ザンダーは本気ですよ。これは危険な賭けだ」

たしかに、ザンダーと向かい合っている間中、キャサリンは無言の脅威を感じていた。

「人生に賭けはつきものよ。チャンスに変えればいいだけ」バスルームのドアを開けた。

「すぐ戻るわ。戻ったら、そこにずらりと並んでいるカメラで何を監視しているのか教えて。目標は左のフェンダーがへこんだトヨタ4ランナーだと知ってる?」

「ええ」

「ベナブルから聞いたわけじゃないのね」

「ザンダーは単一の情報源から得た情報を鵜呑みにしません。とりわけ、出所が政府機関なら」

「それが賢明よ。ああ、それから、ここのセキュリティを確認しておきたいわ」

「セキュリティ？」スタングは唖然とした。「まさか、本気でザンダーのボディガードになるつもりじゃないでしょう？」

「わたしは本気じゃないことは口にしない主義なの」キャサリンはちらりとバルコニーに目を向けた。「ザンダーにはわかってるわ。だから、あんなに怒っている。さっきはどうなることかと思った」

「ザンダーを甘く見てはいけませんよ。まだ安心する段階じゃないでしょう。なんとしてもイヴ・ダンカンを救いたいというあなたの気持ちには敬服しますが」

「あなたはどうなの？」

「これでも、あなたと同じように危険な賭けに出たんです。ザンダーにイヴを救ってほしいから」ノックの音がして、スタングはドアに向かった。「ルームサービスでしょう。お茶を飲んだらどうですか、ザンダーの身辺警護に取り組む前に」

# 7

## ワイオミング州　キャスパー
## スターライト・モーテル

「いつまでやってるんだ？」復顔像の頬を念入りに仕上げているイヴの手元を眺めながら、ドーンがいらだった声を出した。「午前中に終わるはずだったじゃないか。わざと時間稼ぎしてるんじゃないだろうな」

「時間稼ぎ？　こんな狭苦しい部屋にいたいもんですか」イヴは顔を上げた。「一刻も早く出たいわ。誰かがあなたに気づいたら、わたしには逃げるチャンスができるわけだし」

「本気でそんなことを考えているのか」ドーンはにやりとした。「わたしはもうこの世にいない人間だ。誰も捜したりしない……あんたも」

「そうだった」イヴは復顔像に視線を戻した。「忘れてたわ。希望の泉は枯れずというのはほんとね」

「もうそれぐらいでいい。待ちくたびれた」ドーンは不満そうに復顔像を眺めた。「義眼を取ってくる。ハンカチに包んでスーツケースにしまってある」

「まだよ。あと四十分はかかる」イヴはドーンと目を合わせた。「わたしだって好きこのんでやってるわけじゃない。修復作業はこれで三度めよ。それに、今回は粘土が足りないからやりづらくて。空洞を埋めて表面をならすだけでふだんの倍は手間がかかる」

しびれを切らしたドーンを怒らせて出ていかせるのが狙いだった。それ以外にひとりになれる方法を思いつかなかった。

「これだけ手間をかけても、こんな不吉な復顔像なんかは結局ゴミ箱行きなのに」

「うるさい」ドーンはイヴの髪をつかんで頭をのけぞらせた。

鋭い痛みが走った。

「このままならゴミみたいなものだもの」イヴは上目遣いにドーンをにらんだ。「わたしはそれでもかまわない。ゴミでいいなら、これで完成よ」

ドーンは舌打ちすると、もう一度力任せに髪を引っ張ってから手を放した。「何度もやり直すはめになったのはあんたのせいだ。あの子に敬意を払おうとしないからだ。山にいたときには崖から投げ落とした。もう少しで取り返しがつかなくなるところだった」

「機会さえあったら何度でも投げ捨ててやる」

ドーンは手を振り上げたが、そこで思いとどまった。「さっさとやれ。三十分だけ待つ」

そう言うと、イヴの右手に手錠をかけて反対側を椅子に固定した。「モーテルのガソリンスタンドで給油してくる。そこからでもこの部屋のドアは見える。戻ってくるまでに完成させろ。そうじゃないと、ひどい目に遭わせるぞ」

イヴは手錠を見おろした。「これじゃ仕事ができない」

「やれと言ったらやるんだ」ドーンは荒々しくドアを閉めて出ていった。

ふっと安堵のため息が出た。やっと取りかかれる。

復顔像から少し粘土をはがした。はがしすぎるとドーンに気づかれてしまうから、ほどほどに。粘土が足りないと言ったのは嘘ではなかった。はがした粘土を作業台にのせて平らにならし、小さな粘土板をつくった。そこにスパチュラで文字を刻む。

あまり深く彫ったら粘土が割れてしまう。

大文字でS、小文字でe、そして、WA。それ以上彫るスペースはなかった。シアトル、ワシントン州の略語のつもりだ。わたしを捜してくれている人たちには通じるだろう。今のわたしにできるのはこれが精いっぱいだ。

Sが8に見えたので、やり直そうとしたら、粘土が割れてしまった。

落ち着いて。だいじょうぶ、まだ時間はある。

イヴは粘土を念入りにこね直すと、最初からやり直した。

スタングが居間に駆け込んできた。

「わかりました」ザンダーの前の机にワイオミング州の地図を広げる。「ワイオミング州のキャスパーです」

隅の椅子に座っていたキャサリンが駆け寄った。「キャスパーのどこ？」

「町はずれです」スタングはパソコン画面にキャスパーの3Dマップを表示した。「ウェイナーの話では、タイヤショップの前に設置された防犯カメラに映っていたそうで。ああ、これだ」タイヤショップを指した。「道路の向かい側に、モーテルのガソリンスタンドがあるでしょう」四台のガソリンポンプが映っていた。

「確認したんだろうな」ザンダーが念を押す。

「ウェイナーはワイオミング州境で見つけた車に間違いないと言っています。カメラに映っているのは十分間ほどです。そのあと移動しています」

「道路に出たのか？」

「いや、それが」スタングはにやりとした。「駐車場の北側に移動して角を曲がったようです」

地図を見つめていたキャサリンがはっとした。「モーテルよ。このモーテルにいるのよ」

「おそらく」

ザンダーはすでに立ち上がってドアに向かっていた。「スタング、三分後にヘリコプターを屋上につけるよう、パイロットに連絡しろ。行き先はワイオミング州キャスパーだ」

キャサリンはザンダーに近づいた。「どれぐらいかかりそう？」

「三十分ぐらいだろう」

三十分後にはイヴを見つけられると思うと胸が震えた。でも、必ずそこにいるとはかぎらないし、三十分の間に何が起こるかわからない。一瞬のうちに勝利が敗北に変わるのをキャサリンは何度も見てきた。

「ベナブルに頼んで州警察にモーテルを監視させたらどうかしら？」

「それはきみが決めることだ」ザンダーが言った。「だが、ひとつ間違えば、また取り逃がしてしまう。州警察がしくじったら、かえってイヴを危険にさらすことになるぞ」

「わかった」キャサリンはザンダーと目を合わせた。「とにかく、あなたといっしょに行く。あなたが知っていることは知っておきたい」

ザンダーはしばらく無言で見つめていた。「好きにしたらいい。きみは抜け目がないし、なかなか頼りになりそうだ。イヴが信頼しているわけがわかったよ。ただし、わたしの邪魔をするんじゃないぞ」

「そんな気はないわ」キャサリンは先に立って廊下を進むと、エレベーターのボタンを押した。「あなたがわたしの邪魔をしないかぎり」

## ワイオミング州　キャスパー

ドアのノブを回す音。

ドーンが戻ってきた！

イヴは作業台の下から手を引っ込めた。文字を刻んだ小さな粘土板を苦労しながら作業台の裏に貼りつけていたところだった。これでだいじょうぶかしら？　はがれ落ちたら割れてしまう。

ちゃんと役に立ってもらわなくては。

急いで復顔像にスパチュラを当てて表面を整えているふりをする。鼻の下にスパチュラを突き刺したとき、ドアが開いた。

「ほら、やっぱり！」イヴは入ってきたドーンをにらんだ。「手錠をかけられたらやれないと言ったでしょ」復顔像の鼻の下のへこみを顎でしゃくった。「はずして。直すから」

ドーンは手錠をはずした。「また派手にそぎ落としたもんだな」

「しかたないでしょ」粘土がはがれた鼻の下を手際よく整えた。「片手で何ができると思ってるの？」

これでよし。ドーンが拡大鏡で調べないかぎり、違いに気づかないはずだ。イヴは少し離れて復顔像を眺めた。「これでいいわ。ケヴィンの穢れまでは落とせないけど」

ドーンはハンカチから義眼を取り出した。「きれいに洗っておいた」青く輝く球体を差し出す。「ほら、ケヴィン、またいい男になれるぞ。何度台なしにされても、ちゃんとよみがえるところを見せてやれ」

イヴは輝く青い目を見おろした。最後の作業に取りかかるのが恐ろしい。ゴーストタウンで初めてこの目を眼窩に収めたときは、体がしびれるほどの衝撃を受けた。

でも、今度は覚悟ができているから、あのときほどではないはず。イヴは手早く青い義眼をはめ込んだ。

だめだ。あのときよりひどい。ケヴィンがありったけの憎悪を込めてにらんでいる。

吐き気が込み上げてきた。

「見るたびにぞっとするだろう」ドーンは満足そうだ。「いくらがんばったって、この子には勝てないんだ」

「頭蓋骨を見たぐらいでぞっとしたりしない。あなたの息子なんか怖くないわ」イヴは無理やり視線をそらせた。「ケヴィンは死んだんだからなんの力もない。もう誰も傷つけることはできないのよ」

「これから吹っ飛ぶ町の住人に聞かせてやるといい。わたしに殺される瞬間のザンダーにも。ケヴィンにはなんの力もないだと？」ドーンはいとおしそうに復顔像を見つめた。

「元どおりにさせたぞ、ケヴィン、おまえに言われたとおりに」

「たわごとは聞き飽きたわ」イヴは立ち上がった。「手を洗って粘土を落としてくる」手を拭くのに使っていたタオルを取り上げると、バスルームに向かった。ドアの前で立ち止まると、わざとタオルを床に落としてかがんだ。その姿勢だと、作業台の裏に隠した粘土板が見える。

しまった。粘土板は端だけで危なっかしく貼りついている。

なんとか持ちこたえてくれるのを祈るしかない。

タオルを拾い上げ、バスルームに入ってドアを閉めた。手から粘土を洗い落として顔を洗った。

「早くしろ。時間がない。出発だ」

イヴはバスルームのドアを開けた。

ドーンが作業台の前に立っていた。作業台に残っている粘土片や、作業中に出た粘土のかけらを片づけていたらしい。

一瞬ぎょっとしたが、顔に出さないようにした。「掃除してたの？　そんなにきれい好きとは知らなかった」

「散らかしっぱなしだと、あんたがここにいた証拠を残すことになる。粘土を使う仕事はそれほどないからな」

「復顔彫刻家を捜しているんじゃないかぎりばれないわ。それに、わたしは死んだことになっているんでしょう」

「念には念を入れたほうがいい。ケヴィンもわたしと同じことをしたはずだ」ドーンは復顔像を大切そうに革の容器に収めた。水に浸かったせいで容器はかなりくたびれている。

「そんなところに突っ立って何をしてるんだ？」

床に落ちた粘土のかけらまで片づけようとしないか見張っているの。作業台の裏に貼りつけた粘土板を見つけられたら、苦労が水の泡だから。

「別に。自分の意志で動けるわけじゃないから、言われたとおりにしているだけ」

「粘土だらけだと人目につく」ドーンはとがめるような目でイヴを見た。「着替えて、今着ている服はそこにある買い物袋に入れておけ」

「わかった」ドーンがウォルマートで買ってきた安物の白いチュニックを袋から取り出すと、イヴはまたバスルームに引っ込んだ。

急がなくては。

ドーンに作業台の裏をのぞく隙を与えてはだめ。

そうだ、この汚れたシャツも利用できそう。

手早く着替えて部屋に戻ると、汚れたシャツを買い物袋に入れながら、こびりついた粘土をこっそりベッドに落とした。そして、その上にさりげなくシーツをかぶせてから、買い物袋を床に置いた。「ほかにすることは？」

ドーンが不思議そうな顔になった。「やけに聞き分けがいいじゃないか」

「早く外に出たいからよ。ここで鼻を突き合わせているのはもううんざり」イヴはにやりとした。「外に出たら逃げるチャンスができる。一度逃げられたんだから、またやれるわ」

「まだそんなことを考えているのか。懲りないやつだな。逃げられるのはわたしが死んだときだけ」ドーンは革の容器を持つと、イヴの腕を取ってドアのほうに押しやった。「わたしが死んだあとはケヴィンに任せる。首を長くして待っているだろう。あんたのせいでずっとあの女の子に近づけないでいるからな」

イヴとの強い絆のおかげで、ボニーがケヴィンの魔手から逃れていると聞かされるのはこれが初めてではなかった。信じているわけではないのに、そのたびにイヴは恐怖におののいた。

「ボニーは見かけよりずっと強い子だから、ケヴィンは待ちぼうけを食うはめになりそうね」

ドーンは悪態をつきながらドアを閉めた。「乗れ」車の助手席側のドアを開けてイヴを押し込むと、右手首に手錠をはめて反対側をシートベルトにつなぐ。「おとなしくしてろよ。騒いだら、さるぐつわを噛ませる」

「人が見たらどう思うかしら？」

「縛って床に転がしておいたら外からは見えない」ドーンはトヨタを発進させた。「あんたはさぞ窮屈な思いをするだろうよ。それほど長く走るわけじゃないのが残念だ」

車が道路に出ると、イヴはすばやくモーテルを振り返った。ありがたいことに、ドーンはあの粘土板に気づかなかった。でも、安心するのは早い。清掃員が見つけて捨ててしまうかもしれない。

でも、ほかに方法はなかった。

どうかジョーとジェーンがこのモーテルを見つけてくれますように。そして、あの粘土板に刻んだメッセージに気づいてくれますように。それを祈るしかなかった。

「妙におとなしいな。あんたも少しは物分かりがよくなったということか」

イヴはそれとなく周囲を見回した。キャスパーの町はずれにいるらしい。建物はあまり見えない。

道路の向かい側にタイヤショップ。

少し先に小規模なショッピングセンター。

どこかに警察官の姿がないか探してみたが、ひとりも見当たらない。ドーナツショップで一息いれているのかもしれない。

反射的にジョーの顔が浮かんだ。ジョーが聞いたら、警察官の仕事はそんな甘いものじゃないと怒るだろう。

悪かったわ、ジョー。

イヴはシートに寄りかかって目を閉じた。ジョー、あなたに会いたい。こんな悪夢はもう終わりにしたい。これが本当に悪夢だったらどんなにいいかしら。

目を開けると、隣にドーンがいて、道路には何台も車が走っていた。やっぱり夢なんかじゃない。何ひとつ変わっていない。

遠くでヘリコプターのモーター音がする。銀色の機体が地平線をかすめていくのが見えた。でも、それだけのことだろう。何かが変わったわけでも、わたしの祈りが通じたわけでもない。自分で逃げる方法を考えるしかなさそうだ。

イヴは座り直すと、ドーンに顔を向けた。「これからどうするつもり？　どこに向かっているの？」

「五分くらいでキャスパーに着くわ」キャサリンは膝に広げた地図を見ながらザンダーに話しかけた。「スターライト・モーテルはここ」地図に示された建物を指先で叩いた。「近くの人目を引かない場所に着陸させて。向こうに見える丘はどうかしら？」

「人目を引かずにヘリコプターを着陸させるのは簡単なことじゃない」ザンダーが皮肉な口調で答えた。

「だから、丘はどうかと言ったのよ」

「ほかにも命令があるかな？」

「いいえ。あなたは指図されるのが嫌いなタイプだし、わたしは無理やりついてきたんだから。ただ、あなたと同じタイプのわたしとしては口を出したくなっただけ」キャサリンはスマートフォンを取り出した。「モーテルに電話して、ドーンに似た男が泊まっていないか、いるとしたらどの部屋か訊いてみるわ。着陸のことはあなたに一任する。着陸したあとモーテルまで車が必要になるわね」

ザンダーはしばらくキャサリンを見つめてから薄い笑みを浮かべた。「デンバーを発つ前にスタングにレンタカーの手配をさせた。モーテルから十キロほど離れたところに待機させてある。電話一本で迎えに来る」

「さすがね」

「認めてもらえて光栄だ」

「あなたの手腕には敬服するわ。それだけの技量がなければここまで生き延びられなかった。だから、あなたの判断に異議を唱える気はないけど、イヴに関しては話が別よ。実の娘に対してその態度は――」

電話がつながり、キャサリンはフロント係と話し始めた。ザンダーが珍しい生き物を眺めるような目で見つめていたが、それはこちらも同じだ。ザンダーに対する興味は募るばかりだった。

「ドーンに似た男が七A室に泊まっている」電話を終えると、ザンダーに告げた。「ドーンの人相を説明するのは簡単よ。見るからに人のよさそうなおじさんと言っただけで、わかってもらえる。写真を見たときは、わたしも目を疑ったわ。あの外見で相手を欺いてきたのね」

「ああ、ケヴィンの餌食になった少女たちもあっさり騙(だま)された」

「幼い子供を騙すなんて」キャサリンは唇を噛みしめた。「親子もろとも地獄に落ちればいい」挑むようにザンダーを見た。「あなたもそう思うでしょ？」

「あいつらとは地獄に行っても関わりたくない。あの世にも序列があってしかるべきだ」ザンダーは身を乗り出してパイロットに指示を出した。「あの丘につけてくれ。そこに車を呼ぶ」ちらりとキャサリンに目を向ける。「あそこがよさそうだ」

キャサリンはうなずいた。「賢明な判断だと――」そう言いかけたとき、ザンダーのスマートフォンが鳴り出した。

「スタングだ」ザンダーは電話に出た。「キャスパーに着いた。ああ、その後は――」しばらく無言で耳を傾けていた。「いや、一応確認する。ベナブルに電話して、州警察に警戒態勢をとらせてほしい。行動を起こす必要はないが、監視を強化するようにと」電話を切ると、苦い顔でキャサリンを見た。「タイヤショップの監視カメラに、例の車がモーテルの駐車場を出て北に向かうのが映っていたそうだ」

「いつ？」キャサリンはこぶしを握り締めた。

「十分前だ」

十分早く着いていたら、モーテルで捕まえられたと思うと、悔しくてたまらなかった。

「このままヘリコプターで北に進んだら、見つけられない？」

「見つけられるが、ドーンに気づかれる。見つからずに急降下するのは不可能だ。泡を食ったドーンにイヴを殺させたくないだろう？」

「訊くまでもないでしょ」キャサリンは歯を食いしばった。「わかった、州警察に捜させて。州警察がへまをしないのを祈るばかりよ。それで、これからどうするの？」

「タイヤショップのカメラがとらえたのはドーンの車ではなかった可能性もある」ヘリコプターが下降し始めると、ザンダーが言った。「とにかく、モーテルに行って確かめてみよう」不敵な笑みを浮かべる。「ドーンが部屋にいたら、これでけりがつく」

「ドーンが核爆弾の隠し場所を誰かに教えていないか確かめるのが先でしょう」

ザンダーは眉を上げた。「ベナブルのようなことを言うじゃないか。わたしは自分がしたいようにする。この国を救うのはベナブルの仕事だ。そして、きみの仕事でもあるようだな。長年、ドーンは目の上の瘤(こぶ)だった。きみはイヴのためにあの男を始末させたがっていると思っていたよ」

「話はそんなに簡単じゃない。わたしがそれを願っていたとしても、イヴはどうかしら？ドーンがあなたに殺されるのを望んでいると思う？」

ザンダーはしばらく無言だった。「イヴがどう思おうと、わたしは関心などない。それぐらいわかっているだろう」

「あなたにも感情があるでしょう」キャサリンはザンダーの目を見つめた。「はっきり言わせてもらうわ。自分の心を素直に見つめたらどう?」

「きみもイヴに劣らず理想主義者だな」ヘリコプターが着陸すると、ザンダーはドアを開けて飛び降りた。「誰の言うことが正しいか、そのうちわかる」そう言うと、数メートル先で待機している車に向かった。「話は終わりだ。行くぞ」


「下がってろ」ザンダーはモーテルの部屋のドアに体を寄せると、キャサリンに言った。銃を取り出して錠を吹っ飛ばし、一瞬待ってから、ドアを蹴破った。

「もぬけの殻」キャサリンは部屋に入ってあたりを見回した。

予想していたのに、なぜかがっくりと気落ちした。ツインベッドが乱れたままになっているのを別にすると、人が泊まっていた気配はない。イヴは潔癖症というほどではないけれど、こんな状況でもベッドを整えずに部屋を出るとは考えにくい。

「行こう」ザンダーがいらだった声を出した。「ここに用はない」

「ちょっと待って」キャサリンはベッドに近づいて、掛け布団や毛布をはがし始めた。マットレスがあらわになっても、これといったものは見つからなかった。

隣のベッドも同じだろうと思ったが、こちらは違った。

「粘土よ」手を伸ばしてシーツから小さなかけらを拾い上げた。「イヴは確かにここにいた。粘土でそれを知らせようとしたのよ」キャサリンはドアに向かった。「もういいわ。ザンダー、ドーンの車を見ていないか州警察に問い合わせてみて」

五分と経たないうちにベナブルからキャサリンに電話があった。

「25号線で警備に当たっている州警察官から連絡があった。説明に一致する車が高速道路から脇道に入るのを目撃している」

「脇道の先に何があるの？」

「今、地図を調べているところだ。民家、トレーラーキャンプ場、コンビニ……そうか！民間の小さな飛行場がある。そこから脱出するつもりだ」

「飛行場」キャサリンは電話を切るとすぐザンダーに知らせた。「ドーンは州境ではなく、飛行場に向かっている。飛行機の手配に手間取るのに望みをつなぐしかなさそう」

「わたしは常に最悪の想定で臨む」ザンダーはアクセルを踏み込んだ。「ドーンはケヴィンの昔の仲間に連絡をとって、飛行機を手配させたんだろう。ベナブルに電話して、戦闘機を緊急出動させて飛行機を止めさせろ」

キャサリンはスマートフォンを取り出そうとしたが、はっとして手を止めた。「それはだめ」

「なぜだ？」

「ドーンとイヴの乗った飛行機を撃ち落とす可能性がある。国土安全保障省はぴりぴりしている。ゴーストタウンにドローン部隊を送ろうとしたとベナブルから聞いたわ」

「それは初耳だが、意外ではないな」ザンダーはアクセルを踏んだ。時速百五十キロ近く出している。「そういうことなら、ベナブルを当てにするのはやめて、ドーンの飛行機が離陸する前にたどり着くことを考えたほうがいい」

　速度がさらに上がり、両側に続く丘陵地が緑色にかすんで見えた。

　監視を依頼した州警察にスピード違反で捕まらないといいけれど。ザンダーは口元を引き締め、一心に前方を見つめたまま、メルセデスベンツをレーシングカーさながらに操っている。キャサリンは背筋が寒くなった。かつて世界の隅々にまで悪名を轟かせたザンダーの本性を目の当たりにした気がした。

「あとどれぐらいだ？」急カーブを切ると、ザンダーが訊いた。

「四キロほど。左側よ」

　でこぼこ道に入って、タイヤが土砂を舞い上げる。

〝ロッキー・マウンテン飛行場〟という看板が見えた。

「ほら、あそこ。格納庫がある」キャサリンは胸を躍らせた。「ターミナルビルのそばにトヨタがとまっているわ」滑走路に目を向けると、ガルフストリームが一機、離陸態勢をとっていた。

　フェンスの前で急ブレーキをかけると、ザンダーは銃をつかんで車をおりた。「機体の登録番号を覚えておけ」

「撃ち落とすつもり？　二人が乗っていると決まったわけじゃないのに」キャサリンは登録番号を覚えながら言い返した。

「乗っていないと決まったわけでもない。タイヤを撃って離陸を阻止すれば――」その瞬間、ガルフストリームが飛び立った。「遅かったか」銃をしまいながらザンダーがつぶやいた。「ターミナルビルを調べてみよう。あの飛行機に乗っていない可能性もある」そう言うと、口をゆがめた。「といっても、いつもどおり最悪のシナリオを想定しているが」

その想定は間違っていなかった。

五分後、キャサリンはベナブルに機体の登録番号を知らせると、ザンダーとともにターミナルビルを出て、ドーンが乗り捨てた車に近づいた。

「ベナブルは全力をあげると約束してくれた」車のロックを調べているザンダーに告げる。「といっても、ドーンがこういう目立たない民間空港を使い続けるとしたら、あまり期待できそうにないわ」

「あのガルフストリームは手がかりになる」ザンダーはそう言いながら、運転席側のドアのロックを解除した。「ほかにも何か手がかりがないか調べてみよう」

「ロックをこじ開けるのも得意なのね。手っ取り早く銃を使うと思ってた」

「錠を吹っ飛ばすのは緊急時だけだ。今はまだ時間がある」ザンダーはグローブボックスを探った。「また調べ直すしかなさそうだな」

キャサリンは天を仰いだ。

あとほんの少し早ければイヴを救えたと思うと、悔やんでも悔やみきれなかった。ザンダーはまだ時間があると言うけれど、本当にそうだろうか？　ドーンの行動は迅速で、協力者もいるようだ。

あとどれぐらいイヴには時間が残っているのだろう？

# 8

**インディアナ州　マンシー**
**マンシー空港ターミナルビル**

「ミズ・ウェバー」電話がつながるとジェーンは切り出した。「ジェーン・マグワイアといいます。突然ですが、折り入ってお話があります。これから学校に伺ってもいいでしょうか？」

「無理よ」ハリエット・ウェバーの応対はそっけなかった。「授業があるから。来週改めてアポをとってもらえば――」

「時間はとらせません。二、三質問に答えてもらえれば」ジェーンは一呼吸おいた。「ご主人と息子さんのことで」

電話の向こうで沈黙があった。「人違いじゃないの？　二人とも亡くなったわ」

「ジェームズ・レリングと結婚していましたね？　現在はドーンと名乗っています」

また沈黙があった。「マスコミの人？」

「いいえ」ジェーンはまた一呼吸おいた。「ドーンが最近事故で亡くなったのはご存じでしょう?」

しばらく間をおいてから返事があった。「ベナブルというCIA捜査官から、ジェームズがどこかの女の人とコロラド州で爆死したと連絡があったわ。今のわたしには関係のないことだけど」

「その女性イヴ・ダンカンはわたしの養母です。巻き添えを食ったんです。テレビでも報道されました」

「見てないわ。関心もない。ベナブル捜査官に言ったように、ジェームズとはとっくに縁が切れてるんです」ハリエットの口調が強くなった。「ジェームズがしたことを責めるためにわたしに会いたいわけ?」

「とんでもない。さっき言ったように、質問に答えてもらうだけでいいんです」

「過去をほじくり返すつもり? わたしのことは放っておいて」

これ以上粘るのはどうかと思ったが、引き下がるわけにはいかなかった。「とにかく、会っていただけませんか? ご迷惑はかけないと約束します」

怒りを含んだ沈黙が続いたあと、ハリエットは早口で言った。「学校の裏に競技場があるわ。観覧席で、一時間後に」電話が切れた。

「手ごわそう」ジェーンは、スピーカーで電話のやりとりを聞いていたトレヴァーとケイレブに顔を向けた。「古傷に触れられたくないのはわかるけど」

ケイレブが苦笑した。「あの調子ではトレヴァーとおれは遠慮したほうがよさそうだね」

「ええ、ますます警戒されるだけよ。わたしひとりのほうがいいわ。マーガレットはレンタカーの手配をすませてくれたかしら？　契約書のサインはわたしがするけど」ジェーンは立ち上がった。「ハリエットに会いに行く間、ここで待っててくれる？」

「どうやって時間をつぶそうか」トレヴァーが言った。「きみと過ごした幸せな思い出に浸るのも悪くないな。あの頃は本当に楽しかったね。きみも思い出すだろう？」

愛と冒険にあふれた日々が反射的によみがえってきて、ジェーンはあわてて首を振った。

「過去は振り返らない主義なの」

「まあ、そういうことにしておこうか」トレヴァーは早く行けというように手を振った。

「悪魔のママがちゃんと答えてくれるといいね」

「祈ってて」ジェーンは二人の男の視線を背中に感じながら、空港のレンタカー・ブースに向かった。

マーガレットがブースの前で待っていた。「あとは身分証明書を見せてサインすればいいだけ。支払いはあなたのクレジットカードですませておいた」

「わたしのクレジットカード？　なぜあなたが持ってるの？」

「あなたの入院中に、サイドテーブルの引き出しに入っていたのを一枚借りたの。イヴを捜しにコロラドに行くことになったから」マーガレットは悪びれない。「返すつもりだったけど、忘れてた」

　ジェーンはあきれた。「一言言ってくれたらよかったのに」

「言ったら止めたでしょ。航空券を買うのに借りたの。お金はそのうち必ず返す。わたしを信用して」

「信用してもいいけど」ジェーンはレンタル契約書にサインしながら言った。「なんだかすっきりしないわ。二度とこんなことはしないと約束して」

「了解」マーガレットはうなずくと、出口に向かった。「車は回してもらってある。トレヴァーとケイレブは別行動でしょ？　あの二人を連れていったら、ハリエット・ウェバーに逃げられるのがオチ」ジェーンの返事を待たずに続けた。「賢明な決断だったわ。女二人なら向こうも気を許すと思う」

「ハリエットにはわたしひとりで会う。あなたは車で待っててちょうだい」

「どうして？」

「自分ではわかってないようだけど」ターミナルビルから出ながらジェーンは皮肉な声で言った。「ある意味で、あなたはケイレブやトレヴァーより始末が悪いわ」

「ジェーンとよりを戻せるチャンスだったのに残念だったな」トレヴァーと二人になると

ケイレブが冷やかした。「今はタイミングが悪い。ジェーンはイヴのことで頭がいっぱいだからね」

「そういう問題じゃないんだ。ぼくたち二人に共通の楽しい思い出があるのはまぎれもない事実だよ」トレヴァーはにやりとした。「きみはそれが癪でたまらないようだね」

「いや、最初は気になったが、こだわってもしかたないと頭を切り替えたよ。ジェーンにとってあんたが白馬の騎士なら、おれは魔術師といったところかな」ケイレブは小首を傾げてトレヴァーを見つめた。「あんたは本当の意味で騎士だよ。純粋にジェーンのために行動している。あんたほど献身的な男はいないだろう。敬服するよ」

トレヴァーは笑い出した。「きみに褒められるとは思っていなかった。どういう風の吹き回しかな？」

「これでも心の狭い人間ではないつもりだ。あんたのようになれるとは思っていないが、ジェーンはおれにとってもかけがえのない存在だ。その思いを彼女にわかってもらいたい」

「きみの情熱は彼女を焼き尽くしてしまうだけだ」トレヴァーは一呼吸おいて続けた。「その才能にはぼくも敬服しているが、ジェーンはきみから守ってみせる」

「ジェーンは守ってもらう必要なんかないと言うだろうよ。とにかく、あんたとこんな話ができたのはよかった」ケイレブはトレヴァーと目を合わせた。「さしあたりは協力してイヴの捜索に当たろう。今はそれが何よりジェーンのためになる。さあ、おれたちも行動開始だ」

「何をするつもりだ？」

「考えていることがあるんだ」ケイレブはレンタカー・ブースに向かった。「おれたちも車を借りに行こう」


競技場は閑散としていた。青い短パン姿の若者がトラックを走っているだけだ。観覧席に大柄な女性がぽつんと座っていた。ヘリンボーンツイードのジャケットが白髪の交じった黒いショートヘアによく似合う。ジェーンが近づくと立ち上がった。思っていた以上に長身だ。たしか五十代のはずだが、日焼けした肌は滑らかで、とてもそんな年齢に見えない。大きな黒い目が冷ややかにジェーンを見つめていた。

「さきほど電話したジェーン・マグワイアです。お呼び立てしてすみません」

「強引な人ね」ハリエットはちらりと腕時計に目をやった。「勤務中なのよ。わたしに何が訊きたいの？」

「ご主人と別れたあとは連絡をとっていましたか？」

「まさか。離婚してから一度も会ってないわ」そう言うと、逆に質問してきた。「あなた、どういう人？　ＣＩＡ関係者？」

す」

「違います。電話で言ったように、個人的な理由からコロラド事件の真相が知りたいんで
「それだけ？　息子が亡くなったとき、ベナブルというCIA捜査官が訪ねてきて根掘り葉掘り訊かれたわ。ジェームズが事故死したと知らせてきたのも同じ人だった。本当はそのベナブルという人の使いで来たんじゃないの？」

「わたしは画家です。ベナブルとは知り合いだけど」

「だったら、聞いているでしょう。わたしが家を出たのはケヴィンが十五歳のときで、それ以来二人には一度も会っていないと」

「イヴはわたしにとってかけがえのない人なんです。ドーンに誘拐された理由に心当たりはありませんか？」

「ディスクがどうのこうのとベナブルから聞いたような気がするけど」

「ドーンにはほかにもベナブルを脅迫する材料があったようです。ケヴィンの日記のことは知りませんか？」

ハリエットはぎくりとした。「日記？　あの子が日記を書いていたの？　知らなかったわ。小さい頃から作文は得意だったけど」突然、目に涙が浮かんだ。「将来は物書きか、新聞記者かなんて期待した時期もあった。でも、ある日、なんの気なしにのぞいてみたら……」苦い思い出を振り払うかのように首を振る。「目を疑ったわ。まさか、あの子があ

んなことを考えているなんて——」声が震えて先が続かなかった。ハリエットは顔を上げてジェーンを見た。「あの子の病的な一面を知ってるのね？　だから、わたしに会いに来たんでしょう？」

「ケヴィンがどんな人間だったか知ってるわ。彼が犯した一連の残虐行為に父親が加担していたことも。あなたも気づいていたはず」

「やっぱり、責めに来たのね」ハリエットは声を荒らげた。「わたしにどうしろと言うの？　わたしだって止めようとしたわ。でも、二人とも耳を傾けようともしなかった」あふれた涙が頬を伝った。「もうたくさんよ。帰ってください」

ジェーンが手を伸ばして肩に触れようとすると、ハリエットはすっと身を引いた。きっと、息子の病的な性癖を治そうと長年むなしい努力を重ねてきたのだろう。そう思うと、これ以上追及できなかった。

そのときふと思い出した。「ケヴィンは日記にあなたのことを何度も書いているの。愛情と敬意のこもった表現で。別れたあともあなたを慕っていたのね」

「母親だもの」声がかすれていた。「あの子にはありったけの愛情を注いできたわ。幼い頃にあの子が書いていた忌まわしい出来事が現実になったときも、見て見ぬふりをするのが自分の務めだと信じていた。同じことを繰り返さないよう祈りながら」

「でも、現実は違った」

ハリエットはぎこちなくうなずいた。「わたしが家を出たのはそのせいよ。あれ以上見て見ぬふりができなかった」

「警察に通報しようとは考えなかった？」

「心の病気なのよ」ハリエットは目を閉じた。「いくら病んでいても我が子は我が子。あの子のことは天に任せるしかなかった。わたしを責めたいなら責めればいい。同じ目に遭わないかぎり、わたしの苦しみはわかりっこないわ」目を開けてジェーンを見た。「離れて暮らしていてもあの子への愛情が薄れるわけじゃなかった。あの子を裏切るのは自分を裏切ることだった」

「母親なら息子を諫めるのが本当じゃないんですか？」

「何もわかってないわね」ハリエットはすぐさま言い返した。「ケヴィンは誰からも好かれる子で、あんな恐ろしいことをするなんて誰ひとり思っていなかった。わたしが言ったところで誰も本気にしてくれなかったはずよ」

「父親のドーンも？」

「わたしたち夫婦はとっくに心が離れていたし、ジェームズにはケヴィンが人生のすべてだった。ケヴィンのすることは無条件に受け入れていたわ」ハリエットは立ち上がった。「もうこれぐらいにして。わたしのことを学校に知らせるなり世間に言い触らすなり、好きなようにするといい」震える声で続けた。「今でも悪夢にうなされるの。息子から逃げた情けない母親だということは、誰よりもわたしがよく知っているわ」そう言うと、背を向けて歩き出した。

「待って」

ハリエットは振り返らなかった。そして、足早に競技場から出ていった。

ジェーンはハリエット・ウェバーとこんな形で別れたくなかった。せっかく会えたのに、何ひとつ収穫がないなんて。後悔にさいなまれながら、ジェーンはゆっくりと観覧席の階段をおりた。

息子の卑劣な行為を黙認したハリエットは共犯者と呼べるのだろうか？　それとも、ある意味で息子の被害者なのだろうか？　ジェーンには判断がつかなかった。ひとつ確かなのは、ハリエットがドーンとケヴィン親子に底なしの闇に引きずり込まれたことだった。


一時間後、ターミナルビルに戻ると、トレヴァーもケイレブも姿が見えなかった。メールをチェックしたが、連絡は入っていなかった。

まずトレヴァーに電話してみた。留守番電話になっている。ケイレブにかけても同じ。

「どこに行ったのかしら？」ジェーンはつぶやいた。

「どこかで遊んでるんじゃない？　心配ないわ、あの二人なら」マーガレットが請け合う。

「心配はしないけど、あの二人がいっしょに行動するのは珍しいから」

「ランチしてる間に戻ってくるわ」マーガレットは空港レストランに向かった。「お腹がぺこぺこよ」

マーガレットの予想どおり、ほとんど食べ終えた頃、トレヴァーとケイレブがレストランに入ってきた。

「よかった、間に合って」ケイレブがジェーンの隣に座った。「そのハムサンドはどうだった？」

「まずくはないわ」

ケイレブはウェイターに合図した。「あんたは何にする、トレヴァー？」

「同じでいい。それとコーヒーを」

「おれはコーヒーはやめておくよ。アドレナリン全開だからね」オーダーをすませると、ケイレブは椅子の背もたれに寄りかかった。「午前中を有効に使えたよ。きみのほうはどうだった？」

「残念ながら、報告できるほどの収穫はなかった」ジェーンはケイレブの顔を見た。「アドレナリン全開と言ったわね」トレヴァーに目を向けると、彼も目を輝かせている。「二人で何をしてたの？　一時間ほど前に電話したけど留守電になってた」

「取り込み中で出られなかったんだ」トレヴァーはケイレブとちらりと視線を交わした。まるで二人だけの秘密を楽しんでいるいたずらっ子だ。

ケイレブがにやりとした。「置いてきぼりにされたから、こっちはこっちでハリエット・ウェバーを調べてみようということになってね」

「どうやって?」

「留守なのは確かだから、部屋を調べてみた」

「マンションの部屋に押し入ったの?」

「人聞きの悪いことを言わないでほしいな」トレヴァーが抗議した。「何も盗んだわけじゃないし、部屋に入るのに錠を壊したわけでもない。ケイレブのピッキングの腕前はプロ並みだよ」

ケイレブはまんざらでもない顔でうなずいた。「あんたの撮影テクニックもなかなかのものだ」

「なんだか楽しそうね」マーガレットが興味深そうに二人を眺めた。「あなたたち、いいコンビかも」

「なぜ部屋に侵入したりしたの?」ジェーンは腑に落ちなかった。

「ドーンやケヴィンとの関係を示すものがないかと思って」トレヴァーが答えた。「ハリエット・ウェバーが素直にきみの質問に答えるとは考えられなかったからね」

「ええ、二人とは縁が切れたから、何も知らない、関係ないの一点張り」

「悲劇の母子を演じたわけか」ケイレブが皮肉っぽい声で言った。

「どういう意味？」

「ハリエットは息子が死ぬ直前まで連絡を取り合っていたんだ。もっぱら手紙でね。ベッドの下にあった黒い段ボール箱に、ケヴィンの手紙を収めた鍵つきの箱が入っていた。おれが手際よく錠を開けて、トレヴァーが写真に収めた」

「ハリエットが息子と手紙のやりとりをしていたというの？」

「ケヴィンは何もかも母親に打ち明けていた。アルカイダとのつながりも、殺害した少女たちのことも」

「まさか」ジェーンはみぞおちに一撃食らったような気がした。

「ハリエットはそんなことを続けたらいつか捕まると忠告したらしい」トレヴァーが言った。「そのリスクを補って余りある快楽が得られるとケヴィンは反論しているが、それも母と過ごす喜びと比べたら物の数ではないと書いている」

「なんてこと」

「ケヴィンは彼なりに母親を愛していたんだ」

「ケヴィンの手紙を読むかぎりでは、ハリエットも息子を溺愛していたらしい」ケイレブが言った。

「それなら、なぜ息子を残して家を出たのかしら？」

「息子にのめり込みすぎるのを恐れたのかもしれないな」トレヴァーが推測した。

　ジェーンは二人から聞いたことを整理しようとした。「つまり、ハリエットが今日わたしに言ったことも、五年前にベナブルに言ったことも、全部嘘だったわけね」こめかみに手を当てた。「だとしたら、離婚したあともドーンと連絡を取り合っている可能性があるわ。ケヴィンは手紙の中でドーンに触れてなかった？」

　ケイレブは首を振った。「ざっと目を通したかぎりでは。あとでじっくり読んでみるといい。ドーンからの手紙は一通も見当たらなかった。離婚証明書以外に彼の名を記した書類もなかった」

「手紙のほかにも何か見つけた？」

　ケイレブは肩をすくめた。「いや、大急ぎであちこち探し回って、手あたり次第写真を撮っただけだ。あとでカメラロールをよく見てみる。ああ、言い忘れるところだった。部屋に入って真っ先にテレビの録画をチェックしたら、イヴの追悼式が録画されていた。おそらく、きみやジョーのことも知っているんだろう」そう言うと、運ばれてきたサンドイッチを一口かじった。「ハリエットのパソコンの記録（ログ）をディスクに収めてきたよ。スキャンするのに時間がかかるが、何か興味深いものが出てくるかもしれない」

「短時間のうちによくそこまでできたわね」

「感心するのはまだ早いよ」ケイレブが言った。「近くのショッピングセンターに車を飛ばして盗聴器を買ってきた。三つ仕掛けておいたから、ハリエットの行動を追跡できる」

「すごいわ、二人とも。それに引き替え、わたしは……」ジェーンは唇を噛んだ。「ドーンとは関係ないとハリエットは言っていたけど、本当は居所を知ってるんじゃないかしら？」

「つまり、ドーンが生きていることを知っているわけか？」トレヴァーが訊いた。

「そんな気がする。二人ともひとり息子を溺愛していたから、別れたあともケヴィンは共通の関心事だったはずよ。ハリエットがドーンのことを何か知っているのは間違いない」

ジェーンは立ち上がった。「ケイレブ、そこを通して」

「そう言うと思っていたよ」ケイレブが苦笑した。「急いでサンドイッチを食べておいてよかった。もう一度ハリエット・ウェバーと対決するつもりなんだろう？」

「そう」ジェーンは腕時計を見た。「学校はもう終わっている時間ね。彼女のマンションに行ってみる」

「わたしも行くわ」マーガレットが立ち上がった。

「これはわたしとハリエットの問題だから」ジェーンはバッグをつかんだ。「決着をつけてくる」

「ぼくがついていこう」トレヴァーが申し出た。「あの女は普通の神経の持ち主じゃない。怒らせたら何をされるかわからない」

「自分の身は自分で守れるわ。忘れたかもしれないけど、十歳まで路上で育ったようなものだし、イヴに引き取られたあとはジョーから格闘技を習ったし」

「きみが強い女性だということは知っている。だが、何がなんでも相手をねじ伏せようという気迫に欠けている。それに、相手はあのケヴィンの母親だからね」

「どんな相手だろうと守ってもらわなくてもいい。それに、今のわたしはその気迫とやらに満ちているはずよ。ハリエットにまんまと騙されたわけだから」また怒りが込み上げてきた。「一瞬同情しかけたなんて悔しくてたまらない。ハリエットは、ケヴィンの犠牲になった子供たちのことはどうだってよかったのよ。我が子の身の安全を心配していただけ」ジェーンはターミナルビルの出口に向かった。「二度と騙されない。ドーンのことを白状させてみせる」

**ワイオミング州　キャスパー**
**スターライト・モーテル**

「今さら何を探すつもりだ？」イヴとドーンが泊まっていた部屋のドアを開けながらザンダーが訊いた。「イヴがここにいたことは確認したじゃないか」

「イヴは知恵が回る人だから」キャサリンは部屋に入った。「あなたもイヴともっと時間を共有していれば気づいたはずだけど。ここにいたと知らせるためにベッドに粘土のかけらを落としてあったでしょう。ほかにも知らせたかったことがあるような気がするの」

「行き先だな」ザンダーは即座に言った。「ドーンから探り出して知らせようとしたわけか」そう言うと、キャサリンと目を合わせた。「過ごした時間が短くても、イヴが知恵の回る人間ということぐらいわかる。コロラドの山奥という不利な条件下でドーンと闘い続けながら、もう少しで逃げおおせるところだった。情け心を起こしさえしなければ」

キャサリンは眉をひそめた。「どういうこと?」

ザンダーは肩をすくめた。「窮地に陥ったわたしを助けるために、ドーンの関心を自分に引きつけようとした。助けてくれなくても自分でなんとかできると言ったのに」

「その結果、またドーンに捕まったわけね」キャサリンはザンダーをにらみつけた。「情け心の一言ですませることじゃないと思うけど」

「反論するつもりはない」ザンダーは苦笑した。「自分の危険も顧みず行動したイヴにわたしが心を動かされないのが癪に障るようだな」

「あなたほど自己中心的な人は見たことがない。なぜそこまで冷淡になれるのか——」キャサリンは急に言葉を切った。「何を笑ってるの?」

「イヴのこととなると、すぐむきになるんだな。ちょっとからかってみただけだ。きみがどんな反応を示すか好奇心をそそられてね」

「あなたの好奇心なんかどうだっていいけど」キャサリンはザンダーを見つめた。「あなたはイヴに冷淡なわけじゃないわ。今日一日観察して気づいたのよ。あなたはイヴのために一途（いちず）に……」

「ドーンを捕まえたいからだ」

キャサリンはしばらく無言でザンダーを見つめていた。「そうかしら？　これまでにもドーンを捕まえるチャンスがあったのに、イヴを危険にさらすことになるから諦めたんじゃない？　冷淡なふりをしているだけなんでしょ」

「そんなことはない」

「ひょっとして二重人格？　だとしても、今はあなたの精神分析をしている暇はない」キャサリンはバスルームに向かった。「キャビネットとシャワー室を調べてみるわ。あなたはこの部屋を探して」

「何か見つけたら、褒美でももらえるのか？」

キャサリンはちらりとザンダーに目を向けると、キャビネットの下の段を探し始めた。命令されるのに慣れていないザンダーとしては、あんな言い方をするしかないのだろう。

キャビネットには手がかりになるものはなかった。

シャワー室の壁にも石鹸（せっけん）にもメッセージは残されていない。タオルも調べてみた。

「キャサリン」ザンダーが呼んだ。「あったぞ」

キャサリンが駆けつけると、ザンダーは膝をついてテーブルの裏をのぞき込んでいた。

「何をしてるの？」

「テーブルの表面がちょっと変色している。イヴが作業台代わりにしていたんだろう」ザンダーはテーブルの裏に小型のペンライトの光を当てた。「ほら、小さな粘土板が貼りつけられている。こんなことをする人間はひとりしかいない」

「割らないでよ」キャサリンは粘土板をはがそうとしているザンダーに言った。

「わかっている」ザンダーが手を止めた。「貼りついているところとそうでないところがあって……」

「どいて。わたしが――」

「見つけたのはわたしだぞ」

「手の小さいわたしのほうが向いてるから」

「いいから、任せろ」ザンダーは細心の注意を払って粘土板をテーブルの裏からはずした。

「どうだ、ちゃんとやれただろう」粘土板をそっとテーブルに置いた。「さて、どんなメッセージを残していったか」

キャサリンはカーテンを開けて光を入れた。「何か書いてある?」

「さすがイヴだな」ザンダーはつぶやいた。「四文字刻んである」

「最後の二つはWとAで、そのあとにピリオド。二番めはeだけど、最初の文字は……」

キャサリンは眉をひそめた。「何かしら? 読めないわ」

「端は粘土が薄くなっている。刻み直したらしい。くぼみが残っている」ザンダーは人差し指で粘土のくぼみをなぞった。「なんだろうな？」そうつぶやくと、目を閉じた。「ちょっと時間をくれ」

「あなたって金庫破りの経験もあるの？」

「ああ、仕事柄」ザンダーは指先で粘土をなぞった。「これはSだ」そう言うと目を開けた。「次はeでそのあとにピリオド」

「確か？」

「いちいちうるさいな」ザンダーは粘土板を見つめた。「わたしが貴重な手がかりを先に見つけたのが気に入らないんだろう」WAという文字を指した。「WAはワシントン州の略称だ」また人差し指で粘土の端をなぞった。「Se.――ワシントン州の主要都市は？」

「シアトル、Seはシアトルの略称よ」

「ドーンはシアトルに向かったんだ」ザンダーはバスルームからティッシュペーパーを取ってきて粘土板を丁寧に包んだ。「ベナブルに電話したらどうだ？　あのガルフストリームの行き先はシアトル近郊の飛行場だと知らせてやるといい」

「そうする」キャサリンはティッシュにくるまれた粘土板を見つめた。「どうするの？行き先がシアトルとわかったなら、それはもういらないでしょう」

「わたしが判断を間違うことはまずない」ザンダーは粘土板を上着のポケットにしまった。

「苦労してつくったものだから、イヴが記念に取っておきたいんじゃないかと思ってね」

「粘土板を？　記念に取っておきたいのはあなたじゃないの？」キャサリンは何か言いかけたザンダーを手を上げて制した。「今の言葉は撤回するわ」スマートフォンを取り出してベナブルに電話した。「あなたがそんな感傷的なことを考えるわけがない」

ザンダーはにやりとした。「そのとおりだ」

**インディアナ州　マンシー**

ハリエット・ウェバーのマンションはレンガ造りの二階建てで、彼女の部屋は一階にあった。正面玄関に横づけされたワゴン車に段ボール箱や衣類や小型テレビが積まれているのを見てジェーンはぎくりとした。

逃げるつもりかしら？　でも、まだハリエットの車と決まったわけではない。

淡い期待はすぐ裏切られた。廊下を進むといきなりドアが開いて、スーツケースを持ったハリエットが出てきたのだ。ジェーンに気づくと顔色を変えた。「話は終わったはずよ」

「どこに行くの？」

「休暇をとったのよ」ハリエットは涙を浮かべた。「忘れかけていた過去を蒸し返されるのがどんなにつらいことか、あなたには想像もつかないでしょうね」

どうせ、そら涙だ。もう騙されない。「ドーンともケヴィンとも縁が切れたなんて嘘でしょう？　ありったけの愛情を注いだ息子を簡単に忘れられるはずないわ」

「愛情より良心に従う道を選んだのよ」

「あなたに良心があるとは思えないけど」

「なんとでも言うといいわ。そこをどいて。わたしはベナブルに捕まるようなことは何もしていない」

「ベナブルとは関係ないと言ったはずよ。ずっとケヴィンと連絡をとっていたのは知ってるわ。イヴがドーンに誘拐されたのも知ってたんでしょう？」

ハリエットの頬にさっと血がのぼった。「さっさとどかないと後悔することになるわよ。息子が軍隊で習ったことを伝授してくれたから、あんたみたいな弱虫は目じゃないわ」

「ケヴィンが十五歳のときに別れたきりなら、入隊後のことは知らないはずよ。やっぱり嘘だったのね」ジェーンは両手を広げて道をふさいだ。ハリエットが腕を叩きつけようとしたので、その手を宙で止めると、腕をつかんでねじ上げた。「なんとか言ったらどう？」

ハリエットが踵でジェーンの膝に蹴りを入れる。激痛が走って思わず手を緩めた隙にハリエットが体を引きはがした。そして、振り向きざまにジェーンのみぞおちに一撃を与えた。

一瞬息が止まったが、すぐ体勢を立て直して、ハリエットの首筋めがけてジョーから習った空手チョップを振り下ろした。ハリエットがよろめきながら後ずさりする。すかさず飛びかかって組み伏せると、馬乗りになった。ハリエットは死に物狂いで暴れたが、ジェーンはひるまなかった。「観念したほうがいい。ケヴィンから習ったことはわたしみたいな弱虫にも通用しないのがわかったでしょ」

「あんたなんか……」ハリエットはこぶしを固めてジェーンの唇を打ちつけると、次の瞬間、床に転がって足をすくった。そして、スーツケースをつかんで車に走った。

起き上がったジェーンが駆けつけたときには、ハリエットは建物の前にとめたワゴン車に乗るところだった。

「来るな！」金切り声で叫ぶと、ハリエットは車に飛び乗った。「近づいたら殺してやる」

ジェーンは助手席側に回った。「開けないと窓ガラスを割るわ」

「やれるものならやったら」ハリエットはグローブボックスを探った。

きらりと光るものが見えた。銃だ。

次の瞬間、助手席の窓が粉々に砕けたかと思うと、弾丸が頬をかすめた。ジェーンは体をかわしてうずくまった。また爆音がして、今度はそばのコンクリートに弾丸が落ちた。車が急発進して道路に出ていく。

二発とも命中しても不思議はなかった。ハリエット・ウェバーは本気で殺すつもりだったのだ。ジェーンは立ち上がると、車を追おうとした。そのとき駐車場に別の車が入ってきた。

「危ない！」トレヴァーが急ブレーキを踏んだ。「轢くところだったよ」そう言うと車からおりてきた。「その傷はどうしたんだ?」

「ハリエットとやり合って。でも、逃げられた」ジェーンは深呼吸した。「今から追いかけても無駄だわ。追いつけっこない」

「ハリエット・ウェバーの仕業か?」ケイレブも車をおりてきて傷だらけのジェーンを見つめた。

「わたしはだいじょうぶ」ジェーンは髪に手を入れた。「わたしが思っていたよりしぶといとわかって銃を向けてきた」

「卑劣なやつだ」ケイレブは人差し指でそっとジェーンの唇に触れた。指を離すと血がついていた。「部屋にあった写真を見たが、手ごわそうな女だったな」

「最愛の息子から護身術を習ったそうよ。いざというときのために銃の使い方も習ったみたい。銃さえ出してこなかったら――」ジェーンは気をとり直して続けた。「逃げられたものはしかたないけど、ケヴィンとは手紙のやりとりだけじゃなかったのよ」

「自分にも嫌疑がかかっているとわかって逃げ出したわけか」

「わたしと会ったあとすぐ逃亡の準備をしたみたい。もしかしたら、ドーンに会いに行ったのかしら?」

「ドーンと連絡をとっていると決まったわけじゃないだろう」ケイレブが言った。

「ハリエット・ウェバーは執念深い女よ。自分のほしいものはぜったいに手に入れる。ドーンにまだ執着があるのかどうかわからないけど、ハリエットを追跡したらイヴにたどり着けそうな気がする」ジェーンはトレヴァーに目を向けた。「ハリエットの車には積めるだけ荷物が積み込んであった。持ち出した荷物に盗聴器が仕掛けられている可能性はあるかしら？」

「だとしても、盗聴器では場所は特定できないよ」

「そうね」ジェーンはがっかりした。

トレヴァーがにやりとした。「だが、ケイレブはほかにも機器を設置しておいたんだ」

「ほかにも？」

「小型GPS」ケイレブが答えた。「何かの役に立つかもしれないと思ってね」

「でも、ハリエットが持ち出した荷物についているとはかぎらないでしょ」

「いや、間違いなく持ち出している」

「なぜ断言できるの？」

「ケヴィンの手紙を入れた鍵つきの箱の裏地に差し込んでおいた」ケイレブはスマートフォンを取り出した。「これでモニターできる」

ジェーンは安堵のため息をついた。息子の手紙をハリエットが持っていかないはずがない。「じゃあ、どこに向かっているか突き止められるのね」

「ぼくが運転する」トレヴァーはジェーンのために助手席のドアを開けた。「ケイレブ、きみはモニターに専念してくれ」

ジェーンはマーガレットがいないことに気づいた。「マーガレットはどうしたの？」

「ケンドラにケヴィンの手紙のことを知らせたらどうかとケイレブが勧めたんだ。日記を調べるのに参考になるかもしれないからと言って」トレヴァーはそこで意外そうな顔をした。「素直に従うとは思ってなかったのに」

「ケンドラを蚊帳の外に置きたくなかったのよ」

トレヴァーはうなずいた。「ケンドラに電話している隙にこっそり二人でターミナルビルから出てきた」

「マーガレットのことだから、ただじゃすまないわよ」

「もしかしたらきみが大変な目に遭っているかもしれないと思って来てみたが、ひとりで奮闘したようだね」トレヴァーはジェーンにほほ笑みかけた。「しばらく休んで対決の疲れを癒やすといい」

「保護者気どりはやめてと何度も言ったはずよ」ジェーンはぐったりとシートに寄りかかった。「ケイレブ、あなたは何も言わないのね」

「きみに休養が必要なことは言うまでもないからね」ケイレブが言った。「肩の傷がずきずきし始めているはずだよ」

「それほどでもないわ」

ジェーンは答えたが、興奮が収まるにつれて、痛みがひどくなってきた。二人が言うとおり、しばらく体を休めたほうがいい。ハリエット・ウェバーとは近い将来また対決することになるだろうから。

「納得してくれたようだね」トレヴァーが言った。

ジェーンはうなずいた。「疲れたわ」力なくほほ笑んだ。「でも、ハリエットと闘って、ひとつ気づいた」

「何を？」

ジェーンはシートに頭を預けて目を閉じた。「わたしには相手をねじ伏せようという気迫が欠けていると言った話。やっぱりあれはあなたの勘違いよ」

# 9

## デンバー国際空港

「きみとはここでお別れだ」ヘリコプターからおりるとザンダーはキャサリンに言った。

「楽しかったが、きみといっしょにいるのには少々飽きた」

「嘘ばっかり」キャサリンは笑みを浮かべて地上におり立った。「高所恐怖症気味でヘリコプターは苦手らしいけど、飽きてなんかいない。身軽になってドーンを追跡する気ね」顔を上げて、プライベートジェット機が並んだ格納庫を見渡した。「スタングはどこ？シアトルまでどのジェット機を借りることにしたの？」

「スタングとはシアトルで落ち合うことになっている。下準備もせずに行くわけにはいかない。ドーンを見つけるのに役立ちそうな情報提供者に会いに行かせた」ザンダーは笑みを浮かべた。「行く前にわたしのためにあのガルフストリームを手配していったよ」

「手頃な大きさね」キャサリンは滑走路を横切ろうとした。「わたしはそんなに場所をとらないいし」

「わたしの言ったことを聞いてなかったのか?」

「聞いてたわ」キャサリンは振り返った。「少々ひるんだのは確かよ。あなたが言うと迫力があるから。でも、わたしには切り札があるの」

「どんな?」

「わたしはイヴの友人で、彼女のことを心配している。イヴのためにがんばっているわたしを邪魔者扱いできないはずよ」

「強引な理屈だな」ザンダーはしばらく無言でキャサリンを見つめていた。「しかたない、もう少しだけ我慢するか」そう言うと、プライベートジェットに向かって歩き出した。

固唾をのんでいたキャサリンはふっと息を吐いた。第一関門突破。あわててザンダーの後を追う。「キャスパーを出てからずっと計画を練っていたの。いよいよ行動開始よ」

「わたしに張りついている余裕はなくなるわけだ」ザンダーはタラップをのぼった。「助かったよ」

「そばを離れる気はないわ。あなたは最後まで生かしておかないと」キャサリンもタラップをのぼって機内に入った。「ここまで来たら、力を結集する必要がある。ベナブルから核爆弾のことを聞いているでしょう?」ザンダーが答えないので、そのまま続けた。「ベナブルはあなたに何もかも教えるわけじゃないだろうけど、核爆弾のことは極度に警戒しているから、あなたにも最低限の協力は求めたはずよ」

ザンダーは無言で席についてシートベルトを締めた。

「とにかく、できることはやっておかないと」キャサリンはザンダーの向かいの席に座ってシートベルトを締めると、スマートフォンを取り出した。「情報だけが飛び交っているから、このへんで整理しておいたほうがいい」

「整理してどうする？　わたしにはわたしのやり方がある」

「連携がとれていないと、足を引っ張り合うことになりかねない」キャサリンはスマートフォンを操作する手を止めてザンダーを見つめた。「コロラドの山中でイヴを見つけられたのは、彼女の無事を願う人たちが協力したからよ。そういう人が山のようにいればいいけど、現実には限られた人数でがんばっている。だから、効率的に動くために正しい情報を共有しなくては。イヴはシアトルに連れていかれた可能性が高いけど、ひょっとしたらドーンに騙されているのかもしれないし」

「イヴは騙されるような人間じゃない」

「でも、あらゆる可能性を考慮しないと。ケンドラとマーガレットがドーンの隠れ家で何か見つけたようだけど、ジェーンはわたしにくわしく教えてくれない。ケンドラはベナブルを信用していないから彼には教えないし、ＣＩＡ捜査官のわたしも警戒されている」キャサリンはスマートフォンを操作した。「とにかく、ジェーンにわたしが知っていることを全部話して、彼女にもそうしてもらうつもり」

「ちょっと席をはずさせてもらう」ザンダーは立ち上がった。「コックピットに行ってパイロットと話してくる。きみの話を聞いていると、気分が悪くなってきた」

「ご遠慮なく。わたしもあなたににらまれながら電話するよりずっと楽よ」ジェーンが出ると、話し始めた。「キャサリン・リングよ。今デンバーにいるんだけど、知らせておきたいことがあって……」

ザンダーが戻ってきたのは離陸して四十分ほど経ってからだった。

「すんだか？」キャサリンの向かいの席につくと訊いた。「それで、関係者全員が合意に達したのかな？」

「まだその段階には行ってない」キャサリンは眉をひそめた。「ドーンの別れた妻のことを何か知ってる？」

「いや、調べたことはあるが、第三者に危害を及ぼす確率は低いと判断した」

「その判断は間違っているかも。離婚後はハリエット・ウェバーと名乗って、インディアナ州マンシーに引っ越している。息子のケヴィンとはずっと手紙のやりとりを続けていて、時折会っていたらしい」

「ドーンとも？」

「ドーンと連絡をとっていた形跡はないわ。ハリエットはジェーンが会いに行った直後に逃亡をはかり、目下ジェーンとケイレブとトレヴァーが追跡しているところ。ジェーンはハリエットからドーンにたどり着くのを期待している」

　ザンダーは唇をゆがめた。「誰もが同じ期待を抱いているわけだな」

「それしか手がかりがないから。でも、協力しないとイヴを見つけられない。あなたはお山の大将だけど、わたしは裾野を這い回って地歩を固めてるの」

「這い回るタイプには見えないが」

「心情的にはその気分」

「裾野にいたら、山の頂上にいるわたしを守るのは無理だろう」

　思いがけない問いかけにキャサリンは苦笑した。「マルチタスクは得意だから」

「なるほど。それで、地歩固めは終わったのか？」

「あと一息」キャサリンはまたスマートフォンを取り出した。「ジョー・クインにはジェーンから伝えてもらうことにしたから、あとひとりに電話すれば終わり」

「誰にかけるんだ？」

「ジョン・ギャロ」キャサリンは探るような目を向けた。「ギャロのことはイヴから聞いた？」

「ボニーの父親だろう。イヴは話したがらなかった。ジョー・クインのことにも触れたがらなかったが、クインのことは調査させてあったから」ザンダーは訝しげな顔になった。

「ギャロが今回の事件とどういう関係があるんだ?」

「ギャロもイヴを見つけようとしているの。でも、効率的に動ける人じゃない。今ごろ、バンクーバーで、あなたの情報提供者を脅しているかもしれない。だから、きちんと説明して、適切な行動をとらせないと」キャサリンは顔をしかめた。「簡単なことじゃないけど。ギャロは自分が思ったようにしか行動できない人だから」

「それなら説明しても無駄だろう」

「わたしの言うことなら聞くときもあるの」

ザンダーはキャサリンを見つめた。「きみはギャロの恋人なのか?」

「いいえ。でも、そうだとしても、イヴを裏切ったことにはならないわ。あの二人の関係は始まったとたんに終わっている。ギャロはボニーの父親というだけ」

「それで充分だろう。イヴにとってボニーはかけがえのない存在だ」

「そのとおりよ。ギャロは、ボニーがいたからイヴとは今でも友人でいられると言っている」キャサリンはザンダーを見つめた。「ギャロもイヴを救うためにあなたを狙ってるの。あなたを追えばイヴにつながると思って」

「わたしも人気者になったものだ」ザンダーはシートに寄りかかった。「ギャロは腕の立つほうなのか?」

「陸軍の特殊部隊で自爆任務についていた」キャサリンは薄い笑みを浮かべた。「何度送り出されても生還した。それだけ聞けばわかるでしょ」

「ああ」ザンダーは小首を傾げた。「ギャロに電話しろ。わたしに会うのは先になると伝えてくれ。向こうはがっかりするだろうがね」

「きっと居所を突き止めようとするわ。あなたは教える気はないだろうけど」

「そのとおりだ。誰にも知らせる気はない」ザンダーは冷ややかな口調で断言した。「わたしのすることは誰にも邪魔させない」

「協力して行動する気はないということね」キャサリンはスマートフォンに触れた。「ギャロにはこれまでの経緯を知らせておく。そばで聞いていても退屈なだけよ。またコックピットに行ってきたら？」

「どうかな？　わたしを追い払いたがるぐらいだから、興味深い話が聞けるにちがいない」

　こうなることを恐れていたのに、ギャロのことに気をとられて、ザンダーの鋭い知性と飽くなき好奇心を甘く見ていた。キャサリンは肩をすくめた。「好きにして」

「言われなくてもそうする」

「あなたの頑固さには――」ギャロが電話に出たので、キャサリンはそれ以上言わなかった。「ギャロ、知らせたいことがあるの。あなたも計画を変えることになりそうよ」

「まだザンダーが見つからないんだ。スタングもろとも消えてしまった。だが、ザンダーが使っていたIT技術者がわかった。ウェイナーというやつで、これから——」

「ウェイナーには手を出さないで。一度ザンダーを裏切っているから、同じ過ちは繰り返さないはずよ」

電話の向こうで短い沈黙があった。「なぜそれを知ってる?」

キャサリンは覚悟を決めた。「ザンダーを見つけたからよ。今いっしょにいる」

「嘘だろ」

「ザンダーはバンクーバーにはいないわ。イヴを見つけるまで戻らない」

「ザンダーが利用できなかったら、どうやってイヴを見つけるんだ?」

キャサリンはちらりとザンダーを見た。「ザンダーは利用されるような人じゃないわ。それでも、ある程度の協力は惜しまないと思う」

「あいつと同じ部屋にいるのか?」

「飛行機の中。すぐそばで聞いている」

「脅されたのか?」

「わたしは自分の意志で飛行機に同乗したの。分をわきまえているかぎり、ロッキー山脈に投げ落とされることはなさそうよ」

「ザンダーと替わってくれ」

「無理よ。さっきの冗談が現実になりそう」

「投げ落とすなら太平洋だ」ザンダーがからかった。「なんなら電話に出てもいいぞ」

キャサリンはぎょっとした。二人に話をさせたりしたら、大変なことになるのは目に見えていた。「知らせたいことがあると言ったでしょ。黙って聞いて」ギャロを制すると、ジェーンから聞いた話を伝えてから、ザンダーと二人でイヴとドーンのいたモーテルを突き止めたものの逃がしてしまった経緯を説明した。「シアトルよ。バンクーバーを捜しても無駄。ドーンはイヴとザンダーをシアトルで会わせる計画を立てている。少なくとも、イヴはそう察して粘土板に行き先を書いていったの」

「それに関してドーンの元妻が何か知っているとジェーンは考えているわけだな?」

「ハリエット・ウェバーがなんらかの形で関与しているのは確か。ハリエットのことはケンドラにも知らせて、ケヴィンの日記を改めて調べてもらっているそうよ」キャサリンは一呼吸おいた。「今のところ、報告できるのはこれぐらいね」

「きみはシアトルに向かっているんだろう?」

「ええ。でも、わたしたちと合流しようなんて考えないで。ザンダーとあなたとではやっていけっこない」キャサリンはためらいながら続けた。「もしその気があるなら、あなたにも協力者がいるんだけど」

「誰のことだ?」

「ジョー・クインがバンクーバーにいるの。イヴがシアトルにいる可能性があることはジェーンから知らせてもらった」

「なんだか妙な展開になってきたな」

「ジョーはイヴを心配するあまり、シアトルに急行して危険を顧みず行動すると思う」キャサリンはまた一呼吸おいた。「だから、誰かがそばでブレーキをかけてくれたらと思って」

「あいつはイヴのパートナーじゃないか。おれはイヴの子供の父親だぞ。どうやっておれたちがコンビを組むんだ？　クインだって嫌がるに決まってる」

「数えきれないほど死線を越えてきたあなたなら、これぐらいどうってことないでしょ。無理にとは言わない。イヴを救い出すためにジョーと協力する価値があるかどうか決めるのはあなたよ。じゃあ、また何かわかったら連絡するから」

「まだ切るな」ギャロが悪態をつく声が聞こえた。「どうしておれに一言の相談もなくひとりでザンダーのところに乗り込んでいったんだ？」

「どうしてかしら」キャサリンはザンダーに目を向けた。「ザンダーとお互いに認識を深めつつあるのは確かね。ロッキー山脈に放り出す気はないと断言してくれたし、投げ落とすとしたら太平洋だというから、まだ時間があるわ。たぶん、わたしといっしょにいたいのよ」

「話を茶化すな」

「ザンダーは意外に面白い人よ。それに、イヴを見つけるには彼に貼りついているのがいちばんだと判断したの。じゃあ、また電話する」キャサリンは電話を切った。

「やけにきみのことを心配していたな」ザンダーが言った。「わたしに捕まったのが気に入らないんだろう」

「わたしがあなたを捕まえたのかもしれないけど。頼まなくても保護者役を買って出る男は珍しくないわ」

「きみを見てそう思う男はたくさんいるだろうね」ザンダーは笑い出した。「だが、ギャロもジョー・クインの保護者役はごめんらしいな。きみはなかなかうまく話を持ちかけたのに」

「なんとか二人でやってくれるといいけど」

「これで駒がそろったわけだな。全員同じ方向に向かわせるとはさすがだ」

「頭の切れる優秀な人ばかりだから、力を合わせたら奇跡が起こせる。でも、そう簡単にはいかないでしょうね。みんなそれぞれの思いがあるから」キャサリンはザンダーと目を合わせた。「あなたとわたしだってそう」

「それはおいおいわかることだ。いや、期待した以上に興味深い話が聞けたよ、きみには人を楽しませる素質があるようだな」

「そんなことを言われたのは初めて」

「息子に言われたことはないのか？」

「ルークのことは話題にしたくない。あなたに下心があるとは思わないけど、情報は武器になる。息子がわたしの泣き所なのは知っているでしょう」

「わかった」ザンダーは視線を窓に向けた。「息子を脅迫の材料に使われる可能性を考慮するのは当然だが、わたしは子供を傷つけたりしない。そういう主義だ」

「それでも話したくない」

「わたしを無条件に信用しないのは賢明だな。大切な相手を守るためにはリスクを冒すわけにいかない」ザンダーはキャサリンに視線を戻した。「きみにはイヴと共通するところがたくさんあるよ」

「そうかしら。イヴと似てるとは思わないけど」

ザンダーは淡い笑みを浮かべた。「誘拐されたのがきみだったら、今ごろイヴとこうしているような気がする。イヴは今のきみと同じ情熱を傾けてきみを捜すことだろう」

「どこからそんな発想が出てくるの？」キャサリンは小首を傾げた。「父親のあなたのほうがイヴをよく知っているということかしら」

ザンダーは複雑な顔になったが、やがて笑いながら立ち上がった。「たしかに、きみといると退屈しないよ」コックピットに向かいながら続けた。「シートベルトを締めたほうがいい。そろそろ高度を下げる」

キャサリンはザンダーの後ろ姿を見送った。最初の頃に比べたら、緊張が緩んで双方が折り合いをつけられるようになった。それでも、相手はザンダーだ。いざとなったら、がらりと態度を変えるだろう。

窓の外に目をやると、機体は雲海の中を進んでいる。ザンダーが言ったとおり、数分後にはシアトルに着陸するらしい。

ワイオミングの飛行場を飛び立った飛行機にドーンとイヴが乗っていたのなら、すでにシアトルに着いたはずだ。本当に行き先がシアトルなら。

そう思ったとたん、キャサリンは全身の筋肉がこわばるのを感じた。ドーンがいつ核のボタンを押すかわからないというのに、行き先を間違っていたら……。

そんなはずはない。イヴは正しい情報を与えてくれたに決まっている。

キャサリンは目を閉じた。

どうかシアトルにいて。そして、無事でいて。

**流木のコテージ**

「さあ、着いたぞ」ドーンはイヴの目隠しをはずした。「ここは我が家も同然だ。ケヴィンはこのコテージが大好きだった」

「ずいぶんかかったわね」イヴは周囲を見渡した。「カナダに連れていかれるのかと思ったわ」

ここはどこだろう？　あたりに人影はない。小さな飛行場に着陸したあと、気が遠くなるほど長時間車に乗せられた。

目の前は海だ。砂や流木が月光にきらめき、波が岩に砕けている。丘の上に古ぼけた小さなコテージがぽつんと立っていた。その背後に丘陵地が広がっている。

「あんたが住んでいる湖畔のコテージほど静かでも美しくもないがね」ドーンはイヴを車からおろした。「あれはケヴィンの家だ。爆弾の設置場所を探していてシアトルに来たときに買った。理想的な場所だと言っていたよ」

「たしかにケヴィンにはお似合いね。不気味な雰囲気が墓地みたいで」

ぞくぞくしてきた。田舎家風の小さなコテージはなかば岩に隠れていたが、見たかぎりではホラー映画にでも出てきそうな建物だ。玄関の前に積み上げられた白茶けた流木が、命乞いをするかのようにねじれた枝を高く伸ばしている。まるで墓石だ。ケヴィンがここに立って流木を眺めていたと思うと、背筋が寒くなった。ケヴィンがすぐそばに立っているような気がする。振り返ったら、そこにケヴィンが……いや、ケヴィンが乗り移ったドーンがいるような。

「自然がそっくり残っているところも理想的だ」ドーンが言った。「ここにいたら自分の非力さを思い知らされるはずだ」

「どこにいたっていっしょよ」振り返りたくないので、目の前の砂浜を眺めた。「でも、もっと都会に行くのかと思っていた。こんな田舎で核爆発を起こしても影響は小さそうだけど」

「今にわかる」ドーンはイヴを押してコテージに入らせた。「ここは独房のようなものだ。あんたとザンダーの最終章までにまだやることがある」

「あとはボタンを押すだけだと言わなかった？　あれは嘘だったの？」

「嘘をつくもなにも、あんたにはいっさい教える義理はない」

「わたしに計画を打ち明けて自己満足に浸っていたくせに」イヴは狭い室内を眺めた。埃だらけで黴臭い。木のテーブルに簡素な椅子が数脚。色褪せたソファ、肘掛け椅子が一脚、石造りの暖炉の前にコーヒーテーブル。「もうちょっとましなところがよかった。これじゃモーテルの部屋と変わりないわ。いつまでここにいるの？」

「話が決まるまでだ」ドーンはイヴを椅子に座らせて縛りつけた。「あんたにはしばらく留守番してもらう」そう言うと、含み笑いをした。「ほら、目が輝いたぞ。逃げられるなんて思うなよ。復顔は終えたから、もうすることがない。退屈しないようにしてやろう」

「何をしてくれるの？」

「ひとりじゃかわいそうだから」ドーンはケヴィンの復顔像を収めた革の容器をテーブルにのせた。「ケヴィンにつき合わせよう」容器から復顔像を取り出した。「ずっと眺めてきたんだから、いないと寂しいだろう」

イヴは目をそらせた。それでも、復顔像の細部まで目に浮かぶ。整った美しい顔だが、その下に隠されたゆがんだ魂が見える。「動けるようになったら、真っ先に暖炉に火を起こして、投げ込んでやる。もともと火の中から救い出してくることなんかなかったのに」

ドーンは歯を食いしばった。「そんなことをしたら、あんたも火に投げ込んでやる」

「ザンダーの目の前でわたしを殺して、死ぬよりつらい苦しみを彼に与える計画なんでしょう？　思いどおりにザンダーが苦しむとは考えられないけれど」イヴはドーンの様子をうかがった。「どこへ行くの？」

「万事ぬかりがないように手配してくる」

「手配って？　核爆弾はどこにあるの？」

「安全な場所だ」ドーンは目をそらせてテーブルの上の復顔像を置き直した。「心配するな。きわめて安全な場所だ」

歯切れの悪い言い方だ。イヴはドーンの顔を見つめた。「わたしが逃げられないとわかっているなら、教えてくれてもいいでしょ」

「知らなくていい。じきにわかることだ」

ひょっとしたら……。「隠し場所を知らないのね。ご自慢の息子はあなたをそこまで信用していなかったということ？　ベナブルをじらしていたのは、本当は知らなかったからだったのね」

「違う。ケヴィンはわたしを誰よりも信頼していた。隠し場所を教える直前に亡くなってしまっただけだ。だが、見つけてみせる。こっちに残っているケヴィンの仲間に会ったら、すぐわかる」

　イヴは笑い出した。「仲間が五年捜し続けて見つけられなかったんでしょう？　あっさり教えてくれるわけがない。そもそも誰も場所を知らないんじゃないの？」

「誰か知っているやつがいるはずだ。ケヴィンは日記に場所を暗示した文章があると言っていた。読んでみたが、なかなかわからない。時間ができたら読み直すつもりで日記を隠しておいたが」ドーンは苦い口調で続けた。「先週、ブリックに取りに行かせたら、あんたの友達のケンドラ・マイケルズに日記を奪われた。あの能なしめ」

「さすがケンドラね。日記も核爆弾も手に入らないのなら、計画を変更して、わたしをバンクーバーのザンダーのところに連れていったら？　死者は数百万ではなく二人だけど」

「核爆弾はちゃんと存在する。それに、ケンドラも日記からメッセージを解読できないだろう。場所を捜す方法はほかにもあるし」

「どんな方法が？　ケヴィンと交信するわけ？」

「あると言ったらあるんだ」

「ケヴィンはそこまであなたを信用していなかった。だから、あなたに期待を裏切られても、歴史に悪名を残せるように考えておいたんじゃないかしら」

「あの子の期待を裏切ったことは一度もない。ほかの連中はそろいもそろって裏切ったが」ドーンはテーブルの上の復顔像を眺めた。「かわいそうに、ケヴィン、ブリックにまで裏切られたよ。だが、同じ過ちを繰り返さないようにとどめを刺しておいたからね。あんたにも同じ過ちは繰り返させないからな」イヴにそう言うと、ポケットから注射器を取り出した。「二、三時間、留守にする。長旅のあとだから、ゆっくり眠りたいだろう」イヴの服の袖をまくり上げた。

「薬物の扱いに慣れているのね」イヴは腕にちくりとした痛みを感じた。「ケヴィンのために幼い少女を誘拐したときも薬物を使ったの？」

「いや、それはケヴィンが嫌がった。だから、自分の長所を生かしたんだ。説得力にかけては自信があるほうでね」

実際、人のよさそうな顔や穏やかな物腰に、イヴですら騙されそうになった。「いくら息子のためでも、なぜあんなひどいことができたのか――」声が先細りになった。「あなたには良心のかけらもないの？」

「良心はそれほど大切なものじゃないとケヴィンは言っていた。あの子には並の人間の何倍も強いエネルギーがあって、時折それを発散させなければならなかった。わたしはその手伝いをしただけだ。ケヴィンは選ばれた人間だったんだ。誰もがあの子に力を貸したくなった」ドーンはかがんでイヴの目を見つめた。「眠くなってきただろう？　そろそろひとりにしてもよさそうだな」

急激に眠気が差してきた。部屋がぐるぐる回っている。「さっさと行って。あなたの顔なんか――見たくないから」

「まだだな。念には念を入れておかないと」ドーンはテーブルに寄りかかった。「ケヴィンはあんたから三つのものをほしがっている」手を伸ばしてイヴの頬に触れた。「あんたの血、あんたの命、そして、あんたのボニー」

「三つのうち――二つはあげる。でも、ぜったいに……ボニーはだめ」

「今さらそんなことを言っても無駄だ。ケヴィンはもうあの子を手に入れたようなものだ。あとはこの世界とのつながりを断てばいいだけだ。あんたがそれを邪魔している。あんたが死ねば、二人とも手に入る」

「それなら、わたしの命もあげない」周囲の闇が濃くなったり薄くなったりしている。「さっさと行って、ドーン。とどめを刺す気なら……もっとましな方法が……あるはず。あなたもケヴィンも……はったり……はったりばっかり」

「そうかな」ドーンはイヴをテーブルに引き寄せて、ケヴィンの復顔像に向き合わせた。「だったら、どうしてケヴィンと目を合わせない？　わたしは怖くなくても、ケヴィンは怖いんだろう？　だが、もうじきわたしたちを怖がるようになる」

ドーンにケヴィンが乗り移るという意味だろうか？　イヴは朦朧とした頭で考えた。ケヴィンがあの世から戻ってきて――。

復顔像の青い目がすぐそばでこちらをにらんでいる。

思わずぞっとした。吐き気がこみ上げてきた。

ただのガラスの義眼なのに。

違う。ケヴィンはわたしを捕まえようとしている。そして、ボニーも。

胸が苦しくなった。息ができない。冷や汗が出てきた。

「どうだ？　はったりじゃないだろう。わたしにできなくてもケヴィンにはできる。選ばれた人間だから」ドーンはテーブルから離れた。「これで安心してあんたを残していける。注射を打ったのはケヴィンの気に入らないだろうが。あの子は意識がはっきりした相手の恐怖を見たがったから」ドアの前で立ち止まった。「だが、催眠剤より恐怖のほうが強かったら、わたしの留守中ずっとあの子といられる。眠ってしまったら、あの子が夢の中まで追っていって悪夢にうなされる。いずれにしても、せいぜい楽しむことだ」

ドーンは出ていった。

でも、ケヴィンはまだいる。黒焦げの頭蓋骨を入念に修復してつくり上げた復顔像が目の前に浮かび上がってきた。

催眠剤のせいで記憶が研ぎ澄まされただけだとイヴは自分に言い聞かせた。これまでもドーンに注射されると、必ず幻覚に悩まされた。

でも、薬物のせいじゃない。ケヴィンのせいだ。

おまえが憎い。連れていってやる。あの子もいっしょに。

「何ができるというの？」舌がもつれた。「骨と粘土とガラスの塊に」

青い目が見つめている。

イヴは耐えられないほど重くなってきたまぶたを閉じた。「わたしは眠るわ……さっさと地獄に帰って……そこがあなたの居場所よ」

連れていってやる。

「そんなこと、できっこない」

顔は見えなくても、ケヴィンがそこにいるのを感じる。

思いどおりにいかなくてじれているのがわかる。いい気味だ。ドーンやケヴィンと渡り合うのはもう疲れた。いっそ、ここから消えてしまえたら……。


「消えてしまったからね。もう誰もママには触れられない」

「ボニー？」

目を開けると、テーブルにはもうケヴィンの復顔像はなかった。

テーブルの向こうの椅子にボニーが座っている。右足を体の下に折りたたんで。いつものバッグス・バニーのTシャツにジーンズ、赤い巻き毛に輝くような笑顔。

　どんなにこの笑顔が見たかったことか。

「消えたって、ここはどこ?」

「まだコテージにいるけど、ドーンが注射したせいで意識のずっと深いところにいるから、ケヴィンがつくった壁を抜けてこられたの。やっとたどり着けた。これしか会える方法がないって前に言ったよね」

「よく来てくれたわね。ここはケヴィンの家で、彼の気配でいっぱいで、彼もまだここにいるみたいなのに」イヴは眉をひそめた。「ドーンに注射で眠らされて『眠れる森の美女』になった気分よ。イバラの森じゃなくて墓石みたいな流木の山に囲まれているけれど」

「ケヴィンの家に来るのはほんとに大変だった」ボニーはいたずらっぽい笑みを浮かべた。「でも、ケヴィンの復顔像を追い払えたわ。ママもほっとしたでしょ。ケヴィンはあたしたちにすごく怒ってる。やったね」

「でも、まだいるんでしょ?」

「ママが眠っている間はだいじょうぶ。催眠剤の効果がある間は。ドーンの注射のおかげ」

「感謝する気にはなれないけれど」イヴは貪るように娘の顔を見つめた。「でも、それはどうだっていい。あなたに会えたんだから。久しぶりね」

「来たかったけど、ケヴィンが強すぎて。ママがケヴィンを怖がっていたから」ボニーは小首を傾げた。「ママに怖いものがあるなんて知らなかった」

「あなたのことが心配だったからよ」

「わかってる」ボニーは深刻な顔でうなずいた。「ママはなんだってあたしのためよ。あたしが生まれてからずっと」

「親なら当然よ。どこの親だってそうだわ」

「でも、これからは自分のことを考えてほしいの。あたしはひとりで闘えるから」

イヴはぎょっとした。「闘うって、ケヴィンと?」

「そう。ケヴィンは悪そのものよ。それに……まわりが静まり返ってるの。悪魔を見たことはないけど、このままだったらケヴィンは悪魔になるんじゃないかな。境界を越えてしまった」ボニーは一呼吸おいた。「そして、もうひとつ境界を越える気でいる」

「知ってるわ」

ボニーはうなずいた。「だと思った。だから、ママもケヴィンと闘わなくちゃ。きっと勝てる。あたしたち二人とも勝たなくちゃ」

「ケヴィンのまわりが静まり返っていると言ったわね。どういう意味?」

「近づいたものすべての息の根を止めてしまうの。なぜだかわからない。そういう力を生まれ持っているのかも」ボニーは唇を噛んだ。「怖いわ、すごく……捕まったらおしまい」

「おしまいって……どういうこと？」

「死んだあとも魂は残るの。だから、たいてい戻ってくることができる。だけど、ケヴィンの手にかかった人からは沈黙しか返ってこない。そこでおしまい。二度と戻れない」

「犠牲になった子供たちのこと？」

「そう」

「なんてこと！」

「でも、ケヴィンが滅びたら、沈黙が破られるかも」ボニーは首を振った。「よくわからないけど、それを祈ってる。これ以上誰かを殺させちゃだめ。ケヴィンは殺すだけじゃなくて、永遠に沈黙させる力がある」

数百万の人々が核爆発で死んだとしたら……。

「止めなくちゃ」ボニーにはイヴの心が読めたようだ。「命を奪われたあとのことも」

「あとのことより、今はたくさんの命を救うことしか考えられない」

ボニーはほほ笑んだ。「考えられるようになるわ、ママ。現在も未来もそのあとも」

「難題は一度にひとつでたくさん。当面の難題はドーンよ」イヴは顔をしかめた。

「それともケヴィンかしら？　どっちだかわからなくなってきた」

「そのうちわかるわ」ボニーは深刻な顔になった。「あの二人はどんどん近づいているから。それを感じるでしょ？」

「ええ」

「ケヴィンはママを憎んでいる。だから、永遠に沈黙させようとしている」

背筋が寒くなった。永遠に沈黙させる力がケヴィンにはあるとボニーは言っていた。

「あなたも沈黙させる気なのね」

「あたしは違うの。ケヴィンはママのせいだと思っているから。ママが邪魔してるって。だから、ほんとに気をつけて」

イヴは声をあげて笑った。「わたしは殺人鬼に捕まって縛られているのよ。もうすぐシアトルの人口の四分の一もろとも吹っ飛ばされようとしている。気をつけるといったって……」

「たしかに」ボニーも笑い出した。「今の状況を忘れてしまうことがあるの、これから起こることで頭がいっぱいで」笑みを浮かべたまま続けた。「でも、ママを笑わせられてよかった。ママが笑うのを見るのが好きだけど、あんまり笑わないから。ママにはいつも笑顔でいてほしい」

「わたしがいつもにこにこしていたら、まわりの人は頭が変になったんじゃないかって心配するわ。でも、あなたといると笑顔になれる。昔からずっとそう。あなたが生まれたときから毎日愛と笑いに包まれていた。でも、幸せな日々はもう戻ってこない。あなたがそばにいてくれるだけでいいのに」

「いつもそばにいるわ」

「わかっているけど、いつもあなたを見ていたいの」イヴは首を振った。「だめね、愚痴はこぼさないと誓ったのに。あなたが向こうの世界で救世主になっているというのに。救世主がいつもバッグス・バニーのTシャツを着てるのは変だけど」

「ママが喜ぶと思って。いなくなったときのあたしを思い出してくれるし」

「それはそうだけど」

向こうの世界に行ったら、もう子供のままではいられないとボニーに言われたことがあった。大人びた態度で諭されると、最初はショックだった。でも、今は気にならない。ボニーの魂は変わっていない。それだけで充分だった。

「別の姿でわたしの前に現れることもできるの？」好奇心に駆られて訊いてみた。

「たぶん。でも、今みたいに喜んでくれるなら、どんな姿でも同じよ」ボニーは愛らしい笑顔になった。「ママが喜んでくれるだけでいいの」

「あなたはわたしがそっちに行くのが嫌なんでしょう？　わたしは少しでも早く行き

たいのに。ジョーのことだけが気がかりだけど。彼はあなたを失ったときのわたしのように苦しむだろうから」イヴは疲れた声になった。「あなたのいない人生に耐えられなくなるときがあるの。もういいような気がするときが」

「わかってる。だから、ドーンがすごく危険なの。命を粗末にしちゃだめ。ドーンに負けないで。ママのまわりの人の輪はどんどん広がってる。みんな悲しむわ。友達も、ザンダーも……」

「ザンダー？」イヴはぎくりとした。「あなたの口からザンダーの名が出たのは初めてね。彼のことを何か――」訊きかけてやめた。「彼はわたしが死んだって悲しまないわ」

「悲しむわ。ドーンの読みは正しいの。ママを殺せばザンダーを苦しめられる」ボニーは眉をひそめた。「ザンダーの話はしたくないの？　あたしに近づけたくないみたいね」

「そのとおりよ」

「じゃあ、彼の話はやめる。ママを大切に思う人はほかにいくらでもいるんだから」

イヴは少し考えていた。「ザンダーは……本当にあなたのおじいさんなの？」

「直接訊いたら？　あたしとザンダーの話はしたくないんでしょ」

なぜボニーに確かめようとしたのか、イヴにもわからなかった。衝動的に口をついて出てしまった。「そうね。二人そろってドーンに捕まったら、訊いてみるわ。ドーンが核のボタンを押す前に時間をくれれば」イヴは何か言いかけたボニーを制した。「わかってるわ。弱気になってはだめだって。どうしてあなたがザンダーの名を出したか知りたかっただけ。わたしを心配してくれる人はほかにもいるのに」

「たとえばジェーン？」

「そう」

「だって、ママはジョーのことだけが気がかりだと言ったけど、ジェーンのことは何も言わなかった」

「もちろん、ジェーンも悲しむわ」

「でも、ジョーのことしか言わなかったのね」

「何が言いたいの？」イヴは身構えた。「わたしはジェーンを愛しているし、ジェーンも愛情に応えてくれているわ」

「たしかにジェーンを愛しているけど、あたしのようにじゃない。ジェーンとは親友のような関係じゃない？　ママとあたしは親友にはなれなかったけど。母と娘がそうなるには時間がかかるわ」

「愛情があればどっちだっていいでしょう。わたしが無意識のうちにジェーンのことをあなたに言わないようにしているとでも？」

「たぶん。ママとジェーンとの関係にあたしは邪魔だとずっと思ってた。ママはあたしのことが忘れられなくて何年も捜し続けてきたでしょう」

「ジェーンはそれが当然だと言ってくれたわ」

「ママを愛しているからよ。ママが喜ぶなら、ジェーンはそれでいいの」ボニーはいったん言葉を切ってから続けた。「あたしと同じ。だから、彼女をとても身近に感じる。でも、ジェーンはあたしを受け入れてくれないの。どうしても近づけない。これまではしかたないと思ってたけど。バリケードをつくってるのは傷つきたくないからだとわかっているから。でも、ジェーンが苦しんでいるときにひとりにしたくない。だから、わたしの代わりにそばにいてあげて」

「ジェーンの身に何か起こるというの？」

「彼女はママのためならなんでもすると言いたかっただけ」ボニーはためらってから続けた。「ママのためなら命を投げ出すわ」

　イヴは息を呑んだ。

「闘うのは自分ひとりのためじゃないと言いたかったの。ジェーンのためにも闘って。彼女にはママが必要よ」

「遠まわしな言い方をしないで、はっきり教えて」

　ボニーは首を振った。「ジェーンを愛して大切にしてあげてとしか言えない」作り笑いを浮かべながら続けた。「自由になれてからでいいから。山の中でザンダーを助けようとしなかったら、こんな目に遭わなかったのにね。それなのにザンダーのことは話したくないなんて、ちょっと変じゃない？」

「言われなくてもわかってるわ」イヴは話題を変えた。「そんなにジェーンのことが心配なら、あなたが守ってあげたら？」

「それはできないの」

「どうして？　あなたと同じ世界にいれば理解できただろうけど」イヴは気をとり直した。「こんなことで言い争ってる場合じゃないわね。あなたといられる時間を無駄にしたくない。わかった、わたしがジェーンの力になる」

「それでこそママよ」ボニーは言った。「でも、言い争ってたわけじゃないわ。これだけは言っておきたいと思って。でも、心配させちゃったみたいね。せっかくママといっしょにいられるのに」

「この前来てくれたのは、鋳造所だった小屋でガスを吸ったときだったわね。意識が戻ると、あなたは消えていた。今度はどれぐらいいっしょにいられるの？」

「今度は長くいられると思う」ボニーは複雑な表情で言った。「二、三時間は」

「そんなにいられるの？」

「ドーンは強い薬を使ったから」ボニーはイヴの目を見つめた。「もう少しでこっちの世界に来るところだった」

　死んだら、ボニーといられた。「殺す気だったわけじゃないだろうけど」

「思いどおりにいかないし、ママが気に障ることばかり言うから、やけを起こしたのかも」

「もうちょっとであなたのところに行けたのに」イヴもやけを起こしそうになった。

「そんなこと言わないで」ボニーはたしなめた。「こうしてちゃんといっしょにいられるじゃないの」

「ええ、ケヴィンの顔も見えなくなったし。目と鼻の先にあったものをどうやって消したの?」

「ママといるときには、ケヴィンはあたしに近づけないから」

「あなたはどんどん強くなると言ってたわね」

「そう。ママといっしょだから。今もそうよ。やっぱり、ドーンのおかげね」

「ケヴィンが聞いたら怒るでしょうね」

　ボニーは頭をのけぞらせて笑った。赤い巻き毛がきらきら輝いて、部屋がぱっと明るくなる。

　いとしさが込み上げてきた。昔から、周囲のみんなを笑顔にしてくれる子だった。こんなすばらしい子と七年もいっしょにいられたことに感謝しなくては。

「愛してるわ、ボニー」急に怖くなった。「ケヴィンを近づけないようにして。あんなやつの思いどおりにならないで」

「あたしはだいじょうぶ。ママはドーンに勝って」ボニーはにっこりした。「怖がらないでね。あたしといると力を感じるでしょ。どんどん力が強くなって、深い川みたいにみんなを運んでいくの」

愛は力なのかもしれない。ボニーを見つめていると、心がほんのり温かくなってきた。「あなたの言うとおりね。怖くなくなってきた。きっと乗り越えられるわ」

## 10

### イリノイ州　スタンリー

「シカゴに向かっている」トレヴァーがGPSを見ながら言った。信号を受信してから数時間、一定の距離を保ちながらハリエットを尾行してきた。「どうしてあんな大都会に？」

「都会のほうがまぎれやすいし……」ジェーンは、キャサリン・リングが送信してくれたハリエットの調査書をスマートフォンの画面に出した。「シカゴに友人や知り合いはいないようだけど、念のためにキャサリンに問い合わせてみる」

「それがいい」ケイレブが言った。「空港に行くつもりかな？　シカゴからは直接世界中の都市に行ける。マンシー空港よりハブ空港を選んだとしても不思議はないよ。こんなことならマンシー空港に引き返して、おれの飛行機で来ればよかった」

「行き先は空港と決まったわけじゃないだろう」トレヴァーが言った。「シカゴで用があるのかもしれない」

「核爆弾のことだけど」ジェーンが言った。「ハリエットはどこにあるか知っているのかしら？」

「どうだろう」トレヴァーは考えていた。「ハリエット・ウェバーが長年世間を欺いてきたのは事実だ。ドーンも五年間悲嘆に暮れた父親を演じたが、ハリエットはケヴィンが生きていた頃から本性を隠し続けていた。だからこそ、ベナブルも彼女を監視する必要はないと判断したんだろう。だが、息子に操られている点ではドーンと変わりはない」

「ハリエットのほうがケヴィンに影響力を持っていたから、爆弾の隠し場所を聞いていたのかもしれない。マンシーとシカゴはそれほど離れていないから、ケヴィンにすれば母親を巻き込んだほうが便利だっただろうし」

「ひどい話だな」ケイレブが言った。「これだけの大都市で核爆発を起こしたらどうなるかわかりそうなものだ。いくらなんでも思いとどまらせようとしたんじゃないか？」

「むしろ、息子が捕まらないようにせっせと協力したでしょうね」

トレヴァーが眉を上げた。「まさか、そこまでするだろうか」

「息子の話をするときの誇らしそうな顔を見せたかったわ。ケヴィンと二人で世界に立ち向かっていると言わんばかりだった。息子のためならなんだってやる人よ」ジェーンは眉をひそめた。「とにかく、キャサリンに電話してみる」そう言うと、ケイレブに顔を向けた。「ケヴィンの手紙をわたしのスマートフォンに送ってくれる？　ケンドラにはマーガレットが送信したのね」

「ああ、ケンドラがケヴィンの日記を解読する参考になるだろうと言って」ケイレブは一呼吸おいた。「オヘア空港方面の出口まであと八キロほどだ。空港に行くかどうか、もうすぐわかる」

「ねえ、ケイレブ。マーガレットにわたしたちの居場所を知らせておいてもらえない？」

ジェーンはにやりとした。「あなたから電話をもらったらきっと喜ぶわ」

「そういうことはトレヴァーのほうが向いてるよ」

「運転中だぞ」トレヴァーが言い返した。「危険運転させる気か？」

「わかった、かければいいんだろう？」ケイレブはスマートフォンを取り出した。「マーガレットは怒ってるだろうな」

「でも、マーガレットのことだから案外――」キャサリンが電話に出たのでジェーンは言葉を切った。「キャサリン、今、ハリエット・ウェバーを追ってシカゴに向かっているところ。ハリエットはベナブルが思っているよりはるかに危険人物よ。彼女に関する情報がもっとほしいんだけど」

「ベナブルの調査書にあったことはもう知らせたわ。危険人物と断定する根拠を教えて」

ジェーンはハリエットと対決したこと、部屋でケヴィンの手紙を見つけたこと、ジェーンと会った直後に部屋を引き払ったことを説明した。「なぜシカゴに向かっているのかしら？」

「核爆弾よ」キャサリンはあっさり答えた。「あなたの話を聞いたかぎりでは、ハリエットはケヴィンの計画に加担していたようだから」

「わたしもそう思う。ハリエットも潜伏工作員だったのか、ケヴィンを通して関わっていただけかはわからないけど。ハリエットは頭の回転も速くて攻撃的な性格だから、息子可愛さに始めたとしても、関わる以上はケヴィンより自分の判断を優先したと思う。ケヴィンの手紙を読むと、一連の誘拐殺人に関しても自分の意見を押しつけようとしているし」

キャサリンはしばらく黙っていた。「短期間のうちにハリエットを知り尽くした感じね」

「彼女には文字どおり痛い目に遭っているから」キャサリンと話しているうちにジェーンはハリエット・ウェバーの性格がつかめたような気がした。「息子に劣らず自我が強い。良心のかけらも持ち合わせていないところも息子と同じ」

「反社会的人間という意味？」

「おそらく。そして、息子を溺愛している」

「やけに興奮しているようだけど」

「ハリエットを追えばドーンにたどり着けると気づいたからよ。やる価値はあるわ。あなたは今シアトル？」

「そう、着いたばかり。スタングの運転でダウンタウンに向かっている。さすがにザンダーのすることは無駄がないわ。スレーターという情報提供者に会いに行くところ。ハリエット・ウェバーのことはCIA本部に問い合わせてみる。何かわかったら知らせるわ」

「助かる。わたしも早くそっちに行きたいけど、その前にハリエットがシカゴに来た目的を突き止めるまでは——」

「焦らないで。一度に何もかもできるわけがない。ハリエットは有力な手がかりよ。それに比べたら、こっちはイヴが残してくれたメッセージだけが頼りよ」キャサリンは一呼吸おいた。「シアトルとシカゴはどちらも標的にされていると思う。わたしたちはシアトルを調べてみるわ。ジョーとギャロも合流する予定なの。あなたたちはシカゴでがんばってみて。連絡を取り合って進展があったら——」急に笑いだした。「ザンダーが隣でにらんでるわ。主導権を奪われるのが大嫌いなの。じゃあ、また」電話が切れた。

「結局わからないまま」ジェーンは通話終了ボタンを押した。

「そんなことはないさ」ケイレブが言った。「キャサリンと話しているうちに頭の整理ができただろう。ハリエットと対決したあとは混乱していたからね。本能が発する信号を持て余していた」そう言うと、苦笑した。「本能に無条件に従うおれとはそこが違う。原始人と文明人の違いかな」ちらりとトレヴァーに目を向ける。「あんたはどちらのタイプだ？」

「場合によってどちらにもなる」

ケイレブは首を振った。「調子のいいやつだ」

「そうそう、きみが電話している間にわかったよ」トレヴァーはジェーンに目を向けた。「五分前にハリエットが空港方面の出口を通り過ぎた。高飛びする恐れはなくなった」ちらりとGPSを見た。「湖畔方面の出口でおりる気だ」

ジェーンははっとした。「見失わないで」

トレヴァーは車線を変えた。「お抱え運転手の腕を信じてほしい。期待を裏切るようなまねはしないよ」

ケイレブが不服そうな顔になった。「あんたはいい役ばかりとる。おれがマーガレットをなだめるのに苦労したというのに」

「マーガレットはマンシーに置き去りにされたのを恨んでいただろうな」

「声を荒らげるわけでも恨みごとを並べるわけでもなく、冷ややかな声で〝紳士的なやり方じゃない〟と言っただけだ。一時間ほどでシカゴに着く予定で、着いたら場所を知らせてくる。おれたちが迎えに来られないなら、ひとりでジェーンのところに行くと言っていた」

「どうやって来る気かしら？」ジェーンはマーガレットのスマートフォンにかけた。「クレジットカードを返してくれたから、飛行機には乗れないはずよ。こっちでプリペイドチケットを用意できるかしら」

電話の応答はない。

留守番電話に切り替わった。

「クレジットカードを返したと言っていたが」トレヴァーが不思議そうな顔をした。「どうしてマーガレットがきみのカードを？」

「訊かないほうがいい」ケイレブが答えた。「想像はつくがね。心配しなくていいよ、ジェーン。マーガレットならなんとかする。いつもそうじゃないか」

「危険な目に遭わせたくないの」マーガレットの安全を考えるとマンシーに残してきたほうがよかったと思っていたが、よけい心配になってきた。「つながるまでかけてみる」

「ハリエットの車が止まったぞ」トレヴァーはGPSを眺めた。

「どこで？」

「わからない。ガソリンスタンドか売店かな」トレヴァーは画面に精密な地図を出した。

「いや、ホテルだ。〈マリオット・ホテル〉の駐車場に入った」高速道路の出口に向かった。

「ぼくたちも同じホテルに泊まればいい」

「ジェーンはだめだ」ケイレブはスマートフォンの画面にホテル案内を出した。「ハリエットに顔を知られているからね。偽名でチェックインしても、ばったり顔を合わせないともかぎらない」適当なホテルを見つけたようだった。「この〈ラディソン・イン〉がいい。マリオットの一ブロック先で、見える距離にある。トレヴァー、あんたはジェーンをラディソンまで送ってくれ。おれはマリオットにチェックインして、ハリエットの部屋を突き止める。行動開始だ」

「わたしをのけ者にするつもり？」ジェーンが抗議する。

「ハリエットの部屋に盗聴器を仕掛ける間、きみに邪魔されたくないだけだよ」

「わたしが邪魔するってどういうこと？」

「同じホテルにいると、きみがハリエットに見つからないか心配で、作業に集中できない」ケイレブは穏やかな口調で続けた。「きみを癒やす力があるのに、その力を発揮させてもらえないなら、せめて得意なことで役に立ちたい」

「たしかに、ハリエット・ウェバーの部屋に盗聴器を仕掛けた手際のよさはたいしたものだったよ」トレヴァーが同意する。

ケイレブは窓の外に目を向けた。「あれがマリオット・ホテルだ。おれをおろしたら、ラディソン・インに行け。おれはタクシーを拾って、近くで盗聴器を買ってから、マリオット・ホテルにチェックインする。何かわかったら電話するから」

トレヴァーは道路ぎわに車を寄せた。「いっしょに行ったほうがいいんじゃないか？」

「ひとりでいい」ケイレブはちらりとジェーンを見てから車をおりた。「それより彼女を頼む。今にも気を失いそうだ」

「ちょっと疲れただけよ」ジェーンは言い返した。

「いや、入院中の容体に戻ってる。おれに何もさせないからだよ」ケイレブは視線をトレヴァーに戻した。「ちゃんと面倒をみるんだぞ。さもないと」不敵な笑みを浮かべた。「世話係を交代する。おれならあんたと違うやり方で彼女を守れるからね」そう言うと、ホテルに向かって歩き出した。

「心配しすぎよ、ケイレブは」ジェーンは彼の後ろ姿を見送った。

「結局、ケイレブに主導権をとられてしまったね」トレヴァーはラディソン・インの駐車場に車を入れた。

「でも、こういうことはケイレブに任せておくのがいちばんよ。抜け目がないから」ケイレブには強がってみせたものの、ぶり返した傷口の痛みはひどくなる一方だった。「体調がよくないのも事実だし。でも、世話してもらうほどじゃないから」

「ケイレブが言ってたじゃないか」トレヴァーはかすかな笑みを浮かべると、ジェーンのために車のドアを開けた。「きみをぼくに託したくはなかったんだ。ぼくと違うやり方できみを守れると言ったのは本心だよ」ジェーンの手を取って車をおりるのを助ける。「あいつにきみを取られたくない」

手が触れ合ったとたん、ジェーンの体に電流が走った。極度に疲れているはずなのに、このままトレヴァーを見つめていたかった。

トレヴァーの顔から笑みが消えた。「今のきみは極限まで追いつめられている。こんなときにきみを求めることはできないよ」そう言いながらも、トレヴァーは握った手を離そうとしなかった。「まいったな。これがケイレブの狙いだったのか？　まんまと引っかかってしまった」

「ハリエット・ウェバーは二泊の予定で一六三〇号室に泊まっている」ケイレブから電話があったのは二時間後だった。「七階のちょうど真上の部屋が取れた。荷物はほとんど車に残したままで、小さなスーツケースと、ケヴィンの手紙の入った箱だけ持ってきている」

「息子の手紙は肌身離さず持ち歩いているのね。箱を調べたりしないといいけど」

「ちょっと調べたぐらいじゃ見つからない。あのGPS発信機は超小型だし、慎重に取りつけておいた。ただし、動いてくれないと役に立たない。だから、高性能の盗聴器を買ってきた。設置はそれほど難しくない」

「階が違うのに？」

「真上のスイートルームにいると言っただろ。どちらにもバルコニーがあって、ガラスの引き戸がある。調べてみたら、ホテルでよくあるような嵌め殺しじゃなかった。寝静まるのを待って、下の階におりる」

「まるでスパイダーマンね」

「そういうことだ」

　ケイレブには野生動物のようなところがあった。ヤマネコのように音もなく忍び寄って敵を倒すのをジェーンは見たことがある。

「でも、ハリエットがドアに鍵をかけていたら?」

「一応、道具を用意していくが、まさか上からスパイダーマンが来るとは思わないだろうし、バルコニーに出るなら、普通、鍵はかけないよ」ケイレブは一呼吸おいた。「心配しなくていい。ちゃんとやるから」

「七階から落ちて首の骨を折ったりしないでね」

「心配してくれるなんて感激だな。きみの関心はおれの持ってくる情報だけだと思っていた」

「心配してるに決まってるでしょ」

「冗談だよ。きみはめったに優しいことなんか言ってくれないから」また一呼吸おいた。

「こんな手間をかけなくてすむ方法もあるんだよ。あの女のところに行って知りたいことを訊き出すには十五分もかからない。おれは相手を苦しめるために血流を操作することもできる」

「その力をハリエットに使うつもり?」

「相手が女性だからといって手加減したりしない。おれはトレヴァーとは違う。そもそも女性が男性より優しいという説は眉唾だ。経験からいうと、女はいざとなったら男よりずっと獰猛で危険だよ。種の保存のために遺伝子に植え込まれているんじゃないかと思う。しかも、ハリエット・ウェバーは手ごわい相手だ。きみの許可がもらえたら、手っ取り早く答えを引き出してくる」

「暴力を振るって？」

「相手はきみに襲いかかった女だよ」

「わたしだって反撃した。それを忘れないで、ケイレブ」

「反対するのはわかってたよ。言ってみただけだ。このほうが時間の節約になるから」

時間の節約。イヴにはあとどれぐらい時間が残されているのだろう。一瞬、ジェーンはケイレブの提案を受け入れたくなった。

「ハリエットが口を割らなかったら、ドーンとのつながりは不明のままよ。見当違いの方向に誘導しようとするかもしれないし」

「そんなことはさせない」

「可能性は否定できないでしょ」

「ああ、精神を病んでいるとしたら――その可能性は高いが――逆切れするだろうな。白状するぐらいなら死を選ぶかもしれない」ケイレブはいらだたしげな口調になった。「わかったよ。そんなリスクを冒すなと言うんだろう。こういう方法もあると教えたかっただけだ。トレヴァーはそばにいる？」

ジェーンは向かい合って腰かけているトレヴァーに目を向けた。「ええ、聞いてるわ。電話を替わる?」

「いや、おとなしくしているか確かめたかっただけだ。トレヴァーはきみを慰めたいだろうし、きみも誘惑に負けてしまうかもしれない。だが、きみをひとりにするわけにいかないからね」そう言うと、ジェーンに何か言う隙を与えずに続けた。「もう切るよ。何かあったらまた電話する」

「ケイレブはひとりでやるつもりみたい」電話を切ると、ジェーンはトレヴァーに訴えた。「ここでぼんやり待っているのは嫌よ」

トレヴァーは苦笑した。「そう言っても、ハリエットの出方がわからないと何もできないからね。少し横になったらどう? ルームサービスで何か注文しておくよ」

「そんな気になれない」ジェーンは顔にかかった髪をかき上げた。「さっき一瞬、ケイレブに過激な手段をとらせてもいいと思った。そんなことを考えるなんて、どうかしてしまったのかしら」

「ストレスにさらされ続けたら、誰だって少しはおかしくなるさ」

「確実に情報が引き出せるとケイレブが言ったら、賛成したと思う。幼い子供たちを殺した息子をかばうような女なんだから」

「ケイレブは実際にそんな過激な手段をとったことがあるんだろうか?」

「イヴは見たことがあるって。だから、わたしを彼に近づかせたがらないの。でも、ケイレブはよほどの理由がないかぎり暴力を振るうような人じゃないわ」

「彼をかばうんだね」

「事実を言っただけ。ケイレブは謎の人よ。彼の考えていることはわからない」ジェーンは唇をゆがめた。「わたしが徹底したリアリストだと知ってるでしょう？　超能力なんか信じていない。でも、ケイレブに特殊な力があるのは本当なの。血流を操作して傷を癒やすこともできるし、逆に傷つけたり殺すこともできる」

「それはすごい。くわしく聞かせてほしい」

ジェーンは肩をすくめた。「血流は精神に影響を及ぼすから、幻覚を引き起こすことも心理操作もできる。具体的なことはよくわからないけど」じれったそうな口調になった。

「ケイレブのことはもうこれぐらいにしましょう」

「ライバルの力は知っておきたいからね。さっきの話に戻るが、もしケイレブに暴力を振るわせていたら後悔した？」

「たぶん」

「きみにそんな精神的負担を負わせたくない」トレヴァーは真剣な表情になった。「よけいなお世話かもしれないが」

「自分でできないことをケイレブに頼んだりしないわ」ジェーンはトレヴァーの目を見た。

「あなたにも」

「そんな他人行儀なことを言わないでほしい」トレヴァーはほほ笑んだ。「ぼくたちの距離がどんどん縮まっているのをきみも感じるだろう?」

たしかに、トレヴァーと二人きりになると、不安も恐れも忘れられた。「でも、昔に戻ることはできないもの」

「そんなことはない。ぼくはきみの心も体も知っている。恋人だったんだから」トレヴァーは手を差し出した。「今でも恋人だ。さあ、抱き締めさせてくれ」

ジェーンは近づきたいという衝動に負けそうになった。

トレヴァーは初恋の人だった。愛し合う喜びを教えてくれたのはトレヴァーだ。愛していると信じていた時期もあった。彼を敬愛していたし、いっしょにいるだけで楽しかった。でも、そんな自分がだんだん怖くなってきた。彼に惹かれれば惹かれるほど自分を見失ってしまいそうで。トレヴァーの影響はそれほど大きかったのだ。

トレヴァーを見つめていると、さまざまな思い出がよみがえってくる。湖畔のコテージで初めて会ったとき、ジェーンは十七歳だった。トレヴァーの完璧な容貌と圧倒的な魅力に一目で心を奪われた。ヘルクラネウムの空港まで追いかけていったこともある。思いを断ち切るためにトレヴァーがジェーンを避けたのだ。拒絶されたと思ったジェーンは彼に詰め寄った――。

「わたしはまだ十七歳よ」まっすぐ彼の目を見つめた。「あなたはどう思っているか知らないけど、これは強みだわ。帰国して毎日を大切に過ごす。どんどん成長して、学んで、経験を重ねて。あなたが退屈に見えてくるような男性と出会うかもしれない。きっとそうなるし、あなたの時代遅れの考え方に振り回されるのはもうたくさん。いつかわたしを捨てたことを後悔するわ」

トレヴァーはうなずいた。「もう後悔し始めている」

――その数年後のスコットランドでの再会。あのときジェーンはトレヴァーが死んだと思い込んでいた。生きていたとわかったときの安堵と心の高ぶりは今でも忘れられない。

「自分の心をちゃんと見つめようと思う」トレヴァーは言った。「ぼくたちは理想的なカップルになれるよ」

ジェーンは喜びに胸がいっぱいになったが、まだどこかで警戒していた。「ほんとにそうなれるかしら?」

「認めたくないかもしれないが、ぼくはもう後戻りできない。ぼくが吹き飛ばされて木っ端みじんになったと思ったとき、どんな気がした?」

「恐ろしくて、怖くて、むなしかった」

「一歩前進だな」トレヴァーはジェーンの手にキスした。「ずっときみを見てきて、ようやく自分がどうしたいかわかった。きみが半信半疑なのはわかってるよ」そう言うと、笑みを浮かべた。「ぼくの気持ちが永遠に変わらないと信じてもらえるように努力する。そして、できることなら、きみの気持ちも変わらないでほしい」

それから数年間、トレヴァーは二人が情熱だけで結ばれているわけではないと証明しようと努力してきた。それでも、ジェーンは心のどこかで警戒を解くことができなかった。いまだにそうだと、トレヴァーを見つめながら思った。

「さあ、おいで、ジェーン」トレヴァーが促した。

ジェーンは動かなかった。

「ベッドに誘うつもりはない。きみと不安を分かち合いたいだけだ。それならかまわないだろう？」

かまわないどころか、すばらしい提案だったが、ジェーンは素直に受け入れられなかった。「わたしは弱い人間じゃないから、分かち合ってもらわなくても――」言葉が続かなかった。気づいたときはトレヴァーの腕の中に飛び込んで肩に顔をうずめていた。「少しだけなら」

「ああ」トレヴァーが抱き寄せる。「ぼくはずっとこうしていたいが、きみの気持ちを尊重するよ」

「きみはいつもそうだ。大事なことは話してくれない」トレヴァーはジェーンのこめかみに唇を当てた。「あの頃はなんとも思わなかった。まだそういう気になってくれないんだろうと思っていた。それに、あの頃は夢中になれることがいくらでもあった。だが、今は違う。時間を無駄にしたくないんだ」ジェーンを抱き寄せたまま椅子に寄りかかった。

「わかった。もう何も言わない」

静かな時間が流れた。トレヴァーの鼓動が直接伝わってくる。ジェーンは胸がいっぱいになった。「どうしてこんなに優しくしてくれるの？」

「ケイレブに命令されたからね」トレヴァーは苦笑した。「ちゃんと面倒をみろと」

「そうじゃないの。イヴのために駆けつけてくれたこと。別れて何年も経つし、そこまでしてもらう理由はないのに」

「自分の役割に気づいたと前に話したね」トレヴァーはジェーンのこめかみにかかった髪をそっとかき上げた。「きみが何をするにしても、うまくいってほしいと願っている。ぼくのせいで自分を見失うなんて恐れないでほしい。きみが幸せでいてくれたら、ぼくも幸せになれる。きみはイヴがいないと幸せになれない。それなら、取り戻すために協力するのは当然だ」

「イヴはみんなにとって大切な人よ。ぜったいに取り戻さなくちゃ」

「もう何も言わないで」

「ああ、必ず見つける」トレヴァーは立ち上がると、ジェーンをベッドに運んだ。「さあ、少し休むといい。目が覚めたら、何か食べよう」並んで横になると、ジェーンを抱き締めた。「きみがこんなに弱気になるなんて想像もしていなかった。もっとも、弱気になってなかったら、こんなまねはさせてくれなかっただろうね」

「抱き締めてほしかったの。なんだかとっても……安心」

トレヴァーは回した腕に力を込めた。「きみはそこまでしてもらう理由がないと言ったが、それは違う。きみに出会って学んだことがあるんだ」そっと唇にキスした。「ぼくはシニカルな人間で、きみに会うまで誰かを愛したことがなかった。きみは人生の扉を開けてくれたんだ」

人生の扉を開ける。ジェーンは扉が開くのが見えるような気がした。そして、その向こうにはきらきら光る宝物が手招きしている。

あれはトレヴァーかしら？

ジェーンは手を伸ばして彼の唇に触れた。「わたしも……あなたに幸せになってもらいたいとずっと思ってた。でも、わたしよりあなたを幸せにできる人がほかにいるような気がして――」

「それ以上言わないで」トレヴァーはジェーンの口に手を当てた。「ぼくは諦めない。きみがその気になってくれるまでいつまでも待つ」そう言うと、にっこりした。「思っているよりその日は近いような気がするな。近い将来、きみはぼくなしでは生きられなくなっているよ」ジェーンを強く抱き寄せたが、急に手を離した。「体が熱い」額に手を置いた。「熱があるね」

「今日はがんばりすぎたから」ジェーンは目を閉じた。「一時間くらい眠ったら、きっとよくなるわ」

「わかった」トレヴァーはもう一度ジェーンを抱き締めた。「ゆっくりおやすみ」

## 流木のコテージ

「目を覚ますんだ。聞こえないのか?」

力任せに頬を張られて、イヴははっとした。

ボニーの姿は消えていた。さっき会ったばかりなのに。

ゆっくりと目を開けると、ドーンの顔が目の前にあった。ぎらぎらした目に怒りと、意外にも恐怖が浮かんでいる。

何を恐れているのだろう?

もう一度イヴの顔を叩いた。「なんとか言え」

「どうして殴るの?」まだ少し舌がもつれる。頭を振って意識をはっきりさせようとした。

「こんなサディストだったなんて知らなかった」そのとき、はっと気づいた。「殺してしまったと思った？　わたしに死なれたら計画が台なしになるから」イヴは顔をしかめた。「最後まで生かしておきたいなら、薬の量には注意したほうがいい。ケヴィンならそんなへまはしないのに」

「やっぱり気絶したふりをしてたんだな」イヴを縛っていたロープをほどきながら言った。「やけに元気そうじゃないか」

「元気なもんですか」言い返したものの、気持ちが落ち着いているのが自分でもわかった。ボニーのおかげだ。「その顔つきからすると、縛られたまま気絶していたわたしのほうがまだましな時間を過ごせたみたいね。爆弾が見つけられなかったんでしょう。やっぱりケヴィンに信頼されなかったのよ。便利に使われただけで――」

「減らず口を叩くな。知らせる前に亡くなってしまったと言っただろう。それに、爆弾を捜しに行ったんじゃない。ケヴィンの同志のカートランドに連絡をとった。こっちの準備が整い次第、起爆させる人間を送ってくれることになった」

「爆弾がどこにあるかわからないのに？」

「電話一本で場所はわかる」

「それなら、さっさとかけたら？」

「そう簡単にはいかないんだ」ドーンはイヴの手首にかけた手錠を椅子の肘掛けにつないだ。「だが、すぐ取りかかる。ケヴィンはわたしに教えるつもりだったんだから、そう言ってやれば――」

「あなたが言えばカートランドはすぐ動いてくれるの？」

ドーンはそっけなくうなずいた。「ああ。ほかにも同志がまだいる」

イヴはもっと嫌味を言ってやりたかったが、やめておいた。ドーンが計画の具体的な話をするのは、話しても害がないと思っているからだ。ドーンから見れば、わたしは死んだも同然なのだろう。情報が命を救ってくれるかもしれない。

「誰に電話するの？　ケヴィンがあなたより信頼していた相手って誰？」

ドーンは答えなかった。

イヴは小首を傾げた。「軍隊時代の戦友？　アルカイダの仲間？」

「違う」ドーンは背を向けてドアに向かった。「あんたにはつくづく愛想が尽きた。人の揚げ足ばかりとって、あいつにそっくりだ。電話をかけてくる」

ドアがバタンと閉まった。

イヴはドアを眺めながら考え込んだ。

あいつ？　いったい、誰のことだろう？

**イリノイ州　シカゴ**

**レイクサイド・マリオット・ホテル**

こんなことなら整形手術を受けておけばよかった。ホテルのバスルームの鏡に映った顔を眺めながらハリエットは悔やんだ。決心がつかなかったのは、自分の顔が気に入っていたからだ。意志の強さを感じさせる端整な顔立ちは、ケヴィンにそっくり受け継がれている。ケヴィンがまだ生きていたとき、安全に整形手術を受けられる場所を調べたこともあった。受けるとしたら、やはり南米だろう。中東の人間にまともな手術ができるとは思えない。それでも、身を隠すには中東の知り合いに頼るしかないだろう。中東の男たちは女を低く見ているから、よそから来た人間にもその考え方を押しつけるに決まっている。

能力や権利を正当に評価されないなんて。そもそも、アルカイダと関わったのが間違いだったのだ。ずっとそう思っていたけれど、ケヴィンを説得することはできなかった。絶大な力を手に入れようと夢見ている息子を見ていると、何も言えなかった。そして、ケヴィンが生まれてからずっとそうしてきたように、できるかぎり協力してきた。だが、その一方で、万が一のときに備えて国外で新生活を始める準備も進めてきた。

結局ケヴィンの夢は、あの子を殺して火葬炉に投げ込んだ連中に打ち砕かれた。でも、あの子の最後の夢はわたしが実現してみせる。

ジェーン・マグワイアが訪ねてきたのは、ついにその時が来たということかもしれない。着信音がしたので、寝室に戻ってナイトテーブルの上のスマートフォンを取った。画面を見て顔をしかめる。ジェームズからだ。さっきの電話から一時間と経っていない。最初の電話には出なかった。ジェームズには高飛車に出るに限る。結婚一年めにそれに気づいて、ずっとその姿勢を貫いてきた。

それでも、よけいなことをされて、計画を阻止されては困る。ハリエットは電話に出た。

「ザンダーはもう捕まえた？　あなたのせいで長年かけて築いた生活がめちゃめちゃよ、ジェームズ。このままではすまないから」

「いや、いろいろやることがあって」ドーンは苦い口調で続けた。「おまえのせいだ。起爆させる手配をしなければいけないと言っただろう。カートランドとはなんとか話がついたが、冷や汗ものだった。爆弾の隠し場所をしつこく訊くから、ごまかすのに苦労した。いつ教えてくれるんだ？」

「もう少し待って。それで、カートランドにわたしのパスポートとサモアの銀行からの融資を用意させたの？」

「ああ」ドーンはかろうじて怒りを抑えた。「わたしをなんだと思ってるんだ、ハリエット？　わたしを見くびったらケヴィンが嘆くぞ」

「わかってないわね。ケヴィンはいつだってわたしの味方よ。わたしの言うことは正しくて、あなたは間違っていると思っていた」ハリエットは冷ややかな口調で続けた。「大目に見ていたのは、あなたが女の子たちを連れてくるのに役に立ったからよ。あんなことを続けていたら、いずれ捕まるのは目に見えていたのに。わたしが家を出ることになったのも、ケヴィンに隠れ家を用意して逃げられるようにするためだった。わたしがどんな気持ちであの子と別れたと思ってるの？」

「あの子のためならどんな犠牲も厭わないと口癖のように言っていたじゃないか」ドーンは言い返した。「安全な場所を確保するのが自分の務めだと」

「そのために大きな犠牲を払った。でも、あの子はわたしの愛情に応えてくれたわ。あなたはあの子がほしがるものを与えたかもしれないけど、結局、信頼されたのはわたしよ。なんでも打ち明けてくれたし、わたしの言うことを聞いてくれた」ハリエットは一呼吸おいた。「だから、隠し場所をわたしに選ばせてくれたのよ。わたしが選んだ場所を聞いて、あの子は笑ってたわ。いかにもわたしらしいって」またいったん言葉を切った。「でも、あなたには場所を教えなかった」

「教えるつもりでいた」

「どうかしら。何かの役に立つと思ったら、教えていたかもしれない」

「わたしはずっとケヴィンのそばにいた。今もそうだ」

ドーンの挑戦的な口調を聞いて、ハリエットは少し言いすぎたと気づいた。今彼を怒らせるのは得策ではない。ジェーン・マグワイアのせいで慌ただしく逃げるはめになり、いらだっているのは自分でもわかっていた。

「今さらこんなことで言い争ってもしかたないわ。それよりケヴィンの仇を討つほうが大事よ。さっさとザンダーを始末して」

「あいつを殺すだけではだめだと何度も言ってるだろう。二つの都市でケヴィンの弔いの炎を燃やすんだ」

「だったら、早く必要なものを用意して。そうすれば、あなたがほしがっているものを渡す。そういう約束でしょう？」

「おまえが約束を守るとはかぎらないからな。マンシーの家の金庫にしまってあるのか？」

「もうマンシーにはいないわ。今はシカゴ。急に逃げるはめになった。ザンダーの死を見届けたらすぐこの国を脱出するわ」ハリエットはまた一呼吸おいた。「ケヴィンの日記のことを一言も言わなかったわね」

短い沈黙があった。「日記？　なぜわかった？」

「ジェーン・マグワイアから日記のことを訊かれた」

「わたしの名を出さなかっただろうな」

「まさか。あなたがイヴ・ダンカンといっしょに死んだと思い込んでいるわ。ダンカンのことがよほどショックだったようね。日記のことばかり言ってたわ。ベナブルの部下かと訊いたら違うと答えたけど、たぶん嘘じゃないと思う」

ドーンは悪態をついた。「なぜおまえのところに来たんだ？」

「わからない。あなたが知らないということは、日記には爆弾がどこにあるか書いていなかったわけね」

「いや、一見しただけではわからないように書いている。間違った人間の手に渡ってもわからないように工夫してあると言っていたから。あの子はパキスタンに戻る前に日記をわたしに託したんだ。わたしならきちんと保管すると信用していたからだろう。あの子が亡くなったあとで隅々まで読んでみたが、それらしい記述は見つからなかった」ドーンは悔しそうな声になった。「だが、必ずどこかに書いてあるはずだ」

「きちんと保管しておくどころか、盗まれたくせに」ハリエットは見下すような口調で言った。「でも、日記のことはそんなに心配しなくていいんじゃない？　あなたに預けたのは手なずけるためよ。あの子に慕われているわたしをあなたが妬んでいるのを知っていたから」疑うように尋ねる。「コピーはとってあるんでしょうね？」

「あたりまえだろう」

「だったら、読ませてくれてもいいでしょう？」

「ケヴィンはわたしに預けたんだ。誰にも見せたくない」

「あら、コピーをとったなんて嘘だったの？」ハリエットは笑い出した。「それとも、わたしのことばかり書いてあるから？」

「そんなに書いてない」

「でも、わたしを褒めてあるわけね？」

「あの子は昔からおまえに夢中だったからな」

「あなたもわたしに夢中だったときがあったわね」

ケヴィンが生まれる前、ハリエットの関心が息子だけに向けられる前のことだ。病院で生まれたばかりの我が子を見た瞬間から、ケヴィンはハリエットだけのものだった。息子に好かれ、自分を愛するように仕向けるために誠心誠意尽くし、ほかの人間を締め出した。そんな母と子のそばを離れなかったのは、ジェームズもケヴィンのとりこになっていたからだった。

「爆弾の場所を書いてないなら、どうしても日記が読みたいわけじゃないけど」

「書いてあるのはほとんど女の子たちのことだ」

「それは今回の計画に関係ないわ」

「核爆弾はどこにあるんだ？　場所と起爆装置の暗号を教えてほしい。頼む」

「その気になったら教えるわ。カートランドに伝えてちょうだい。明日午前十時に出国書類と銀行の融資証明書をそろえて、レイクサイド・マリオット・ホテルの前で待つようにと。受け取ったあとで、なぜわたしに協力するしかないか、その理由を具体的に見せてあげる」

「わたしたちに、だろう」ドーンは訂正した。「もしかして起爆装置か？　ケヴィンから起爆装置を預かったなんて一度も言わなかったじゃないか」

「言う必要がある？」

「ケヴィンはわたしに預けてくれればよかったのに。どうしておまえなんだ？」

「預かっているわけじゃないわ。ある場所を知っているだけ」

「明日、それを明日カートランドに見せるのか？　あいつに渡す気じゃないだろうな？」

「同じくらい説得力のあるものを提供するつもり。起爆装置を回収しても、カートランドにもあなたにも渡さない。カートランドには何か担保を要求するかもしれない。まだ決めていないけど」ハリエットはいったん言葉を切った。「焦らないで。二日以内にけりをつける。ジェーン・マグワイアに押しかけられて足元に火がついた」口調が激しくなった。「わたしはあの子のように殺されたりしない。あなたがケヴィンの仇を討つのを何年も待ってきた。でも、このところ失敗続きじゃないの。もう待てない。ザンダーの死を見届けたら、爆弾の場所と起爆装置の暗号を教える。そして、いちばん早い飛行機で国外に脱出するわ。あなたは犯行声明を出すなりなんなりしたらいい。でも、その前にやるべきことをやってちょうだい」

「さっさと金を持って逃げる気か？　あの子の壮大な計画の成就を見届けないで」

「二つの都市が吹っ飛ぶのを見る必要はないわ。その時が来たらわかるようにケヴィンと二人でちゃんと考えてあるから」ハリエットはちょっと言葉を切ってから、また続けた。

「ケヴィンのために巨大な弔いの炎を燃やしたいというあなたの気持ちはわからなくはない。でも、わたしは新しい人生を始める。きっとあの子もそれを望んでいるわ」

「結局、おまえは自分のことしか考えていないんだ」

「ケヴィンもそうだったわ。その点でも理解し合っていたの。じゃあね、ジェームズ。ザンダーの処刑の準備が整ったら知らせて。それまでは電話しないで」ハリエットは通話を終えた。

ジェームズは本当に馬鹿だ。自分は利口なつもりでいるけれど、昔からケヴィンに利用されてばかりだった。もちろん、わたしにも。

ハリエットはスマートフォンを置くと、バルコニーに出た。もう深夜だ。ベッドに入って体を休めよう。やけに神経が高ぶっているから、眠れないかもしれないけれど。数日後にはもうこの国にはいない。ほとぼりが冷めるまで異国で身を潜めていよう。だいじょうぶ。ちゃんと計画してあるし、マンシーでの暮らしよりずっと楽しいはずだ。

「ちゃんとやり通すからね、ケヴィン」声に出して呼びかけた。「ザンダーはわたしから最愛の息子を奪えると思っている。ワシントンの連中は、あなたの計画を阻止できると思い込んでいる。ぜったいにそんなことはさせない」

眼下に街の灯が広がっている。ボタンを押して、あの灯がいっせいに消えたら。そして、二度とつかないとわかったら、どんな気分かしら？　ケヴィンが夢見た絶大な力を実感できるだろうか？
たぶん。
いずれにしても、もうじきわかる。

# 11

電話しているトレヴァーの声が遠くに聞こえて、ジェーンは重いまぶたを開けた。ベッドに腰かけた彼が使っているのが自分のスマートフォンだとわかると、ジェーンはあわてて体を起こした。「どうしてわたしの――」

トレヴァーは手を上げて制した。「ケイレブからだ。よく眠っていたから、代わりに出たんだ」スピーカーボタンを押した。「ハリエットに興味深い電話がかかってきたそうだ」

そう言うと、スマートフォンをジェーンに渡した。「ドーンから」

いっぺんに目が覚めた。「イヴのことを何か言ってなかった？」

「話の内容はもっぱら核爆弾とザンダーだった」ケイレブは電話のやりとりを簡単に説明した。「というわけで、今後の進展はハリエット次第だ。ケヴィンが生まれてからずっと陰で手綱を握っていたようだな」

「でも、ドーンとはうまくいっていなかったわけでしょう？」ジェーンは頭をすっきりさせようとした。「それに、イヴはあの男に捕まっているんだから、わたしから見れば、手綱を握っているのはドーンよ」

「だが、ハリエットの目の前でザンダーを殺して爆弾のありかと暗号を訊き出さないかぎり、ドーンには核爆発は引き起こせない」

「それを阻止するにはハリエットを尾行すればいい。そうすれば、イヴを救い出すことができるわ」

　ドーンにここまで迫ったのはあのゴーストタウン以来だ。だが、今回はハリエットという強敵がいる。一歩間違えば、イヴだけでなく何百万もの人の命を奪うことになるだろう。

「ドーンとしては、ザンダーを殺すまでは何もできないわけでしょう？　だったら、まだ少し時間がある。それに、ハリエットが起爆装置を持っているというのも嘘かもしれないし、持っていたとしてもカートランドに渡す気はないわけだから」

「それなら、カートランドに何を見せて納得させるつもりなんだろう？」トレヴァーが言った。

「さあ、見当もつかない。ハリエットがカートランドと会ってどうするか、突き止めるしかないわ」

「この前提案した自白法を再検討する気はないんだね？」ケイレブが念を押した。

「ドーンの居場所を聞き出す前に死なれたらどうするの？　息子の望みをかなえるためだけに生きてきた人よ。あっさり口を割るとは思えない」

「だが、自衛本能が強そうだから、案外うまくいくかもしれないよ」

「リスクは冒したくない。イヴの命がかかっているから」ジェーンはベッドからおりようとした。「とにかく、ハリエットに張りついていれば――」急にめまいがして、話を中断しなければならなかった。「これからトレヴァーとそっちに行くわ。今ならハリエットと鉢合わせする恐れもないし、いつでも尾行できるところにいたいから」

「歓迎するよ」ケイレブが言った。「こんな時間からハリエットが誰かに電話するとも思えないから、ひとりで退屈していたところだ」そう言うと、電話を切った。

「支度しなくちゃ」ジェーンは靴を履いた。靴を脱いだ覚えはないから、トレヴァーがベッドに運んだあとで脱がせてくれたのだろう。鼓動が伝わってくるほどぴったり彼の胸に寄り添っていたときのことを思い出した。「顔を洗って目を覚ましてくるわ」

「めまいは収まった?」トレヴァーも立ち上がった。「さっきは死んだように眠っていたよ。電話が鳴っても目を覚まさなかった」

「もうだいじょうぶ。絶好調とは言わないけど」

「病院に行ったほうがいいんじゃないか?」

「今は無理よ」ジェーンはバスルームのドアに寄りかかって体を支えた。「二日しかないのよ。二日以内にけりをつけるとハリエットは言ったんでしょ? ということは、二日後にはイヴは生きていないかもしれない。お願い、好きなようにさせて」

トレヴァーは近づいてジェーンを抱き締めた。「できることなら、ずっとこうしていたい。きみが望むなら、どんな願いでもかなえたい。二度ときみから離れないし、嘘をついたりしないと約束する。きみが信頼しているのはイヴだけだと知っているが、ぼくにもチャンスを与えてほしいんだ。きみの信頼に値する人間だと証明してみせるから」長い息をつくと、ジェーンを放した。「こんなときにきみに言うべきことじゃなかったかもしれないね」バスルームのドアを開けてジェーンの背中を押した。「さあ、顔を洗っておいで。チェックアウトをしておくから」

洗面台の前に立ってもすぐ水を出そうとはせず、ジェーンはしばらく鏡に映った自分の顔を眺めていた。

さっきまでは焦りと恐怖で居ても立ってもいられなかった。でも、鏡に映った顔は穏やかだった。トレヴァーの言葉はなぜかすっと胸に落ちた。そして、闇の中に一条の光が見えてきたような気がした。

**イリノイ州　ウッドストック**

「シカゴ行きのバスの中からかけてるの」マーガレットはケンドラが出るとすぐ話し始めた。「どう、進んでる？」

「何時だと思ってるの？」ケンドラは皮肉な声で言った。「とんでもない時間にかけてくるのはこれが初めてじゃないけど」

「起きてるってわかってたもの。わたしが出したパズルを解くのに忙しくしてたんでしょ？　ケヴィンの手紙から何かわかった？」

「精神の堕落、サディズム、近親相姦を暗示する文言以外に、という意味？」

「それも含めて」

「気にかかる表現がいくつかある。もう一度日記を読み直して関連を調べるつもり」

「気にかかる表現って？」

「ハリエットは息子が母親を尊敬するように育てたみたいね。自分の専門の英文学を共通の話題にしている。二人で訪れた場所に触れた箇所がいくつかあって、何かを暗示している気がするの」

「時間があんまりないんだけど」

「最初にクインから電話をもらったときから、その前提で動いてるわ。日記の解読だけで精いっぱいなのにケヴィンの手紙まで送ってくるから、時間がいくらあっても足りない。時計を止めたいぐらい――」ケンドラははっとして口をつぐんだ。しばらく沈黙が続いた。

「ひょっとしたら……」

「どうしたの？」

「思いついたことがあるの。もう切るわ」

「それはないでしょ。気になるわ」

「今は説明できない。それより、どうしてシカゴ行きのバスに乗ってるの？」

「やっと訊いてくれたわね。ケイレブとトレヴァーに置き去りにされて、ひとりでジェーンを追いかけているところ。じゃあ、もう切るわ。早く仕事に戻りたそうだから。大きな一歩を踏み出せそう？」

「小さな一歩といったところ。期待しすぎないで」

「説明できる段階になったら、電話してくれるでしょう？」

「もちろんよ」ケンドラは請け合った。「わたしもいっしょに動き回りたかったわ。行動を起こさないのは耐えられない」

「手がかりを見つけてくれたら、大きな行動を起こすことになるわ。頼りにしてるから」

マーガレットはいたずらっぽい口調で続けた。「ケイレブやトレヴァーが探せなかった手がかりをジェーンに教えてあげられると思うとわくわくする。これであの二人もわたしを置き去りにしたのが間違いだったと思い知るはずよ」

「意外に執念深いのね」ケンドラは笑いながら電話を切った。

ケンドラの言うとおり、わたしには執念深いところがあるのかもしれない。マーガレットはシートにもたれながら思った。でも、ジェーンの役に立ちたがっているわたしをのけ者にするなんて許せない。命の恩人のジェーンには、いちばんほしがっているものをあげたい。

イヴを。

バスの窓を流れる夜の田園風景を眺めた。イヴに会ったことはないけれど、コロラド州のゴーストタウンでイヴの不屈の闘志を垣間(かいま)見た気がする。あれだけの人には生きていてもらいたい。彼女にはいつの間にか、不思議な親近感を覚えていた。

もう少しの辛抱よ、イヴ。あなたを取り戻すためにみんなで力を合わせている。きっとケンドラが手がかりを見つけてくれるから……。

**レイクサイド・マリオット・ホテル**

「どうしたんだ?」ドアを開けたとたん、ケイレブはジェーンに言った。視線をトレヴァーに移す。「休ませるように言っただろう」

「彼を責めないで」ジェーンは部屋に入った。「ちゃんと休んだし、今はそんなことはどうだっていい。あれからハリエットのところに電話はあったの?」

「寝息しか聞こえないから眠っているらしい」ケイレブはジェーンが座るのを待ってから続けた。「しばらくバルコニーに出ていたが、寝室に入った。監視は続けている」テーブルの上の二つの機器を顎で指した。「こっちは動きを感知する機器で、もうひとつは通話を記録する」

ジェーンは機器を眺めた。「すごいわね、こんな小さいのに。最近は盗聴もハイテクなのね。操作は難しい？」

「いや、みんながみんなを監視する時代だからね。簡単に使えないと話にならない」

「それなら、ぼくが代わるよ」トレヴァーはテーブルに近づいた。「きみにはほかにやることがあるだろう」

「やること？」ケイレブが訝しそうな目を向けた。「どうしたんだ、そんな怖い顔をして」

トレヴァーはケイレブと目を合わせた。「きみにはわからないだろうな」

「敵意を向けられてるのはわかる。おれが何をしたっていうんだ？」

「相手にしないで」ジェーンはようやくトレヴァーの様子がおかしいことに気づいた。

「あなたもやめて、トレヴァー。今は喧嘩している場合じゃないでしょう」

「わかってる」トレヴァーは言い返した。「だからこそ、選択の余地がないんだ」ケイレブに向き直った。「きみの言うとおりだ。ジェーンの容体はどんどん悪くなっている。熱があるのに病院に行こうとしない。ハリエットがドーンに二日と期限を切ったから、そんな余裕はないと言って」両手でこぶしを握った。「これ以上見ていられない」

「おれのせいだというのか？」ケイレブが声を荒らげた。「傷口をふさぐことはできたが、ちゃんと体を休めないと効果は続かない。ジェーンには釘を刺したはずだ」

「ああ、知ってる」沈黙のあとでトレヴァーは声を絞り出した。「だから、もう一度やってもらいたい」

ケイレブの表情が変わった。「おれの聞き違いかな？」

ジェーンは呆然（ぼうぜん）としてトレヴァーを見つめた。彼がそんなことを言い出すとは夢にも思っていなかった。

「短期的でも効果はあった」トレヴァーが言った。「何度でも癒（い）やすことができると言っていたじゃないか。あれは嘘だったのか？」

「嘘じゃない。輸血しておれの血が入っているから、数回は繰り返せるだろう」

「何度も繰り返す必要はない。一回だけだ」

「あなたが口を出す問題じゃないでしょう」ジェーンはあわてた。「決めるのはわたしよ」

「そうだ、早く決めろ」トレヴァーが言い返した。「病院に行かないなら、こうするしかないだろう。倒れるのは時間の問題だ。二日も持たない。イヴを取り戻せなくてもいいのか？」寝室に通じるドアを身振りで指した。「さあ、早く」

ジェーンは座ったままトレヴァーを見つめていたが、やがて冷ややかな声を出した。

「本気で言ってるの？」

トレヴァーは手を取ってジェーンを立ち上がらせた。「早くすませないと、決心が鈍ってしまう」ジェーンを寝室の前に引っ張っていってドアを開けた。「指図されるのは嫌だろうが、こうするしかないんだ。きみがケイレブに触れたときの自分の反応を警戒しているのは知っている。そんな反応を示さないように闘っていることも」両手でジェーンの顔をはさんで目をのぞき込んだ。

　顔は引きつっているのに、このうえなく優しい目をしている。ジェーンは胸がいっぱいになった。

「できることなら、ぼくもいっしょに闘いたい」トレヴァーはつぶやいた。「だが、ちゃんと世話をすると約束したからね。そのために今はこうするしかないんだ」すばやくジェーンにキスすると、背を向けた。「ケイレブ、そこに突っ立って何をしてるんだ？　監視は代わると言っただろう。そこはいいから、彼女を頼む」

　ケイレブがつぶやいた。「あんたに指図されるのは気に入らないな」

「指図したくてしてるわけじゃない」トレヴァーはジェーンのそばを離れた。「彼女を傷つけたらただではすまさない。それだけは覚えておいてほしい」

「わかった」ケイレブはジェーンに笑いかけた。「どうするか決めるのはきみだ」

　ジェーンはケイレブを見つめた。暗い強烈なエネルギーが伝わってくるような気がする。急いでトレヴァーに視線を転じた。だが、彼は背を向けたままだった。

　あと二日。二日以内にイヴを見つけなければ。

　ジェーンは深く息を吸い込んだ。「決めたわ」そう言うと、寝室に向かった。背後でドアが閉まる音がした。振り向くと、ケイレブが重々しい表情でドアに寄りかかっている。

「どうすればいいの？」

「この前と同じだ」ケイレブは眉をひそめた。「だが、こんなやり方は気に入らない。相手がトレヴァーだと、どうやっても勝ち目がなさそうだ。今だってトレヴァーがそばにいるような気がして、ベッドに入るのも気が引けるよ」

「何を言ってるの？　ここにいるのはあなたとわたしだけよ」ジェーンは靴を脱いでベッドに腰かけた。「ほんとに効果はあるんでしょうね？」

「この前は効果があったじゃないか」ケイレブが近づいてきた。「おれは嘘はつかない。どれだけ効果が出るかは、どれだけ傷口に血を送り込めるかによる。傷そのものを癒やすことはできないが、症状を軽減することはできる。前に言ったと思うが、医療分野でも実際にレーザーを使った血流効果の実験が行われているんだ」

「あなたはその方面の専門家じゃないでしょう」

「だから心配？」

「心配というか……」ジェーンははっと息を呑んだ。ケイレブがブラウスのボタンをはずし始めたからだ。彼の指の関節が胸に触れるとぞくぞくした。「わたしを患者として扱ってくれるわけじゃないし」

ケイレブは笑い出した。「無茶なことを言わないでくれ。だが、血が騒ぐのは悪いことじゃない。血流がよくなって、きみにもいい効果を及ぼすからね」肩をすべらせてブラウスとブラをいっしょにはずすと、胸に頬ずりした。「きみの鼓動が伝わってくる」そう言うと、ジェーンをベッドに寝かせた。「覚えているかい？　この前と同じように目を閉じて、血の流れに身を任せるんだ」

ジェーンは目を閉じた。

体の奥が熱くなってきた。むずがゆいような感覚が広がっていく。

体中の神経が研ぎ澄まされ、体中の筋肉が張っている。

血が手首に、喉に、そして、乳首に流れ込んでくるのがわかる。胃がきゅっと締まった。

「それでいい」ケイレブが隣に横になった。「もう少ししたら、リズムができてくる」体をすり寄せると、胸毛が乳房をかすめた。肩の傷口を手で覆う。「むずむずした感じがする？　それは治ってきた証拠だよ」そう言うと、傷口を舐めた。「毒を取り除いてあげよう」

ジェーンはゆっくりと目を開けた。「ケイレブ……裸になったの？　この前は服を着たままだったのに」

「ああ」ケイレブは不敵な笑みを浮かべた。「この前は病室だったからね。だが、今夜は用心しなくていい。それに、トレヴァーがすぐそばにいると思うと、ちょっと羽目をはずしてみたくなったんだ」次の瞬間、ケイレブは体を重ねた。

彼が触れるたびに温かくむずがゆい感覚がどんどん広がっていく。ジェーンはこらえきれなくなって、あえぎ声を漏らした。

周囲がぐるぐる回っている。血流がどんどん速くなるのがわかる。

ケイレブの手を、口を、歯を、全身を感じる。

ジェーンは体を弓なりにして低い声をあげた。

「もっともっとよくなる。忘れられない体験をさせてあげるからね」ケイレブの黒い目が輝いていた。「迎え入れてくれたら、トレヴァーが歯噛みして悔しがるような声をあげさせてみせる」

ジェーンははっとした。トレヴァーのことを忘れていた。

「それだけはだめ」小声で拒否すると、目を閉じてケイレブを視界から追い出した。

ケイレブがぎくりとして動きを止めた。「あいつの名を出したのは間違いだった。自業自得だな」そう言うと、また体を動かし始めた。「だが、もう少しつき合ってもらう」舌でジェーンの唇をなぞり始めた。「終わるまで三時間ほどかかるんだ」体を横たえると、ジェーンを抱き締めた。「抱いているだけで何もしないから。まいったな。トレヴァー顔負けの献身ぶりだ。さあ、リラックスして……」

こんなに興奮しているのにリラックスできるはずがない。でも、信じられないことに、少しずつ体から力が抜けてきた。いつのまにかジェーンは眠りに引き込まれていった。

違う。眠ってなんかいない。

裸で芝生に横たわっている。バラの香りが漂い、そよ風が暖かい。日光が肌に直接当たって、乳房が張って重い。

体を震わせながら背中を反らせた。

ケイレブがいるはずなのに。なんとかしてくれればいいのに。

「いいとも」彼の声がした。「こんなままで放っておいたりしないよ」

そう言うと、体を重ねて入ってきた。

ジェーンは体をのけぞらせてケイレブの肩に爪を立てた。

彼がもっと深く入ってくる。彼が動くたびに、震えが激しくなって疼きが高まっていく。

「どう？」ケイレブがささやいた。「もうやめようか？」

「嫌よ」ジェーンはあえぎながら答えた。「やめないで」

「わかった。じゃあ、いくよ」

次の瞬間、せり上がってくる官能の波に叫び声を押し殺すのが精いっぱいだった。

「もう一度試してみる？」彼がまた動き始めた。「まだやめたくないだろう？」

どうしてもまだやめたくなかった。「ええ……もう一度だけ」

「きみとおれとはこうなる運命だったんだ。ずっと無理やり我慢していただけで。今度はちょっと変えてみようか」ケイレブはジェーンを自分の体にのせた。「きっと気に入るよ。ほかにもまだ……」

しばらくすると、またクライマックスが訪れた。

「ほら」ケイレブがささやいた。「きみはとてもわかりやすくて、やりがいがあるよ。もう一度試してみようか」

もう一度では終わらなかった。何度いっしょに高みにのぼりつめたか覚えていない。それでもまだ満足できなかった。

だが、ついにケイレブが体を離した。反射的にジェーンは彼を引き寄せようとした。

「さあ、少しおやすみ。心身を活性化させて血流がよくなった。しばらく眠るといい」かがんで唇を重ねた。「忘れられない体験だっただろう？」

ジェーンははっとした。忘れられない体験？　みるみる周囲がぼやけてきた。庭もバラの香りも日光も。何もかも消えた。

そして、闇が残った。

「終わったよ」耳元でケイレブの声がした。「これでだいじょうぶなはずだ」

だいじょうぶ？　なんのこと？

突然、情熱に翻弄された記憶がよみがえってきた。どうして彼にあんなことを許してしまったのだろう。

ジェーンはぱっと目を開けた。「騙したのね！」ベッドの上に起き上がってケイレブをにらみつけた。「ひどいわ」

ケイレブは片肘をついて体を起こすと笑い出した。「きみも楽しんだじゃないか」そう言うと、笑いを引っ込めた。「あんなに敏感に反応するとは思っていなかった。途中でやめるのに苦労したよ」

「途中でやめた？　あれは現実じゃなかったの？　マインドコントロールしたの？」

ケイレブはしげしげとジェーンの全身を眺めた。「きみはとてもきれいだ。あの庭にいたときよりもずっと。空想の世界ではあれが限界なんだ。現実のようにはいかない」

ジェーンは急いで服を着た。「あなたが仕組んだ空想の世界だったわけね」

ケイレブは首を振った。「厳密にはそうじゃないが、そう思ったほうが気が楽かもしれないな。反応を引き出すために快適な背景を提供しただけだ。きみの反応は自発的なものだよ。そういう仕組みになっているんだ」

「血流を操作されて、勝手に体が動いただけよ」

「たしかにそうだが、それ以上に――」

「これ以上聞きたくないわ」ジェーンはブラウスのボタンをとめた。「騙されたことに変わりはない。ぜったい許さないから」

「そのうちわかるさ。越えなければいけないハードルだった」

「嘘ばっかり」ジェーンは起き上がるとバスルームに向かった。「なんだか……犯された気分」

「それは心理的なものだ。実際にきみの中に入ったら、どうなっていたと思う？」

「考えたくもない」ジェーンは冷たい水で顔を洗った。「心理的なものにすぎなくても、わたしには大事なことよ。あなたのせいで――」

「どうして怒るんだ？　きみを肉体的に傷つけた覚えはない。体力を回復させるために全力を尽くした。明らかに前と違うはずだよ。冷静になって、違いを感じてほしい。おれがきちんと責任を果たしたと認めてもらうまで、ここから出すわけにいかない」

「責任を果たした？」ジェーンはハンドタオルを籠に投げ入れた。「それ以上のことをしたくせに」つかつかとベッドに近づいた。「絞め殺してやりたいぐらい」

「痛みも疲れも感じないだろう？」ケイレブはジェーンの怒りには取り合わなかった。

「どうだ？　そのためにここに来たんだろう」

ジェーンは深呼吸した。なかなか動揺が収まらなかった。「体はよくなったみたい。その点では成功よ。ただ利用されたのが嫌なの」

「お互いさまだろう」ケイレブは体を起こしてヘッドボードに寄りかかった。裸体のままふてぶてしいほどゆったり構えていて、しかも、とてもセクシーだ。だが、実際には、怒りを押し殺しているのがわかった。「だから、謝らせようとしてもだめだ」そう言うと、にやりとした。「悪いことをしたとは思っていない」

「やっぱり」ジェーンはようやく気がついた。「わたしが寝室に入ったときからずっと怒っていたのね」

「怒って当然だろう。きみはトレヴァーに言われて、しぶしぶ彼の命令に従った。おれは誰かに頼まれてきみを助けたわけじゃない。きみとおれとの問題のはずだった。なのに、ただの道具にされたんだ」笑みはすっかり消えていた。「こんな役回りは願い下げだ。変人扱いされるのは慣れているが、これほど疎外感を抱いたことはない。きみが自分の意志でここに来たなら話は別だ。それなら、こんなやり方はしなかった。柄にもなくトレヴァーを見習って、献身的に尽くしていたかもしれない」

「わたしのせいだと言うの？」

「きみだけが悪いわけじゃないが」

「嫌なら断ればよかったのに。背を向けてわたしから離れればすむことでしょう？」

ケイレブはしばらく黙っていた。「それはどうしてもできなかった」そう言うと、肩をすくめた。「だから、チャンスを最大限に活用することにした。きみは目標を達したし、おれはそこまでじゃないが、近い将来こうなるというシミュレーションをきみに見せられた。現実になったら、もっとすばらしい体験になるだろう」

「現実になんかならない。あなたはわたしの弱みにつけ込んだだけ」ジェーンは大きなため息をついた。「でも、あなたが怒るのも無理はない。トレヴァーとわたしがあなたを利用したのは事実だもの。悪かったわ。力を貸してもらえるのがあたりまえだと思って、感謝するどころか腹を立てたりして」

「感謝してくれとは言わない。信頼してもらえるとも思っていない。きみは最初からおれを警戒していたからね。それでも、きみの魅力に逆らうことはできなかった。弱みにつけ込む気なんかない。第一、きみは強い人間だ。その強さもきみの魅力のひとつだよ。だが、きみはおれが与えられるものがほしかっただけだ。無理強いされたと感じるなら、おれがすることに抵抗する力をつけたらいい」

ジェーンはきっぱり首を振った。「それは無理よ」

「きみならできる」ケイレブは穏やかな口調で続けた。「さあ、トレヴァーのところへ戻って、うまくいったと教えてやったらいい。頭がおかしくなりそうになっているだろう。おれの知ったことじゃないが。きみの心を乱すようなことをして、またあいつに後れをとってしまったな」

「後れをとるとかとらないとかいう問題じゃない。トレヴァーはわたしにとってかけがえのない人よ。やっとそのことに気づいた」

「だが、ゲームは始まったばかりだ」

「もう終わったの」ドアを開けると、トレヴァーはバルコニーの前に立って街を見おろしていた。その姿を見たとたん、ジェーンの胸に温かな安堵が込み上げてきた。「あなたが認めようとしないだけよ、ケイレブ」


その声が聞こえたのだろう。ジェーンが寝室のドアを閉めると、トレヴァーが振り向いた。「ずいぶん長かったね」

「ええ」

「三時間三十五分かかった」

「計ってたの？」

「ああ、一分一秒まで。どうだった？」トレヴァーは探るように見つめた。「期待どおりの効果はあった？」

ジェーンはうなずいた。「この前と同じ。あとは効果が続いてくれるのを祈るだけ。二、三日でいいから」

「そうか」トレヴァーはしばらく黙っていた。「何かこの前と違ったことはなかった？」

「そうね、あったと言えばあったかしら」ジェーンはトレヴァーに体を預けた。「しっかり抱き締めて、トレヴァー」

一瞬ぎくりとしてから、トレヴァーはジェーンを抱き寄せた。「どうした、急に？　ケイレブにひどいことをされたのか？」

「いいえ。あなたに命じられたことはちゃんとやったと伝えてほしいと言っていた」

「この前と違ったことがあったと言ったね」

「ケイレブは怒っていた」

トレヴァーは回した腕に力を込めた。「それでひどい目に遭わされたのか？」

「くわしく知りたい？」

「話したくなかったら話さなくていい」

「あなたに隠し事はしたくない。どんな思いでわたしをケイレブに預けたか知っているから」

「ああ、苦渋の決断だった」トレヴァーは一呼吸おいた。「レイプされたのか？」

「いいえ。本物のセックスはしなかった」

「本物の？　どういう意味かな」

「マインドコントロールされた。ケイレブは他人の心を操ることもできるの」いったん言葉を切ってつけ加えた。「あとは、この前よりタッチが濃厚だった。違いはそれだけ」

「それだけと言われても」トレヴァーはジェーンの体を少し離して目をのぞき込んだ。

「きみは変わったたね。前より……」ふさわしい言葉を探した。「肩の力が抜けたような感じだ」

「そうかもしれない」ジェーンはほほ笑んだ。「なぜだかわかる？」

「わからないよ」

「今夜、ケイレブのもとに行かされて気づいたことがあるの。最初は朦朧としていたけど、いつのまにかケイレブのペースにはまって――」

「そのことは聞きたくない」

「隠し事はしたくないと言ったでしょ。大切なことだから知っておいてほしい。わたしがケイレブに性的に反応するのは、どうしようもないことらしいの。彼の血が体を流れているせいかもしれないし、理由はわからない。でも、それは単に体だけの話よ。取るに足らない問題」

「取るに足らない問題じゃないだろう」

「でも、最大の問題でもないわ」ジェーンは両手でトレヴァーの顔をはさんで目を合わせた。「それより大切なのは愛と信頼じゃないかしら。わたしがイヴ以外の人間を信頼していないとあなたは言ったけど、それは間違いよ。あなたはわたしに嘘をついたことがないし、いつもわたしのためを思って行動してくれる」

「ぼくは天使じゃないよ。そのことは誰よりもきみが知っているはずだ」

「あなたを信頼してるわ」ジェーンはトレヴァーにキスした。「この話はもうやめましょう。わたしだって気づいたばかりでとまどっているんだから。それとも、信頼してほしいと言ったあとで心変わりした？」

「するはずないだろう。ぼくたちは互いのためにこの世に生まれてきたときみが思ってくれるまで、いつまでも待つつもりだった」トレヴァーは笑顔になると、ジェーンを抱き上げた。「きみにそれを認めさせるにはほかの男のベッドに送り込めばよかったんだ」長い情熱的な口づけをしたあと、トレヴァーはまた言った。「だが、もう二度とこんなまねはしない」

「あなたのことだから、わたしのためになると思ったら同じ決断を下すんじゃないかしら。あなたは愛を与えるばかりで見返りを求めない人なのよ」ジェーンはトレヴァーの胸に寄りかかった。「愛してるわ、トレヴァー。さっき肩の力が抜けたようだと言ったでしょう。自分でもそう思う。これからは素直にあなたに心を開けそうな気がする」そう言うと、ジェーンは急に体を引いた。「ケイレブに監視を交代してもらって。二人きりになりたい」

「ずいぶん積極的だね」トレヴァーは笑った。「ケイレブは気を悪くするだろうな」

「それでなくてもわたしたちに利用されたのを恨んでいるのにね。ケイレブには悪いけど、限られた時間を少しだけ二人だけのために使ってもいいと思う」ジェーンは寝室に向かった。「ケイレブに頼んでくるから、フロントに電話してこの階に部屋を取っておいて」

ケイレブは裸のままかもしれないと思っていたが、ノックに応えてドアを開けたケイレブはジーンズとタートルネックのセーターを身につけていた。「まだおれに何か用?」笑顔で訊いてきた。

「監視役を代わってほしいの」ジェーンはケイレブにも何も隠さないことにした。「しばらくトレヴァーと二人きりで過ごすことにしたから。それなら手を引くとあなたが言うなら、しかたがないけど」

ケイレブは表情を変えなかったが、体に力が入るのがわかった。「手を引く気はないと言ったじゃないか」寝室から出てくると二つの機器をのせたテーブルに向かった。「さっさと出ていったらいい」テーブルのそばの椅子に腰かけた。「のんびり楽しんでいられる状況でなくなったら、すぐ知らせる」そう言うと、ちらりとトレヴァーに目を向けた。

「おれに感謝しろよ」

「きみに感謝しなければいけない理由はない」トレヴァーはジェーンの手を取って、廊下に通じるドアに向かった。「ぼくたちはこうなる定めだったんだ。感謝するとしたら相手はジェーンだよ。もう二度と彼女を離さない」部屋から出ながらジェーンの顔を見た。

「生きているかぎり永遠に離れない。神に誓って」

「結婚式の誓いみたい」ジェーンの胸は震えた。愛、信頼、献身、絆(きずな)——これまで認める余裕のなかった感情があふれるように湧いてきた。「いい言葉ね。そっくりあなたに返すわ。生きているかぎり永遠に離れない。神に誓って」

# 12

## ワシントン州　ベイサイド

「ジョー、考えてみて」キャサリンが言った。「ギャロは優秀な男よ。きっと力になってくれる。一足す一が二以上になることだってある」

「わかった、考えてみる」

「これ以上頼んでも無駄みたいね。二人ともほんとに頑固なんだから。ギャロの返事もあなたと同じだった」それだけ言うと、キャサリンは電話を切った。

〝一足す一が二以上になることだってある〟

それはそうだが、問題は何と何を足すかだ。ジョーはいらいらと電話を切った。たしかにギャロは特殊部隊でもとびきり優秀な隊員だったが、協調性があるとは思えない。自分の直観と判断に従って行動する。そして、それはそっくりジョー自身に当てはまることだった。そんな二人がうまくやれるわけがない。

向こうに着いたら、シアトル警察殺人課のブリューワー刑事に連絡して、現地のアルカイダ地下組織の動向を訊いてみよう。それから、酒場を回って情報収集を――。

スマートフォンが鳴り出した。

ジョーは発信者を確認してはっとした。ベン・ハドソンからだ。

ジェーンが入院中のベンから訊き出した特徴をもとにドーンの似顔絵を描いたあと、ベンのことは忘れていた。かわいそうなことをしてしまった。あの子が重傷を負ったのはイヴを守ろうとしたせいなのに。

「ベン、どうした？　その後具合はどうだ？」

「どうして連れていってくれなかったの？」ベンは恨みがましそうな声を出した。「イヴを守るってボニーに約束したんだよ。だけど、あの男がイヴをコテージから連れていってしまった。イヴを取り戻さなくちゃ」

「それはぼくの仕事だと言っただろう。きみはおとなしく――」

いや、こんな言い方をしてはいけない。精神こそ子供のままだが、ベンは珍しいほど気高い心の持ち主だ。初めて会ったのはイヴの娘ボニーの遺体を捜していたときのことで、ベンは何度もボニーが夢に現れたと言っていた。ベンとボニーなら気が合うだろうから、きっとボニーの霊がベンのところに来たのだとイヴは信じている。今回入院するはめになったのも、イヴを守ってほしいとボニーに頼まれたからだった。それを無条件に信じてはいないが、ジョーも不思議なつながりを認めないわけにいかなかった。

「きみは大怪我していたからね。治るまで待てなかったんだ。まだ病院かい、ベン？」

「昨日、退院した。あの人、ほら、ベナブルって人が、病院の人に頼んでくれたんだ。いい人だね」

「ベナブルが？」きっと何か魂胆があるにちがいない。

「それで、ジョーに電話したいと言ったら、賛成してくれて。ねえ、どこにいるの？　ミスター・ベナブルも知らないって」

ベナブルには必要最小限のことしか知らせてはいけないと、ジョーは身にしみてわかっていた。コロラド州のゴーストタウンにベナブルが攻撃チームを差し向けたせいで、イヴはもう少しで命を落とすところだった。今回もベンを利用して、こちらの居所を突き止める気でいるのだろう。

「ベナブルはそばにいるのか、ベン？」

「いないよ。今モーテルにいるんだ。隣の部屋にいる。ジョーがどこにいるかわかったら、連れていってくれるって」

「いいかい、ベン、よく聞いてほしい。気持ちはありがたいが、今から来てくれても、きみがこっちに着く頃にはイヴを助け出せているだろう」本当にそうなら、どんなにうれしいことか。「だから、そこで待っていてほしい。イヴが電話できるようになったら、真っ先にきみにかけるから」

「嘘、どうしてそんなことを言うの？　ボニーから聞いたよ。あいつのせいでイヴはゆうべ死にかけたって」

みぞおちに一発食らったように息ができなくなった。落ち着け。ジョーは自分に言い聞かせた。「くわしく聞かせてくれないか。またボニーの夢を見たんだね。いつ？」

「ちょっと前。それで、電話したんだ。早く助けないと、イヴは大変なことになるとボニーが言ってたから」

「わかってる。だから、こんなに――」ジョーははっとして言葉を切った。「ほかには？　イヴは怪我をしているのか？」

「してないと思うけど、ボニーは知ってることを全部教えてくれるわけじゃないみたいなんだ。でも、イヴはまだ生きてるよ。眠っているけど、死んではいない。眠れる森の美女みたいだって冗談を言ってたって。ボニーが教えてくれたよ。眠ってるのはお城じゃなくてコテージで、まわりはイバラの森じゃなくて流木の墓地だって」

ジョーは眉をひそめた。「流木の墓地？　眠れる美女のお城じゃないのか？　どういうことだ？　そのコテージと流木の墓地とやらはどこにあるんだ？」

「ボニーはイヴのいるところを教えようとしたんだよ。住所とかわからないから、見たものをそのまま言ったんだ」

「イヴは流木の墓地で眠っているわけか」

「あいつに眠らされたんだ」ベンは言った。「このまま目を覚まさなかったらどうしようってボニーは心配してた」

ジョーは悪態をついた。「それだけじゃないだろう？　ボニーがまだ何か言ってたんじゃないのか？」

「怖いんだね、ジョー？　ぼくも怖いよ」

ジョーは目を閉じた。「ああ、イヴのことが心配でたまらない。頼む、ベン、夢のことをもっと思い出してほしい」

「長い夢じゃなかったよ。ボニーは誰かが……」ベンはしばらく考えていた。「そうだ、ケヴィンと言ってた。ケヴィンが邪魔するから、イヴの大切な人たちに近づけなくなったんだ。ぼくのところには来られたけど」

「ほかには？」

ベンはまた考え込んだ。「イヴはケヴィンのお城にいる。コテージのことだよ。これだけじゃだめかな？　ボニーが言ったとおりに言ったんだけど。これじゃイヴを見つけられない？」

流木の墓地、五年前に死んだ男のコテージ。霊感の強い青年が受け取ったメッセージはこれだけだった。手がかりとも呼べない。

それでも、ベンが提供してくれた情報に一縷の望みをつなぐしかない。「だいじょうぶだよ、ベン、必ず見つけるからね。教えてくれてありがとう」

「じゃあ、ぼくにも手伝わせてくれる？　邪魔しないから」

「今シアトルに向かってるんだ。きみがいるところからはすごく遠い。来るのを待ってたら遅くなってしまう。イヴを早く助け出さないと大変なことになると、ボニーが言ったんだろう？」

ベンは困ったように黙り込んでいたが、やがて納得したようだった。「ぼくを待ってたら遅くなってしまって、イヴを助けられないかもしれないんだね。わかった、ひとりでやるよ。ボニーが助けてくれるかもしれないし」

「そこにいてくれ、ベン。きみをまた危険な目に――」説得しようとしても無駄だとジョーは気づいた。ベンはしなければいけないと思ったことをするだろう。「くれぐれも気をつけるんだよ。何かあったら電話してくれ」そう言うと、ジョーは通話を終えた。

胃がきりきりする。

イヴは死にかけた。

いや、今は考えないほうがいい。考える暇があったら行動しよう。

だが、その前にひとつすることがあった。

ベナブルに電話した。「ベンの電話を盗聴してたんだろう？」

「見損なわないでくれ。あんな純朴な青年相手にそんなまねはしない」ベナブルは一呼吸おいてから続けた。「いったいどうなってるんだ？　誰も何も知らせてこない。キャサリンでさえ断片的な情報を伝えてくるだけだ。わたしとしては、あらゆる手段を講じて情報を集めるしかない」そう言うと、皮肉な口調でつけ加えた。「ベンの現実離れした話を聞くのに最新機器を設置する気はしないがね」また厳しい口調に戻った。「わたしの邪魔をしないでほしい。今回の事件はイヴを救出するだけでは解決にならない。ドーンを逮捕して核爆弾のありかを訊き出さなくては。そのためにはザンダーを捕まえるしかない」

「核爆弾は見つけてやる。ドーンを捕まえたら死体を送ってやるよ。だが、情報を引き出すためにベンを利用しないでくれ。あの子は役に立ちたい一心でやってるんだ」

「夢だの霊だの、たわごとを並べてるがね」ベナブルは言った。「考えてみろ、クイン。わたしのほうがずっと役に立つぞ。キャサリンからシアトルに向かうと報告があったから、国土安全保障省から調査チームを派遣した。シカゴにも派遣して動向を探らせている。きみからも進展を逐次報告してもらいたい」

「報告してもいいが、イヴを危険にさらす可能性がない場合に限る。少しでもその恐れがあったら、きみには知らせない」電話の向こうからベナブルの悪態が聞こえた。「ベンがたわごとを並べてるとしか思えないならそれでもいいが、馬鹿にした態度はとらないでほしい。ひとつ頼みがある。五年前にケヴィンがシアトル郊外にコテージを購入した記録がないか調べてくれ」

「調べたところで、記録なんか残っていないだろう。時間の無駄だ」ベナブルはいったん言葉を切った。「どうだ、手を組まないか」

「くどいぞ、ベナブル。手がかりがほしかったら、そのコテージを探すことだ」そう言うと、ジョーは話題を変えた。「ベンはこっちに来る気でいる。連れてきてやってくれないか？　キャサリンとザンダーもシアトルにいるし、きみも来る気でいるんだろう。ベンを頼む。あの子を見放したら、ただではすまないぞ」

短い沈黙があった。「脅す気か？　同じ側の人間だったこともあるじゃないか」

「イヴを見殺しにするようなやつと同じ側に立つ気はない」ジョーは返事を待たずに電話を切った。

深呼吸して気を落ち着けようとした。よけいなことにエネルギーを使うな。効率よく行動することだけを考えろ。

ようやく決心をつけると、ギャロに電話した。

二度目の呼び出し音でギャロが出た。「キャサリンに言われたんだな」警戒した口調だ。

「あんたも同じだろうが、おれは二人で動くのは気が進まない」

「それはそうだが、協力できるならそのほうがいい」

「あんたの言葉とは思えないな」

「ただし、ひとつ条件がある。ベナブルはベンが愚にもつかない話をしていると思っている。きみがベンの話を信じられるなら、いっしょにやれるだろう」

沈黙のあとでギャロが訊いた。「ベンというのはベン・ハドソンのことだな。あいつが何を言ってきたんだ？」

「ボニーが夢に現れて、ケヴィンが邪魔するからイヴに近い人間に近づけないと言ったそうだ」ジョーは一呼吸おいた。「愚にもつかない話だと思うか？」

「いや、ボニーの夢ならおれも何度か見たことがある」ギャロは穏やかな口調で続けた。「北朝鮮で収容されていたときのことだ。当時は自分の娘と知らなかった。イヴが妊娠していることすら知らなかったんだ。飢えと拷問で死んだほうがましだと何度も思った。そんなとき、闇の中に赤毛の女の子が現れた。なんとか生き延びたのはボニーのおかげだ。だから、ベンの話を信じる。だが、そう言うあんたはどうなんだ？」

「これまでは信じられなかった。だが、今は受け入れようと思っている」ジョーは咳払(せきばら)いした。「それに、イヴと長年暮らしてきたのはボニーのことがあったからだ。ボニーがイヴを見つけさせたがっているのは素直に信じられる。ただベンの話が手がかりになるかどうか……」ジョーはベンが使った表現を思い出そうとした。「ボニーがベンに伝えたところでは、イヴは自分を眠れる森の美女にたとえたらしい。城ではなくコテージにいて、イバラの森ではなく流木の墓地に閉じ込められていると言ったそうだ」

「それだけか？」

「そのコテージはケヴィンのものだったらしい」

「コテージと流木とドーンの息子か」ギャロは言った。「手がかりになるかどうかはともかく、何もないよりましだ」

「ぼくもそう思う。急いでそのコテージを見つけよう。ゆうべイヴは死にかけたらしい。それを聞いてきみに電話する決心がついたんだ。キャサリンが言ったように、ひとりでやるより二人のほうができることが多い。まずはケンドラに電話して、ケヴィンの手紙や日記の中にコテージの場所を示す記述がないか調べてもらおう」

「やっぱり、キャサリンの言うとおりだったな。みんなで力を合わせるのがいちばんんだ。キャサリンに電話して、ジェーンやマーガレットにも伝えてもらうよ。今、ワシントン州エバーソンの〈スターバックス〉にいる。どれぐらいで来られる？」

「二十分あれば」

「待ってる。急げよ」電話が切れた。

　案の定、最後は命令口調だった。だから、ギャロとは関わりたくなかったのだが、この期に及んでそんなことは言っていられない。

　イヴは死にかけた。

　ボニー、お願いだから、イヴを生かしておいてくれ。

そして、できることなら、きみのパパの暴走を止めてほしい。この状況でギャロと喧嘩(けんか)している余裕はないんだから。

## ワシントン州　シアトル

「やっぱりイヴはシアトルにいる確率が高そうね」ギャロの話を聞いてキャサリンは言った。「シアトルなら流木が打ち上げられそうな海岸もある。といっても、ドーンが追跡を逃れるために工作した可能性も排除できないけど。そのコテージを調べる価値はあるわ」

「情報源がベン・ハドソンでは、ベナブルを当てにはできないだろう」ギャロは皮肉っぽい声を出した。「きみはどう思う?」

「ボニーのこと?」キャサリンは慎重な話し方をした。「あなたの娘さんの霊にはまだお目にかかったことはないけど、イヴだけではなく、あなたやジョーも信じているんでしょう? わたしが育った香港では、霊の存在はごく普通に信じられていた。あなたたちがボニーのお告げに賭けてみるべきだと言うなら反対はしないわ」そう言うと、話題を変えた。「流木の墓地という表現が気になる。なぜベンはその点をもっと訊かなかったのかしら?」

「きみらしいな」ギャロは笑った。「きみなら相手が霊でも厳しく追及しただろう。今さらベンを責めたってしかたないさ。クインと二人でコテージを探してみる。クインはケンドラにも応援を頼んだ」いったん言葉を切ってからまた続けた。「きみがザンダーに近づけてくれないから、こうするしかないんだ。で、ザンダーはドーンの居所をつかんだのか？」

「まだ」話しているうちにギャロが興奮してきたのがわかったから、キャサリンは電話を切ることにした。「じゃあ、何かわかったら電話するわ」通話を切ってスピーカーフォンを解除した。ハンドルを握るスタングに視線を投げかけてから、後部座席に並んで座っているザンダーに顔を向けた。「ギャロは信用できる人間よ。きっと役に立ってくれるわ」

「まだわたしのことを理解していないらしいな、キャサリン。わたしは誰も信用しない」

ザンダーはにやりとした。「もちろん、きみも例外ではない。ギャロはきみほど興味深い人間ではなさそうだな」そう言うと、小首を傾げた。「きみには魅力的な男だろうが。きみたちの間柄は想像がつくよ」

「変な想像をしないでちょうだい。ギャロはイヴのことで電話してきたのよ」キャサリンは言い返した。「聞いてたなら、わかるはずだわ」

「流木の墓地で眠る美女にボニーのお告げか。霊を信じるかと訊かれたときはうまく逃げたな。ギャロにきみの顔を見せたかったよ」

キャサリンは無言でザンダーを見つめた。

「どっちつかずの慎重な言い方をしていた。本当は霊なんか信じていないんだろう？」

「わたしは現実的な人間よ。霊の存在は信じていない」キャサリンは唇を舐めた。「でも、ボニーを見たことがあるの」

「見たって?」

「イヴといっしょにボニーが埋められていた渓谷に行ったとき。森を抜けたら、そこにいた」

「幻覚だろう」

「そうじゃない。すぐ消えてしまったけど、イヴも見たはずよ。話題にしたことはないけれど」キャサリンは顔を上げてザンダーを見た。「霊と交信したとまでは言わない。でも、あのときボニーがあそこにいたのは間違いない」

「どうしてそう言いきれる?」

「そんな目で見ないで。ボニーはあなたの孫娘でしょう? 会ったことはないの?」

「あるような気がする」

キャサリンは驚いた。こんな答えは想像もしていなかった。「どういうこと?」

「コロラド州の山奥で廃坑の縦穴に落ちたとき幻覚を見た。激痛とショックでまともな判断ができる状態ではなかったんだ。赤毛の女の子から、母親を助けに行けと言われた。イヴと娘のことは徹底的に調査して頭に入っていたから、何かの拍子に幻覚が現れたんだろう」

「幻覚と言いきれるなら、なぜ会ったことがあるような気がすると言ったの?」

「チベットの僧院で過ごした経験から、この世には百パーセント確かなものなどないと学んだ」ザンダーは肩をすくめた。「この話はやめよう。わたしの遺伝子を受け継いだ孫娘なら優秀に決まっているが、夢のお告げだけで捜索隊を出すのは早計だろう。わたしは別の方法をとることにする」

「具体的にどうするの？」

「そのときになったら教える」ザンダーは表情を引き締めた。「いや、それよりきみはその流木の墓地とやらを探しに行ったらどうだ？　わたしに遠慮することはないぞ」

「なんのためにここにいると思うの？　あなたがドーンにつながる切り札だという考えに変わりはないわ」キャサリンは眉を上げた。「まだわたしを追い払おうと本気で考えているの？」

ザンダーはしばらく無言でキャサリンを見つめていた。「ドーンを始末するとき、きみが足手まといになると思うと落ち着かない。致命的な弱点になる可能性が想定できるのに、それを考慮しないのはわたしの主義に反する」

「わたしの安全を考慮してくれるのはうれしいけど、心配は無用よ。わたしは死なないし、足手まといにもならない」そう言うと、笑い出した。「でも、うぬぼれる気はないわ。わたしの心配をしてくれるのはイヴの友達だからでしょう？」

「それとこれとは話が別だ」

「ほんとに？」

「自分に魅力があるからだと思ったことはないのかな？」そう言うと、ザンダーは厳しい口調になった。「わたしの考えを見透かせるなんて思わないほうが身のためだぞ。わたしはそこまで底の浅い人間じゃない」

キャサリンは恐怖を顔に出さないようにした。ザンダーと渡り合うのは綱渡りだ。一歩間違ったら、奈落の底に突き落とされる。「そんなだいそれたこと、思ってないわ。だけど、コロラド山中で短時間でもイヴと過ごしたら、彼女がどんな人間かわかったでしょう？」キャサリンはザンダーと目を合わせた。「ドーンを始末するのが狙いだろうけど、それはイヴのためでもあるはずよ」

「どうかな」

「これまでもドーンがイヴを殺さないように手を尽くしてきた」

「どこからそんなことを思いついた？」

「認めたくないのか、自覚していないのか、それはわからないけど、あなたはイヴを生かしておきたいのよ」

「娘だから？」ザンダーがからかうような口調で訊いた。

「わからない」キャサリンは口をゆがめた。「嫌なら無理に答えてくれなくていいわ。これ以上あなたを刺激したくない」

「どうしたんだ？　きみらしくないな」

「これだけいっしょにいても、あなたが怖い。ちょっとでも気を抜いたら呑み込まれてしまいそうで。ある程度を認めてくれているのはわかってる。そうじゃなかったら、さっさと追い出したはずよ」キャサリンは一呼吸おいた。「あなたはドーンを始末する気なんでしょう？　イヴを救い出すために。そのためにずっと計画を練ってきたはずよ。だったら、わたしもその場に立ち会いたい。足手まといにならないと約束するわ。それどころか、援護射撃をしてあげる。だって、わたしはあなたのボディガードだもの」

「本気で言っているのか？」

「あなたは嫌がっているようだけど」キャサリンはにやりとした。「スタングが心臓発作を起こしそうな顔をしてるわ」そう言うと、笑いを引っ込めた。「あなたを守りたいの。その価値のある人だから」

「その点に関して異論はない」

「価値あるものの安全は確保しなくてはね」

「安全が脅かされるという前提があっての話だろう。わたしは誰にも脅かされてなどいない」ザンダーは胸を叩いた。「きみにもクインにもベナブルにも。誰にもわたしを脅かすことなどできない。身代わりになったり、人質になったりもしない。いいかげんに諦めろ、キャサリン、きみの出番はないんだ」

「ほかに方法があるなら諦める」キャサリンは穏やかな口調で続けた。「あなたを追いつめてもイヴは喜ばないだろうし。だから、ギャロから流木の墓地のことを聞けてよかった。わかった、ほかの方法を考える。あなたの首を差し出さずにドーンを見つける方法を考えましょう」

「わたしの首を差し出す?」ザンダーは冷ややかに言った。「いったい、何を根拠に——」

言葉を切ると、笑い出した。「わたしを思いどおりにできると思ったら大間違いだぞ。わたしはひとりでやる。ちょっとそばに置いてやったからといって、思い上がらないでほしい。きみと共通の目的があるわけじゃないんだ」

「力を貸して」キャサリンは粘った。「もう時間がない。でも、みんなで力を合わせたら——」

「きみが陰で糸を引いているのを見るのは面白かったよ。だが、わたしは操り人形じゃない」

「ジョーもギャロも自立心の旺盛な人よ。ジェーン・マグワイアもそう。だから、わたしが調整役を買って出たのよ。ドーンが息子と長年かけて築いた迷宮の出口を見つけるために」キャサリンは表情を引き締めた。「ジェーンの話では、ドーンの別れた妻ハリエットは彼以上の強敵らしい。ドーンがあなたを殺すまで爆弾のありかは教えないと言っているそうよ」

「それは聞いた。したたかな女だ」

「息子のケヴィンと同類ね」

「わたしの処刑法にこだわるところは見どころがある。最高の方法を選んでいる」

「冗談を言ってる場合じゃないでしょう」キャサリンは言い返した。「何がなんでも阻止しないと。イヴのためにも、あの女がボタンを押した瞬間に命を奪われる数百万の人のためにも。あなたの力を貸して」

　ザンダーはすぐには答えなかった。「弱ったな。そういう芝居がかったことは苦手だ。ある意味、そこまで夢中になれるきみがうらやましいよ」

「協力して」

「わたしにどうしろというんだ？」

「わからない。あなたならこの悪夢を終わらせられるでしょう？　この事件には二つの要素が複雑にからみ合っている。イヴの安全だけを考えればいいなら、話は簡単よ。でも、核爆弾のことも考えなければいけない」キャサリンは人差し指を立ててみせた。「まずシカゴ。ジェーンとトレヴァーとケイレブがシカゴで核爆弾を見つけて起爆を阻止する。ハリエット・ウェバーがドーンに連絡をとったところまで確認しているから、彼女を追跡すればドーンにたどり着けるはずよ。しかも、彼女は核爆弾の隠し場所も起爆法も知っている」

「それなら、その女を殺せばいい」ザンダーは冷ややかに言い放った。

「息子の弔いの炎を燃やせなくなったら、ドーンはイヴを殺すわ」

「ベナブルもわたしに賛成するはずだ」

「わたしは反対よ。イヴを犠牲にするなんて許せない」キャサリンはもう一本指を立てた。

「二番めはシアトル。シアトルで核爆弾を見つける。そして、ドーンを捕まえてイヴを救い出す。シカゴより簡単なはずよ」

「そううまくいくかな。とにかく、ドーンを見つけないと話が始まらない」

「その鍵を握っているのはハリエット・ウェバーよ」キャサリンはザンダーと目を合わせた。「だから、調整役を買って出たの。イヴのために全力を尽くしている人たちの力を結集すれば、ドーンの計画を阻止できるはず」一呼吸おいて言った。「あなたにも協力してほしい」

「誰かと組むのは苦手だ」

「ジョーやギャロと組んでほしいとは言わない。わたしと二人でいいから」

「きみと二人で？」

「そう。それならいいでしょう？」

ザンダーは長い間キャサリンを見つめていた。「きみはこうと思い込んだら、ぜったいに諦めないな。ギャロに同情したくなってきた」

「力を貸してくれるわね？」

ザンダーは目をそらせた。「わたしの目的と一致すれば、考えてみてもいい」そう言うと、身を乗り出して運転席のスタングに言った。「ホテルを見つけてくれ。腹ごしらえをしたら、何本か電話をかけたい」

キャサリンは驚いた。「もうホテルに落ち着くの？　まだモンテ・スレーターにしか会ってないのに。彼はドーンの居所は知らなかった。別の情報提供者に当たってみたらどう？」

「スレーターはシアトルで起こっていることは全部把握している。彼が知らないなら、誰も知らない。何かわかったら知らせてくるだろう」

「もっと優秀な情報提供者がいるんじゃないの？　わたしが街に出て探ってみてもいいわ。シアトルは初めてだけど、ＣＩＡに入る前は香港で情報を売って生計を立てていた」

「知っている。さぞ優秀な情報屋だっただろう」

キャサリンは肩をすくめた。「食べていくために必死だったから。情報収集にはそういう人間が向いてるの。車を止めさせて。わたしがやってみる」

「どうしますか？」スタングがバックミラーに目を向けながらザンダーに訊いた。

「止める必要はない」ザンダーは言った。「わたしは自分のやり方でやる。ホテルに行ってくれ、スタング。キャサリンを街に放り出して、犯罪者の餌食にするわけにいかない」

そう言うと、にやりとした。「きみのことだ。ボディガードをしてやると持ちかけるんだろう?」ちらりとキャサリンを見た。「それから、この一帯の流木を片っ端から調べる。違うかな?」

キャサリンはそれには答えず、窓の外に目を向けた。「お願い、ザンダー、力を貸して」

## シカゴ

地平線に曙光が見え始めた頃、マーガレットの乗ったバスがシカゴに着いた。ジェーンに連絡して落ち合う場所を決めなければ。スマートフォンを取り出して、ジェーンに電話しようとした。でも、昇りかけた朝日を見て考え直した。こんな早い時間に起こすのはかわいそう。ジェーンにはできるだけ休養をとってもらわなくちゃ。ケイレブかトレヴァーに訊けばすむことだ。置き去りにされたのをまだ根に持っていたから、二人を叩き起こすのはなんとも思わなかった。

セス・ケイレブに電話した。「シカゴに着いたわ。どこに行ったらジェーンに会えるか教えて」

「何度電話しても出ないから、ジェーンは心配してたぞ」

「甘く見られたくなかったの。また置き去りにされたくなかったから」

「悪かったよ」ケイレブは謝った。「まだ怒ってるなら、なぜおれに電話してきたんだ?」

「ジェーンを起こしたくなかったからよ。あれから具合はどう？」

短い沈黙があった。「ずいぶんよくなった。あの調子なら、叩き起こしたってかまわない」

淡々とした口調だったが、マーガレットは何か不穏なものを感じた。「ジェーンと何かあったの？　今どこにいるの？」

「レイクサイド・マリオット・ホテル。一七三〇号だ」

「ジェーンは？」

「同じ階のどこかだ。フロントに訊いてくれ」

やっぱり、何かあったようだ。「起こしたくないから、あなたの部屋に行くわ」マーガレットは電話を切った。

マーガレットは窓の外に目を向けながら考え込んだ。ケイレブの様子はどこかおかしかった。何があったのかしら？　とにかく、行けばわかることだ。少なくともジェーンの体調はよくなったらしい。ケイレブの様子が変なのはそのことと関係があるの？　そうだとしたら、わたしが緩衝役になれるといいけど。

レイクサイド・マリオット・ホテルに泊まっていると言っていた。マーガレットは立ち上がると、乗客の間を縫って運転席に近づいた。ハリー・ミルトンというドライバーとは長旅の間に何度か言葉を交わして気に入ってもらえたみたいだから、うまく持ちかけたら、頼みを聞いてくれるかもしれない。

「ねえハリー、もうひとつお願いがあるんだけど」マーガレットはほほ笑みかけた。「レイクサイド・マリオットというホテルを知らない？　そこへ行きたいんだけど、バス路線からかなり離れてるのかしら？」

# 13

十分後、マーガレットは一七三〇号室のドアをノックした。

ケイレブがドアを開けた。「早かったじゃないか」

「ホテルまでバスで送ってもらったの」マーガレットは部屋に入ってきた。「バス停から歩いてこられる距離じゃないから。それよりシカゴに着いてからのことを教えて」そばの椅子に腰をおろした。「ハリエット・ウェバーのことから聞きたいわ。その後どう？」

「ドーンから電話があった」

マーガレットははっとした顔になった。

「驚くと思ったよ」ケイレブは向かい合った椅子に腰かけた。「どうやらベナブルの想定とは役割が逆だったようだ」

「どういうこと？」

ケイレブがドーンとハリエットのやりとりを説明している間、マーガレットは熱心に耳を傾けていた。

「そういうことだったの」マーガレットはうなずいた。「まるで毒グモみたいな女ね。交尾したあとメスがオスを食べてしまう毒グモがいるでしょ」

「野生の友達をそんな引き合いに出すなんてきみらしくない」ケイレブは言った。「ハリエットが毒婦なのは確かだがね。おれは歴史に名を轟(とどろ)かせたボルジア家の悪女を連想したよ」

「毒グモの友達はいないもの。それに、虫とは交信できないし、できたとしても毒グモは選ばない」そう言うと、話題を戻した。「ハリエットが主導権を握っているのなら、話が違ってくるわね。ケンドラには電話した？」

「ああ、ケンドラにもキャサリンにも知らせた。キャサリンはケンドラよりは冷静に受け止めていた。そうそう、ドーンの居場所に関する情報をもらった。ジョーがキャサリンに知らせてきたそうだが、要領を得ない話で、流木の墓地がどうのこうの……」ケイレブはベン・ハドソンが見た夢のことを簡単に説明した。「キャサリンはケンドラにも伝えたが、今はそれどころじゃないと突っぱねられた。ケヴィンの日記と手紙を調べるだけで手いっぱいだそうだ」

「何かつかみかけたところだから、きりきりしてるのよ。もう少ししたら落ち着くわ」

「どうして知ってるんだ？」

「バスの中からケンドラに電話したの。急に思いついたことがあると言って途中で切られたけど。かけ直してくれることになってるわ」

「ほんとにかけ直すかな？」

マーガレットは驚いた顔になった。「ケンドラは約束を守る人よ。ジェーンと同じ。そろそろかかってくる頃ね。現場にいないケンドラが捜査に加わるにはわたしを通すしかないわけだし。わたしはただの仲介役」

「ずいぶん謙虚だな」

「ジェーンの役に立つなら、どんな役回りだっていい。ケンドラは頭がいいし、わたしがジェーンを助けたがっていることを知ってるわ」

「きみが触れ回っているからだ」

マーガレットは改めてケイレブの顔を見た。なんだか雲行きが怪しい。「わたしの取り柄は率直さだから」一呼吸おいて続けた。「はっきり言わせてもらうと、あなたとトレヴァーがジェーンをめぐって大騒ぎしている理由がわからない。あなたはジェーンに欲望を抱いているだけじゃないかしら。でも、トレヴァーはジェーンを愛してるわ」

「きみの意見に興味はない」

「ジェーンと何かあったのね」

ケイレブは答えなかった。

「ジェーンの具合がよくなったと言っていたわね。あなたがまた血流調節をしたから？」

　ケイレブはゆっくりうなずいた。

「だからって、叩き起こしてもかまわないなんて……」マーガレットは考えていた。「ああ、そういうことか」

「やっと気づいたか？」

「ジェーンはトレヴァーと同じ部屋にいるんだ」マーガレットは小首を傾げた。「この時間にいっしょにいるということは一夜を共にしたわけね」

「なかなか推理力がある」

「ジェーンを怒らせるようなことをしたの？」

「いや、喜ぶことをしただけだ。だが、少々やりすぎた」

「ジェーンがトレヴァーを選んだのは、あなたがしてはいけないことをしたからよ。あなたが気づいていないだけ」マーガレットはまた考えていた。「それとも、気づいていても欲望を抑えきれなかったとか」

「きみには関係のないことだ。変に気を回さないでくれ」

「たしかに、わたしには関係のないことよ。でも、ジェーンのことなら黙っていられない。あなたやトレヴァーが何をしようと、ジェーンがそれでよければかまわないと思っていた。でも、今回はそうじゃないみたい」マーガレットは眉をひそめた。「だから、言っておこうと思ったの。あなたのせいでジェーンがトレヴァーを選ぶことになったとしたら、ジェーンは正しい選択をしたと思う」

「きみには関係がないと言ってるだろう」

　雲行きが怪しいどころか、嵐が迫っている。ケイレブは黒い目をぎらつかせ、歯を食いしばっていた。これ以上刺激してはいけない。

　マーガレットは話題を変えることにした。「ジェーンはわたしをかばって撃たれたから、恩返ししたいの」そう言うと、笑顔を向けた。「それさえわかってくれればいい。あなたといると退屈しないわ、ケイレブ。行動の予測のつかない動物は面白いもの」

「まったく」ケイレブはあきれたように首を振った。「きみみたいな子供を本気で相手にするなんて、おれもどうかしてたよ」

「これでも、普通の人のしない経験を積んでるんだから。子供扱いしないで」マーガレットは立ち上がった。「バスルームを使わせてもらうわ。ルームサービスを頼んでおいてくれない？　オレンジジュースとパンとコーヒーでいい」

「敵陣で物を食べるのか？」

「あなたは敵じゃないわ」バスルームに向かいかけると、マーガレットのスマートフォンが鳴り出した。「ああ、ケンドラ。そろそろかかってくる頃だと思ってた。シカゴに着いたわ。今、セス・ケイレブといるの。スピーカーフォンに切り替えていい？」

「いいわ」ケンドラはいらだたしそうに答えた。「突き止めたわ、マーガレット。わかったのよ」

「何が？　落ち着いて説明して」

「ハリエットが英文学に造詣が深いことを頭に入れて日記を調べ直した。母親の影響が大きかったから、ケヴィンも英文学に興味を持っていたと思う。二人の共通の話題だったんじゃないかしら」

「英文学が核爆弾とどう関係があるの？」

「核爆弾の計画を進めるためにケヴィンはアルカイダの地下組織と手を組んだわけだけど、ハリエットにも大きな役割を与えた」

「なぜハリエットに？」

「ケヴィンの手紙から察するに、連続幼女殺害事件のことをハリエットに責められていた節がある」

「息子に危害が及ぶのを心配しただけじゃないの？」

「でも、ハリエットはいざというとき息子が身を潜められる場所を用意するために家を出たわけだから。ケヴィンも少しはやましさを感じていたんじゃないかしら。虚栄心の強い男だから、母親に完璧な人間と認められたかっただろうし。理由はともかく、ハリエットを対等の立場に立たせて、共同戦線を張ったのよ」

「核爆発を起こすために？」

「標的にされた都市は二箇所だと思う。ドーンにケヴィンの日記が解読できなかったのは理由がある。ケヴィンは両親を張り合わせるように仕向けていたらしい。でも、日記は母親に読ませるつもりで書いていたの、二人にしかわからない表現を使って。渡す前に死んだから、結局ドーンの手元に残ったけど」

「共同戦線と言ったけど、ハリエットの役割はなんだったの？」

「あの計画は二人にとってゲームみたいなものだった。爆弾の設置場所から起爆法まで、何もかも二人で相談して決めた」

「日記にそう書いてあったの？」

「ドーンにわからないように暗示的な表現で。ケヴィンの手紙にもそういう箇所があった」

「具体的になんて書いてあったの？」

「それを説明しようとしてるんじゃないの。急（せ）かさないで」

「ハリエットとケヴィンの精神分析を聞かされたってしかたないもの」

「ひょっとしてキレそうになってる？」

「わたしの精神分析はしなくていいわ。それで、ケヴィンとハリエットは何をたくらんでいたの？　それが英文学とどういう関係があるの？」

「そこよ」ケンドラの口調が変わった。「探していたものを見つけたと思う。あの日記はハリエットに読ませるためのものだったと言ったでしょ。ドーンの家の中を見たかぎり、彼は読書家じゃない。でも、ハリエットなら文学に託した微妙なメッセージが読み取れる」

「またその話。ケヴィンは何を伝えようとしたの？」

電話の向こうでページを繰る音がした。「日記の最後のほうに自分を敵視した世界に復讐（ふくしゅう）すると書いていて、こんな表現がある。〝すばらしい日が沈んで恐ろしい夜が来るのを見る〟」

「何それ？」

「最初はぴんとこなかったけど、ケヴィンの言葉じゃないことだけはわかった。これはシェイクスピアの十四行詩（ソネット）からの引用よ。ちょっとあとにこういう表現もあった。〝静かな心は困惑せず怯（おび）えることもなく、幸か不幸か、自らの速度で歩み続ける〟」

「〝雷雨のさなかの雲のように〟」マーガレットがあとを続けた。

短い沈黙があった。「知ってたの？」

「『ジキル博士とハイド氏』なら読んだことがあるわ」

「読んだことがあるとしても、すごい記憶力ね。マーガレット、あなたにはびっくりさせられっぱなしよ」

「ケヴィンの手紙からは何かわかった？」

「まだ。もう少し調べないと。でも、封筒にヒントがあった」

「どんな？」

「消印よ。日付が日記を書いた日と一致してるの。一通は七月四日にシアトルで投函したもので、キング・ストリート駅のすぐそばにある郵便局の消印が押されている。この駅にはシアトルでいちばん大きな時計台があるわ。もう一通、日記にシェイクスピアのソネットが引用されていた日に投函された手紙には、シカゴのダウンタウンにある郵便局の消印が押してある。この郵便局の近くには有名な時計台が二つある。興味深いのは、どちらの引用も一部だけだという点。シェイクスピアのソネットの場合には、〝すばらしい日が沈んで恐ろしい夜が来るのを見る〟の前に〝時計が時を告げる音を数えて〟とあるし、スティーヴンソンの『ジキル博士とハイド氏』からの引用には、あなたが言ったとおり〝雷雨のさなかの雲のように〟と続いているのに」

マーガレットははっとして大きく息を吸った。「時計台……それを伝えたかったのね」

「そう。最初の引用はケヴィンがシアトルから手紙を出した日だけど、まだほかにもあるの。ケヴィンが死ぬ少し前にハリエットへ出した手紙にはオズバート・シットウェルの言葉が引用されている。この封筒の消印もシカゴの郵便局」便箋を繰る音がした。「〝時間つぶしとは、時がわれわれを殺すさまざまな方法の別名にすぎない〟」

「時がわれわれを殺す？」

「ケヴィンが何か伝えようとしたのは間違いない。二つの都市の時計台を調べて」

「簡単に言わないでよ。シカゴにもシアトルにも時計台はたくさんあるわ」

「ケヴィンもハリエットも人一倍虚栄心が強いから、目立たない場所は選ばない。きっとメディアが飛びつくような場所よ」

「心当たりはある？」

「リストを送るわ。シカゴとシアトルの有名な時計台の写真と地図データはさっき送っておいた」ケンドラは一呼吸おいた。「先入観を与えるのはよくないけど、シカゴだったらリグリービルじゃないかと思う。シカゴ川のそばにあって、てっぺんに大きな時計台があるわ。じゃなかったら、その近くにある野球場の時計かしら。そのどちらかかもしれないし、どちらでもないかもしれない」

「シアトルは？」

「わたしなら真っ先にキング・ストリート駅を調べるでしょうね。消印が駅の近くの郵便局のものだったし、シアトルでいちばん目立つ時計台だから」ケンドラはまた一呼吸おいた。「でも、これはわたしの推理にすぎない。証拠は何ひとつない。もっと考えれば別の可能性が出てくるかも――」

「弱気にならないで。さすがよ、ケンドラ。少し眠ったほうがいいわ。あとは任せて」

「そうできたらいいんだけど」ケンドラは皮肉っぽい口調になった。「先が見えてきたと思ったとたん、誰かがまた何か言ってくるんだもの。もう一度日記を見直したら、太平洋の流木のことを調べるわ」

「やっぱり気にしてたんだ。でも、ケヴィンの爆破計画は世界を揺るがす大惨事になる可能性があるけど、それに比べたら流木はまだ――」

「イヴを救出できる可能性があるのよ」ケンドラは言い返した。「だから、眠ってなんかいられない。じゃあね、マーガレット」電話が切れた。

「すごいな」マーガレットがスマートフォンをポケットにしまうのを眺めながらケイレブがうなった。「ケンドラのことはジェーンから聞いていたが、想像していた以上だ」

「敵に回すと怖い人よ」

「そうだろうな」

「ルームサービスだけど」マーガレットは時計を見た。「オーダーするのはもう少しあとでいいわ。ジェーンを呼んでみんなで食べることにしない？」

「ジェーンを起こしたくなかったんじゃないのか？」

「ケンドラの話を聞いて気が変わったの」マーガレットはじれったそうに言った。「ゆっくり楽しんでいる場合じゃないわ。ジェーンの部屋に電話する」そう言うと、眉をひそめた。「ハリエットは午前中に起爆装置を取りに行くんでしょう？　彼女を尾行したら、爆弾の場所を突き止められないかしら」

「可能性はなくはないだろう」ケイレブは立ち上がった。「おれが電話してジェーンを朝食に誘うよ」

マーガレットは首を振った。「あと十五分待ってから、わたしがかける」そう言うと、バスルームに向かった。「あなたは一分でも早く呼びたいだろうけど」

太陽が地平線に顔を出し、黒い雲に金色の光を投げかけている。美しい光景だ。ジェーンは窓のそばを離れると、トレヴァーに体を寄せた。

彼も夜明けの光のようだ。温かくてきらきら輝いていて。

「起きていたのか？」トレヴァーがささやいた。「眠ったと思っていたよ」

「眠るのが惜しくて」トレヴァーの頬に唇をつけた。「眠ったら、あなたが行ってしまいそうな気がしたから」

「どこにも行かないよ。やっときみを手に入れた。もう二度と放さない」トレヴァーはジェーンの顔にかかった髪をそっとかき上げた。「再会してからずっとそう言いたかったのに、きみは耳を貸してくれなかった」

「あなたを愛していると認めるのが怖かったの」ジェーンはすり寄った。「初めて会ったときのことは今でも忘れられない。ギリシャ神話の世界から抜け出してきたのかと思った」

「おおげさだな。きみは芸術家だから感性が豊かなんだろうが」

「でも、ギリシャ神話の神さまはあなたほど優しくないわ」

「ぼくは優しい人間じゃないが、きみにはいくらでも優しくできる」

「わたしはイヴと出会うまで誰にも愛されたことがなかった。里親の家を転々としていたから、優しくされると、反射的に警戒してしまうの」

「時間をかけて心を開いてくれればいい」

「ええ、イヴに出会ってからはそう思うようになった」ジェーンは片肘をついて体を起こすと、トレヴァーを見おろした。「わたしたち、きっとうまくやっていける。わたしはいっしょに暮らしやすい相手じゃないかもしれないけど」

「そばにいてくれるだけでいい」トレヴァーはジェーンの鼻の頭に唇をつけた。「ほかのことはどうだっていいんだ」

「今わたしがいちばんほしいものが何か、わかる？」ジェーンはトレヴァーの肩に頬を寄せた。

「言ってごらん。手に入れてあげる」

「二人で手に入れるのよ。あなたと湖畔のコテージで過ごしたい。イヴとポーチのブランコに座って、ジョーが湖の前でバーベキューをして。あなたはジョーを手伝いながら、わたしに笑いかける」ジェーンはトレヴァーの鎖骨に唇を這わせた。「わたしたちは家族になる」

「必ずその望みをかなえよう。バーベキューのやり方はジョーに教えてもらわないといけないが。ほかにしたいことはない？」

「太陽が沈むのを眺めたい。それから、イヴとジョーに別れを告げて二人で家に帰る」喉の奥にこみ上げるものがあった。「そして、ゆうべみたいに楽しむの」

「ベッドで？」

「嫌ね」ジェーンは低い笑い声をあげた。めくるめくような快楽に浸った時間がよみがえってきた。

「ゆうべはぼくたちにとって特別な時間だった」

ジェーンははっとしてトレヴァーの顔を見た。「まだケイレブにこだわっているの？　彼のせいでわたしたちがこうなったと――」

「そうじゃない」トレヴァーは唇を重ねて、それ以上言わせなかった。「つらい選択だったが、あれでよかったと思っている。だが、もしケイレブと何かあったとしても、ぼくの気持ちは変わらない」抗議しかけたジェーンをまたさえぎった。「特別な時間だったと言ったのは、奇跡を起こしてくれたからだよ」

「奇跡？」

「きみと人生を共にする心構えができた。湖畔のバーベキュー、ポーチのブランコ」トレヴァーはそっとジェーンにキスした。「夢のようだよ、いつまでも愛し合って暮らすなんて。今日も、明日も、いつまでもずっと」

涙がこみ上げてきてジェーンはあわてて冗談にまぎらそうとした。「いつまでも愛し合って暮らしましたなんて、まるでおとぎ話ね。あなたらしくないわ、トレヴァー」

「そうかな。過去の過ちも思い出も、何もかも未来の幸せにつながると考えると希望が湧いてこないかい？　たまにおとぎ話の世界に浸るのも悪くないよ」トレヴァーはジェーンを抱き寄せた。「ぼくにしては感傷的すぎるかな？」

「ちょっと意外だっただけ」窓から差し込む日差しが強くなってきた。そろそろ現実の世界に戻らなければならない。「もう七時。起きたほうがよさそう」

「もう少しだけ」トレヴァーはほほ笑んだ。「ゆうべの奇跡の続きを――」

ナイトテーブルの上のスマートフォンが鳴り出した。

ジェーンはぎくりとした。ケイレブかしら？

画面を見ると、マーガレットからだった。

すぐ電話に出た。「今どこにいるの？」

「ケイレブの部屋。ルームサービスで朝食を頼んだわ。三十分後でどう？」

ジェーンはちらりとトレヴァーを見た。「もう少しあとでもいい？」

「大事なことなの。聞いたらびっくりするわ」

「何があったの？」

「じゃあ、三十分後」マーガレットは通話を切った。

「何かあったみたい」ジェーンは通話終了ボタンを押すと、横になったままトレヴァーを眺めた。この居心地のいい場所から動きたくなかった。「もっとこうしていたいけど」

「きっといい知らせだよ」トレヴァーは起き上がると、ジェーンを抱き締めてもう一度キスした。「また奇跡が起こるかもしれない。奇跡はこちらからつかみに行かないと」

そのとおりだ。奇跡をつかみ取らなくては。きっとイヴを見つけられる。トレヴァーと人生を歩むことができる。諦めずに進み続ければ、きっと。

「早くシャワーを浴びておいで」トレヴァーが促した。「気になってしかたがないんだろう？」

ジェーンはバスルームに急いだ。聞いたらびっくりするようなことって何かしら？　トレヴァーが言ったように、いい知らせだといいけれど。

「ちゃんと食べてくれよ」ジェーンのカップにコーヒーを注ぎながらケイレブが言った。

「体力をつけてもらわないと、せっかくの努力が水の泡だ」

ジェーンはそれには取り合わずマーガレットに顔を向けた。「時計台って？」興奮を抑えることができなかった。ようやく光が見えてきたような気がする。「ケンドラはよく気づいてくれたわね。爆弾がどこにあるかわかったら、ハリエットが何をしようとこっちのものよ。イヴの捜索に専念できるわ」

「場所を突き止めただけではだめだ」トレヴァーが言った。「爆弾の信管を抜かないと」

「ハリエットから起爆装置を盗めないかしら？」マーガレットが言った。

「ハリエットが起爆装置を取りに行くと決まったわけじゃない。第一、起爆装置がシカゴにあるのかシアトルにあるのかすらわからない。それに、ハリエットは奪われそうになったら動転して起爆させてしまうだろう。そこは慎重にやらないと」

「あの女が動転するところなんて想像できないけど」ジェーンは皮肉っぽい口調で言った。「でも、人一倍負けず嫌いだから、奪われるぐらいならきっと爆発させる。ハリエットはカートランドという男に会う予定だと言ったわね。その男を利用できないかしら」

「ベナブルに頼むという方法もあるわ」マーガレットはジェーンが顔をこわばらせたのを見てなだめようとした。「ゴーストタウンのときのように、国家の安全のためにイヴを犠牲にするんじゃないかと恐れてるのね。ベナブルの立場からすればしかたないわ。あなただってハリエットに起爆装置のボタンを押させたくないでしょう？」

「ベナブルに知らせる前にわたしたちでなんとかできない？　まだ時間があるわ。ハリエットがボタンを押すのは、ドーンがザンダーを殺すのを見届けたあとよ」ジェーンは唇を舐めた。「そして、ザンダーを殺すのはイヴの死を見届けさせてから。そういう順番になっている」

「それなら、シカゴで爆弾を見つけて処理すればいい」ケイレブが言った。「そのあとでハリエットを尾行してドーンの隠れ場を突き止め、イヴを救い出す。そして、シアトルの爆弾も処理する。それだけのことだ」

「あっさり言ってくれるわね」ジェーンは絶望的な気分になった。「あなたは抜けてもいいのよ、ケイレブ。言ったでしょ」

「おれの答えはあのときと同じだ」ケイレブはそっけなく言った。「問題を整理してみただけだよ。トレヴァーはきみのためなら高層ビルに駆け上がるだろうし、おれにはトレヴァーにないような才能がある。おれたちを使わない手はないだろう」そう言うと、マーガレットがスマートフォンの画面に出した時計台の写真を眺めた。「どこから始める?」

「リグリーフィールド球場」マーガレットが言った。「朝食をすませたらスタジアムの時計を調べに行く。あなたはハリエット・ウェバーを監視してて。事前準備はわたしがやる」

「事前準備?」トレヴァーが眉を上げた。

「ネズミよ。球場の時計はスコアボードの上についていて、スコアボードの中には空洞がある。つまり、爆弾を隠せるわけ」

「ネズミとどんな関係があるんだ?」トレヴァーが促した。

「ネズミはどこにでもいる、特に川や湖のそばには。いつもお腹を空かせているから、食べ物以外のものにも食いつくわ」

「爆弾にも？」ケイレブが訊いた。

「ええ、見境なし。そばに食べかすでも落ちていたら、その場所を覚えているかも」

「ケヴィンが爆弾を隠したとき、ハンバーガーのかけらでも落としたというの？」ジェーンが訊いた。「五年以上前のことよ。ネズミの寿命ってどれぐらい？」

「野生だと五年から七年というところね」マーガレットは肩をすくめた。「食べかすのことは冗談よ。ネズミは餌のあるところにとどまって繁殖する習性があるし、野球場ならうってつけよ。スコアボードの中に通り道があるかもしれないし——」

「ネズミを捕まえて訊き出すつもりなのか？」トレヴァーが信じられないという顔をした。

「やってみないとわからないでしょ。わたしはあなたやケイレブみたいに目立ったりしないから、探り回るのに向いてるし」マーガレットは眉をひそめた。「でも、あまり期待しないで。ネズミはあまり頼りにならないから」

「いや、きみならできる」ケイレブが言った。

「ほんとにそう思う？」

「きみにはいらいらさせられることも多いが、独特の才能があるのは認めるよ。コロラドの山奥でオオカミを手なずけたそうだし」

ように――」

「手なずけたんじゃないわ。オオカミを無条件に受け入れて、向こうにも受け入れられる

バルコニーのそばのテーブルの上でモニターが低い音を立てた。

「ハリエットのお目覚めだ」ケイレブがさっと立ち上がった。「これからシャワーを浴びて着替えるだろうが、うかうかしていられない。下の階に行って見張ってるよ」ジェーンに目を向けた。「きみはここにいたほうがいい。ハリエットがホテルを出たら知らせる」

そう言うと、ケイレブは部屋を出ていった。

ジェーンはそわそわと立ち上がった。ケイレブにはああ言われたが、ここでじっとしていたくない。でも、ハリエットに見つかったら、かえってみんなの邪魔をすることになる。

「ジェーン」トレヴァーが呼びかけた。

「わかってる。早まったことはしないわ」ジェーンはマーガレットに顔を向けた。「わたしもいっしょに野球場に行く。何かの役に立つかも――」

「ここでもやれることはある」トレヴァーがさえぎって言った。「ベン・ハドソンが言った流木の墓地を調べるとか」

「ホテルの部屋でパソコンに向かうのはもうたくさん。入院中はそれしかできなかったのよ。それに、流木の件はジョーとキャサリンが調べてくれているし」

「理由はそれだけ?」マーガレットが言った。「もしかしてベン・ハドソンの言ったこと

を信じていないんじゃない？」

「ベンの誠実さは誰よりもわたしが知ってるわ。ベンから話を聞いてドーンの似顔絵を描いたぐらいだもの。ベンはわざと嘘をつくような人間じゃない」

「ベンが見た夢は幻覚だったと言いたいの？」

「きみはボニーのことにこだわっているんじゃないか？」トレヴァーが割って入った。

「ボニーの霊が現れると聞いたとき、ぼくもにわかには信じられなかった。だが、クインは真剣に受け止めているようだ」そう言うと、小首を傾げた。「クインは霊の存在を信じているんだろう？」

「彼とその話をしたことはない。でも、ボニーの霊は信じていると思う。イヴもわたしには何も言わないけど、ボニーが来てくれるのを楽しみにしている」

「それでも、あなたは信じる気になれないのね」マーガレットが言った。

「ボニーがあの世から戻ってくれてイヴが幸せになれるなら、それだけでいい」声が震えそうになった。「イヴが幸せで無事でいてくれるなら。今は雲をつかむような話に時間を費やす気にはなれない」

「わかった。それなら、ケンドラとキャサリンに任せましょう」マーガレットは笑い出した。「考えたらおかしいわね。あの二人が霊に導かれて捜査を進めるなんて」立ち上がると、ジェーンを抱き締めた。「あなたがどう考えようと、わたしはあなたの味方よ。さあ、野球場に行って、ネズミ探しを手伝って」ちらりとトレヴァーに目を向ける。「あなたもいっしょに来てもいいわ」

「光栄だ」トレヴァーは皮肉っぽい声で言った。

「わたしがネズミを探している間、ジェーンから離れないと約束するならね」マーガレットはにっこりした。「言わなくても、くっついているだろうけど」

トレヴァーはジェーンに視線を向けた。「ああ、片時も離れない」

ジェーンもトレヴァーから視線をそらすことができなかった。

トレヴァーの言葉がよみがえってきた――今日も、明日も、いつまでもずっと。

マーガレットは言った。「ケイレブから電話があったらすぐ出ることにして、その間にケンドラに電話しておくわ。また何か突き止めたかもしれないから」スマートフォンを取り出した。「わたしは邪魔みたいね。ジェーンは今にも燃え上がりそうだし、トレヴァーときたら……まあ、二人で仲良くやってちょうだい。あなたたちを見てると、ほっこりしてきた」

「銀行に連れてこられるとは思っていなかったよ」カートランドはバンク・オブ・アメリカの金色の看板を眺めると、ハリエットのためにドアを開けた。

「銀行は宝を預けておく場所よ」ハリエットは笑みを浮かべた。「だから、ケヴィンとわたしは資本主義のシンボル、バンク・オブ・アメリカにわたしたちの王国の鍵を預けることにしたの。いい考えだと思わない？」

「気に入らないな。ケヴィンは仲間の誰にも知らせずに爆弾を移動させた」カートランドは苦い口調で言った。「ケヴィンがひとりで進めた計画でもないのに」豪勢な大理石のホールを進みながら顔をしかめた。「しかも、何も知らせないまま死んだから、計画が頓挫してしまった」

「ちゃんと再開させたじゃないの」ハリエットは言い返した。「アルカイダ側は五年前より喜んでくれるはずよ。状況が当時とは比べものにならないほど厳しくなっているから、どんな小さな勝利でも歓迎される。シカゴとシアトルを同時に破壊するなんて大勝利よ」

「そんな話を聞きに来たんじゃない。あんたと取り引きする気なんかなかったんだ。ケヴィンが無理やりあんたを参加させたときから面倒なことになるのはわかってたよ。ドーンは爆弾の場所を知らせると言ってきておきながら、突然、あんたを買収しろと言い出した。その要求は吞んだ。今度はあんたがこっちの要求を聞く番だ。爆弾をこっちに渡す準備があることを証明してもらおうじゃないか」

「あなたも中東の仲間の影響で、女性差別主義者になったみたいね」ハリエットは冷ややかに言った。「それに、まだわたしを買収できたわけじゃない。あれは手付金よ」そう言うと、貸金庫のあるコーナーに向かった。「わたしの安全を確保するためにやってもらいたいことがあるの。それをすませたら、あなたが第二のビンラディンになるのにいくらかかるかわかるわ」

「ステート・ストリートのバンク・オブ・アメリカに行った」ケイレブはジェーンが電話に出るなり言った。「カートランドの写真をメールで送る。四十代、黒髪で身なりがいい。一見、アメリカ人ビジネスマンだ」

「中東から着いたばかりに見えるとは思っていなかったでしょ」ジェーンは言った。「二人のやりとりを聞いた？　盗聴器はつけられた？」

「街のショッピングモールで買った盗聴器じゃ無理だ。その何倍も精巧な機器じゃないと」ケイレブは皮肉っぽい口調で続けた。「近づけたとしても二人の唇の動きを読み取るしかない。きみの友達のマーガレットなら得意だろうが、あいにくおれにその特技はない。銀行の外で見張っていて、二人が出てきたら後をつける」いったん言葉を切った。「あの女がカートランドに襲われたら助けてやるか」

「ハリエットはそんなやわな女じゃないわ」

「カートランドはテロリストだ」

「相手が誰でも同じ。あなたも気をつけて。今、リグリーフィールド球場に向かっているところ。二人が銀行から出てきたらまた知らせて」

「了解」ケイレブは電話を切ると、通りをはさんで銀行の向かい側にあるパン屋のドアに寄りかかった。張り込みの経験はあるが、今回は相手を捕まえればすむわけではない。ジェーンが強硬手段をとらせてくれたら、話は簡単なのに。それなら、短時間で確実にハリエットから訊きたいことを訊き出せる。

いや、それは考えないようにしよう。ジェーンが望むやり方でやるしかない。とにかく、諦めないことだ。そのうちきっとチャンスがめぐってくる。

ケイレブは自分に言い聞かせた。

カートランドは渋い顔で貸金庫の中の書類を見おろした。「なんだ、これは？　起爆装置じゃないのか」

「起爆装置だとは言わなかったわ。価値のあるものが入っていると言っただけ」ハリエットは書類を取り上げて差し出した。「さすがケヴィンね。あなたがパキスタンから爆弾を持ち出したあとのことを考えて、保険をかけておいた」書類に目を走らせているカートランドの顔を見つめる。「あなたは筋金入りのアルカイダではない。パキスタンの強硬派からすれば信条に反するような取り引きに何度も応じてきた」カートランドが低い声で悪態をつく。「ばれたら当然、暗殺者リストに載せられる。それがどういうことかわかっているはずよ」

カートランドは怒りに燃える目を向けた。「脅すつもりか?」

「そのとおり」ハリエットは平然と答えた。「わたしを甘く見ないで。わたしに協力するか、それが嫌なら地下に潜って、せめて一週間生きながらえるのを祈るしかなさそうね」そう言うと、カートランドの目を見つめた。「最後まで主導権をとるのはわたし。合意に達したと思っていいわね?」

カートランドは答えなかった。内心の葛藤が顔に表れている。やがて口を開いた。「まあな」

勝った。ハリエットは心の中で快哉を叫んだ。だが、これ以上相手の自尊心を傷つけないほうがいい。「それなら、見せてあげる」書類の下にあった黒い布を取った。「わたしたちはイスラムのために戦う、よきパートナーになるわけだから」

カートランドは額に皺を寄せて貸金庫の中をのぞいた。「携帯電話じゃないか。どういうことだ?」

「わからない? 携帯電話は起爆装置として使えるわ」

「こんな時代遅れのものが?」大型の古臭い携帯電話を訝しげに見つめた。そして、すっきりと薄いスマートフォンを取り出した。「テクノロジーの進歩に逆行するような代物じゃないか」

「五年前には最新装置だった。充電しておけば、ちゃんと使えるわ。半年ほど前に確かめておいたからだいじょうぶ」ハリエットはカートランドと視線を合わせた。「わたしがコードを打ち込めばいいだけ。それでシカゴもシアトルもおしまい」

「いっぺんに？」

「ケヴィンほど優秀な頭脳の持ち主はいないもの。あなたにはあの子の価値がわかっていない。わたしたち、サモアに行くつもりだったの。飛行機に乗り込んだらすぐ、あの子がコードを打ち込む計画だった」

「その計画を実行する気なのか？」

「ええ、多少修正を加えて」

カートランドの口調に焦りがにじんだ。「起爆装置を渡す気はないと言っていたが」

「渡すわけないでしょ」ハリエットは携帯電話を貸金庫から取り出してバッグに入れた。「どちらが主導権を握っているかはっきりさせたはずよ」

「携帯電話を渡せ」

「持っていても無駄よ、コードを知らないんだから。わたしが教えると思う？」

「教えさせる方法はある」カートランドは低い声で言った。

「脅しをかけるなんて卑劣ね。書類を見たでしょう。わたしが死んだら、弁護士がコピーをパキスタンに送ることになっている。起爆装置を見せびらかすために連れてきたと思ってるの？　あなたの正体は知ってるわ。ケヴィンから、あなたと仲間がしたことは全部聞いた。素人のやり方だとあの子は笑ってたわ。だから、核爆弾を取り上げたのよ」

「あいつは裏切り者だ」カートランドの頬に血がのぼった。「殺されてほっとした」

「尻尾を巻いて逃げたくせに」ハリエットは込み上げる怒りを押し殺した。カートランドにはまだ利用価値がある。ふっとため息をついた。「起爆装置を持っていれば、爆弾の設置場所を訊き出す必要がないと思ってるんでしょう？　そのとおりよ。だから、取り引きするのはジェームズではなくわたし。起爆装置を持っていてコードを知っている。切り札はそろっているわ。だから、計画を進めるのはわたしで、あなたはそれに従うしかないの」一呼吸おいて続けた。「今はジェームズが息子を殺害した男を殺すのを待っているところ。それを見届けたら、この手で二つの核爆弾を爆破させる。あなたは何もせずに結果だけを受け入れればいい。リスクを冒すことなく自分たちの手柄にして、パキスタンでのし上がっていける。その見返りにわたしが要求しているのは、身を潜めるために必要な書類だけ。悪い話じゃないでしょう？」

「まあな」

「話に乗りたくてうずうずしてるくせに」

「また金を要求する気だろう」

「これが最後よ。爆破の一週間後に同じ銀行に振り込んで。わたしの手元にあの書類があることを忘れないで。それに、どこの馬の骨ともわからない女がやったことを自分たちの手柄にしたなんてパキスタン側に知られたくないでしょう？　わたしは静かに姿を消すわ」

「それがいちばんだろうな」カートランドは考えながら言った。

「わたしもそう思う」

カートランドはしばらく黙っていた。「本当にこれきりだろうな？」

「あとひとつ頼みたいことがある」

カートランドは身構えた。「なんだ？」

「あなたは腕の立つ人だとケヴィンから聞いてるわ。ベルリン郊外の野営地で、爆弾製造だけではなく暗殺術の訓練も受けたそうね。経験を積んでますます磨きがかかったでしょう」

「殺したい人間がいるのか？」

「殺しておいたほうが安心できそう。わたしが安全なら、あなたが手に入れた地位も安泰というわけ」

「誰を殺せと言うんだ？」

「厄介な相手じゃないわ。やたらに首を突っ込みたがるただの女。ジェームズは心配しすぎだと言うけれど、あの人はときどき間の抜けたことをするから」ハリエットは笑みを浮かべた。「ジェーン・マグワイアという女よ」

「ケヴィンの日記のことを知ってる。ということは、わたしたちの計画に気づく可能性が高い。しかも、CIAにもコネがある」ハリエットは口元を引き締めた。「それに、異常なほど執念深いから、わたしがどこへ逃げても執拗に追ってくるはずよ。さっさと始末しておいたほうがいい」

「殺す理由は？」

「どうやって近づけばいいんだ？」

「それはあなたが考えることでしょ。家族とアトランタに住んでいる。ジョー・クインとイヴ・ダンカンの養女よ。最後に会ったのはインディアナ州のマンシー」ハリエットは一呼吸おいた。「できるだけ早く決着をつけて。心に引っかかっているとうっとうしくて」

「わかった」カートランドはにやりとした。「長くはかからない。ハイテク社会の利点はどんなやつでも簡単に見つけられることだ。その女のスマートフォンを調べさせよう。特殊なブロックがかかっていないかぎり、誤差一キロ以内で居所を突き止められる」

「そんなことができるの？」

「ああ、頼む相手を間違えなければ。携帯会社の社員に二千ドルも渡したら、ジェーン・マグワイアのスマートフォンの基地局を特定できる」

「令状がなくても？」

「厳密に言えば違法行為だが、警察と携帯電話会社は持ちつ持たれつの関係だからな。私立探偵にもその種のことを請け負う連中がいるよ」

「私立探偵には頼みたくない。どれぐらいでけりがつきそう？」

「五、六時間で居所を突き止められる。居所さえわかれば、終わったも同然だ」

「さすがね」ハリエットは貸金庫を閉めて鍵をかけた。「あの女にわずらわされないですんだら、心置きなく計画を進められるわ」

カートランドが訊いた。「コードを打ち込むのはいつになる？」

「急かさないで。こっちにも段取りがあるんだから」ハリエットはドアに向かった。「二日以内には満足させてあげる」そう言うと、肩越しに振り返った。「ジェーン・マグワイアを片づけてくれたら、わたしも満足よ」

# 14

## シアトル

「キング・ストリート駅の時計台だって」キャサリンはギャロに言った。「マーガレットが言うには、ケヴィンがあの時計台に爆弾をひとつ設置したとケンドラは推理しているそうよ」

「時計台の中に入れるか調べてみるが、たぶんだめだろうな。それに、ドーンとハリエットをへたに刺激することになっても困る」

「土壇場で全員の力を結集できるといいんだけど」キャサリンは疲れた声を出した。「誰かが早まったまねをしないことを祈るばかりよ」

「やけに弱気だな。きみらしくない」

「なんだか自信がなくなってきた。CIA本部に問い合わせても、ケヴィンがシアトルで不動産を購入した記録は残っていなかったし。たぶん、偽名を使って複数の不動産業者を通したんでしょうね。だとしたら、簡単には見つからない」一呼吸おいた。「ベナブルに頼んだほうが話が早そう」

「それなら電話してみたらどうだ」そう言うと、ギャロは話題を変えた。「ジョーと海洋博物館に行ってきた。流木の知識は増えたが、参考にはならなかったよ」

「わたしもネットで少し調べてみた。何を教えてもらったの？」

「流木とは潮の流れや風や波、あるいは人間の活動によって、海岸や川岸に流れついた木のことで、海洋ゴミの一種だ」

「流木の墓地との関係は？　墓地でなくても墓石とか、死の象徴とかにはつながる？」

「基本的に、流木は生物にとって有益なものだ。鳥にとっては巣や餌になるし、漂流中は魚や水生生物の役に立つ。キクイムシやフナクイムシやバクテリアに分解されて、最終的には栄養素になって食物連鎖に再び組み込まれていく。砂浜に流れつくと、砂丘の土台になる。むしろ死の象徴と反対のイメージしかない」

「でも、イヴには墓地を連想させたわけでしょう？　このあたりの流木はどこから流れてくるの？」

「波の浸食作用があるから一概には言えないそうだ。ほとんどの流木は嵐や洪水といった自然災害によって流された樹木の一部だが、切り出した材木や船の積み荷だった材木が流されたり、場合によっては船そのものが破壊されて流木になることもある。日本で津波が起きて、大量の流木がこのあたりの海岸に打ち上げられたこともあった」

キャサリンは海岸を埋め尽くす不気味な堆積物をテレビニュースで見たのを思い出した。日本の漁船や大きな工具や港町で使われていた生活用品が、流木となってこんな遠くまで流れついたのだ。

「でも、ケヴィンの家の流木はあの災害で流れついたものじゃなさそうね。時期的に合わないから。それ以外に記憶に残ったことはない？」

「参考にはならなかったと言っただろう。ああ、そういえば、流木は燃やしてはいけないんだ。燃やすと、発がん性のあるダイオキシンが発生する。海水の塩素のせいで人体に有害な煙が出るんだ」

「海水に塩素が含まれているなんて知らなかった。でも、流木を燃やして人を殺せるわけじゃないでしょう？」

「まさか」

「ほかにはない？」

「これだけだよ」そう言ってから、ギャロはつけ加えた。「そうだ、忘れてたよ。北欧神話によると、最初の人間、アスクとエムブラは、オーディンと二人の弟神がニレの木の流木からつくったそうだ。どう、参考になった？」

「とっても」

「冗談だろ。海洋博物館は普通の人間が行って楽しいところじゃないよ。これでも興味を引きそうなことだけ伝えたつもりだ」ギャロは一呼吸おいた。「それで、ザンダーは何をしてるんだ？」

「相変わらずじっとしてる」キャサリンは部屋の反対側にいるザンダーに目を向けた。「でも、わたしは諦めない。ザンダーは利口な人だから、あなたやジョーとタッグを組むのが正しい選択だと気づいてくれるはずよ」

ザンダーはにやりとして首を振った。

「ほんとに頑固なんだから」キャサリンはため息をついた。「さっき言ったように、わたしも流木を検索してみたの。地元新聞を調べていたら、流木コレクターの記事が出ていた。流木アーティストのインタビュー記事も」

「流木で墓地をつくってるわけじゃないだろう？」

「ええ、記事を読んだかぎりでは。ケンドラに流木のことも推理してほしいんだけど、彼女も手いっぱいだから」キャサリンはふっと息をついた。「もう時間がないの。みんな懸命にやってくれているけど、まるで逆巻く水の上を渡っているみたい。引きずり込まれたら、イヴは二度と浮かび上がってこないわ」

「だったら、大急ぎで渡りきるしかない」ギャロは言った。「どうしてザンダーは行動しようとしないんだ？　あの男が頼みの綱なのに。イヴのことはどうだっていいんだろうな」

「どうだっていいなんて思っていない」キャサリンはザンダーと目を合わせた。「そんな人じゃないわ」

「それなら動けと伝えてくれ。何かわかったらまた電話する」ギャロは電話を切った。

「きみはわたしを買いかぶっている」ザンダーは薄い笑みを浮かべた。「むしろギャロの判断のほうが当たっているよ」

「ギャロはあなたを知らないわ」

「きみだってそうじゃないかな」

キャサリンはそれに答える気になれなかった。「ギャロはあなたになんらかの行動をとってほしいと言っていた」

「聞いたよ。きみが同じことを考えているのも知ってる」

「動く気がないなら、ギャロとジョーをここに呼んだらどうかしら？」

ザンダーは首を振った。

「何時間もホテルでじっとしていて何になるの？　情報提供者との電話はすんだの？」

「ああ」

「相手はドーンの居所を知らなかったんでしょう？　もっとあちこち当たってみたら？」

「ひとりに訊けば充分だ」

「ギャロは特殊部隊でも指折りのスパイだった。その気になったら、簡単にここを突き止めるわ」

「ギャロはそんなまねはしない。きみを困らせたくないから」

「ジョーがじれて乗り込んでくるかもしれないし」

「じれているのはきみだろう」

「かもしれない」

「きみの言うとおりだ」ザンダーの顔から笑みが消え、立ち上がって寝室に向かった。「イヴには奇跡が必要だ」

「もう時間がない。全員の力を結集して奇跡を起こすしかない」厳しい口調だった。


「どうしたんですか？」スタングが穏やかな声で訊いた。「そわそわした様子を見せるなんてあなたらしくないですよ」

「弱みを見せるなということか？」ザンダーは言い返した。

スタングははっとした。ザンダーはいらだっている。怒らせないほうがいい。「そんな意味で言ったんじゃありません。あなたは誰にも心の中を見せない人間だ」スタングは笑みを浮かべた。「長年あなたのもとで働いていますが、いまだにあなたは謎です」

「きみもそれを望んでいるんじゃないのか」ザンダーはからかうような口調になった。「わたしと距離をおいたほうが安全だと思っているんだろう？」

「たしかに」スタングは探るような目を向けた。「しかし、イヴのことがあってから、あなたが意図的にわたしとの距離を縮めようとしているような気がしてならないんです。わたしをイヴの味方にしたいんでしょう？　そして、背中を押させてイヴを救いたいんじゃありませんか？」

「それも弱さの表れだというのか？」

「いいえ」スタングは穏やかな口調で否定した。「人間味の表れと解釈しています」

「わたしにとっては屈辱だ。人間嫌いなのは知っているだろう」

「ええ」

「きみはわたしを知りすぎた。そろそろ縁を切る潮時かな」

「ご随意に。覚悟はできています。あなたのもとで働くのは楽しかったですよ」スタングは顔をしかめた。「あなたを恐れていないときはという意味ですが。あなたを恐れない人間はいませんからね」居間に通じるドアを顎でしゃくってみせる。「あのキャサリンでさえ内心びくびくしていますよ。それでも、諦めない。あなたを思いどおりに動かそうとしている。見上げたものだ」言葉を切ると、スタングはここ数日ずっと訊きたかったことを口にした。「彼女はあなたを恐れていましたか？」

ザンダーは〝彼女〟が誰か問い返さなかった。「ああ。イヴはドーンもわたしも恐れていなかった。警戒はしていたが、怖がっていなかった。きっと今もそうだ。ドーンに何をされても恐怖におののいたりしないだろう」言葉を切って少し考えた。「わたしはずっと恐怖を武器にしてきたが、最近思い知ったよ。恐怖は誰かとのつながりを断つ武器だ。だが、彼女はつながりを断たせてくれない」

「それだけ特別な存在だからです」

「ほら、またイヴの味方をしている」

「あなたがそれを望んでいるからですよ」スタングは首を傾げた。「しかし、わたしの役目は終わった。そういうことですね？」

「それはきみが自分で決めることだ」窓の外を眺めていたザンダーが振り向いた。「最近は自分の判断で動いているようじゃないか」

「ひとつ訊いてもいいですか？」

「なんだ？」

「なぜホテルの部屋にこもっているんですか？　そわそわして不機嫌で優柔不断で、およそあなたらしくない」

「キャサリンにも訊かれたよ。きみほどずけずけ言わなかったが」

「理由は答えたんですか？」

「いや。だが、きみはわたしを怒らせる覚悟で訊いたんだろうから、答えてやろう」ザンダーは肩をすくめた。「今わたしは何よりも嫌いなことをしている」また窓の外に目を向けた。「今は待つしかないんだ、スタング」

## リグリーフィールド球場

「今日は試合があるんだ」トレヴァーはスタジアムに押し寄せる人波を見ながら言った。

「地元のカブスが出る。これじゃやりにくそうだな」

「かえってまぎれやすいわ。チケットを買ってきて、トレヴァー。あなたとジェーンは観戦してていいから。じゃあ、二時間後に駐車場の車の中で」マーガレットはそう言ってにやりとした。「騒ぎを聞きつけたら、わたしが刑務所行きにならないように助けに来てね」

「あなたひとりに危険なまねはさせられない。わたしも行くわ」ジェーンはスコアボードの大きな時計を眺めた。「どうやってあの中に入るつもり？」

「保全係に連れていってもらう。スコアボードによじのぼると思った？」

「きみならやりかねない」トレヴァーが真顔で言った。

「無理するより助けてくれる人を探したほうがいいの」マーガレットはジェーンに顔を向けた。「ついてこないで。あなたは美人だから相手の注意を引きつけてしまう。わたしは注意より同情を引きたいの」

「保全係に頼んだってスコアボードの中には入れてくれないだろう」トレヴァーは半信半疑だ。

「とにかく、やってみる。わたしはそういうのは得意なの」

「知ってるよ」

「さあ、ジェーンを連れていって」チケット売り場の前でマーガレットは手を振った。

「ホットドッグを買ってあげるといいわ。ろくに朝食を食べてないから」

「マーガレットったら」ジェーンはまだ決心がつかなかった。「わたしも連れていって」

「これはわたしの仕事よ。あなたは邪魔になるだけ」そう言うと、マーガレットは人混みの中に向かった。一度も振り返らなかった。

ジェーンのことはトレヴァーに任せておけばだいじょうぶ。わたしもいつかトレヴァーみたいに心から愛してくれる相手に巡り合えるかしら。マーガレットはふと思った。でも、愛もロマンスも、それ以外の何もかも引き寄せるのはジェーンのような人なのだ。まるで避雷針みたい。

おかしくなって忍び笑いした。わたしに引き寄せられるのは犬や猫や野生動物だけ。この野球場に住んでいる野生のネズミが寄ってきてくれるといいけれど。

マーガレットはため息をつくと、売店のそばに立っている長身の警備員に近づいた。ネズミから情報を引き出した経験はない。できれば犬か猫がよかったのに。でも、運がよければ、野良猫が出入りしているかもしれないし。

とにかく、スコアボードの中に入れてもらえないと話が始まらない。まずは第一関門を突破しなくては。

「こんにちは」愛想よく声をかけると、名札を眺めた。「ちょっとお願いがあるの、ウォーレン警備員。わたしはマーガレット・シンプソン。父はセントルイスのブッシュ・スタジアムの保全係長で、ずっと球場の保全を担当してたんだけど、二週間前に首になってしまって。それで、この球場で雇ってもらえないかと思って、わたしが代理で応募申込書をもらいに来たの。この球場のメンテナンスはすばらしいって父はいつも感心してるわ」マーガレットは長身の警備員を笑顔で見上げた。「保全係の人に会わせてもらえたらうれしいんだけど」

「なんでスコアボードの中なんか見たいんだ?」保全係のトム・フォスターは渋い顔でマーガレットに言った。

「応募書類をもらっただけでもありがたいのに、こんなに親切にしてもらって、父が聞いたらどんなに感謝するかわからない。リグリーフィールドは父の憧れの球場で、ここのスコアボードの保全をやってみたいといつも言ってるの」マーガレットはアイフォンを掲げた。「だから、スコアボードの写真を撮って、ちょっとメモしていきたい」

「さっさとすませてくれよ。忙しいんだから」フォスターは不機嫌な声を出した。

「悪いわね。仕事しに行ってもらってだいじょうぶよ」マーガレットは太い金属の梁（はり）のそばにうずくまった。スコアボードの中でもそこは特に狭くなっている。「ここでメモを取ったら、すぐ帰るから」

フォスターはしばらくためらっていたが、やがてその場を離れていった。

十五分、せいぜい二十分ですまさなければ。フォスターは真面目で仕事もできそうだから、手際よく作業を終えるだろう。スコアボードの中に入れてもらうのもずいぶん苦労した。

マーガレットは目を閉じて、外部の音を遮断しようとした。球場の歓声もアナウンサーの声もスコアボードの機械音も。

心を開いて。

生き物の気配を感じ取るの。心を開いて受け入れる準備をすれば、周囲には生き物がいくらでもいる。

ハトだ。ずいぶんたくさんいる。

でも、何も伝わってこない。

野良猫が一匹。猫ならひょっとしたら……。

だめだ。まだ若い雄猫で、野球場よりダウンタウンのレストランに出没しているらしい。

アライグマ。アライグマは初めてだ。

五分ほど集中してみたが、諦めた。伝えようという気はあるらしいが、記憶が形を成していない。やっぱり、ネズミに当たるしかなさそう。相手がネズミだと、脳みそまで貪られそうで時間もないし、思いきってやってみよう。

気分が悪くなりそうだけど。

マーガレットは深呼吸して覚悟を決めた。

そして、ゆっくりと心を開いた。

突然、ぼんやりとした感覚が一気に押し寄せてきた。

闇。飢え。黄ばんだ歯が何かをかじって噛み切ろうとしている。短い歯もあれば長い歯もある。長い歯のネズミに神経を集中しよう。ネズミは死ぬまで歯が伸びるから、長いほど年をとっている。

がつがつと何かあさっている。

どこにいるのだろう?

薄暗い通路、スコアボードのそばの穴。売店の調理場の裏。

いや、違う。川のそばだ。プラスチック、死。でも、今はもういない。

どうして?

ただ寒いから。寒いときは……。

ネズミたちが逃げ始めた。

時計が見える。

ワイヤー。ワイヤーをかじっている。

逃げろ。

まだかじれる。

だめだ、逃げないと……。


「顔色が悪いよ」駐車場にとめた車で待っていたトレヴァーがマーガレットに言った。「何かあったのか？」

「別に。疲れただけよ」マーガレットは後部座席に乗り込んだ。「試合はどうだった？　カブスが勝ったの？」

「気が気じゃなくて、観戦どころじゃなかったわ」ジェーンが答えた。

「あれからケイレブから電話はあった？　ハリエットはどうしてるって？」

「銀行からまっすぐホテルに戻った。電話もかかってこないし訪問者もないそうだ」トレヴァーは車を出した。「どうしたんだ、こっちのことを訊いてばかりだぞ」

「頭をすっきりさせようとしてるところ」マーガレットは肩をすくめた。「なんて言ったらいいか……まるで……」言葉を探している。「頭の中をかじられた感じ」

「それはすごい」

「笑いごとじゃないわ」マーガレットはしばらく黙っていた。「爆弾はあそこにはない。

スコアボードの中を見てすぐわかったけど、一応調べてみた。ネズミたちはスコアボードの周辺を知り尽くしているし、爆弾をしょっちゅう見てるわけじゃないから」

トレヴァーが眉を上げた。「ネズミがそう言ったのか？」

「トレヴァー」ジェーンがたしなめた。「マーガレットは苦労して探ってきたんだから」

マーガレットは笑顔になった。「ありがとう、わかってくれて。ネズミは苦手なの。できれば関わりたくなかった」

「そんなに苦労したのに残念だな」

「収穫がなかったわけじゃない。爆弾はリグリーフィールド球場にはないと言っただけ」

マーガレットは一呼吸おいた。「でも、もうひとつの時計台に隠されている可能性がある」

ジェーンがはっとした顔になった。「もうひとつの時計台？」

「野球場ともうひとつの時計台を行き来しているネズミが二匹いたの。野球場は夏から秋にかけては餌が豊富にあるけど、シーズンが終わって寒くなってくると、オフィスビルのほうが理想的だから」

「オフィスビルで何かあったのね」

「死の記憶が伝わってきた。低層階、川の近くのほう。壁の穴に埋め込まれた箱があって、そこに巻きつけられたワイヤーをかじろうとして死んだネズミが何匹かいた」

「いつのこと？」

マーガレットは首を振った。「わからない。記憶が残っていただけでも運がよかったの。ネズミは失敗から学ぶとはかぎらないから、残ったネズミたちは餌がないと何度もそこに戻っていった。プラスチックも食べるから、パイプ状のものにかじりついた」

「ワイヤーをかじったのなら、もう爆発しないんじゃないかしら？」

「箱に巻きつけてあったのなら、警報機のワイヤーじゃないかな」トレヴァーが言った。「その可能性が高そうだ。ケヴィンは爆弾を守る手立てを講じていたはずだ。そばに何かなかった？」

「さあ」マーガレットは考え込んだ。「パイプ状の装置には電波中継器がついていて……それ以外は食い尽くされた。ネズミたちの記憶に残っていたのは、それが壁に埋め込まれていたからよ」

「壁？　ネズミはウォールアートが好きなのか？」

マーガレットはトレヴァーをにらんだ。「ネズミが部屋の真ん中にいるのを見たことがある？　視力が弱いから、壁に張りついていないと不安なの」

「知らなかったわ」ジェーンが言った。「爆弾は壁に埋め込まれていて、ネズミの餌になったというわけ？」

「かもしれないし、別の箱の話かもしれない。その部屋にはほとんど人の出入りがないみたい。ネズミたちが行ったときはいつも誰もいなかった」

「調べてみる価値はあるよ」トレヴァーが言った。「ホテルに戻って時計台があるリグリービルの図面を見てみよう」そう言うと、マーガレットに笑いかけた。「きみにはもう一度ネズミたちに話を聞きに行ってもらうかもしれないが」

「二度と嫌」マーガレットは即座に断った。「わたしの仕事はすんだわ。あとはあなたたちがやって」車のシートに寄りかかった。「早くホテルに連れて帰って。熱いシャワーを浴びてゆっくり眠りたい」そう言うと目を閉じた。「気分転換しなくちゃ。あんなたくさんのネズミを見たのは生まれて初めて。頭の中までネズミだらけで……」

「リグリービルの平面図だ」ケイレブがアイフォンをテーブルにのせた。「でかいビルだな」

「調べるのは低層階だけでいい」マーガレットは平面図を眺めた。「たぶん、あまり使われていない区域よ。ケヴィンが見つかりやすいところに隠すとは思えない」

「そんな部屋があるかしら」ジェーンは半信半疑だった。「リグリービルのような家賃の高いオフィスビルに無駄な空間があるとは思えないけど」

「平面図を眺めて議論していてもしかたない」トレヴァーが画面を見つめた。「はっきりさせる方法はひとつだけだ」平面図の小部屋を指さした。「警備室だ」

「警備室は低層階にはないわ」ジェーンが眉をひそめた。

「だが、防犯カメラのモニターがあるのはたいてい低層階だ。そこからビル全体を見張っている」ケイレブはうなずいてみせた。「録画テープを手に入れられたら、部屋が突き止められるかもしれない。出入りのない区域を特定できたら、そのうちのどこかだ」

「どうやってテープを手に入れるの？」

ケイレブはトレヴァーと目を見合わせた。「警備員の注意をそらせている間にこっそり盗もう。注意をそらす役はおれが引き受ける」

「ということは、ぼくは泥棒役か」トレヴァーが言った。「捕まったらどうするんだ？」

「無謀よ」ジェーンが止めた。「ほかの方法を考えましょう」

「いや、いい計画だと思う」トレヴァーはケイレブに笑いかけた。「きみなら怪しまれずに警備員の注意をそらすことができるだろう」

「でも、どうやって？」ジェーンが訊いた。

「警備員が急に心臓発作に似た症状を呈する」ケイレブは手を上げて制した。「苦痛は与えない。動悸が激しくなるだけだ。それも医務室に着く頃には収まっているはずだ。ペアを組んでいる同僚が心配して付き添っていく。警備室に残るようなら、そのときはまた方法を考える」トレヴァーに顔を向けた。「その隙にテープを調べてくれ。最近のテープはいらない。日付の入った古いのだけでいい」

「やっぱり、やめたほうがいいわ」

「ぐずぐずしているうちにハリエットが行動したらどうなる?」トレヴァーが言った。「阻止するにはこちらも行動を起こさないと。情報は武器になるんだ」

ジェーンは反論できなかった。ハリエットは着々と準備を進めて、ドーンがザンダーを捕まえたと知らせてくるのを待っている。時間との競争だ。イヴのためにも、そして、罪のない何百万もの人のためにも、間違った行動をとることはできない。責任の重さに押しつぶされそうだ。

そもそも、わたしたちにこの決断を下す権利があるのだろうか?

こうしているうちにも状況が変わったかもしれない。ハリエットが銀行でカートランドに起爆装置がどこにあるか教えていたら、状況が一変する可能性がある。

ジェーンはマーガレットに顔を向けた。「でも、爆弾があのビルにあると断定はできないんでしょう?」

マーガレットはうなずいた。「わたしにはあれ以上のことはわからない。間違っている可能性もあるわ」

間違っていたら、その影響ははかりしれない。「やっぱり、ベナブルに知らせたほうがいいわ。わたしたちだけで勝手に行動することはできない」

トレヴァーが伸ばした手をジェーンの手に重ねた。「いつかそう言ってくれると思っていたよ」

「ベナブルは国家の安全のためならイヴを犠牲にするのも厭わないと、キャサリンが言っていたけど」ジェーンは唇を舐めた。「イヴは自分のために何百万もの命が危険にさらされることになったら悲しむと思う」ジェーンはトレヴァーの手を握り締めた。「ハリエットのことを知らせるしかないわ」

「それなら、テープを調べるのは中止か?」ケイレブが訊いた。

ジェーンは考えた。「今ベナブルに電話したら、きっと爆発物処理班を送り込んでくる。それがハリエットの耳に入ったら、追跡するどころじゃなくなるわ」

「先にテープを探したほうがいい」ケイレブが言った。「三時間あれば場所を特定できるだろう。それをベナブルとの交渉の切り札にすればいい」

「言いなりになる人じゃないけど」ジェーンは言った。「それでも、少なくともベナブルの行動にブレーキをかけることはできるだろう。「そうね。ベナブルに電話するのはテープを手に入れてからにする。わたしもリグリービルに行くわ」

男二人が同時に首を振った。

「自分のやるべきことを人任せにするのは嫌よ」ジェーンはトレヴァーの目を見た。「邪魔にはならない。あなたはわたしを守るのが自分の役目だと言うけど、わたしだってあなたを守りたいのよ」

それでも、トレヴァーは再び首を振った。

「ビルに入らずに車で待機してる」ジェーンは粘った。「現場からすぐ逃げられるように」

トレヴァーはため息をつくと、ゆっくりうなずいた。そして、部屋の隅のテーブルにのせた二台の機器に目を向けた。「誰かがモニターを監視していないと」

「マーガレットに頼めばいいわ。銀行から戻ってからハリエットが電話を使ったのはルームサービスを頼んだときだけで、今日はもう大きな動きはなさそうだし」ジェーンはマーガレットに顔を向けた。「引き受けてもらえる？」

「いいわ」マーガレットは言った。「逃走車のドライバーのほうが面白そうだけど。ネズミに出くわすのはもうたくさん。ケンドラに電話もしたいしね。起爆装置のコードを研究してもらえないか頼んでみるつもり。出発は何時？」

「一時間後の午後八時にしよう」トレヴァーは立ち上がると、真剣な表情でジェーンの手を取った。「部屋に行こう。二人きりになりたい」

ジェーンのとまどった表情を見て、トレヴァーは笑顔になった。「さっきぼくを守りたいと言ってくれただろう。気持ちはうれしいが、必ずしもいい考えだとは思えない。そのことを話し合いたいんだ」

「頑固な人ね」ジェーンは手を引っ込めた。

二人きりになりたいのはジェーンも同じだ。今していることが本当にイヴのためになるのか自信がなくなってきた。トレヴァーにそんな不安をやわらげてほしかった。

「でも、一時間あったら、あなたの考えを変えさせてみせる」マーガレットにもケイレブにも顔を向けず、トレヴァーとドアに向かった。「何か動きがあったら知らせてね、マーガレット」

「わかった」ケイレブが答えた。「任せてくれ」

**午後十時五分**

「ずいぶん待たせたじゃないの、カートランド」ハリエットはそっけない口調で言った。「五、六時間あればマグワイアの居場所を突き止められると言ったくせに。いったい何を――」

「何も言うな」カートランドがさえぎった。「ロビーにおりてこい。電話では話せない」

ハリエットはぎくりとした。「わたしに命令する気？」

「これ以上愚かなまねをさせたくないだけだ。十分後にロビーで。歩きながら話そう」

「あなたと連れ立って歩くなんて真っ平よ」

「ロビーで待ってる」

「なぜわたしが――」

電話が切れた。

漠然とした不安を抱きながら、ハリエットは通話を切った。

わたしにあんな言い方をするなんて。ケヴィンがカートランドと縁を切ったのは正解だった。

大きく息をついた。

冷静に考えよう。感情に流されてはいけないといつもケヴィンに諭したではないか。カートランドはわたしをホテルから連れ出して、仲間に襲わせる気だろうか？　女に牛耳られるのを何より嫌う連中だから。それとも、ほかに狙いがあるのだろうか。

電話では話せない。カートランドはそう言った。

ハリエットはスマートフォンを見おろした。愚かなまねとはスマートフォンで連絡をとったことだろうか？　とにかく、カートランドの狙いを見きわめなければ。

ハリエットは立ち上がるとバッグを取った。起爆装置を部屋に置いていくことも考えたが、カートランドの仲間に奪われる可能性を考えてやめた。銃をチェックし、起爆装置といっしょにバッグに入れた。

カートランドが何をたくらんでいるかわからないが、備えは万全だ。でも、あの男が本当に警告する気でいるとしたら……。考えただけで身がすくんだ。

# 15

　エレベーターのドアが開くと、三メートルほど先にカートランドが立っていた。険しい顔をしている。

「外には出ない」ハリエットは冷ややかに言うと、ロビーの奥にあるバーを指した。「話があるなら、あそこで聞くわ」

「いや、あそこも危ない」カートランドはハリエットの腕をつかんだ。「外に出たくないなら、ロビーを歩きながらでいい。ゆっくり歩けよ。話がすんだら、さっさと消える」

「放してよ」

　カートランドは手を放した。「首をへし折りたいぐらいだよ」食いしばった歯の間から言った。「いっそ放っておこうかと思ったが、アルカイダ側はプロジェクト復活をひどく喜んでいる。しくじったら、今度こそ許されない」

　ハリエットは身構えた。「起爆装置を奪いに来たの？　そんなまねはぜったいに――」

「このままにしておいたら、また失敗するのが目に見えているからだ。まだチャンスはある。問題はジェーン・マグワイアだ」

「ジェーン・マグワイア」ハリエットは息を呑んだ。「あの女の居場所はわかった?」

「ああ、あっさり突き止められた」

「それで、捕まえた?」ハリエットは訝しそうにカートランドを見た。「連絡が遅れたのは、殺すのに手間取っていたから?」

「そんなに簡単に人は殺せない。こんな厄介な状況でなかったとしても、もっと時間がかかる」

「厄介な状況?」

「最初の位置情報はどこだったと思う?」

「わたしが知るわけないでしょ」

「ジェーン・マグワイアは今日の午後、リグリーフィールド球場で試合を観戦していた」

息が止まりそうになった。「人違いじゃないの?」

「そんなミスは犯さない」

「あの女がシカゴにいるって?」

「ああ、調べたやつも意外だったようだ。アトランタとマンシーを候補に挙げておいたから。引き続き追跡を続けるよう指示した。あの女が野球場からどこに行ったか訊きたいか?」カートランドはエレベーターに目を向けた。「このホテルの、あんたの部屋の上の階だ。マーク・トレヴァーという男の名前で部屋を取っている。ＣＩＡか？」

ハリエットは二重にショックを受けた。「聞いたことのない名前だけど、その可能性はあるわ」

「ダブルルームに泊まっているから、プライベートな関係の可能性もあるが。それにしても、野球場に行ったのが気になるな。ただの観戦とは思えない」

リグリーフィールド球場。ハリエットにはひらめくものがあった。五年前、あの球場の時計の下を爆弾の設定場所に挙げたことがある。結局、ケヴィンは別の場所を選んだけれど。

時計。

ひょっとしたら、ケヴィンが日記に書いた秘密の暗号を解読したのだろうか？「球場で誰かと落ち合ったんじゃないの？」声が震えないようにするのが精いっぱいだった。

「あんたの部屋には盗聴器が仕掛けられていると思って間違いない」

「そうね」

ハリエットはジェームズとの電話のやりとりを思い出そうとした。何もかも知られてしまったとしたら……。だが、捕まりさえしなければ罪を問われることはない。慎重に計画を進めて、逃亡先を変え、銀行口座を移せばいいだけのことだ。

たしかに、愚かなまねをした。ジェーン・マグワイアをもっと警戒すべきだったのだ。

でも、あの女には負けない。計画は予定どおり進める。まずはカートランドを納得させ、ジェームズに早くザンダーを捕まえさせなくては。

「それで、どうするつもり？」ハリエットは冷ややかにカートランドを見つめた。「アルカイダ側が進めたがっていると言ったわね。それなら、まだわたしに協力する気はあるわけね？」

カートランドはしばらく考えていた。「この致命的ミスを償う気なら、協力してもいい。情報源を当たってみたが、FBIやCIAがあんたやこのホテルを監視している形跡はなかった。マグワイアもCIAと直接のつながりはないと見ていいだろう」

「致命的ミスだなんておおげさね。マグワイアを見くびっていたのは確かだけど」ハリエットはしぶしぶ認めた。「ベナブルに知らせていないのなら、どこまで事情を知っているか怪しいものだわ。画家だと言っていたし、素人が個人的な恨みでわたしを追いかけているだけよ。でも、うかうかしていられない」そう言うと、クリスタルのシャンデリアがまばゆい光を投げかけるロビーを見回した。「今夜中にここを発ってシアトルに向かう。プライベートジェットを手配して」視線をカートランドに戻す。「騙して別の場所に連れていこうとしたら、飛行機を吹っ飛ばすわ。あなたがシカゴから逃げ出さないうちに起爆装置にコードを打ち込む。あなたは仲間もろとも殉職というわけ。天国に行くために自爆するテロリストなんて柄じゃないけど」

「はったりに決まってる。あんたこそ自爆する人間じゃない」

「息子のいないこの世に未練なんかないわ」ハリエットはカートランドと目を合わせた。

「この五年間、ケヴィンの夢をかなえるためだけに生きてきた。誰にも邪魔させない」

「シアトルに着いたらどうするつもりだ？」

「予定どおり行動する。思っていたより一日早くなっただけ。ザンダーが死んだのを見届けたらコードを打ち込む」ハリエットは言った。「あなたにはその一時間前に知らせるつもり。でも、わたしがあなたならそれまで待たないでしょうね。わたしが飛行機に乗ったらすぐシカゴを離れる。ケヴィンとわたしは爆弾の威力を確かめたことはないから」これでカートランドを説得できたかどうかわからなかった。「シアトルに着いてから遅くとも八時間後を見込んでいるけど、実際にはもっと早くなるかもしれない。あなたはアルカイダのヒーローになれるのよ。わたしの些細なミスにこだわってチャンスを棒に振る手はないわ」

　カートランドは無言で見つめていたが、やがて肩をすくめた。「一時間以内に車を迎えに来させる。その間にチャーター機を手配しておこう。ほかに要求は？」

「携帯電話を貸して。盗聴器のついたわたしの電話は使えない」

　カートランドはにやりとした。「そのことは考えておいた」そう言うと、ポケットからプリペイド式携帯電話を取り出して渡した。「これを使え」

「だめよ」ハリエットは突き返した。「あなたのスマホを貸して。これだって盗聴器がついていないとはかぎらない」

カートランドは渋い顔になったが、自分のスマートフォンを差し出した。「これを奪われたらお手上げだ」

「それが狙いよ」ハリエットはロビーを眺めた。こっそり見張られているかもしれないが、部屋から電話するよりは安全だろう。「ここで待ってて」カートランドに声をかけると、番号を打ち込みながらガラス扉の外に出た。

「ハリエットよ」ドーンが出るとすぐ切り出した。「状況が変わったから、これからそっちに向かう。ザンダーは捕まえたんでしょうね？」

「いや。シアトルにいるのは間違いないんだが――」

「いつまでぐずぐずしてるの？　いいかげん待ちくたびれたわ。こうなったらイヴ・ダンカンは邪魔なだけよ。ダンカンを殺して、ザンダーを捕まえに行って」

「それはだめだ。万事計画どおり進める。おまえがなんと言おうと、計画は変えられない」

「この期に及んでまだそんなことにこだわってるの？　もとはと言えば、あなたがケヴィンの日記を盗まれたりするからよ。ジェーン・マグワイアは爆弾の場所を突き止めかけている。あの女に協力者が何人いるか知らないけど、ぐずぐずしていたら何もかも捨てて逃げるはめになりかねない。ザンダーを殺してケヴィンの仇を討てなかったら、あの子に顔向けできない」ハリエットは硬い口調で続けた。「わたしがそっちに行く前に、どんな手を使ってでもザンダーを捕まえておいて。ケヴィンを悲しませたくないでしょう、ジェームズ」

「わたしはあの子の期待を裏切ったことは一度もない」

「だったら、今度も期待に応えて。これが最後のチャンスよ。約束どおり実行するか、手を引いてわたしにザンダーを任せるかさっさと決めて。ケヴィンはわたしに任せたいと言うでしょうね。わたしなら信頼できるといつも言ってたから」

「口先だけだ。あの子はわたしがいなかったら――」ドーンは怒りを押し殺した。「ザンダーは必ず捕まる。おまえにせっつかれたからじゃない。わたしの計画をおまえに台なしにされたらケヴィンが悲しむからな」

「飛行機をおりたら電話する。コテージまでの道順はそのときに訊くわ」ハリエットはもう一度念を押した。「それまでにザンダーを捕まえて準備しておいて」

電話を切ると、深い満足感が込み上げてきた。ジェームズには強く出るに限る。細かいことにこだわって引き延ばしてばかりいるが、昔からうまく誘導すれば思いどおりに動かすことができた。あれだけ脅しをかけておけば重い腰を上げるだろう。

ハリエットは踵（きびす）を返してカートランドのところに戻った。

「なんだかすっきりした顔をしてるな」カートランドがからかった。「いいことでもあったのか？」

「まあね」ハリエットはエレベーターに向かった。「ジェーン・マグワイアは今どこ？」

カートランドは肩をすくめた。「二時間ほど前にホテルを出た。追跡したほうがいいか？」

「もういいわ。あとはわたしがやる」

「ちゃんと始末させる」カートランドは低い声で言った。「もう少し待ってくれ」

ジェーン・マグワイアを葬りたいのは事実だが、他人の手を借りる気がしなくなった。あの女にはさんざん屈辱的な思いをさせられた。ただ厄介払いすれば気がすむというものではない。自分の手で引き金を引いて最期を見届けたい。

「もういいと言ったでしょう。あとは自分でやるわ」ハリエットはエレベーターのボタンを押した。「シアトルまで送ってくれるだけでいい。荷物をまとめておくわ。迎えの車が来たら知らせて」

**流木のコテージ**

「わたしの前で電話に出るなんて、よほどの急用だったのね」イヴはドーンの顔をうかがった。「ハリエットって誰？」

「あんたそっくりな女だ」ドーンは歯を食いしばった。「いや、あんたよりタチが悪い。わたしに指図できると思い込んでいる。あいつの望みをかなえるのは、ケヴィンのためなのに」

「ケヴィンのため？」イヴははっと気づいた。「ハリエットはケヴィンの母親だったのね」

「自分だけがケヴィンに愛されていたと思い込んでいる」吐き捨てるような口調だった。

「あの子が愛していたのはわたしだ。あいつのことなんかなんとも思っていない。利用していただけだ」

「ケヴィンは周囲の人間を片っ端から利用していたようね」

「うるさい。あんたにもあいつにももううんざりだ」ドーンは部屋の隅の整理ダンスに近づいた。「ザンダーのことをあんなにせっつかなくてもよかったんだ。目と鼻の先にいるんだから」いちばん上の引き出しを開けた。「どっちにしても今夜やるつもりだった」

イヴはぎくりとした。「ザンダーがどこにいるか知ってるの？」

「絶体絶命の窮地に陥った娘を助けに来ない父親はいないだろう」ドーンはからかうような口調で言った。「わたしたちがゴーストタウンの爆破から生き延びたのを知っているらしい。シアトルでわたしのことを訊き回っている」

「あなたのことを？　わたしじゃなくて」

「わたしの居所がわかれば、あんたを見つけられる」ドーンは肩をすくめた。「ザンダーだけじゃない。クインとジェーン・マグワイアもあんたを捜している。今さらどうだっていいがね。何もかも今夜中に決着がつくんだ」引き出しから大型の銃を取り出してテーブルに置いた。「ザンダーもあんたも明日までは生きていない」そう言ってからつけ加えた。

「たぶん、あいつも」

「ザンダーを殺すの?」イヴは銃を見つめた。

「ここに連れてきてからだ」ドーンは銃を撫でた。「これはケヴィンの麻酔銃だ。あの子も獲物を探しに行くとき、ときどきこれを使っていた。一発で相手を眠らせられる」

イヴはぞっとした。「ケヴィンは誰にその銃を……」

「見せてやろう」ドーンはイヴを乱暴に立ち上がらせると、玄関に押しやった。「ハリエットはああ言ってるが、ケヴィンとわたしはたくさんの時間を共有してきた。そのひとつがこれだ」ドアを開けると、冷たい風が吹き込んできた。ドーンはイヴをポーチに連れ出した。「ここに来たとき、あんたは墓地みたいだと言っただろう。それがケヴィンの狙いだったんだ。ちょっとしたお遊びだよ。ケヴィンが流木アートの写真を見て思いついた。それで、海岸を歩き回って、気に入った形の流木を集めてきたんだ」ささやくような声で続けた。「なぜそんなことをしたと思う?」

イヴは背筋が寒くなった。「何人連れてきたの?」声がかすれた。

「小さな女の子二人だけだ。ひとりはシアトル郊外から、もうひとりはオレゴン州の小さな町から連れてきた。ケヴィンがたまりすぎたエネルギーを解放したくなったときに」玄関のすぐ前の流木を顎でしゃくってみせた。「記憶違いでなければ、ひとりはそこに埋めた。もうひとりはどこだったか……」

「ケヴィンはわたしの想像以上に精神を病んでいたのね」

「近くに置いておきたかったんだ。それに、誰も流木の山の下に何があるか知らないと思うと痛快だったんだろう」

「ちょっとしたお遊び」口に出すと気分が悪くなった。家族に愛され大切に育てられていた二人の少女は、命を絶たれ、遺体は家に帰ることもできなかった。

「もう入ろう」ドーンは穏やかな声で言うと、イヴの顔を見つめた。「あんたにショックを与えるために見せたんだ。あんたは強いから、少々のことでは屈しない。そこもあいつにそっくりだよ。だが、あんたを傷つける方法はちゃんと知ってる」

　ドーンはイヴをコテージの中に押しやった。「あいつにも思い知らせてやる。もうちょっとの辛抱だ」イヴを椅子に座らせて縛りつけた。「おとなしく待ってるんだぞ。父親に会わせてやる。死ぬ前に親子水入らずの時間をつくってやってもいい。そうすれば、ザンダーに失うものの大きさを味わわせてやれるだろう」

「ザンダーはわたしが死んだってなんとも思わないわ。何度言えばわかるの？」

「血は水より濃い。あいつはわたしの息子を殺した。目には目を、血には血をだ」ドーンは背を向けると、麻酔銃を手に取った。「あんたたち親子も流木の下に埋めてやるよ」にやりとすると、ドアに向かった。「ケヴィンが喜んでくれるだろう」


「早く戻ってきて」マーガレットはジェーンが電話に出るなり言った。「防犯ビデオのテープは後回しにしたほうがいいかも。なんだか様子がおかしいの」

「テープは手に入れたわ。今ホテルに向かっているところ。何があったの？」

「モニターを監視してたら、カートランドから電話がかかってきたの。でも、ろくろくしゃべらないでハリエットをロビーに連れ出した」

「ハリエットはホテルを出たの？」

「心配だったから、ロビーにおりてこっそり見張ってたの。カートランドと話したあと、いったん外に出て電話をかけてから、また部屋に戻った」

「ハリエットとカートランドの話は聞けた？」

「無理。かなり離れてたし、二人とも極度に警戒してたから」マーガレットは一呼吸おいた。「カートランドは電話では話せないと言っていたわ。これってどういうことだと思う？」

「たぶん、盗聴に気づいたのよ」ジェーンはトレヴァーに顔を向けた。「急いで。ハリエットはまた逃げる気よ」

「わかった」トレヴァーはアクセルを踏み込んだ。「十分でホテルに着く」

**シアトル**

キャサリンはそっとドアを開けた。

居間は真っ暗だ。物音ひとつしない。

だが、ザンダーは居間にいるはずだ。

そのとき暗闇から声がした。「監視には慣れているようだな。音も立てずに入ってきた」

「今夜行動に出るのはわかってる」キャサリンはザンダーに言った。「朝からずっとその気配を感じていた。ひとりで行くつもりなのも知ってる。ゆうべ情報提供者のスレーターと電話で話してたけど、何か知らせてきたのね。ドーンの居所を知ってるの？」

「いや、それは……まだだ」

「でも、動き出す気でいるのは確か」キャサリンは声のする方向に近づいたが、目を凝らしてもザンダーの姿は見えなかった。「わたしも行く」

「断る」

「とにかく、かくれんぼはやめない？」キャサリンはじりじりと近寄った。「電気をつけて」

「暗闇から聞こえてくるきみの声はなかなか魅力的だ。女らしくて謎めいていて」

「断られてもついていく」

「そう言うと思った」なぜか無念そうな口ぶりだった。「だが、ついてこさせるわけにはいかないんだ」

声はすぐそばの部屋の隅から聞こえてくる。

「わたしはあなたの味方よ。それ以上にイヴの味方だわ」

「わたしに味方はいない。きみがいたら、かえって危険なことになる」

キャサリンは動悸（どうき）が速くなるのを感じた。「スレーターは何を言ってきたの？」

「嘘を教えるかもしれないぞ」

「それでもいい」

ザンダーは含み笑いをした。「なぜわたしのそばを離れようとしないんだ、キャサリン？　賢明なこととは思えないな」

「電気をつけて。わたしの顔を見たら、これまで二人でしてきたことを思い出すはずよ」

「わたしに泣き落としは通用しない」

「そうかしら？」キャサリンは一呼吸おいた。「わたしを待っていたんでしょう？　かくれんぼをするため？」

「待っていたのは事実だ。きみはわたしのボディガードだから、言っておきたいことがある」

「ボディガードと認めてくれたのは初めてね」

「これから言うことをよく聞いてほしい。きみがジェーン・マグワイアから得た情報によると、わたしがドーンに捕まったら、五時間ないし八時間後にハリエット・ウェバーがわたしの処刑見物に来る。あの女が来たら、イヴの命も危ない。わたしの読みが間違っていた場合に備えて、きみに流木のコテージを見つけてもらったほうがいいと思う。もちろん、あくまで代替策としてだが」

キャサリンは当惑した。「あなたの言いたいことがよくわからない」

「スレーターを脅したんだが、ドーンの居所を教えようとしなかった。それどころか、わたしを裏切って、このホテルに泊まっていることをドーンに教えた。今ごろ、ドーンはホテルの前でわたしが出てくるのを待ち構えているだろう」

「それがわかっているのに出ていくの？」キャサリンは唖然とした。「そんなことをしたら、イヴもあなたも命が危ない。わたしがぜったいに――」

「指揮官はわたしだと言っただろう」

「あなたが命を粗末にするのはかまわないけど、イヴを道連れにしないで」キャサリンはザンダーにつかみかかろうとした。

だが、ザンダーはそれを予想していた。キャサリンの手は宙をつかんだだけだった。

「そのコテージを見つけてほしい、キャサリン。まさかのときのために」

その声が部屋の隅から聞こえているわけではないのに気づいた次の瞬間、うなじに空手チョップを食わされた。ザンダーは背後にいたのだ。

最初からずっとわたしの後ろにいたのだ。そして、声を飛ばして別の方向から聞こえるようにして……。

目の前が真っ暗になった。

うなじに冷たい濡れタオルが当てられている。

キャサリンはゆっくりと目を開けた。

「気がついたんですね」スタングがほっとしたように言った。「いくらなんでも、ザンダーがこんなまねをするなんて……」

そう言われて、キャサリンは自分がどんな目に遭ったか思い出した。怒りが込み上げてくる。体を起こすと、濡れタオルが床に落ちた。「いったいザンダーは何をたくらんでるの?」

「わたしに打ち明けると思いますか?」スタングは濡れタオルを拾ってテーブルに置いた。

「様子がおかしいのには気づいていましたが」

「わたし、どれぐらい気を失ってたの?」

「十五分ほど前にザンダーから電話があって、居間に行けと言うなり切れたんです」スタングは顔をしかめた。「あなたが床に倒れているのを見たときはぎょっとしましたよ」

　十五分も。いくら急いだところで、もうザンダーには追いつけないだろう。キャサリンはうなじを撫でた。「こんなにあっさりやられるなんて捜査官の名がすたるわ。ザンダーが奇術師みたいなまねをするなんて思ってもいなかったから」思い出すと、ますます腹が立ってきた。「声を飛ばして別の方向から聞こえるようにしたの。そんな特技があると知ってた？」

「いや。でも、意外ではありませんよ。生き延びるすべを身につけるためには努力を惜しまない人ですから」

「それならなぜわざわざドーンに捕まりに行ったの？　イヴの命を危険にさらすことになるのに」キャサリンは口元を引き締めた。「ドーンから逃げられなかった場合に残された時間もちゃんと計算していた。五時間ないし八時間と。ザンダーにもイヴにも、それだけしか時間が残されていないのよ」

　スタングは首を傾げた。「そんなことを言ったんですか？　ザンダーらしくないですね」

「まさかのときのためと言っていた。代替策として流木のコテージを見つけるようにと」

　キャサリンは両手でこぶしを握った。「もしかしたら、ケヴィンのコテージが実在すると信じていないのかもしれない。代替策なんてもっともらしいことを言っていたけど、わたしにやることを与えておけば追いかけてこないと思ったんじゃないかしら」

「まさかのときのため」スタングは繰り返した。「ザンダーの言葉とは思えないな。自分以外の人間は信じないのに」かすかな笑みを浮かべた。「それだけあなたを買っている証拠ですね」

「ザンダーにどう評価されたって、イヴを助けることができなかったらなんにもならない」キャサリンはスマートフォンを取り出してギャロを呼び出した。「ザンダーがホテルを出たわ。わたしの思い違いじゃなかったら、みすみすドーンに捕まる気よ。イヴを窮地に陥れるのがわかっているのに――」深呼吸して怒りを静めた。「とにかく、あのコテージを見つけなくちゃ」

「どうかしたのか？　声が変だぞ」

「空手チョップを食らって首が痛いうえに、腹が立って恐ろしいの。ザンダーが取り返しのつかない過ちを犯すんじゃないかという気がして」

「空手チョップ？」ギャロがあきれた声を出した。「ザンダーにやられたのか？　だから、ひとりで乗り込んでいくのは危険だと――」

「大騒ぎしないで。たいしたことじゃないから。それより、今どこにいるの？　ジョーもいっしょ？　わたしは〈アップルトン・アームズ・ホテル〉にいる。これからそっちに行くわ」

「いや、おれたちが行く。部屋は？」

「二四号室」

「そこで待ってろ。そばに誰かいるのか?」

「ええ、スタングが」

「護衛としては頼りないな。それに、スタングはザンダーの言いなりだ。大急ぎで行くから」

「護衛なんか必要ない」キャサリンは言い返した。「ザンダーに逃げられたのは、うっかり油断したからで――」

ギャロはすでに電話を切っていた。

スタングが苦笑した。「どうもギャロには信用がないようですね。いざとなったら、わたしだって――」

キャサリンは起き上がって椅子に座った。「知ってるわ、あなたがその気になったらランボー並みのタフな男になれるのは」

「ランボー?　古いことを言いますね」スタングはにやりとした。「わたしは株式に強いただの会計士ですよ」そう言うと、キャサリンを見つめた。「顔色が悪いですよ。水を持ってきましょうか?　それとも、コーヒーがいいかな?」

「だいじょうぶ。簡単に負けた自分に腹を立ててるだけだから」

「とりあえず水を」スタングはバスルームに入って水の入ったグラスを持ってきた。「腹を立てたってしかたありませんよ。相手はザンダーですからね」グラスを差し出しながらなだめる。「こうと思ったらやり通す人だ」

「それも時間の問題よ」キャサリンは一口水を飲んだ。「あなたは次の仕事を探すはめになりそうね」

「そうですね」

「あなたとザンダーの関係をそれとなく観察してきたけど、いまだによくわからないの。あなたはぴりぴりしているようでいて……」キャサリンは肩をすくめた。「別の仕事についたほうが気楽じゃないの？」

「それは確かですよ。だが、ザンダーといると刺激には事欠かない。わたしは挑戦を受けて立つタイプじゃありませんが、いつのまにか綱渡り生活に慣れてしまったのかもしれない」スタングは穏やかな口調で続けた。「あなたは挑戦するのが好きだから、ザンダーといると生きがいを感じるんじゃありませんか？」

「必ずしもそうじゃないけど。でも、挑戦するタイプじゃないなら、なぜザンダーに雇われたの？」

「当時はそれが正しい選択だと思ったんです」

「答えになってないわ。お金のため？」

「金のために働いたことはありません。株式市場に精通していると言ったでしょう。本当にコーヒーはいらないんですか?」

「質問に答えて」

「なぜわたしのことが知りたいんですか?」

「ザンダーを助けたいからよ。ザンダーがわたしをあなたと置いていった以上、あなたから手がかりを聞き出すしかないでしょう」キャサリンは首を振った。「まだドーンに捕まっていなければいいけど」

「ザンダーは自分から捕まりに行ったんです。でも、あなたが思っているほど悲惨なことにはならない。ザンダーは周到な計画を立てているはずですから」

「その計画にイヴは含まれるの?　あなたの知っていることを教えて、スタング」

「何を言ってもあなたを納得させることはできないでしょう」スタングはしばらく黙ってキャサリンの顔を見つめていた。「なぜザンダーに雇われたのかと訊きましたね。ベナブルからわたしのことを聞いていないんですか?　ベナブルはザンダーの周囲の人間のことは徹底的に調べているのに」そう言うと、顔をしかめた。「そうか。わたしは調べるほどの人間とみなされていなかったのか。ベナブルはわたしが不都合なときにザンダーを殺さないよう、監視していただけでしょう」

「なぜあなたがザンダーを殺すの?」

「わたしの両親と兄のショーンは医療宣教団に加わってアフリカで活動していました。三人とも物欲とは無縁の人間でした。だが、わたしはニューヨークで株取り引きに明け暮れていた。その方面の才能はあったんです」

「それがザンダーとどういう関係があるの？」

「まあ、聞いてください。ある日、当時両親たちが住んでいた村がテロリスト集団に襲われたんです。長老たちは殺され、宣教団の人間も皆殺しにされた。両親はまだ運がよかったと言うべきでしょう。ほとんど即死でしたからね。しかし、兄のショーンはテロリストの捕虜になって四日生きながらえた。やっと病院に収容された兄に会えたときは、一刻も早い死を祈るしかない状態で。兄が息を引き取ったのはその二時間後です」

淡々とした口調からやりきれない悲しみと憤りが伝わってきて、キャサリンは言葉を失った。「かわいそうに」そうつぶやくのがやっとだった。

「そのとき復讐を誓ったんです。テロリスト集団が一斉検挙されましたが、リーダーのアブ・カールはジャングルに逃げ込んだ。無差別テロに対する非難は高まる一方で、政府を転覆させかねない勢いになりましてね。当時の大統領は海上交通の要衝を襲う海賊と手を組むようなやつだったが、さすがにアブ・カールの首を差し出さないと自分の首が危ないと悟ったんでしょう。ザンダーにアブ・カールの暗殺を依頼したアメリカ大使が、ショーンが亡くなる前にわたしにこっそり教えてくれたんです」

「アブ・カールはどうなったの？」

「潜んでいた洞窟の前で頭を撃ち抜かれて死んでいるのを発見されました。ザンダーの仕業かどうかずいぶん取り沙汰されましたよ。大統領は軍がアブ・カールを射殺したと発表しました。大統領が暗殺されたのはその一週間後です。大統領がザンダーに報酬を出し渋ったせいか、あるいは、ザンダーを雇ったというアメリカ大使の情報が間違っていたのか、真相は藪の中です」

「どっちにしてもたいした違いはないでしょう？　主犯格は死んだんだから」

「ショーンはそんなふうに割り切れなかった」スタングは淡々とした口調で答えた。「死ぬ前にわたしに約束させたんです。アブ・カールを殺したのがザンダーだったら、命をかけて彼を守れ、彼が死ぬまでそばを離れるなと」

「真相は判明したの？」

「手間暇惜しまず探りましたよ。弾道学の専門家にアブ・カールの銃創を調べさせたら、腕の立つ暗殺者の仕業にちがいないと言われました。ジャングルのそばの村でザンダーに似た男を見かけたという報告も複数入った。ＣＩＡ職員を買収して、当時ザンダーがアフリカにいたことも突き止めました。だが、どれも証拠はない。ザンダーに迫ったところで認めないでしょう。だから、自分で確かめるしかなかったんです」

「それで彼の下で働くことにしたのね？」

「兄との約束は守らなければなりませんから。ザンダーのそばにいたら確証が得られる可能性がある。それで、名前を変えて彼の会計士になったんです」

「それで、確証はつかめた?」

「いや」スタングは眉をひそめた。「ベナブルから聞いているでしょう。ザンダーは他人を信用しないし、自分の仕事に関する記録はいっさい残しません」

「長年働いていて、ザンダーに正体を見抜かれなかったの?」

「おそらく、わたしを雇い入れた直後に見抜いていたでしょう。一度も口にしたことはありませんが。この状況を面白がっているんじゃないかな」

「ザンダーなら充分考えられることだわ」キャサリンは苦い笑みを浮かべた。「わたしは彼のボディガードを自任していたけれど、長年あなたが裏でその役を務めてきたなんて。考えたら皮肉ね」

「あなたの勇気には脱帽しますよ」スタングは一呼吸おいて続けた。「わたしを利用したいんでしょう? だが、ザンダーを危険にさらす恐れがあるなら協力はできません」

「お兄さんとの約束があるから?」

「それもありますが、今のあなたは冷静な判断ができない。無駄な努力をさせたくないんです」スタングは手を上げて、反論しかけたキャサリンを制した。「ザンダーを見つける手助けをしないとは言っていません。納得できる方法があれば、喜んで力を貸しますよ」

「なぜそこまでするの?」

「イヴ・ダンカンに生きていてもらいたいからです。ザンダーは誰よりもそれを願っている。わたしに電話したのはあなたを心配したからじゃない。ザンダーなら、あなたにどの程度痛手を負わせて、いつ意識が戻るかちゃんとわかっていますよ」

　キャサリンはゆっくりとうなずいた。「そうでしょうね。ザンダーはあなたに何をさせたいのかしら？」

「わかりません。さすがのザンダーもかなり焦っているようだ。とにかく、わたしにできることはなんでも――」ドアをノックする音がして、スタングは言葉を切った。「クインとギャロが来たんでしょう。案内してきますよ」

「わたしが出る」キャサリンは立ち上がると、ドアを開けた。

「スタングはどこだ？」ジョーが入ってくるなり訊いた。「事情は訊き出したのか？」

「だいじょうぶだったか？」ギャロがキャサリンの顔を見た。

「スタングに手を出さないで。話を聞いていたところよ」ギャロに会うのは数週間ぶりだった。ふっと気が緩みそうになって、キャサリンはあわてて気を引き締めた。

「今さら言うのもなんだが、ザンダーに対する警戒を緩めたのはまずかったな」ギャロが言った。「せめて居所ぐらいおれたちに知らせておくべきだった」

「ザンダーを動かせたら、状況を変えられると思ったのよ」

「結局、変えられなかったんだろう」ジョーがスタングに目を向けたまま言った。「あいつが何も知らないとは考えられない」

「わたしを問いつめたことが前にもありましたね」スタングはジョーに声をかけた。「ザンダーがどんな人間か知っているでしょう。わたしは何も聞いていません」

「気づいたことぐらいあるだろう」

「たしかにザンダーはやけにいらだっていました。理由を訊いたら、待つのは苦手だと言っていた」

「今思うと、ドーンと連絡をとる機会をうかがっていたんじゃないかしら」キャサリンが言った。「自分がおとりになって、イヴを助けるつもりで。ザンダーはドーンが自分の目の前でイヴを殺す気でいることも、ハリエットの目の前で自分を殺す気でいることも知っている。だから、ハリエットが来る前にドーンを殺してイヴを救い出そうと……」

「どうやって?」ジョーが訊いた。

「わからない。ザンダーは周到な計画を立てるとスタングは言っているけど」

「計画倒れに終わる可能性だってある」ギャロがつぶやいた。

「ザンダーはやり通しますよ」スタングが反論した。「イヴを救うために」

「ひとりで乗り込んでいったって、かえってイヴを危険にさらすだけだ」ジョーが怒りをぶつけた。

「落ち着いて、ジョー」キャサリンはなだめようとした。「ザンダーの行動がドーンを刺激して取り返しのつかないことになるんじゃないかと恐れているのは、あなただけじゃない。でも、今はザンダーを援護する方法を考えたほうがいい。ザンダーが言っていたように、計画が失敗した場合に備えて、ドーンがいるコテージを見つけるの」額にかかった髪をかき上げた。「残された時間は五時間ないし八時間だとザンダーは言っていた。その間になんとか突き止めないと」

「ギャロから聞いただろうが、流木のことを海洋博物館に調べに行ったら、流木でユニークなオブジェをつくるアーティストの作品集を見たことがあると学芸員が言っていた」

「ユニークなオブジェって、墓石？」

「ネットで検索したり出版社を当たったりしてみたが、突き止められなかった」ジョーは顔をしかめた。「だが、見当違いの場所を探していたような気がしてきた」

「どういうこと？」

「爆弾がシアトルにあるらしいから、コテージもシアトルにあると思い込んでいた。だが、ＣＩＡに問い合わせてもケヴィンがシアトルで土地を購入した記録はなかったし、流木のオブジェも見つけられない。シアトル近郊を探すより、南のオレゴン州境を探してみたらどうだろう？　ケヴィンにしても隠れ家を持つなら、標的の都市から離れたほうが安全だろう。調べる価値はあると思う」

「時間の無駄だったら？　イヴをいっそう危険に陥れることになるわ」

「ほかに提案があるなら言ってほしい」

そう言われても何も思いつかなかった。「わかった。オレゴン州ね」キャサリンは部屋の中を行ったり来たりしながら続けた。「CIA本部にケヴィンがオレゴン州で土地を買っていないか問い合わせてみる。ひょっとしたら――」電話をかけるより先に着信音がした。「マーガレット、かけ直すわ」キャサリンは電話に出るなり言った。「今、話してる暇はないの。取り返しがつかなくなる前に――」

「とにかく、聞いて。急いで言うから。ジェーンに電話するよう頼まれたの」マーガレットは一呼吸おいて言った。「こっちも大変なことになって……」

## 16

### シカゴ

「ハリエットはあれからどう?」二十分後にホテルのケイレブの部屋に駆け込んでくると、ジェーンはマーガレットに訊いた。「まだ部屋にいる?」

「いると思う」マーガレットは答えた。「バスルームを使ったみたい。水音が聞こえた。でも、廊下に出るドアを開けたり閉めたりする音はしなかった」そう言うと、肩をすくめた。「ケイレブが戻ってきてくれてほっとしたわ。こういう機械は苦手」

「カートランドの電話にぴんときて見張っていてくれたじゃないか」トレヴァーが言った。

「助かったよ」

「調子のいいやつだな」ケイレブは部屋の隅の機器に近づいた。イヤホンをつけてボリュームを上げる。耳を澄ませてから、もう一度音量を調節した。

「どうかした?」ジェーンが声をかけた。

「ちょっと待って」もう一台の機器を調整して、また耳を澄ませた。「やられた!」イヤホンをテーブルに投げ出してドアに駆け寄った。「母親と子供が廊下を歩きながら話している声が聞こえる。ハリエットの部屋のドアが開いているんだ」

「そんな――」ジェーンは急いでトレヴァーとケイレブを追った。・

「非常階段を使おう」二人が部屋を出たときには、ケイレブはすでに階段を駆けおりていた。ハリエットの部屋の階までおりると、廊下を走った。

ハリエットの部屋のドアは開いてはいなかった。

だが、ケイレブはかがんで、はさんであった革の小銭入れを引き出した。ドアが閉まりきらないようにしてあったのだ。

「静かだな」トレヴァーがつぶやいた。「一応部屋を調べてみよう」

「無駄だ。もうここにはいない」ケイレブがドアを大きく開けた。「いつ出ていったんだろう?」

「水音がしたのは十五分前よ」やっと追いついたマーガレットが言った。「そのあとのことはわからない。でも、あなたたちが部屋を出ようとしたとき機械が鳴った」

「気づかなかった」ジェーンが言った。

「ピンって音がした」

「聞き間違いじゃないか」トレヴァーが言った。「影も形もない。荷物もなくなっている」

「わかったぞ」ケイレブがスマートフォンを取り出した。「スマホのアプリに同期しておいたんだ。ＧＰＳが動き始めたのかもしれない」画面を見つめる。「頼むぞ」

「どういうこと？」マーガレットが訊いた。

ジェーンは息を殺してケイレブのスマートフォンを見つめた。「ハリエットがケヴィンの手紙が入った箱を置いていくわけはないから、箱に仕掛けたＧＰＳが作動し始めたんじゃないかって」

そうであってほしいと祈った。それなら、ハリエットを追跡できる。

一分経過した。

そして、また一分。

かすかな電子音が聞こえた。

「やった」胸が高鳴った。「どこにいるの？」

「正確な位置はわからないが、空港に向かっているようだ」ケイレブはドアに向かった。

「確かめている暇はない。ぐずぐずしてたら飛行機に乗ってしまう。トレヴァー、運転を頼む。おれはＧＰＳをモニターする」

ぐずぐずしてたら飛行機に乗ってしまう。

エレベーターに向かって廊下を走るジェーンの頭の中でケイレブの言葉がこだました。

これから後を追っても、交通渋滞に巻き込まれたら、間に合わないかもしれない。そうなったら二度とハリエットを捕まえるチャンスはない。イヴを救うチャンスも。

エレベーターをおりると、ジェーンはスマートフォンを取り出した。「ベナブルに応援を頼む。ハリエットを逃がすわけにいかない」

ベナブルは二度めの呼び出し音で出た。「そろそろ誰かから報告が入ると思っていたよ。ジェーン、きみはいったい何を――」

「くわしく説明してる暇はないの」ジェーンはホテルの前に回された車に乗り込んだ。「あなたの助けが必要なの、ベナブル、今すぐに。報告しなかったのは、あなたが思いきった措置をとってイヴを犠牲にするのが怖かったからよ。でも、もうそんなことは言っていられない。お願いだから、黙って聞いて。そして、すぐ行動して。キャサリンの話では、国土安全保障省からシカゴとシアトルに人員を派遣したそうだけど、シカゴに派遣されたスタッフで、頼りにできそうな人はいない？」

電話の向こうで沈黙があった。ようやくベナブルが口を開いた。「ポール・ジュノーなら」

「その人に連絡してオヘア空港に急行させて。ハリエット・ウェバーがシカゴを離れようとしている」そう言ってからつけ加えた。「行き先の見当はつくけど」

「シアトルか？」

「そう。シアトルに到着されたら、もう追跡できない。ハリエットに気づかれないようにこっそり見張るようにジュノーに言って」ジェーンはすばやく考えた。「それから、プライベートジェットを用意してほしい。空港に着いたらすぐ離陸できるようにしておいて」

「頼みはそれだけか？」ベナブルが皮肉な声で言った。「突然電話してきて、事情も説明しないでそんな大変なことを――」

「ハリエットを逃がしたら最後よ」ジェーンは一呼吸おいた。「主導権を握っているのはドーンではなくてハリエットなの。ドーンをせっついてザンダーを殺させたうえで核爆弾を爆発させる気でいる」悪態をつくベナブルの声が聞こえた。「もう切らなくちゃ。早くジュノーに連絡して。余裕ができたら、ちゃんと説明するから」

「また電話する」ベナブルは電話を切った。

「間に合うようにやってくれるといいけど」ジェーンはGPSに目を向けた。「まだ空港に向かってる？」

ケイレブはうなずいた。「高速の出口に着いていないから、進路変更しないともかぎらないが」

ジェーンはハリエットが進路を変えないような気がした。あんなに急いでホテルを出たということは、一刻も早く計画を実行したがっているはずだから。

「やっぱり空港方面の出口を出た」しばらくすると、ケイレブが言った。「やる気だな」

「メインターミナルには向かっていない」トレヴァーがGPSを見ながら言った。「プライベートジェットのエリアに入るようだ」

「チャーター機なら乗り込んだらすぐ離陸できるわ」ジェーンは焦った。

「いくらなんでもそれは無理だろう」トレヴァーがなだめた。「シカゴの国際空港だからね。乗ってすぐ離陸できるとは思えない」

「その前にベナブルに動いてもらわなくちゃ」そう言ったとたんにスマートフォンが鳴り出した。「ああ、ベナブル、電話しようと思っていたところ。ハリエットはプライベートジェットでオヘア空港から発つ気でいるわ。数分以内には格納庫番号を知らせられると思う。ジュノーはもう空港に着いた？」

「いや、信頼できる空港職員に連絡してハリエット・ウェバーを見張らせることにしたそうだ。写真を送信したと言っている」ベナブルがジェーンの情報を誰かに伝えるのが聞こえた。「ドン・ブリータルという職員で、ポールによると優秀な男らしい」

「そうであることを祈るわ。ハリエットに気づかれたら大変なことになるから」

「それはもう聞いた。何をそんなに心配しているんだ？」

「主導権を握っているのはハリエットだと言ったでしょ」それだけでベナブルを納得させられないのはわかっていた。助けを借りるなら、ある程度教えておかなくては。「断言はできないけど、彼女は起爆装置を持っている可能性があるの」

「なんだって？」

「起爆装置のありかを知っていると電話でドーンに言っていた。手元に置いているのか、どこかに保管しているのか、それはわからない」ジェーンは疲れた声で続けた。「今朝、ホテルを出てから銀行に行っているから、そのとき起爆装置を回収した可能性もある」

「そこまでわかっていたのに知らせる気にならなかったのか?」ベナブルが非難がましい口調になった。

「電話する余裕なんかなかったし、そもそも確証がないから」

「わたしを信用していないからじゃないか?」

「話を蒸し返すようだけど、コロラドであんなことがあったあとだもの。今夜だってせっつまらなかったら電話する気になれなかったと思う。そんなことより、とにかく迅速に行動して。イヴがハリエットとドーンに殺される前に」そう言うと、切り札を出すことにした。「核爆弾の設置場所の見当がついたの。なんなら知らせてもいいけど」

「それはありがたい」ベナブルは辛辣な声で応じた。

「ひとつ条件があるの。わたしたちがシアトルに着いてから二時間待ってほしい。その間にハリエットを尾行して、ドーンがイヴを監禁している場所を突き止める。最新鋭の機器を使って見守っていてもいいけど、くれぐれも妙な気を起こさないで。戦闘機にハリエットが乗った飛行機を撃ち落とさせようとしたり、シアトルに特殊部隊を待機させて起爆装置を奪おうとしたりしたら、ハリエットは即座に起爆装置のボタンを押すわ」ジェーンは一呼吸おいた。「わたしはハリエットに会ったことがある。どんな人間か知ってるわ。あなたにも立場があるのはわかるけど、二時間でいいから」

ベナブルは答えなかった。

「ハリエットはドーン以上の狂信者よ。息子の最大の協力者で、爆破計画にも最初から加担している。止めないと取り返しのつかないことになるわ」

ベナブルが誰かに指示を出す声がした。「ブリータルから連絡があった。チャーター便のリアジェットが今夜離陸することになっていて、すでに離陸準備を整えているらしい」

「ハリエットの車が止まったぞ」ケイレブが言った。「23番格納庫の前に」

「格納庫番号は23」ジェーンはベナブルに告げた。「あれがそのリアジェット?」

ベナブルが誰かと話している気配がした。「そうだ。今ブリータルが提出されたフライトプランを調べている」

「おれが近くにいたら、パイロットにフライトプランを変更させられるのに」ケイレブがつぶやいた。

「位置情報を確認したら、衛星とレーダーで追跡できる」ベナブルが言った。「飛行を続けさせるかどうかもわかる」

「さすがCIAだ」トレヴァーがつぶやいた。

「コロラドでドローン部隊を待機させていたぐらいだもの。でも、ハリエットは気づいた瞬間、起爆装置のボタンを押すわ」

「今ブリータルから報告があった。ハリエット・ウェバーに似た女が飛行機に乗り込んだ」

「そうだろうと思った」ケイレブが言った。「GPSが滑走路の動きをとらえている」

空港に向かう出口が見えてきた。だが、ベナブルの確約はまだ得られない。

「二時間でいいから」ジェーンは粘った。「チャンスをちょうだい、ベナブル」

長い沈黙が続いた。「二時間だけだぞ」やっと声がした。「それ以上待てない。きみたちが失敗した場合に備えて代替案を用意しておくことにする。要求どおり、ジュノーにプライベートジェットを手配させた。ラスベガスに向かうビジネスジェットを接収したそうだ。リアジェットよりずっと速い。ハリエット・ウェバーより少なくとも十五分早くシアトルに着く必要があるだろう」

ジェーンは全身から力が抜けるのを感じた。「ありがとう」

「お安い御用だとは言えないな。猛烈に腹が立っているし。それに、核爆弾の場所が知りたい」また背後で人の声がした。「43番格納庫だ。そこへ行って早く乗れ。ガルフストリームだ。ハリエットのリアジェットは管制塔に離陸許可を要請している。すぐ許可がおりないことを祈るしかないな。さもないと、シアトルに着いても手も足も出ない」そう言うと、ベナブルは電話を切った。

いらだたしげに歩き回りながらてきぱき指示を出しているところが目に浮かぶようだ。腹の立つことも多いが、ベナブルには頼りがいのある一面もある。ジェーンは改めてそう思った。

「もうすぐ空港に着く」トレヴァーが言った。

「飛行機に乗ったら、わたしがベナブルに場所を知らせるわ」マーガレットが言った。

「防犯カメラの映像を調べたら、爆弾がどこにあるかわかると思う」

ジェーンはうなずくと、トレヴァーに顔を向けた。「テープをマーガレットに預けて」

希望と恐怖がないまぜになって気が高ぶっているから、集中力を要する作業はできそうにない。マーガレットが引き受けてくれて助かった。

車が43番格納庫のそばに止まった。銀色のガルフストリームが明るい光を浴びて、うずくまるピューマのような勇姿を現した。

ハリエットが乗ったリアジェットより速い飛行機を選んだとベナブルは言っていた。先にシアトルに着けるかどうかですべてが決まるのだ。

「きっと先に着ける」トレヴァーがそばに来てジェーンの手を取った。「ケイレブにパイロットと操縦を代わってもらおう。彼なら時間を短縮する方法を知っているだろう」

「あんたに言われなくてもそのつもりだ。必ず間に合わせる」ケイレブは滑走路を横切って飛行機に近づいた。「いつまで手を握り合っている気だ？　さっさと乗れ」

ハリエットは飛行機の窓から隣の滑走路を飛び立つ飛行機を眺めていた。

パイロットの話では、離陸順は五番めだそうだが、焦ってはいなかった。すでに行動を開始した。今はそれだけでいい。

いよいよだ。そう思うと、頬に血がのぼった。

手を伸ばして、ケヴィンの手紙を収めた箱を愛情こめて撫でた。久しぶりに力が湧き上がってくる。こうして飛行機に乗っていると、ケヴィンといっしょに計画を練ったことを思い出さずにいられなかった。飛行機のドアが閉まった瞬間、ケヴィンがコードを打ち込む予定だった。

でも、あの子は今ここにいない。

心配しないで、ケヴィン。あなたが考えていたとおりにやるから。

シアトルに着く前にジェームズに電話しなければいけないけれど、もう少しあとにしよう。ハリエットはバッグから携帯電話を取り出した。ちゃんと充電してあるから、いつでも使える。カートランドにはそんな古い携帯電話が使えるのかと馬鹿にされたけれど。

わくわくしながらTのキーにそっと触れる。そのとたん力がみなぎってくるのを感じた。あなたもそうだったんでしょうね、ケヴィン。

二人で考えた暗号のもとになったロバート・サーヴィスの詩の一節が、頭の中でこだましている。ケヴィンは用心深く、手紙ではなく電話で伝えてきた。耳朶にまといつくような息子の声がよみがえってくる。

わたしの呼吸を計ればいい
心臓が打つたびに死に近づいて……
チクタク、チクタク、チクタク

あの子は本当に頭がいい。時計塔に隠した核兵器を起爆させるのにこれ以上ふさわしい暗号があるだろうか。一文字ずつゆっくり暗号を打ち込んでいくと、胸が高鳴ってきた。

〝TICK-TO〟

あと一文字打ち込んでみようか？ ハリエットはわくわくしてきた。

やめておこう。危ないまねはしないほうがいい。しぶしぶ仮コードを打ち込んだ。

反応はない。

ハリエットはあわてた。ひょっとしたら――。

次の瞬間、画面に金色の太字が現れた。

〝テスト。ユニットが起動しました〟

〝カウントダウンを続けますか？〟

ハリエットはにっこりした。

ほら、カートランド、この起爆装置はちゃんと動くじゃないの。

**流木のコテージ**

悪態をつく低い声がポーチから聞こえたと思うと、重い足音が近づいてきた。やがてドアが開き、ドーンがよろめきながら入ってきた。

「おとなしくしてたか？　ほら、おみやげだ」

背負った男の重みに押しつぶされたように腰をかがめている。つやのある白髪とがっしりした体がちらりと見えた。

ザンダーだ。イヴはぎょっとした。間違いない。

ドーンにザンダーが捕まえられるとは思っていなかった。ザンダーは世界でも指折りの暗殺者だ。やすやすと捕まるはずがない。だが、どんな人間にも苦手な相手はいるらしい。ザンダーの場合はそれがドーンだったのだろうか。

「殺したの？」

ドーンはソファのそばの床にザンダーをおろした。「まだ死なせるわけにいかない。どういう手順か教えただろう」ザンダーの髪をつかんで顔を上げさせる。「そろそろ目が覚めるだろう。こんなに簡単にいくとは思っていなかったよ。ホテルの駐車場に潜んでいたら、車に乗るために出てきた。五秒でけりがついた。途中で面倒なことにならないように麻酔薬はちょっと多めにしておいたんだ」

「この前もちょっと多めにしたつもりで、わたしを殺すところだった。まだ生きてるか確かめたほうがいいわ」

「ちゃんと生きている」ドーンはザンダーの体を起こした。「だが、車に乗せたあとのことまで心配する必要はなかったんだ」ザンダーの手首と足首にはめた錠を顎でしゃくってみせた。「このざまじゃ、手も足も出ない」ドーンはしてやったりという顔になった。「おい、聞こえるか、ザンダー？　おまえは手も足も出ない。わたしの勝ちだ」

「聞いてる」ザンダーは目を開けようとしなかった。「たしかに、この状況はわたしに不利だが、勝負はまだ決まったわけじゃない」

ドーンが手を伸ばして思いきりザンダーの顔を張り飛ばした。「それなら、何かできるところを見せてみろ」また殴りつけた。「どうだ？」

「威勢がいいこと」イヴはきつい口調で言った。「抵抗できない相手にはいくらでも強気になれるのね。それで勝ったと思い込むなんて、卑劣を通り越して——」顔を殴られて頭をのけぞらせた。

激痛が走る。

「やめておけ、イヴ、わたしをかばう必要はない」ザンダーが目を開けてイヴを見た。

「もっと屈辱的な気持ちになる。ただでさえ耐えがたい状況だというのに」視線をドーンに向けた。「あんたにしてやられるとは思ってもいなかったよ」

「潔く負けを認めたらどうだ？」ドーンは小首を傾げた。「目の前でイヴが痛めつけられるのを見るのはどんな気持ちだ？」そう言うと、またイヴの顔を平手で叩いた。「最後まで楽しませてもらうことにしよう」もう一度平手打ちを食わせる。「楽しみ方はいろいろある。ケヴィンが教えてくれたよ」

「好きにしろ」ザンダーはうんざりした声を出した。「わたしから思いどおりの反応を引き出せると期待しないほうがいい。この女は知らない。どんな目に遭おうと関心はない。娘だから心配でたまらないと思い込んでいるようだが、わたしは一夜かぎりの関係の産物に関心はない」

「あがいても無駄だ」ドーンは言い返した。「血のつながりから逃れられるやつなんかいない。ケヴィンが生まれた瞬間からわたしの人生は変わったよ。今はそんな強がりを言っていても、目の前で娘が死んだら、喪失感とむなしさで胸がつぶれそうになる。あんたにケヴィンを殺されたときのわたしのように。この日が来るのを五年も待った。わたしと同じ思いをあんたに味わわせる日が来るのを」

「関心はないと言っただろう。つい最近まで存在さえ知らなかった。わたしを苦しめる材料にすることはできない」

ドーンの顔に怒りと当惑の入りまじった表情が浮かんだ。「そんなこと言ってたって、そのときが来たら——」いまいましそうに口をつぐんだ。自信がなくなってきたのだろう。壮大な復讐計画が思ったほど功を奏さない可能性に思い至ったようだ。「どうせ口先だけだろう」作り笑いを浮かべた。「だが、まんざら嘘とも言いきれないな。あんたのような冷酷無比な人間は心も凍りついているにちがいない」そう言うと、肩をすくめた。「親子の対面の時間を与えてやるよ。この女が凍りついた心を溶かしてくれるだろう。二時間もあれば父親らしい感情が湧いてくるはずだ」背を向けてドアに向かった。「外で電話をかけてくる。あんたが死ぬところを見物したかったら早く来いとあいつを急かしておかないと」そう言うと、振り向いた。「ときどき様子を見に来るからな。逃げようなんて思うなよ」

「手足を縛り上げられていて、どうやって逃げるの?」イヴは皮肉っぽい声を出した。

「何があるかわからないからな」ドーンはにやりとした。「ポーチに腰かけて、ケヴィンの流木の墓地をゆっくり眺めるとしよう。戻ってくるまでに、あんたたちを埋める場所を決めておくよ。隣り合わせがいいだろう。親子だからな」

ドーンは外に出てドアを閉めた。

「痛むか?」ザンダーが穏やかな口調で訊いた。

「あたりまえでしょ。ドーンは痛めつける気で殴ったんだから」

「おまえが痛みに強いのは知ってるが、血が止まらないとか、歯が折れたとか、脳震盪（のうしんとう）を起こしたとか、ひどいことになっているんじゃないかと思って」

「何箇所か傷があって、歯が一本ぐらぐらしてる」イヴは左目をまたたいた。「こっちの目のまわりは黒痣（くろあざ）になりそう」ザンダーを見た。「あなたも唇が切れてるわ」

「もっと殴られると覚悟していた。おまえがドーンの気をそらせてくれたおかげだ」

「黙って見ていられなかったから」イヴはそっけなく答えた。「そんなことより、あっさりドーンに捕まるなんて思ってなかったわ。あなたほどの人が、感謝祭の七面鳥みたいに手足を縛られてかつぎ込まれるなんて」

「そう怒るな」ザンダーは苦笑した。「ドーンに聞かれたらどうする？　わたしの愛情を利用する計画は見込み違いだったという結論に達するかもしれない」

「親子の情は共有した時間や経験から育つものよ。わたしたちはいっしょに過ごしたことはないし、あなたもそれを望んでいなかった」

　ザンダーはしばらく無言で見つめていた。「わたしを父親と認めるような言い方をしたのは初めてだな。いつも頭から否定していたのに」

「何を信じていいかわからなくなったの」イヴはしぶしぶ続けた。「ドーンがそう言っているし。あの男は頭がおかしいから、思い込んでいるだけかもしれない。でも、頭がおかしくないあなたもそう言っている」

「認めてもらえてうれしい」ザンダーは小首を傾げた。「だが、ドーンもわたしも信用していないはずだ。信じる気になったのはほかに理由があるんだろう？　信用できる人間に言われたのかな？」ザンダーはしばらくイヴを見つめていた。「ボニーか？」

イヴは答えなかった。

ザンダーはうなずいた。「ボニーが保証してくれたんだね」

「冗談はやめて」

「冗談じゃない。あの子がわたしを祖父だと言ったのか？」

「違うわ」

「じゃあ、なんと言った？」

「あの子は……わたしが死んだら、あなたが……喪失感を抱くだろうって」

「なるほど、ドーンと同じ意見か。天使と悪魔が同じ結論に達したわけだな」

「ええ」

「ほかに何を言っていた？」

「別に。わたしがあなたのことを話題にしたがらないのを知ってるから」

「どうして話題にしたくないんだ？」

イヴはザンダーの目を見た。今となっては、あとどれだけ時間が残っているかわからない。ごまかしたり、嘘をついたりしたくない。

「つらいからよ。なるべく考えないようにしてきたけど。小さい頃は友達がお父さんといるのを見ると、いつも……寂しかった。わたしがいい子じゃないから、お父さんがいないのかもしれないと思っていた時期もある。そのうち、悪いのはわたしじゃなくて、母を見捨てた男だとわかったけれど。母のサンドラも望んでわたしを産んだわけじゃない。でも、二人でなんとかやってきたわ」イヴは激しい口調になった。「その気になったら、あなたにもできたはず。家族は大切なものよ。最初から逃げ出さないで、いっしょにいるべきだった」

「わたしのせいで世間を敵に回すことになっても?」

「いっしょに世間と闘ったわ。勝てたと思う」

「おまえならできただろうな」ザンダーは穏やかな声で言った。「おまえが十歳くらいのとき、一度会いに行ったことがある。意欲に満ちたしっかりした子だった。あの環境でサンドラに育てられたとは信じられなかった」そう言うと、顔をしかめた。「わたしのDNAだとは言わないが」

「わたしに会いに来たの?」イヴは驚いた。

「一度だけだ。それきりおまえたちの前から姿を消した」ザンダーはにやりとした。「わたしは身勝手な人間だから」

「そのとおりよ」イヴは燃える目を向けた。

「結果としては、それでよかったと思っている」

「なぜわたしたちの前から姿を消したの？」

「当時、その世界では名が知られるようになっていたから、家族が狙われる恐れがあった。しかも、相手は犯罪組織の人間だ。おまえたちを危険にさらしたくなかった」

「それは口実よ。方法はあったはず」

「できるだけ身軽でいたかった。家族は重荷だ」

「そんなことを考えていたの？」

「ああ」

イヴはザンダーを見つめた。「嘘」

「当時どう考えていたかなんて忘れたよ」ザンダーは疲れた声を出した。「今より頭が柔らかかったのは確かだが。年を重ねるごとに頑(かたく)なになってきて、そのうち何も感じなくなるんじゃないかと思うときがある」

「姿を消したことを責める気はないわ。わたしはもう十歳の少女じゃない。知りたいのは今のあなたよ。冷酷無比な人間に見えるけれど、それだけじゃない。あなたには別の面があるような気がするの。わたしの目を見て答えて。ボニーの言ったとおりなの？　わたしになんらかの感情を抱いている？　わたしが死んだら喪失感にとらわれる？」

ザンダーは無言だった。

「答えて」

「難しい質問だ」

「自分の心を見つめてみて。本当のことが聞きたい」

「わたしは……」ザンダーはいったん言葉を切ってから、うわずった声で話し始めた。「どう言えばいいのか。たとえば、ドーンがおまえの頭を吹っ飛ばしたとしたら、わたしは喪失感を抱くか？」そう言うと、イヴと目を合わせた。「ああ、この醜い世界から唯一無二の人間を奪われたことにはかりしれない喪失感を抱いて、考えうるかぎりいちばん苦痛の大きい方法でドーンを殺そうとするだろう」

　イヴは息ができなかった。ザンダーから視線をそらせない。

「ずっと放っておいたくせに。わたしが生きようと死のうと関係ないでしょ。なぜ今になって気にするの？」

「なぜだろうな。ずっと考えないようにしてきただけかもしれない。きっかけはドーンだ。ドーンがわたしをおびき出すのにおまえを利用したからだ」ザンダーは唇をゆがめた。「それでも、できるだけ考えないようにしてきた。おまえに対する気持ちを自覚したのは、コロラドのゴーストタウンが大火に見舞われた夜だ。自分でも自分の気持ちが信じられなかった」一呼吸おくと、かすれた声で続けた。「おまえを失ったと思った瞬間、世界がガラガラと音を立てて崩れていった」

「おおげさね」

「そうかな」

「わたしのためにドーンと闘わなくていい。わたしは関心を向けてほしかっただけだから」イヴはもどかしそうに続けた。「どうしてあなたのことがこんなに気になるのか自分でもわからない。たぶん、わたしたちが巡り合ったのには理由があるんだと思う。だから、できるだけあなたのことを知ってからボニーのところに行きたい」

「わたしに答えられることは答えた」ザンダーの表情が穏やかになった。「それに、焦ることはない。そんなにすぐボニーのところに行かせるつもりはないから」

「手足に手錠をかけられたうえ片腕がギプスで武器も持っていないんじゃ、あまり説得力はないわね」イヴは眉をひそめた。「どうしてドーンに捕まったりしたの？」

「わたしの力を信じてくれるのはうれしいが、完璧な人間はいないさ」

「コロラドの山奥ではドーンを意のままに操ったのに」

イヴはザンダーを見つめた。目の前にいるのはコロラドの森で出会ったときと同じザンダーだ。ドーンに馬鹿にされたとおり手も足も出なくても、生き生きと自信にあふれている。

「自分から捕まる気だったとしても、こんな大変なときを選ばなくてもいいでしょう。どれだけの命がかかっていると――」

「ドーンが息子の弔いのために発射する核爆弾のことだな」

「知ってるの？」

ザンダーはため息をついた。「個人的動機を優先して、ＣＩＡや国土安全保障省に協力しないのは無責任だとさんざん責められた。キャサリン・リングはうるさくてしかたがない」

「キャサリン？　なぜ彼女が出てくるの？」

「出てくるもなにも」ザンダーは皮肉な声で言った。「突然やってきて、おまえと交換するために何がなんでもわたしを生かしておくんだと言ってね。わたしのボディガードを買って出た。今夜も追い払うのに苦労したよ」

「わかるわ」それにしても、キャサリンはよくザンダーの家に忍び込めたものだ。「でも、核爆弾のことを知っているなら、キャサリンが救いたいのはわたしだけじゃないはずよ」

「だが、おまえを最優先している。みんなその思いでおまえを捜している。ベナブルは例外かもしれないが」

「事態を的確に判断しているのはベナブルだけということね」イヴは真剣な顔で言った。

「あなたもキャサリンの批判に耳を傾けたほうがいいわ」

「政府機関に協力する義理なんかない。連中はわたしを利用しておいて、あっさり見捨てる」ザンダーは薄い笑みを浮かべた。「約束を都合よく忘れる。おまえも悔しい思いをしてきたんじゃないか？」

「そんなことはどうだっていい」

「それなら、何にこだわっているんだ？」

「救える命を救うことに。核爆弾の犠牲になる人たちの命に比べたら、わたしの命はそれほど重くないわ」

「その考えには同意できない。わたしの心は長年のうちに硬直してしまった。急に広い心の持ち主にはなれない。一度に気にかけられるのはひとりだけだ」

「あなたには何も期待してないわ」

気にかけているとザンダーに言われても、彼をどう思っているのか、イヴ自身よくわからなかった。ザンダーのような人間に出会ったのは初めてだ。

彼を理解したい。突然、その思いが湧き上がってきた。死んでしまったら、二度と尋ねるチャンスはめぐってこない。それなら、どうしても訊いておきたいことがあった。

「ひとつ訊いていいかしら」イヴは切り出した。「母を愛していた？」

「サンドラを？」ザンダーはゆっくりと首を振った。「いいや。彼女もわたしを愛していたわけじゃない。フロリダで出会ったとき、わたしたちはまだ十代だった。二人とも生きることに貪欲で、抑制がきかない性格で。わたしはハイスクールを卒業したあと貨物船の船員になって、四週間後には南アフリカに向けてデイトナを出港する予定だった。サンドラは母親と休暇でフロリダに来ていたんだが、毎晩のように海岸で遊んでいた」ザンダーは肩をすくめた。「わたしもそうだった。酒とドラッグとセックス。サンドラはどれも好きだったよ。桟橋の下で彼女の相手をした男は、わたしが最初でも最後でもない」そう言うと、イヴを見つめた。「たとえいい母親でなくても、娘としてはこんな言い方は気に入らないだろうな」

「わたしが訊いたんだし、母の過去を知らないわけじゃないから」イヴは言葉を切ってから続けた。「でも、ボニーの面倒はよくみてくれたし、ボニーを愛してくれた。あの子は誰にでも愛される子だったの」そういえば、昔、母から夏休みにフロリダに行って、そこで身籠ったと聞いた覚えがあった。「母が複数の相手とつき合っていたのなら、なぜ自分が父親だとわかったの？」

「わからなかった」ザンダーは顔をしかめた。「何も知らないままヨハネスブルグに向かった。三カ月ほど経って、サンドラから手紙が届いた。妊娠しているが、わたしの子にちがいないというんだ。もちろん、信じなかった」

「どうして？」

「船員仲間のジョージ・ロイスにもそっくり同じ手紙が届いていたからだ。たぶん、誰かが信じるだろうと思って、片っ端から手紙を出したんじゃないかな。サンドラはあまり頭が回るほうじゃなかったから、ジョージとわたしが手紙のことを話し合うとは思いつかなかったんだろう」

「母らしいわ。よほどせっぱつまっていたのね」

「おそらく」ザンダーはしばらく黙っていた。「わたしなら知らん顔をしないと思ったのかもしれないな。当時のわたしにはまだ良心が残っていたからね。いくらか金を送って忘れることにした」

「それなら、なぜわたしに会いに来る気になったの？」

「好奇心かな」ザンダーは肩をすくめた。「なぜかずっと心に引っかかっていた。たぶん、デイトナで過ごした夏を境にわたしの人生が変わったからだろう」そこで言い直した。

「いや、変わったのはわたしだ。ヨハネスブルグで傭兵部隊に入って、天職だと気づいた。運命のせいにする気はない。言い訳などせず、事実を事実として受け入れられるようになった。そのせいだろうな。サンドラのことでは選択を誤らなかったのか、確かめたくなったんだ」

「確かめるってどうやって？」

「ＤＮＡ鑑定だ。手を回しておまえのヘアブラシと血液サンプルを手に入れた」

イヴはぎくりとした。「それで、鑑定結果は？」

「サンドラの言ったことは本当だった」ザンダーは穏やかな口調で言った。「イヴ、おまえはわたしの娘だ」

イヴは息を呑んだ。そんな気はしていたけれど、はっきり言葉にされると、とまどいを隠せなかった。「よくそこまで手間をかけたわね」

「好奇心からだと言っただろう」

「ドーンはわたしがあなたの娘だから誘拐したわけでしょう？　なぜわかったのかしら？」

「ドーンはDNA鑑定のことを探り出したんだ。もっと慎重にやるべきだったよ。だが、当時は、五年もかけてわたしの過去を暴こうとするやつが出てくるなんて夢にも思わなかった。甘かったよ。五年前にドーンを始末していたら、今ごろこんなところにいなかった」

「悔やんだって始まらないわ。今できることをするだけ。といっても、できることはほとんどなさそうだけど」イヴは眉根を寄せて考えた。「このところドーンは急に、ケヴィンの母親のハリエットの話をするようになったの。どういう人か知ってる？」

「爆破計画の推進者で、起爆装置を持っている。ドーンがわたしの頭を吹っ飛ばしたら起爆させる気でいる。それを実行するためにもうじきここにやってくる」ザンダーは眉を上げた。「これで充分かな？」

「充分すぎるほどよ。もうじきっていつ？」

「シカゴから来るから、まだ多少かかるだろう」

「ドーンはハリエットを憎んでいるわ。それを利用できないかしら？」

「仲たがいさせて隙を狙うのか？　いや、実現性はなさそうだ。最愛の息子を殺したわたしを早く始末したいという点で二人の意見は一致している」ザンダーはいったん言葉を切った。「だが、まだ万事休すと決まったわけじゃない。今ごろキャサリンは流木の墓場のあるコテージを探し回っているはずだ」

「流木の墓場？」

「外に気味の悪い流木の山があるそうじゃないか。ドーンに連れてこられたときは気を失っていたから自分の目で確かめられなかった」

「たしかにあるわ。なぜ知ってるの？」

「ボニーが教えてくれた情報が伝わってきた」

「ボニーが……」急に胸が温かくなった。「じゃあ、信じてるの？」ザンダーにはボニーの霊が存在することを信じてほしかった。

「まさか――」ザンダーはイヴの表情を見て口をつぐんだ。「ふだんなら信じないところだ。霊が見えるのは幻覚にすぎない。だが、おまえが信じていることは信じたい気がしてきた。判断を下す前に流木の墓地をこの目で見てみたいがね」ドアに目を向けた。「時間はあまりない。ドーンは気まぐれなやつだから、二時間と経たないうちに戻ってくるかもしれない。それに、ハリエットが来たらおしまいだ。その前に行動を起こさないと」

イヴは手錠をかけられた手首を見おろした。「どうやって？」

「今、見せてやろう」一瞬、ザンダーの目がいたずらっぽく光ったような気がした。「パパの言うとおりにすればいいんだ」

# 17

ベナブルから電話があったのは離陸して三十分以上経ってからだった。

「進路を変えろ。ハリエットはシアトル・タコマ国際空港には向かっていない。パイロットが提出したフライトプランの目的地はサンドハースト空港になっている。シアトル南西にある海岸沿いの小さな飛行場だ」

「まさか軍隊を派遣してないでしょうね」ジェーンは言った。「約束は守って」

「わかっている。だが、ハリエットの出方次第では白紙に戻す」そう言うと、ベナブルは話題を変えた。「それよりも、爆弾の場所を教えると言ったはずだ」

「ハリエットとドーンを捕まえれば問題ないんじゃない？　ハリエットから訊き出せばすむことよ」

「わかっていれば、いざというときに備えて爆弾処理班を送り込める」

「実は……まだ場所が特定できていないの。ケンドラが言うには、シアトルに設置されたほうはキング・ストリート駅の時計台だそうだけど。はっきりした場所はわからない」

「おおよその場所がわかったら、テラヘルツ分光器を搭載した飛行機で上空から探す。かなり遠くからでもプルトニウムを探知できるんだ」ベナブルは言った。「シカゴのほうは？」

「リグリービル。ここにも時計台があるの。爆弾は低層階に設置したようだけど、まだどこか――」

「見つけたみたい」通路の向こう側から、マーガレットが防犯カメラのビデオを掲げてみせた。「たぶん、ここよ」

「ちょっと待って、ベナブル」ジェーンはマーガレットに顔を向けた。「どこ？」

「地下にボート置き場がある。ビルが川のそばにあるから防災用みたい。広報活動にでも使ったのか、職員がボートに乗っている白黒写真が壁に貼ってあるわ」

「それが爆弾とどういう関係があるの？」

「このボート置き場はずっと使われていなかったみたいね。どこもかも埃だらけ。でも、プラスチック製のオールや用具類は別なの」マーガレットは顔をしかめた。「きれいに食い荒らされている」

「ほかに何かある？」

「救命具の残骸。ネズミは救命具の素材が好きみたい。リグリーとロゴが入っていたらしいけど、最初のWとRしか残っていない」マーガレットは一呼吸おいた。「救命具は壁にたてかけてあって、その上に船を彫った木製パネルがある。近くに焼け焦げたワイヤーがあるかは、映像ではよくわからない」

「ずっと使われていないなら、爆弾を隠すには理想的だ」トレヴァーが言った。「きみのネズミは思ったより頼もしいね、マーガレット」

「わたしのネズミじゃないったら」マーガレットは言い返した。「でも、役に立ってくれたのは確かね。ネズミたちはそんな気はなかったかもしれないけど」

「ベナブルに教えてあげて」ジェーンはマーガレットにスマートフォンを渡した。「でも、ネズミのことは黙っていたほうがよさそう」

「それじゃ説明しにくいわ。だいじょうぶよ、ベナブルとは前に話したことがあるから、驚いたりはしないんじゃないかな」そう言うと、マーガレットはベナブルと話し始めた。

「コックピットに行って、ケイレブに行き先が変わったと伝えてくる」ジェーンはシートベルトをはずしながらトレヴァーに言った。「ベナブルがちゃんと約束を守ってくれるといいんだけど」

「彼はイヴに好意を持っている」トレヴァーは手を伸ばしてジェーンの頬を撫でた。「事情さえ許せば、イヴの安全を最優先するだろう」

「事情さえ許せばね」頬に当たるトレヴァーの手は力強いのに優しい。彼に触れられると、何もかもうまくいきそうな気がしてくるのが不思議だった。ジェーンは彼の手にキスしてから立ち上がった。「あなたと話していると、いつも明るい気持ちになれるわ」

「そう言ってくれてうれしい。きみにはいつも幸せでいてほしいから」トレヴァーはほほ笑んだ。「早くケイレブに目的地の変更を知らせておいで。着陸するまでにまだ三時間ある。二人でその時間を有効に使おう」

ジェーンは微笑を残したままコックピットに向かった。まだ三時間トレヴァーと過ごせる。すてきな時間を過ごそう。

## 流木のコテージ

「ハリエットはこっちに向かっている」ドーンは頬を紅潮させて戻ってきた。「もう少しで着くだろう。あんたもついにあの世行きだな、ザンダー」

「同じことを何度繰り返せば気がすむんだ。耳にタコができた」

「娘の頭に一発食らわせたら、そんなことを言ってる余裕なんかなくなる」ドーンはイヴに近づいて髪に触れた。「吹っ飛んだ脳みそがこのきれいな髪にこびりついて……」

「何度も言ったでしょう。ザンダーはわたしのことなんか気にしていないって」イヴは言い返した。

「どうかな？　まあ、今にわかる」ドーンはにやりとした。「ハリエットは邪魔なあんたを先に始末しろと言うが、あいつにはわかってないんだ。それでは画竜点睛（がりょうてんせい）を欠く。だが、説明したところで、自分の非を認める女じゃないからな」

「いつ来るの？」

「ついに怖じ気づいてきたか？　三時間以内には着くはずだ。親子の絆を深める時間はまだあるぞ」ドーンは戸棚からスコップを取り出した。「その間にケヴィンの庭に墓穴を二つ掘っておくことにしよう。あんたの湖畔のコテージのそばでＣＩＡ捜査官をひとり殺したが、こっちに運んでくる手間はかけなかった。邪魔になったから始末しただけで、あんたたちとは違う」

「手錠をはずしてくれたら墓掘りを手伝ってもいいぞ」ザンダーが言った。

「手も足も出ない現実にまだ慣れないようだな」

「協力は拒否するという意味か？」

ドーンは引きつった笑みを浮かべた。「往生際の悪いやつだ」

そう言うと、荒々しくドアを閉めて出ていった。

「スコップで頭を殴りつけられたらどうするのよ？」イヴは軽口を叩いた。

「そんなことはしないだろう。わたしを虫の息にしてしまったら、壮大なフィナーレが台なしになる。あいつはこうと決めたら愚直にやり通す男だ」

「そのようね」

「それに、最大の山場はハリエットが登場してからだ」ザンダーはドアを見つめた。「だから、あの女が到着する前にドーンを始末したほうがいい」

「そんなことができるの？」

「ハリエットを刺激してシアトルとシカゴを吹っ飛ばされたら取り返しがつかないからな」

「恐ろしいことを言わないで」イヴはぎょっとした。「だけど、どうして今こんな話をするの？　わたしたちに何ができるというのよ？」

「難問が山積しているのは確かだ。こういうときこそ頼りになる助手がほしい。キャサリンに期待するしかないな」

「キャサリンに何を期待するの？」

「この特徴あるコテージを見つけるように言っておいた」

「それで、彼女はなんて？」

「答えられる状況ではなかったんだ。気絶させたと言っただろう」ザンダーはにやりとした。「だが、必ず突き止めてくれる」

「どうかしら？　キャサリンは暴力を認めないから」

「だが、おまえのことは認めている。おそらくあのあと、わたしに対する怒りとおまえに対する敬愛の念を秤（はかり）にかけて、行動に出たはずだ」ザンダーは笑いを引っ込めた。「ハリエットも始末するとなると、彼女がこの近くに来るまで待ってから、ドーンに別れを告げたほうがいいな」

「こっちに向かっているとドーンが言ってたわ」

「だが、到着までに三時間かかる。何事もタイミングが大事だ」

「絶好のタイミングでキャサリンが助けに来てくれるとでもいうの？」

「そうなったら理想的だ。わたしの面目は丸つぶれだが、まあ、相手がキャサリンなら許せなくはない」ザンダーは少し考えた。「いや、やっぱり許せないな」

「キャサリンはあなたの鼻を明かすために助けに来るのかもしれない。気絶させられたのを根に持ってるだろうから」

「わたしはしてはいけないことを数多くやってきた。聞いているはずだ」

「ええ」こんな状況で、笑いながらザンダーと話し合うとは思ってもいなかった。「その点では定評があるそうね」

「今夜もその種の行動をとるつもりだ」ザンダーはイヴと目を合わせた。「だが、後悔はしないだろう。とっくに魂をなくした人間だ」

「魂は取り戻せるとボニーは言っているけれど」

「あの子の言うことなら間違いないだろう」

「あちらの世界に行ってから学んだことをいろいろ教えてくれるの」

ザンダーはしばらく黙っていた。「わたしの孫なら並はずれて頭がいいはずだからな」

そう言うと、唇をゆがめた。「話題を変えよう。意見が対立しない話題がいい」

イヴは眉を上げた。「そんな話題があるかしら？」

「あるさ、キャサリンのことだ。彼女のことを話してくれないか。ボディガードを自任して乗り込んできたが、打ち解けた話はしてくれなかった」

「本人の許可がないのに話すわけにはいかない」イヴはやんわりと断った。「でも、これだけは言っておくわ。信じられないほど粘り強い人だから、必ずわたしたちを見つけてくれる」

「ああ、あらゆる手を尽くしてくれるだろう。今ごろはジョー・クインを引き入れて、捜索隊を編成しているはずだ」

「ジョーなら中心になって働いてくれる」

「あの男が好きなんだね」

「愛してるわ」

「わたしとはあまり気が合わないようだ。コロラドでいっしょに捜索に当たったが、しょっちゅう意見が対立した」

「そうでしょうとも。二人とも自分がボスでないと気がすまないもの」イヴは穏やかな口調で続けた。「ジョーは反対する相手を踏みつけてでも進みたいタイプだから、あなたを意のままにできなくてきりきりしていたと思う。あなたにもまったく同じことが言えるんじゃない？」

「しかし、わたしの判断は間違っていなかった」

「頑固ね」

「とにかく、キャサリンときみのジョーが力を合わせて、ドーンが用意した墓場を見つけてくれるのを祈ろう」ザンダーは笑みを浮かべた。「願わくはわれわれが埋められる前に」

**シアトル**

「ＣＩＡからまだ返事はないのか？」ジョーがキャサリンに訊いた。「オレゴン州の不動産登記簿を一時間以内に調べると言ったじゃないか。まあ、官僚のやることはわからないからな」

「ＣＩＡの職員は官僚じゃないし、わたしが依頼したシドは優秀な捜査官よ」キャサリンは言い返した。「あなたたちのほうはどうなの？　流木アートの本は見つかった？」

「ワシントン州の図書館や本屋のサイトには出てないな」ギャロが答えた。

「オレゴン州で検索してみたらどうだ？」ジョーが言った。「ポートランド大学出版会のホームページに、ジョサイア・ナトローというアーティストが自費出版した写真集の紹介が出ていた。墓石みたいな流木オブジェの写真があるらしい」

キャサリンは息を呑んだ。「そのオブジェはどこにあるの？」

「場所は書いてなかった。ナトローの電話番号を調べてさっきから何度もかけているが、出ないんだ」ジョーはじれていた。「もう時間がない。ジェーンの話では、ハリエット・ウェバーの乗った飛行機はあと三時間でシアトルの空港に着く予定だ」

「そのナトローという人にもう一度電話して」キャサリンは言った。「わたしはシドを催促してみる」

「わかった」

「こんなことをしているより、シアトルに行ったほうがいいんじゃないか？」ギャロが言った。「クインの言うとおり、もう時間がないんだから」

そのときスマートフォンが鳴り出して、キャサリンは発信者を確かめた。「よかった、シドからよ」スピーカーホンに切り替えてから電話に出た。「ちょうどかけようとしたところだったの。どうだった？」

「ああ、やっとわかったよ。ケヴィン・レリングは五年半前に小さな土地を購入している。実体のないペーパーカンパニーを四つも通していたから、なかなか記録が見つからなかったんだ」

「海のそば？」

「海に面した丘の上だ」

「近くに流木はあるかしら？」

「勘弁してくれよ。登記簿には流木のことまで書いてない」

「どこにあるの？」

「オレゴン北、ワシントンとの州境近くだ」

「オレゴン州側？」

「そうだ」

「住所を教えて」

「ムーンスピナー・プレイス十二番地」

「連続大量殺人犯の隠れ場にしてはロマンティックな名前ね」

「ほかに知りたいことは？」

「これで充分よ。ありがとう、シド」キャサリンは電話を切ると、胸を高鳴らせてドアに向かった。「わかったわ。ギャロ、オレゴン州境までここからどれぐらいある？」

「二百キロちょっとかな」

ジョーが勢いよくドアを開けた。「とにかく、急ごう。間に合うといいが」

「ヘリコプターを使ったらどうだ？」

「これから空港に行って手配していたら、かえって遅くなる」ジョーが反対した。「それに、ローター音で気づかれるだろう。へたにドーンを刺激したら――」その先は言わなかった。「スピード違反覚悟でぶっとばして、いちばん近くの高速道路に乗ろう。ぼくが運転する。ギャロ、きみはナトローに電話してくれ。途中でその一帯の地形をグーグルで調べてみるよ」

数分後、三人は車に乗り込んで高速道路をめざしていた。見当はずれの場所に向かっていたらと思うと、キャサリンは気が気ではなかった。「シドの調査が正しいといいけど」不覚にも声が震えた。「住所が間違ってたり、別のレリングの所有地だったら、取り返しのつかないことに……」

「間違いない」ギャロが言った。「クインが言っていたナトローのオブジェを見つけた」スマートフォンをキャサリンに渡した。「この写真を見れば納得するよ」

キャサリンは写真を眺めた。白茶けた流木が不気味な形にからみ合っている。たしかに墓石に見える。気分が悪くなってきた。ケヴィンは幼い女の子を殺すことで自分の力を見せつけようとしていた。おそらく、この薄気味悪いオブジェは、ケヴィンにとって力の象徴のように見えたのだろう。

キャサリンはギャロにスマートフォンを返した。「ええ、間違いない。きっとイヴはそこにいるわ」

**ワシントン州　サンドハースト空港**

エンジンが止まらないうちにジェーンとトレヴァー、マーガレットとケイレブはタラップを駆けおりて、青と白に塗られた格納庫に向かった。パイロットが急いで機体を格納庫に移動させる。

ケイレブが首を伸ばして空を眺めた。「ベナブルの計算どおりなら、ハリエットもそろそろ着く頃だな」

「土壇場で行き先を変えないことを祈るだけ」ジェーンはシアトルの南西に位置する、滑走路一本しかない小さな飛行場を見回した。「車の手配はしてくれたわね」

ケイレブは格納庫のそばにとまっている黒いレンジローバーを指した。「ああ、ちゃんと来てる」

レンタカー会社のロゴの入った派手なシャツを着た男が、キーと契約書を持って車からおりてきた。ケイレブが契約書にサインしたとたん、遠くからジェット音が聞こえた。そして、次の瞬間、ケイレブのバッグの中でアイパッドが鳴り出した。

「電波が届く距離まで来た」ジェーンは近づいてくる機体を見上げた。「あれよ。ぐずぐずしていられない」

トレヴァーがケイレブの手から車のキーをひったくった。「ぼくが運転する」

「そう言うと思ったよ」

「早く！」マーガレットはレンジローバーの後部ドアを開けた。「車が一台こっちに向かってくるのが見えた。きっとハリエットを迎えに来たのよ。見つかったら大変」

四人は車に乗ると、飛行場の出口のそばで様子をうかがった。二分ほどすると、キャデラック・エスカレードが近づいてきて、着陸したばかりのリアジェットに向かっていった。

「危ないところだった」トレヴァーがつぶやいた。

「男が二人フロントシートに見えた」ケイレブが言った。「相手が二人ならたいしたことはない」

ハリエットがリアジェットのタラップをおりてくるのが見えた。小型のボストンバッグとケヴィンの手紙を入れた箱を持っている。男のひとりがバッグを受け取ろうとしたが、ハリエットは手を振って断ると、キャデラックに乗り込んだ。

しばらくすると、車はレンジローバーのそばを通って空港から出ていった。

「行くぞ」ケイレブがアイパッドを眺めながら言った。「強力な信号が出ている」

トレヴァーはゆっくりハンドルを切ると、キャデラックが角を曲がるのを待ってから尾行し始めた。五分ほど走って小さな町を通り過ぎると、二車線の道路沿いに雑草の生い茂る荒涼とした風景が広がってきた。海岸に近づくにつれて、空がどんより曇ってきた。時折、雲から月光が差してくる。

「もっとスピードを出せない?」ジェーンが両手でこぶしを握った。「見失いそうだわ」

トレヴァーは首を振った。「いや、これ以上近づいたら気づかれる。町を出てから一台も車を見ていないだろう」

「見失う恐れはないさ。ちゃんと信号をとらえている」後部座席にいるケイレブがアイパッドを掲げてみせた。「おかしいな、南に向かっている。シアトルに行くなら北に行くはずなのに。速度を上げているが——」

そのときマーガレットのスマートフォンが鳴り出した。「キャサリンからよ。出たほうがいい？」

「今は無理」ジェーンは前方の道路を見つめたまま言った。

だが、留守番電話に切り替わったと思うと、今度はジェーンのスマートフォンが鳴り出した。つづけざまにかけてくるのは、よほど大事な用だからだろう。ジェーンは電話に出た。「キャサリン、今話してる余裕は——」

「わかったのよ、ドーンのいるコテージが」

「ほんとに？」ジェーンは胸を躍らせた。「どこ？　それで、今あなたは——」

「ハリエットの車が止まったぞ」ケイレブが言った。

トレヴァーがアクセルを踏む足を緩めた。「それは確かか？」

「間違いない」

「かけ直すから」ジェーンは電話を切った。

「どこで止まったんだ？」トレヴァーがケイレブに訊いた。

「一キロほど先だ。あのカーブを曲がったところじゃないかな」

ジェーンは首を伸ばしてアイパッドの画面を見ようとした。「そこに何があるの？」

「画面で見るかぎり何もない」ケイレブは外の丈の高い草を指した。「ここと同じような感じだ」

「気づかれたのかな？」トレヴァーが舌打ちする。

「そんなはずはない。これだけ距離を保ってきたんだから」ケイレブが皮肉っぽい口調で続ける。「あんたの慎重な性格のおかげだよ」

トレヴァーは少し考えていた。「あの車の前を通り過ぎてみよう。みんな、隠れていてくれ」

「慎重な男らしくないことを言うじゃないか」

「いいから、早く」

三人が上体を倒すと、トレヴァーはアクセルを踏んでカーブを曲がった。

「何が見える？」ジェーンがかがんだまま訊いた。

「路肩に車がとまっている。誰も乗っていないようだ。ケイレブが言ったとおりだな。まわりには何もない」

ジェーンは体を起こして周囲を見渡した。トレヴァーが言うとおり、ハリエットや二人の男の影も形もない。「ドーンのコテージに直行すると思っていたのに」ここで車を替えたのだろうか？　胃がきりきりしてきた。ここまで追いつめたのに、逃げられるなんて悔やんでも悔やみきれない。「止めて。おりる」

「いや、危険だ。やめたほうがいい」ケイレブが止めた。

「前方にカーブがあるから、その先で止めて歩いて戻ることにしよう」トレヴァーが提案した。「見つけられるよ、ジェーン。それほど遠くまで行っていないはずだ」

「でも、ここで車を乗り換えたのかもしれない」

「車を替えたとしたら、ケヴィンの手紙の入った箱をあのキャデラックに残していったのかな？　まだ信号は届いている」ケイレブが言った。「そんなことをするとは思えないが」

トレヴァーはカーブを曲がると車を路肩に寄せた。トレヴァーに続いてジェーンとケイレブがおりると、マーガレットもあとに続こうとした。

「あなたは残って」ジェーンが止めた。

「あなたのそばにいたいの」

「何かあったときのために、お願い」

マーガレットは眉をひそめた。「だから、そういうときこそ――」

「わたしたちに何かあったら、ベナブルかキャサリンに知らせる人間が必要よ。そのために残ってほしいの」

「わかった」マーガレットはやっとうなずいた。「でも、あなたが危ないと思ったら、すぐ駆けつけるから」

ジェーンはトレヴァーとケイレブの後を追って、道路ぎわの茂みに入った。

ケイレブは獲物を追う猛獣のような目であたりを見回している。「かがんで。こっちが先に見つけないと」

三人は姿勢を低くして藪の中を進んだ。いつのまにか海岸の近くまで来ていたようだ。波の音が聞こえる。足元は砂地だ。草の間からのぞくと、小高い砂丘が見えた。その先は海だった。ジェーンが砂丘に向かおうとすると、ケイレブが腕をつかんだ。「だめだ」

ジェーンは腕を振りほどいた。「だって、海岸に船を用意しているかもしれないわ。ドーンのコテージに向かったとしたら――」

「見つかったらおしまいだ。道路に戻って、反対側からここに出る道を探してみる」

「それがいい」トレヴァーが賛成した。「ぼくは砂丘を回って逆方向から近づくことにする」

ジェーンは二人をにらみつけた。「わたしは？　ここで待ってろと言うの？」

トレヴァーは苦笑した。「できればそうしてほしいが、無理だろうな」

「わかってるなら反対しないで。砂丘をのぼって海岸を調べてみる」

ケイレブが近づいてきて自分の銃をジェーンに握らせた。「かがんだまま進むんだよ。こちら側は草があるから、草に隠れていくといい。見つけたら、おれたちに知らせろ。ひとりで後をつけたりするんじゃないぞ」

ジェーンは銃を見つめた。「わたしに貸したら、あなたが——」

ケイレブはアンクルホルスターから大型のコンバットナイフを取り出した。「おれはこっちのほうがいい。扱いはちょっと面倒だが、音もしない。注目を集めるのは苦手なんでね」

「嘘ばっかり」

「その話はまた今度」ケイレブはトレヴァーにうなずいてみせると、一目散に来た道を引き返した。

ジェーンは銃をベルトに差し込むと、トレヴァーを見上げた。「気をつけてね」

トレヴァーはそばを離れるのをためらっていた。だが、意を決したようにすばやくジェーンにキスした。「ああ、きみもね」

ジェーンは遠ざかっていくトレヴァーをしばらく見送っていたが、やがて砂地に手足をつくと、砂丘を這(は)い上がり始めた。

突然、はっとして耳を澄ませた。女の声が聞こえたような気がする。でも、波の音でよく聞こえない。またゆっくりと慎重にのぼり続けた。ようやく頂上にたどり着くと、深呼吸して耳を澄ませた。

聞こえるのは波の音だけだ。顔を上げて砂浜を見おろした。

三十センチほど離れたところから銃口が狙っているのに気づいたのはそのときだった。

「やっと来たか」すぐそばにうずくまっていた男が言った。ハリエットを迎えに来た二人組のひとりだ。「彼女が待ってるぞ。おとなしくしてたら、あと五分は生きていられる」

ジェーンはすばやく考えた。今銃を取り出したら、男は即座に引き金を引くだろう。

「動くんじゃないぞ」男はさらさらした砂を踏みしめながら立ち上がった。背を向けて砂浜にいる誰かに合図する。

狙うなら今だ。

ジェーンは男に飛びかかった。不安定な砂地に立っていた男はたちまち体勢を崩し、ジェーンもろとも砂丘を転がり落ちた。ジェーンは転がりながらベルトにはさんだ銃を取り出すと、くるりと一回転して砂浜に立った。仰向けに倒れたまま立ち上がろうともがいている男に銃を突きつける。男の銃は少し離れたところに転がっていた。

そのとき銃声が響いた。

腕に焼けるような痛みが走って、思わず銃を落とした。どういうこと？　ジェーンは周囲を見回した。

「結局、誰も当てにならないんだから」ハリエットが近づいてきた。「クレイグをこんな目に遭わせるなんて。油断した彼も自業自得だけど」

「こいつにやられたんじゃない。足が、足がすべったんだ」クレイグと呼ばれた男は顔をしかめた。

「負け惜しみは聞きたくない。カートランドが差し向けた人間なら、役立たずだと気づくべきだったわ」ハリエットは銃を向けたままなおも近づいてくる。「もういい。自分で始末をつける」ジェーンの腕をちらりと見て満足そうな笑みを浮かべた。「狙いどおりね。傷が浅いから、ほとんど血も出ていない。ケヴィンが教えてくれたのよ、言ってやりたいことを言うまで死なせない方法を」

「わたしに何が言いたいの?」落とした銃までは一メートルと離れていない。ハリエットが引き金を引く前に取り戻せないだろうか。

「わたしの勝ち」ハリエットは誇らしげな顔になった。「でも、これだけは言っておきたかった。カートランドにあなたが同じホテルに泊まっていると聞いて、ホテルの部屋を念入りに調べたら盗聴器が見つかった。でも、なぜマンシーから尾行できたのかはわからなかった」そう言うと、唇をゆがめた。「そして、やっと気づいたのよ。ケヴィンの手紙を入れておいた箱の蓋にGPS発信機を仕掛けたことに。あの子からの大切な手紙を盗み読まれたとわかったときのわたしの気持ちが想像できる?」

「あなたがどう思おうと知ったことじゃない」

「そう言っていられるのも今のうちだけ。これはケヴィンとわたしの勝利よ。GPS発信機を逆手にとってやった。きっとケヴィンも褒めてくれるわ」

「あなたたちは似た者親子よ。どっちがタチが悪いか判断に苦しむけど」

「わたしに勝てるとでも思った?」ハリエットは銃口を向けた。「さんざん手を焼かされたから、もっと時間をかけたいところだけど。いつまでも楽しんでいるわけにもいかない」

ハリエットが引き金に手をかけた。動くなら今しかない。ジェーンは落とした銃を拾おうと身構えた。

「銃をおろせ」トレヴァーの声がした。「彼女に手を出すんじゃない」

ハリエットがぎくりとして振り向いた。銃を構えたトレヴァーを見ると、銃を握る手に力を込めた。「近づかないで。二人とも殺してやる」猛然と言った。「この女の恋人? だったら、いっしょに死ねたら本望でしょ」

「銃をおろせと言っただろう」トレヴァーが一歩近づいた。「心臓を狙っているから、あんたは引き金を引いた瞬間、あの世行きだ。息子の夢をかなえられなかったら、死んでも死にきれないんじゃないか? それとも、砂丘の反対側を見張ってる男が助けに来るのを待っているのか? あいにくだな。ここに来る前に始末してきた」そう言うと、クレイグに目を向けた。少し離れた砂の上に転がった銃に近づこうとしている。「動くな。眉間を撃ち抜くぞ」

クレイグはぴたりと動きを止めた。

一瞬、ハリエットの顔に不安がよぎった。「こんな連中、最初から当てになんかしていない」そう言うと、ポケットから大型の携帯電話を取り出した。「この起爆装置があれば怖いものなんかないわ。ザンダーを殺したあとの楽しみにとっておくつもりだったけど、そっちが銃をおろさないなら、今爆発させる。撃ったって無駄よ、死ぬ前にスイッチを押す」

ジェーンは息を呑んで旧式の携帯電話を見つめた。ハリエットがスイッチを押したら、数百万の命が失われる。

「卑劣なやつだ」トレヴァーは舌打ちした。「わかった。ジェーンを撃たないのなら大目に見てやろう。さっさとドーンのところへ案内しろ」

「わたしに命令する気？　起爆装置を持っているのはわたしよ」

「そんな脅しは通用しない」トレヴァーはハリエットと目を合わせた。「ぼくはジェーンが無事ならそれでいい。わかったら、さっさと行け」

「この女を殺すとケヴィンに誓ったんだから、どうせ同じことなのに」ハリエットは肩をすくめると、ジェーンから離れて道路に向かった。「誓いは果たすわ、できるだけ早く」

突然振り向いたかと思うと、握った銃がたてつづけに火を噴いた。

トレヴァーがのけぞり、ジェーンは悲鳴をあげた。

突然、何もかもスローモーションで動き始めたかのようだった。トレヴァーに駆け寄ろうとしても、もどかしいほど近づけない。トレヴァーがゆっくりと倒れていく。

ハリエットがジェーンに銃を向けた。

「やめろ！」トレヴァーがジェーンに近づこうとした。「伏せろ。ぼくが――」

そのとき、どこからともなくケイレブが現れた。銃を拾い上げようとしたクレイグの喉をナイフで掻き切ると、ジェーンを地面に押し倒して覆いかぶさった。

「よかった……ケイレブ……助かったよ」そうつぶやきながら、トレヴァーがハリエットに向かって発砲した。

ハリエットの肩がみるみる赤く染まっていく。それでも、次の瞬間、道路を駆け出した。

ジェーンはケイレブの体の下から這い出した。たてつづけに銃声が三度聞こえた。トレヴァーは三発も撃たれたのだ。近づいてそばに膝をついた。トレヴァーの胸も腹も血に染まっている。

「無事だったんだね」トレヴァーがジェーンを見上げた。

よかった、意識がある。「もう何も言わなくていいから。すぐ救急車を呼ぶ」涙が止まらなかった。「がんばってね。なんとかして血を止めないと」

「ああ……がんばるよ」トレヴァーはほほ笑みかけた。「ぼくたちには未来があるから」

「ええ、そのとおりよ」

「今日も、明日も……いつまでもいっしょだ」トレヴァーはつぶやいた。「だから、怖がらないで」

「無理よ、あなたが元気になってくれないと」ジェーンはトレヴァーのシャツのボタンをはずして胸元を広げた。血まみれの胸と腹部を見ると、息が止まりそうになった。銃創が三箇所もある。出血がひどくてどこが傷口なのかよくわからない。

「やってみようか？」気がつくと、ケイレブが隣で膝をついていた。「どこまで出血を止められるかわからないが」

「お願い、なんとかしてあげて」ジェーンはスマートフォンを取り出して救急車を呼びながら、ケイレブが傷口にそっと手を当てるのを見守った。

ケイレブなら少なくとも血流を遅くすることはできるだろう。少しでも止血できますように。ジェーンは祈るような気持ちで息を凝らして待った。

祈りは聞き届けられたようだった。「血が噴き出さなくなったわ。ありがとう、ケイレブ」

「礼を言われるほどのことはしていない」ケイレブはそっけなく言うと、トレヴァーの体から手を放した。「おれにはそこまでの力は――」

ジェーンはとまどってケイレブを見つめた。

「ぼくからも礼を言うよ、ケイレブ」トレヴァーがささやいた。「きみのおかげで時間ができた。かけがえのないプレゼントだよ」ジェーンを見上げた。「聞いてほしい……ぼくはもう逝かなければいけない。永遠に続くものなんてないらしい。だが、きみは……永遠に続くかのように生きてほしい」

「何を言うのよ」ジェーンはさえぎった。

「ケイレブは精いっぱいやってくれたが、内出血までは止められない」トレヴァーの声は切れ切れになってきた。「彼にもそれは……無理なんだ……傷が深すぎて……」

「嫌よ」ジェーンは目の前が真っ暗になった。「きっと、だいじょうぶよ。あなたは死んだりしない」

「死ぬのがどんなことかわからないが……無念だよ。きみといっしょに……ジョーやイヴと湖畔でバーベキューができなくなって」声が聞き取れないほど低くなってきた。「ずっとそばにいて、きみが幸せで無事でいられるように――」言葉がとぎれた。「それだけが心残りだ」

　こんなことがあっていいわけがない。ジェーンはくらくらしてきた。救急車は何をしているのだろう？　トレヴァーのような人を見殺しにするなんて。

「そばにいてくれるだけでいいの」ジェーンは小声で語りかけた。「いてくれなきゃだめ。ねえ、聞いてる？」

「ああ、きみならだいじょうぶ……強い人だから」トレヴァーは手を伸ばしてジェーンの頬に触れた。「愛しているよ」視線をケイレブに移した。「わかっているだろう？……ぼくの頼みを……きみならきっと……」

ケイレブは驚愕の表情になった。「無理だ。おれにはできない。そんなことを押しつけないでくれ。利用されるのはもうたくさんだ」

トレヴァーはほほ笑んだ。「わかってくれたんだね」視線をジェーンに戻した。「さあ、手を握って愛していると……言ってくれ。もうそれぐらいしか……時間が残っていない」

「愛しているわ」ジェーンはトレヴァーにキスした。涙が頬を流れ落ちる。「あなたから本当にたくさんのものをもらった。だから……これからはお返しをさせて。お願いだから」

「きみが望むなら、どんなものでも……あげたいが……もうできそうに……」トレヴァーは目を閉じた。「だが……いつまでも……」

# 18

「検視官が到着したよ」ケイレブがそっと声をかけた。「まだしなければいけないことがあるだろう。トレヴァーのことは任せたほうがいい」

ジェーンはぼんやりと顔を上げた。懐中電灯を持った救急隊員が近づいてくるのに気づいてはいたが、異次元の世界の出来事としか思えなかった。

トレヴァーの手を放したくなかった。手を放したら本当の別れになってしまう。それには耐えられない。

「ジェーン」ケイレブがまた声をかけた。「きみはどうしたい？　言ってくれたら、そのとおりにするよ」

ケイレブは怒っている。いいえ、怒っているわけじゃない。目が涙に濡れている。ケイレブが泣くなんて。

「ジェーン」ケイレブがまた促した。

みんな待っているのだ。わたしがトレヴァーに別れを告げる決心がつくのを待っている。

ジェーンは目を閉じた。トレヴァー、わかっているでしょう？　これはお別れじゃないのよ。わたしは強い人間だと言ったわね。だから、あなたのために強くなってみせるわ。あなたのためにもまだしなければいけないことがある。いつまでもめそめそしてなんかいられない。

「わかったわ」ジェーンは目を開けると、しっかりした口調で言った。トレヴァーの手にキスしてから、名残を惜しむようにゆっくりと手を放した。いくらがんばっても、涙は止められなかった。「またね、トレヴァー」

きっとまた会える。信じているから。

ジェーンは立ち上がると背を向けた。トレヴァーが連れていかれるのを見る勇気はなかった。「わたしはだいじょうぶ」精いっぱい強がってみせた。「これ以上救急隊員を待たせたら悪いわ」

ケイレブの声が遠くに聞こえる。救急隊員の声や動きもざわざわと伝わってくる。やがて、救急車のドアがバタンと閉まる音がした。

「ジェーン」マーガレットがそばに立っていた。銃声を聞いて飛んできたのだろう。そっと手を握ってくれたのをぼんやり覚えている。「今はトレヴァーのことは言わないわ。まだ心の準備ができていないだろうから。だけど、ひとつ言っておかなくちゃいけないことがあるの。ベナブルのことよ。状況次第では介入すると言っていたんでしょう？」そう言うと、眉をひそめた。「被害者が出たうえハリエットが逃亡したと知って、放っておけないと判断したみたい。さっき警察が来たのよ。さすがにあなたに質問するのは遠慮して、ケイレブとわたしに事情聴取し始めたんだけど、とたんに電話がかかってきて急にやめたの。鑑識班が到着したのはそのあとよ。自分が行くまで何もするなとベナブルが言ったんじゃないかしら？」

「たぶん、そうよ」ジェーンは抑揚のない声で言った。意識して神経を集中していないと、マーガレットが何を言っているか理解できなかった。「もうすぐ来そうね」

「ええ」

「今ベナブルに会いたくない」勇気を奮い起こして、救急車の回転灯を見つめた。

「救急車が出る」ケイレブが近づいてきた。「気を強く持つんだよ、ジェーン」

わたしはもうだいじょうぶだから。ジェーンは心の中でトレヴァーに呼びかけた。

「ついていってあげて、ケイレブ。マーガレット、あなたも」

ケイレブが振り向いた。「三人で車で追いかければいい」

ジェーンは首を振った。「わたしは行かない。今は行けない」

「どうして？」

「やることがあるの」なんとか声が震えないですんだ。トレヴァー、あなたが言ったとおりよ。わたしならきっとやれる。「さっきわたしが望んだとおりにすると言ってくれたでしょう。だったら、トレヴァーを見送ってあげて。いろいろ手続きもあるだろうし、ひとりぼっちにさせたくない」

「彼は亡くなったんだよ、ジェーン。認めたくないだろうが」ケイレブはジェーンの表情を見て小声で悪態をついた。「きみの考えていることはわかるよ。トレヴァーの仇を討つ気だろう？　それなら、ハリエットのことはおれに任せて、きみがトレヴァーに付き添えばいいじゃないか」

ジェーンは無言で首を振った。

「冷静になれと言っても無駄なのはわかっている。だが、きみだってトレヴァーがそんなことを望んでいないのは知っているだろう？」

「わたしが強く生きることを望んでいた。それに、ハリエットは彼を殺したのよ」

「だから、それはおれが――」

「あの女は悪魔よ。トレヴァーはわたしをかばおうとして殺された。彼がどんなすばらしい人間かなんて、どうだってよかった。わたしが憎いから、それだけの理由で彼を殺した」ジェーンは救急車に視線を向けた。「でも、二度と誰も殺させない。息子のいる地獄に送ってやる」

「今のきみにはどう言ったって通じないだろうな」ケイレブの目が引きつった顔の中で光っていた。「できることなら、叩きのめして頭を冷やさせたいくらいだ」

「これでも冷静に考えているつもりよ。自分のやるべきことはわかっている」

「おれならハリエットを一発で——」

「わたしの望みどおりにしてくれると言ったじゃないの」

「まいったな」ケイレブはやり場のない怒りを抑えようとした。「わかったよ。きみの恋人を見送ってくる」そう言うと、救急車に向かった。「戻ってきたら、きみの遺体を同じ安置所に運ぶことになるだろうがね」救急車の助手席に飛び乗ると、運転席の隊員に車を出すよう合図した。「そうならないようせいぜいがんばってくれ」

「ケイレブの言うとおりよ、ジェーン」マーガレットが言った。「でも、今はなんと言ってもだめね。わたしにも残ってほしくないんでしょう?」

ジェーンはうなずいた。

「わかった。あなたの立場だったら、わたしも同じことをしたと思う」マーガレットはジェーンを抱き締めた。「気をつけてね。急いだほうがいいわ。ベナブルがいつ来るかわからないから」そう言うと、背を向けて救急車に向かった。

救急車が角を回って見えなくなるまで、ジェーンはテールランプを見つめていた。

「やるしかないわね、トレヴァー」声に出して言ってみた。「あなたもそう思うでしょう?」

だが、ケイレブに言われたことが頭に引っかかっていた。たしかに、トレヴァーはいつもわたしの身の安全を最優先してくれていた。でも、今はそれは考えないようにしよう。ハリエットをこの世から葬ることができればそれだけでいい。ぐずぐずしていられない。ベナブルが来たら止められるに決まっている。

ハリエットが砂丘から姿を消して、少なくとも一時間は経っているだろう。でも、行き先はわかっている。ドーンが待つ流木のコテージに行って、ケヴィンの復讐劇のフィナーレを飾る気でいるのは間違いない。

車に乗り込むとすぐスマートフォンが鳴った。キャサリンからだった。

「何度もかけたのよ」キャサリンが言った。「途中で切ったきり、かけ直してくれないから」

「ごめん。いろいろあって。この前の電話でドーンのいるコテージがわかったと言っていたわね」

「今向かっているところ。三十分ほどで、コテージ近くの町にあるモーターボートのレンタルショップに着く予定。ジョーがグーグルマップで調べたら、コテージは海岸にあって周囲を丘に囲まれているの。陸路だと見つかる可能性が高いから、海から行ったほうが安全だろうということになって」

「海から?」

「ジョーの意見だけど、信頼できると思う」

「とにかく急いで。ハリエットは砂丘から歩いてコテージに向かっているわ」

「それは確か？」

「間違いない。負傷して出血している。それほど重傷じゃないはずだけど、止血するためにコテージに着くのが遅れるかもしれない。それを祈るしかないわ」

「ハリエットが負傷したって？」キャサリンは一瞬言葉を切った。「いったい何があったの？」

キャサリンに説明していたら、かろうじて保っている心のバランスが崩れてしまうだろう。「その話はあとで。今いる場所を知らせて」ジェーンは教えられた位置情報をＧＰＳに打ち込んだ。「わたしのほうが近いわ。これからすぐ向かう」

「わたしたちが着くまで待ったほうがいい。ひとりで行動しないで」

「ひとりじゃないわ」

短い沈黙のあとでキャサリンが訊いた。「ジェーン、何があったの？　なんだか声がいつもと違うけど」

「なんでもない」世界がガラガラと音を立てて崩れただけ。トレヴァーが救急車に乗せられて二度と帰ってこないだけ。「コテージに着いたら電話する」電話を切ると、ハンドルの上に突っ伏した。

一分だけ休んで気持ちを立て直そう。もうひとり話さなければならない人がいる。

ジェーンはベナブルに電話した。

「いったい、どういうつもりだ？」電話に出るなりベナブルに詰問された。「よけいなまねをするんじゃないぞ。今そっちに向かってるところだ」

「いいから黙って聞いて。ハリエットは起爆装置を持っている。そうだろうという気はしてたけど、この目で見たの。起爆させる気でいるわ」言葉を切って呼吸を整えた。「早く爆弾処理班に爆弾を見つけさせて」

電話の向こうで短い沈黙があった。「二つとも見つけた。どちらもきみが教えてくれた二つの時計台に隠されていた。飛行隊がプルトニウムを探知したんだ。すでに爆弾処理班が向かっている」そう言うと、ベナブルは声を荒らげた。「しかし、今夜のきみの行動は慎重を欠いたものと言わざるを得ない」

「今さらそんなことを言っても遅いわ。爆弾処理班が現場に着く頃には決着がついている」ジェーンはそう言うと、矢継ぎ早に質問しようとするベナブルを無視して電話を切った。

言うべきことは伝えた。ハリエットから起爆装置を奪って、イヴを救い出さなくては。時間との闘いだ。ハリエットが撃たれた傷の手当のために時間を割いたとしても、もうコテージの近くまで行っているだろう。そして、コテージに着いたら、ドーンと二人で殺害計画を実行する。

イヴが危ない。

血が凍りつくような恐怖が全身を突き抜けた。

ハリエットが引き金を引いた瞬間、イヴの命はない。

トレヴァーのように。

同じまねは繰り返させない。もう誰も殺させない。

ジェーンはアクセルを踏み込んで車を急発進させた。

## 流木のコテージ

「何をぐずぐずしてるんだ?」ドーンは不機嫌極まりない顔でコテージに戻ってきた。

「もう着いてもいい時間なのに。ハリエットのことだから、わざとじらしているんだろう。あいつはいつもそうやって人の心をもてあそぶんだ」

「公開処刑など見るに値しないと思っているんじゃないか?」ザンダーがからかった。

「わたしに対する侮辱だな」

「あなたに対する侮辱でもあるわね」イヴも調子を合わせた。「信頼が欠如している証拠じゃないの?」

「二人ともうるさい」ドーンは電話をかけ始めた。「あいつに何もかも台なしにされてたまるか。いったい、どこで何を――」相手が出ると一気にまくしたてた。「どこにいるんだ? いいかげん待ちくたびれた。これ以上——」急に言葉を切って相手の声を聞く。

「おまえがどうしようと知ったことじゃない。わかった。十五分だぞ。それ以上は一分も待てない」いまいましげに通話終了ボタンを押した。「言い訳ばっかりしやがって。怪我(けが)をして救急病院で止血してもらったそうだ」そう言うと、またドアに向かった。「丘を越えるところだと言ってた。嘘じゃないなら、海岸に出れば車のヘッドライトが見えるだろう。十分経っても見えなかったら、戻ってくる」振り向いて残忍な笑みを浮かべた。「あいつがたどり着いたときには、ここに二つの死体が転がっているというわけだ」外に出て荒々しくドアを閉めた。

「さて、そろそろわれわれもここを出るとするか」ザンダーが言った。「ドーンはハリエットを待つ気はなくなったらしい」

「そんな感じね」急に鼓動が速くなった。なぜこんなに怯(おび)えているのか、イヴは自分でも不思議だった。このときが来るのは覚悟していたのに。「帽子からウサギを出してくれるなら、早く見てみたいわ」

「ウサギは出せないが、これも一種のマジックにちがいない」ザンダーは眉根を寄せて神経を集中した。「ちょっと待ってくれ。この手錠を片腕だけで扱うのは大変だ」

イヴは驚いて見つめた。「まさか、錠をこじ開けられるとでも?」

「それは無理だ。そんな時間もない」体をよじったかと思うと、さっと両手を前に出した。

右手には手錠がかかっていなかった。

　イヴは目を丸くした。「こじ開けられないと言ったのに――」

「錠をはずしたわけじゃない」ザンダーは右手を見せた。妙な格好に変形している。「親指と小指の関節をはずしたんだ。昔、タイの脱出芸の名人から習った」

「痛そうね」

「いや、もとに戻すほうが……ずっと苦痛が大きい」左手で親指と小指の関節をもとに戻そうとした。苦痛に顔が引きつっている。「さて、反対の手だ。ギプスのせいで左手は腫れているからちょっと厄介だな」

　左手の関節をはずして手錠を手首からはずすのを、イヴは驚嘆の目で見つめていた。ザンダーは親指と小指の関節をもとどおりにすると、難曲を弾き終えたピアニストのように両手を組み合わせて反り返らせた。

「気持ちのいいものじゃないが」ザンダーは顔をしかめた。「仕事で重宝するときがあるんだ」

「そうでしょうね」イヴは足錠を指した。「でも、足の指の関節ははずせないでしょう?」

「はずせないこともないだろうが。だが、足錠には簡単に手が届く」ザンダーは後ろに手を伸ばしてカーペットをぐいと引き上げた。カーペットが床からはがれると、隅を探ってカーペット鋲(びょう)を一本見つけ、鋲の二箇所を折り曲げた。それを左の足錠に差し込む。

「この錠は手ごわそうだが、大きいからやりやすい。小さい錠より差し込む場所がある」

また眉根を寄せて集中した。やがて足錠が床に落ちた。右足の錠も同じ手順ではずしたが、左より速かった。

「ロープをはずしてやろう」ザンダーは立ち上がって椅子の後ろに回った。複雑な結び目を解くのに少し手間取ったものの、あっさりロープをほどいた。「さあ」イヴの手を取って立たせた。急に脚に血が通ったせいでふらふらした。ザンダーが抱きかかえるようにしてドアのほうに連れていく。「すぐよくなるから。急ごう。ドーンがハリエットを見限って戻ってこないともかぎらない」

イヴはドーンの顔を思い浮かべた。怒りと焦燥で爆発寸前だった。それに、コテージから海岸までは遠くない。

ドアを開けたら、ドーンが銃を構えていたとしても不思議ではなかった。

**オレゴン州　海岸**

ジョーはモーターボートのエンジンを切ると、高性能の双眼鏡を海岸に向けた。「あれが例のコテージだろう。これ以上近づくと見つかる恐れがあるな」

ギャロも立ち上がって海岸を見つめた。「岸までまだ二、三キロはあるぞ」

「イヴがあそこにいるなら、ドーンに見つかったらおしまいだ。用心するに越したことはない」

キャサリンも双眼鏡を受け取って眺めてみた。「砂浜に何か……あれが流木かしら？」

ジョーはうなずいた。「三、四メートルくらいの高さのもある。すごいな」

「気味が悪いわ。砂浜から猛禽の爪が突き出ているみたい」

ジョーはキャンバス地のバッグから灰色のゴムの塊を取り出して、ボートのそばの海面におろした。操作用の紐を引くと、膨らんで幅二メートルほどの筏になった。その筏をモーターボートの止め具に結んで、せっせと武器を積み込み始める。

「そんなに武器を積んで、どこに乗るんだ？」ギャロが訊いた。

「乗らない。泳いでいく」

「冗談だろ」

「三人も乗っていたら、すぐ見つかってしまう。ベルトに引き綱をつけて引いていく。きみとキャサリンも手伝ってくれ」

「おれたちはあんたと違って海軍特殊部隊にいた経験はないんだぞ、クイン」

キャサリンはすでに上着を脱いでいた。ウェットスーツがすらりと引き締まった体を際立たせている。「文句ばっかり言わないで、ギャロ。中国沖で潜水艦を追いかけたとき、あれぐらいの距離を泳いだことはあるでしょ」

ギャロはにやりとした。「あのときはきみがいてくれて助かったよ」

「わたしを当てにしようなんて思わないで」

「残念だな。また楽しめると思ったのに。しかたない、自力でやるとするか」ギャロはジョーに顔を向けた。「一応言っておこう、クイン。キャサリンが電話一本かけたら、応援部隊が駆けつけてくる。問題はあんたがもう一度ベナブルを信頼する気になれるかどうかだ」

「その気はない」ジョーはきっぱり言った。「あいつのせいで危うくイヴを死なせるところだったんだ。嫌なら、ボートに残ってろ、ギャロ。キャサリンと二人でやる」

「そういう方法もあると言っただけだ。目的を達するには最善の方法を考えたほうがいい。おれの目的があんたと同じなのはわかってるだろう」

ジョーはギャロと目を合わせた。「まあな」

「わかってるならそれでいい。イヴに対するおれの気持ちは伝えただろう。彼女は友達で、おれの娘の母親だ」ギャロはシャツを脱いで青いウェットスーツのトップに着替えた。下はすでに着込んでいた。「なんとしても今日中にイヴを救い出そう」

ジョーはうなずいた。「ぜったい救い出す」引き綱をウェットスーツのベルトに結びつけると、海に飛び込んだ。キャサリンとギャロがそれに続く。

ジョーは海岸に向かって力強く泳ぎ出した。「さあ、行くぞ」

「こっちだ！」コテージを出ると、ザンダーがイヴを左手に引っ張った。

「こっちなら海岸が見えるから」イヴは右手の道を指した。「ドーンの車が戻ってきたら、すぐわかる」

「そっちはさえぎるものがないから丸見えだ。急げ」

少し走ると、高い岩壁に囲まれた空き地に出た。「どこに向かっているのかわかる？」イヴは小声で訊いた。

「見当もつかない。だが、ドーンが追ってきたら始末する」

「武器もないのに？」

「手も頭も武器になる。なまじ武器に頼ると失敗する場合もある」

「ないよりはましよ」

「それほど言うのなら」ザンダーはなかば砂に埋もれた流木に近づくと枝を折った。そして、先端がギザギザになった四十センチほどの枝を差し出した。

イヴは首を振った。「銃を向けられたら終わりよ」

「愚痴ばかりこぼしても始まらない。これはおまえのだ」枝をイヴに渡す。

「ご親切に」イヴは皮肉っぽい声で言った。

ザンダーはもう一本枝を折って重さを確かめた。「さあ、行こう」

二人は岩壁の間を走った。くねくね曲がった道を進んでいくと、先の尖（とが）った流木が砂浜にずらりと並んでいるのが見えた。熱に浮かされた造形作家が悪夢の中でつくり上げたオブジェのようだ。

イヴはぎくりとした。背後で足音が聞こえる。ドーンだ。

ザンダーも小首を傾げて耳を澄ませている。「勘づかれたらしいな」

足音が止まった。

「逃げられると思ってるのか？」ドーンが叫んだ。「暗闇の中でも捕まえられる。気配も匂いもわかる」足音が近づいてくる。「ハリエットなんか待っていてもしかたがない。さあ、償いをしてもらおう。あんたらにケヴィンと同じ思いを味わわせてやる。ケヴィンはここにいるぞ。ほら、イヴ、感じるだろう？」

あのぞっとするような悪寒が背筋を走った。負けてはだめ。イヴは自分を励ました。

「コロラドの山奥であんたを追いかけたときと同じだな」ドーンが意地の悪い笑い声をあげた。「だが、今度は逃がさない。とどめを刺してやる」

「聞くんじゃない」イヴの反応に気づいてザンダーが言った。「足を止めるな」

二人はかがんで岩の間を縫って進んだ。

ドーンの声が追いかけてくる。「二人とも殺してやる……計画どおりだ、そうなるに決まっているんだ」

なぜ執拗にあざけり続けるのだろう？　そうか。言い返させて、居場所を突き止めようとしているのだ。その手は食わない。

イヴはザンダーに顔を向けた。「わたしが注意を引きつける。その隙にやっつけて」

ザンダーは苦笑した。「またおとりになる気か？　だめだ、目の届かないところには行かせない」

イヴは唇をゆがめた。「親子団欒にはタイミングが悪そう」

「団欒の経験はないんでね」ザンダーはイヴの腕を取って引き寄せた。「そばを離れるな」

そのとき銃声がして、イヴの頭のそばの枝が吹っ飛んだ。

かがんだ瞬間、たてつづけに三発飛んできた。

二人は這うようにして三メートルほど先の岩陰に隠れた。

ドーンはすぐそばまで来ている。

「そっちからは海岸に出られない」ドーンが叫んだ。「逃げたって無駄だ」

イヴとザンダーはなるべく大きな岩陰を選んでじりじりと先に進んだ。

「あがいたって、そっちは行き止まり……断崖に出るだけだ。十五メートル下に落ちたら、殺す手間が省ける」

自然がつくり出した迷路のような小道をたどっていると、前方から物音が聞こえた。さっきから岩に砕ける波の音がしていたが、それとは違うような……。突然、岩壁がとぎれた。ザンダーがあわてて道をふさいだ。

二人は絶壁の端に立っていた。はるか下で白波が立っている。

ドーンの言ったとおりだ。もうどこにも逃げられない。

「言ったとおりだろう」

振り返ると、四メートルほど先にドーンが銃を構えて立っていた。笑みを浮かべている。

「勝負はついたな」

「あっちに岩がごろごろ落ちてる」イヴは小声でザンダーにつぶやいた。「取ってきて。隙を狙ったら、なんとかなるかもしれない」一歩前に出ると、ザンダーがドーンから見えない位置に立った。ドーンの弱点を突くにはどうすればいいだろう。「ケヴィンはこんなやり方は喜ばない」声を張り上げた。「あなたはとんでもない思い違いをしてるってケヴィンが言ってるわ」

ドーンの顔から笑みが消えた。「なんだと?」当惑して眉間に皺を寄せる。

「あなたの言うとおりよ。ケヴィンはずっとそばにいた。あの世に行ってなんかいない。今もここにいるわ」

「いいかげんなことを言うな。何度言っても信じなかったくせに」

少なくともドーンを動揺させることはできた。このまま注意を引きつけておけば、タイミングを狙ってザンダーが動いてくれる。背後で気配はしなかったが、ザンダーは音を立てずに動ける人だから……。

　イヴはまた一歩ドーンに近寄った。「認めたくなかったからよ。でも、ケヴィンがそこにいると信じていなかったら、あれほど完璧な復顔像はつくれなかった。ほんの小さな傷や顔立ちの細かいところまでそっくりだったでしょう？」

　銃を握るドーンの手が震えている。「それがあんたの仕事じゃないか。頭蓋骨が残っていたし、あの子の写真も見たんだからな」

「写真を見たのは復顔を終えてからよ。わたしはケヴィンをよみがえらせた。それができたのは彼がわたしの中にいたからよ。今もケヴィンはわたしの中で生きている。わたしを殺したら、もう一度彼を殺すことになるわ」

　ドーンの額に汗が浮かんでいた。「嘘だ。あの子はわたしの中で生きたかったんだ」

「あなたのところまで行けなかった。それで、手の届くわたしを選んだのよ。ケヴィンらしいわね。あの復顔像を思い出して。ケヴィンが生き返ったみたいだったでしょう。わたしは腕のいい復顔彫刻家だけど、あそこまできちんと復元できたことはない。ケヴィンがいたからできたのよ」

　ドーンの目が潤んでいた。「本当なのか？　ケヴィンが……？」

「そう、あれは彼のおかげ」イヴは手を上げて自分の胸に触れた。「ケヴィンはここにいる」

「あの子はわたしを待っている」ドーンは銃を握る手に力を込めた。「いいかげんなことを言ったら、ただでは――」一歩近づいた次の瞬間、ぱたりと足を止めて背中を反らせた。大きく見開いた目が飛び出している。「ちくしょう……はめやがったな」ゴホゴホ苦しそうに咳き込む。次の瞬間、鼻と口から血が噴き出した。

イヴはあっけにとられた。これはどういうこと？

ドーンががっくりと膝をついたかと思うと、つんのめって地面に倒れた。背中から大きなナイフが突き出ているのに気づいたのはそのときだった。

五メートルほど先にジョーが立っていた。まだナイフを投げたときの体勢のままだ。

イヴは目を疑った。なぜジョーがこんなところに？

やがて喜びが込み上げてきた。「ジョー……」

「動くんじゃない。まだ死んではいない」ジョーが駆け寄って、ピクピク痙攣しているドーンの手から銃を蹴飛ばした。それからイヴに顔を向けて、震える声で尋ねた。「無事だったか？」返事を聞く前にイヴを強く抱き締めた。「答えなくていい。ドーンと話しているのを聞いたよ。あれだけ声が出るなら心配ない」そう言うと、唇を重ねた。「よかった。一時はどうなることかと……」

「わたしだって……」

「人前でおおっぴらに愛情表現するのはいただけないな」ザンダーが岩場の陰から現れた。

「見せ場を奪われた暗殺者には刺激が強すぎる」

ジョーが訝しげな顔をした。「どういう意味だ？」

「そいつはまだ死んでないだろう。とどめを刺そうとしたところへきみが出てきたんだ」

「放っておいてももうすぐ死ぬ」

ザンダーはうなずいた。「悪くなかったよ。特殊部隊にいたときよりは腕が落ちたようだが」

ジョーは小声で悪態をつくと、イヴに向き直った。「キャサリンとギャロもいっしょだ。コテージの向こう側を捜している。コテージにいないとわかって、二手に分かれたんだ。ジェーンもここに向かっている」

ザンダーはイヴにほほ笑みかけた。「ドーンを動揺させる方法をよくとっさに思いついたね。さすがだよ、イヴ。しくじった場合に備えて、わたしの命乞いの筋書きも用意してくれていたかな？」

「ドーンの気をそらすのにしゃべり続けるだけで精いっぱいだった」イヴは身震いした。極度の緊張と恐怖が今になって骨身にしみた。

さっきのことだけではない。ドーンに拉致されたときから恐怖と緊張はずっと続いていたのだ。もうとらわれの身ではないという実感はまだ湧かなかった。

「イヴ」ジョーが顔を見つめながら言った。「もう終わったんだよ」

「まだ信じられない」イヴはドーンに近づいた。

地面に横たわって苦しい息をしているドーンを見おろすと、苦痛と絶望の中で正気を失わないため血のにじむような努力を重ねた日々がよみがえってきた。わたしはもう被害者ではない。勝ったのはわたしなのだ。

イヴはドーンのそばに膝をついた。「これでわかったでしょ」

ドーンが血走った目を上げた。

かがんで耳元でつぶやいた。「あそこまで復元したのはこのわたし。ケヴィンの助けなんかいらなかった」

ドーンの顔に驚愕が浮かんだ。最後の息を引き取ったあともその表情は変わらなかった。

月光に輝く海を眺めながら、ジェーンは胸が苦しくなるほど緊張していた。丘を越えたから、そろそろ前方にコテージが見えるはずだ。

ハリエットはもうコテージに着いたかもしれない。だとしたら、イヴは……。

その可能性は考えないことにした。希望を捨ててはだめ。

カーブを曲がると、遠くにコテージが見えた。どの窓にも灯がついているが、車はコテージの前の砂浜に一台とまっているだけだ。

しかも、ハリエットが乗っていたキャデラック・エスカレードではない。ほっとしたとたん、ジェーンは息を止めていたことに気づいた。ハリエットはまだコテージに着いていない。ということは、イヴはまだ無事なのだ。

それにしても、ハリエットはどこにいるのだろう？　撃たれた傷の手当のために手間取っているにしても――。

スマートフォンが鳴り出した。キャサリンからだ。

「イヴは無事よ」キャサリンが震える声で告げた。「間に合った」

「本当？」安堵が込み上げてきて言葉が続かなかった。「それで、イヴは？　怪我は？」

「外から見たかぎり大きな怪我はしていない。でも、心の傷は見えないから」キャサリンは一呼吸おいて続けた。「ドーンはジョーが殺した」

「ハリエットは？」

「姿が見えない。止血に手間取っているとドーンに言ったそうよ。丘をのぼる前に電話してきたらしい」

「今ちょうど丘を越えたところで、コテージが前方に見えるわ」ジェーンは言った。「わたしのほうがハリエットより先に丘を越えたわけね」

「そこを動かないで。すぐ行くから」

「ハリエットは起爆装置を持ってるのよ」ジェーンは車を道路ぎわの木々の間に入れた。「みんなで近づいたら、何をするかわからない」

「そう言ったって──」

「だめよ、キャサリン」ジェーンは電話を切った。

これはわたしの役目だ。ハリエットはわたしが始末しなければ。

車をおりると、ジェーンはケイレブが砂丘で渡してくれた銃を取り出した。あれからずいぶん時間が経ったような気がする。あのときトレヴァーはまだ生きていた。

ジェーンは車から離れた。見通しのいい場所でハリエットを待つつもりだった。耳を澄ませたが、何も聞こえない。一分、二分、三分経過したとき、遠くでエンジン音がした。

キャデラックが近づいてくる。ジェーンは銃を構えた。

撃つからにははずすなとジョーはいつも言っていた。

キャデラックがカーブを曲がった瞬間、引き金を引いた。

フロントタイヤめがけて二発。

キャデラックが横滑りして、ハンドルを握るハリエットのゆがんだ顔が見えた。車はそのまま側溝に突っ込み、ハリエットがよろめきながらおりてきた。

「傷の手当に手間取ったみたいね」ジェーンは呼びかけた。「トレヴァーは自分が撃たれても引き金を引いた。致命傷にはならなかったけど、今度はそうはいかないから」

弾丸がジェーンの頭のそばをかすめて車のフェンダーに当たった。

「自分から出てくるなんていい度胸ね」ハリエットが言った。「あんたを始末したら、コテージに行って、あんたの大事なイヴを殺すわ」起爆装置の携帯電話を取り出した。「そのあとでケヴィンの最後の仕事を片づける」

数百万の命が消えてしまう。トレヴァーのように……。

今トレヴァーのことを考えてはいけない。ジェーンは手の震えを止めようとした。気を引き締めて体勢を整える。

ジェーンが乗ってきた車のミラーが粉々になった。

「どう？　わたしは射撃の名手だと言ったでしょ」

「今さらなんの役にも立たないわ。ドーンはしくじった。ザンダーとイヴは自由の身よ」

短い沈黙があった。「嘘。ジェームズと話したのは十五分前よ」

「ドーンは死んだ」ジェーンは慎重に狙いをつけた。「次はあなたの番よ、ハリエット」

「嘘でしょ。死ぬのはそっち――」ハリエットが悲鳴をあげた。右手を撃ち抜かれたのだ。携帯電話が地面に落ちた。

ジェーンはすばやく照準を合わせると、たてつづけに四発撃った。

ハリエットがまた悲鳴をあげて、地面に倒れ込む。

これでいい。もう充分だ。

ジェーンは立ち上がると、ハリエットに近づいた。

ハリエットが焦点の定まらない目で見上げる。「すぐ……すぐ起き上がるから。あんたなんかに……やられるわけが……」

ジェーンは冷ややかに見おろした。「ケヴィンに銃の扱いを教わったと自慢していたけど、殺し方を習っただけよ。わたしはジョーから撃ち方を習った。でも、それは護身のためで、自分が人を殺すなんて思ってもいなかった」

「あんたみたいな小娘に殺されるもんか」ハリエットは体を起こそうともがいた。「これまで生き抜いてきたんだから、これからだって――」

「あいにくね。目標を定めて慎重に狙った。右手を吹っ飛ばしたから、起爆装置を押すことはできない。左手も撃って銃を叩き落とした」ジェーンは冷酷な口調で続けた。「それから、腹と胸に三発撃ち込んだ。あなたがトレヴァーを撃ったように。彼はわたしに別れを告げることができたけど、あなたは右手の出血もひどいから、そんな時間は残っていない。もう誰にも助けられない。ケヴィンにも、ドーンにも」

「あんたなんかに――」口の端から血をしたたらせながらハリエットがつぶやいた。「ケヴィンが狙った小娘と同じようなあんたに――」苦痛に顔がゆがむ。

「負けを認めたらどう？」

「わたしは負けない」ハリエットの目がどんよりとしてきた。「ジェームズはケヴィンが自分の中で……生きていると言ったけど……馬鹿じゃないの？　ケヴィンが……あの子が頼りにしていたのはわたしよ」なかば目を閉じた。「ケヴィン、助けて。いつだって――

助けてあげたでしょ。だから、お願い――助けて」体を起こすと、驚くほど激しい口調で言った。「こいつを殺せ！」

一瞬、ジェーンは背筋がぞっとした。だが、悪寒はすぐ消えた。

そして、ハリエットも息絶えていた。目を見開いて夜空を見上げたまま。

ジェーンはしばらく見おろしていた。後悔も罪の意識も感じなかった。ハリエットがまだ生きていたら、同じことを繰り返しただろう。

起爆装置を拾い上げると、死体に背を向けて、コテージに向かってゆっくり丘をくだっていった。コテージの灯が流木の墓地を照らしている。影絵のような人影はキャサリンとギャロだ。

そして、コテージのそばにイヴが立っていた。ジョーに寄り添われて。

ジェーンはイヴに視線を向けたまま進んだ。悲しみやむなしさが消えたわけではないけれど、イヴとの間に築いてきた、愛にあふれた絆(きずな)に癒(い)やされるのを感じた。トレヴァーを失った悲しみを一生背負っていかなければならないとしても、イヴは生きている。今はそれだけで充分だった。

イヴがジョーのそばを離れて近づいてきた。大きく腕を広げる。「ジェーン」

ジェーンはその腕の中に飛び込んで肩に顔をうずめた。

トレヴァー、見守ってくれている？　イヴを取り戻したのよ、あなたが望んでくれていたとおりに。

朝日が海をまぶしいオレンジ色に染めている。イヴは海岸に立って爽やかな風に吹かれていた。

やっと自由になれた。

もう恐怖も不安も感じなくていい。でも、息苦しいほどの恐怖に押しつぶされないために気を張り続けていたせいだろう。今も気を緩めることができない。

でも、この解放感と自由を満喫できないかぎり、ドーンに負けたことになる。

それだけは嫌だ。

振り返ると、流木の墓地を警官や鑑識班が掘り返している。イヴが教えた場所からすでに少女の遺体が発見されていた。残るひとりの被害者を捜しているのだろう。

「もうここにいなくていいんだよ」ジョーが砂浜を近づいてきた。「あとは警察の仕事だ」

イヴの体にそっと腕を回して引き寄せた。「さあ、家に帰ろう」

「早く帰りたい」イヴはジョーに体を預けた。「でも、最後まで見届けなくちゃ」少し離れたところで岩に腰かけているジェーンに目を向けた。「あの子を早く帰してあげないと。心身ともに傷ついて、すっかり人が変わってしまった」

「そうだね」ジョーはイヴのこめかみに唇をつけた。「だが、変わったといえばきみだって」

　イヴは眉をひそめた。「わたしのどこが変わったというの？」

「強くなったよ」

　イヴは少し考えていた。「ドーンと闘うには強くなるしかなかったから」

「そういう意味じゃない。きみらしくないものがすべてはがれ落ちた。残ったのは強くて、そして限りなく美しいものだけだ」

「わたしを喜ばせようとして言ってるんでしょう？」イヴは冗談にまぎらそうとした。

「そうじゃない。長年、身近できみを見守ってきたんだ。ぼく以上に的確な判断を下せる人間はいない」ジョーはイヴを抱き寄せて髪に顔をうずめた。「きみのすべてを愛している」感極まって声がかすれた。「やっと取り戻した。気が狂いそうだった」

「わたしだって」イヴはジョーを抱き締めた。「ドーンとハリエット夫妻の最大の罪はケヴィンをこの世に送り出したことかもしれない。ケヴィンは死んだあともたくさんの人を苦しめた。わたしだけでなく、あなたやジェーンも。かわいそうなジェーン」

「長い目で見守ってやろう。ジェーンならきっと立ち直る」

「わたしたちにできるのはそれだけね」イヴはいったん言葉を切った。「トレヴァーには家族がいないから、遺体は湖畔の丘の上に埋葬しようと思うの。あなたに異存がなければ」

「ぼくはかまわないが、ジェーンはどう言うだろう?」

「今はそこまで考えられないだろうから、家に帰ってから話してみる」

「そうしたほうがいい」ジョーはしばらく黙っていた。「実は、ザンダーがきみと話したいそうだ。伝えてほしいと頼まれた」

「ザンダーはとっくに姿を消したと思っていた。警察やCIAが来たとたんいなくなってしまったから」

「関わりたくないんだろう」ジョーは唇をゆがめた。「警察だってザンダーのことを考えなくてすむほうが助かる」

「あなたもそう?」

「数時間前ならそう思っただろうな。ザンダーは無謀な賭けに出て、きみを大きな危険にさらしたんだ」

「今は違うの?」

「きみを救ったのはザンダーだ。ぼくたちが駆けつけるのが間に合わなかったとしても、ひとりできみを救い出しただろう。やり方には賛成できないが、やってのけたのは事実だ。肩を持たないわけにいかないよ」ジョーはイヴの体を放した。「行ってやるといい。コテージの裏の小道の先にいると言っていた」

イヴはうなずいた。「あそこでジェーンと岩に座っていてくれない? ジェーンは何も言わないだろうけど、そばにいてくれるだけでうれしいはずよ」そう言うと、返事を待たずにコテージに向かった。

　流木の墓地の裏手にある小道は湾曲しながら丘をくだり、その先にまた丘があった。登りきったところで煙が目に入った。

　焚き火の前にあぐらをかいて座っていたザンダーが顔を上げた。「コロラドの山奥で焚き火したのを思い出すよ」そう言うと、笑顔になった。「遠い出来事のような気がする」

「まだいくらも経ってないわ」イヴはザンダーと向かい合って座った。「思い出話をするために呼んだんじゃないでしょう？　あなたらしくないもの」

「別れも告げずに姿を消すと思ったのか？」

「どうかしら。でも、一目会いたかったのは確か」イヴは一呼吸おいた。「あなたは命の恩人よ。だから、お礼を言いたかった」

「湿っぽいことを言うな」

「感謝を伝えたかっただけ。はぐらかされるのはわかってる。人間として見過ごせなかったからだとでも言うんでしょうね」

「よくわかってるじゃないか。わたしのことを知りすぎたようだ。そろそろ潮時だな」

　イヴは動揺を隠した。「お好きなように。害のない人間以外と関わる気はないんでしょう？」

「そのとおりだ。だから、おまえはわたしにとって危険なんだ。今度だってそうじゃないか。手首を骨折したうえに死にかけた」

「助けてと頼んだ覚えはないわ」

「問題はそこだよ」ザンダーは焚き火の向こう側からイヴを見つめた。「相手がおまえだと何かしなければいけない気になる。それがどれだけ危険なことかわかるか?」

イヴは視線をそらすことができなかった。ザンダーとは生死を共にした。それでもまだ彼がどういう人間かわからない。突然、彼を理解したいと願っている自分に気づいた。

「これでお別れということね。予想はしてた。あなたをここに引きとめるものは何もないから」

ザンダーはうなずいた。「そういうことだ。何もない。これまでといっさい変わらない」そう言うと、にっこりした。「おまえを呼んだのは親子の別れを告げるためじゃない。それこそ、わたしらしくないだろう」

「それならなぜ?」

「別れのプレゼントがしたくてね」

「湿っぽいのは嫌いじゃなかった?」

「これを見たら、湿っぽいなんて言っていられないだろう」ザンダーは背後の草むらに手を伸ばして革製の容器を取り出した。「どうだ?」

イヴはぎくりとした。「これは悪い冗談？」

「わたしがそんな残酷な人間だと思うか？　いや、そうかもしれないが、おまえにそんなひどいことはしない」ザンダーは容器を開けた。「これは善意のプレゼントだ。おまえはドーンにとらわれていた日々を生涯忘れられないだろう。時が経つにつれて記憶が薄れる可能性はある。しかし、この世にこれがあるかぎり忘れられない」そう言うと、ケヴィンの復顔像を取り出して眺めた。「実によくできている。こいつはずっとおまえの頭の中に、おまえの指の下にいたんだ。あれほどの悪夢の中でよくここまで」

イヴは勇気を奮い起こして復顔像を見た。やっと終わったわ、ケヴィン。あなたには相手を沈黙させる力はもうない。ちゃんと地獄に舞い戻ったでしょうね？　もう誰にも魔手を伸ばすことはできない。そうよね、ボニー？

「なぜこいつの霊に怯えたりした？」

「説明してもわかってもらえないと思う」それでも、もう恐怖は感じなかった。

「ああ、わからないだろうな。だが、どんなに怯えていたか想像はつく」ザンダーは笑みを浮かべた。「だから、悪夢から解放してやろうと思う」

「どういう意味？」

「この復顔像が存在しているかぎり、おまえは恐怖から逃れられない。それなら、なくしてしまえばいい」ザンダーは復顔像を差し出した。「自分でやるか？　それとも、わたしがやろうか？　ここに呼んだのはそれを決めさせるためだ」

「決めるって何を？」

「なんのために火を起こしたと思う？　五年前、わたしはケヴィンの遺体を火葬炉に送り込んだ。ドーンが火の中から頭蓋骨を救い出さなかったら、おまえが復顔を強要されることはなかった。やっとあの些細な過ちを正す機会ができた」

イヴは目を丸くした。「この復顔像を焼くつもり？」

「おまえのみごとな作品を焼いてしまうのは残念だが、わたしから見ればただのケヴィンの頭蓋骨だ。ケヴィンの頭蓋骨は灰にする。そして、できるかぎりよどんだ沼に撒く。海に撒くことも考えたが、海を汚したくない」

「そのとおりだわ」

「同意を求める気はない。おまえの仕事は救済で、滅ぼすことではない。知らせておきたかっただけだ。あとはわたしに任せてほしい」

イヴは端整な復顔像を眺めた。腐りきった邪悪な心の片鱗すら感じさせない美しい顔だ。この顔で少女たちを騙し、次々と犠牲にしてきたのだ。吐き気が込み上げてきた。この顔を二度と誰かに見せてはいけない。そして、この決断を実行するのはザンダーではなくわたしだ。

「わかった」イヴは復顔像を受け取った。「でも、これはわたしの役目よ」深呼吸すると、復顔像を火の中に投げ込んだ。

　炎が上がり、めらめらと頭蓋骨を焼いていく。イヴは憑かれたように見つめていた。

「もう行け」ザンダーが促した。「おまえは決断を下してそれを実行した。最後まで見届ける必要はない。灰になるまでには相当かかる。火葬炉ほど火力がないからな。だが、時間さえあれば目的は果たせる。一昼夜、あるいはもっとかかるかもしれないが、わたしが見張っている。あとは遺灰を始末すればいいだけだ」

　イヴは立ち上がって、来た道を戻りかけたが、すぐ足を止めた。こんなふうにザンダーと別れたくない。振り返って目を合わせた。「プレゼントをありがとう」

　ザンダーが意外そうな顔をした。「喜んでもらえてよかった。わたしらしいプレゼントだと思ってくれたようだな」

「というか、思い出すたびにあなたのことを考えて穏やかな気持ちになれそう。最高のプレゼントよ」

　ザンダーは虚を突かれたようだった。「また話が湿っぽくなってきた」

「本心よ。でも、ひとつはっきりさせておきたい」イヴはザンダーの目を見つめた。「別れのプレゼントと言っていたけど、わたしはこれっきりだとは思っていない」

「いや、二度と会うことはないだろう」

「あなたに関わる気なんかなかったけど、今となっては後戻りできない。あなたの人生からわたしを締め出さないで。わたしが十歳のときにしたように」

ザンダーはかすかな笑みを浮かべた。「わたしのような人間と本気で関わりたいと思っているのか？」

「今後のあなた次第、そして、わたし次第ね。でも、きっとまた会える」イヴは歩き始めた。「楽しみにしてて」

ザンダーは笑い出した。「やり直すのに遅すぎることはないわけか」

「そういうこと」イヴはもう振り返らなかった。「それがわたしの信念でもあるの」

# エピローグ

**四日後**
**ジョージア州　アトランタ**
**湖畔のコテージ**

「あのときと同じね」湖畔に集まった参列者をポーチから見おろしながら、キャサリンがケンドラに言った。「ドーンを欺くために開いたイヴの追悼式を思い出すわ」

だが、あの追悼式とは違って、トレヴァーの葬儀に著名人や報道陣は来ていなかった。イヴの捜索に加わった人のほかには、友人が十人ほどヨーロッパから駆けつけただけだ。誰もが沈痛な面持ちで湖畔を歩きながら言葉を交わしている。セス・ケイレブだけがワイングラスを手にひとり離れて立っていた。

キャサリンの視線がケイレブに止まった。もともと人目を引く顔立ちだが、張りつめた暗い表情のケイレブもなかなか魅力的だ。「あの日ここに着いたときは、なぜこんなことにと腹が立ってしかたなかった。イヴが誘拐されたなんて誰も知らせてくれなかったから」

「実は生きていると知ったときのあなたの顔が忘れられない」ケンドラが言った。「無事に帰ってきてくれて本当によかった。これがお祝いの会なら言うことはなかったのに」湖畔に寄り添ってたたずんでいるイヴとジェーンに目を向けた。「ジェーンも今はまだ気が張っているようだけど」

葬儀から埋葬までの間、ジェーンは血の気のない思いつめた顔で気丈にふるまっていた。そんなジェーンを見るたびにキャサリンは胸が痛くなった。

「彼女ならきっと立ち直る。それに、イヴがついているもの。ほら、親鳥が羽を広げて雛をかばっているみたいだわ」そう言うと、はっとした。「あら、ベナブルよ。来るとは思っていなかった。ジェーンがハリエットのことを知らせなかったといって機嫌を損ねていたから」キャサリンは階段に向かった。「妙なことを言い出さないように釘を刺してくる」

「そこまで無神経じゃないでしょう?」

「だと思うけど、念のために」キャサリンは足を止めて振り返った。「そうそう、ベナブルがあなたによろしくって。あなたがいなかったら、核爆弾の場所を突き止められないまま何年も冷や冷やしていただろうと言ってた」

「お礼なんかいいのよ」ケンドラはそっけなく答えた。「こうしてまたイヴに会えただけで充分報われた」またイヴとジェーンに視線を向けた。「あとは二人が一日も早く立ち直ってくれるのを祈るだけよ」

足早に階段をおりながらキャサリンもそれを祈った。イヴは心身ともに傷ついている。そして、ジェーンはイヴ以上に失ったものが大きい。

「助っ人キャサリン登場か」近づいてくるキャサリンをベナブルがからかった。

「一応言っておこうと思って。ジェーンを責めるようなことは言わないで。それでなくても大変な思いをしているんだから」

「わかっている」ベナブルはそう言ってからつけ加えた。「だが、彼女の判断が間違っていたのは事実だ。加担したきみも同罪だぞ、キャサリン」

「責任を追及する気なら、わたしを首にすればいい。そうすれば、あなたも立場が保てるわ」

「それも考えないではなかったが」ベナブルは肩をすくめた。「きみを敵に回すのは得策ではない。きみは超一流の捜査官だ。来週、グアテマラシティに行ってもらいたい」

「来週は家で息子と過ごす予定。ほかの人を探して」

「捜査官としての背信行為を糾弾してもいいが」ベナブルはいったん言葉を切ってから、苦い口調で続けた。「わたしも悪者になるのに疲れた。誰かが悪者にならなければいけないのはわかっているが、もう限界だ。イヴに、なぜあえて彼女を犠牲にしようとしたか釈明してくる。イヴにもジョーにもジェーンにも好意を持っているのに、危険にさらしてしまった。謝罪できる立場ではないから、許してもらえないかもしれないが」

「とにかく話してみたら？　最愛の人を失ったジェーンにお悔やみの言葉をかけてみるの。そこから話が続くかもしれない」

「そうしてみる」ベナブルは答えた。「わたしだってそんなに悪い人間ではないんだ」

「ええ、国家の安全を優先しないかぎりいい人よ」それでも、規則で縛ろうとするベナブルと働くのがつくづく嫌になった。「でも、今はあなたの指示を受ける気にはなれない。さっさとイヴに言うべきことを言って、わたしがイヴにさよならを言う時間をちょうだい。日付が変わる頃には香港行きの便に乗って、明日はルークやフー・チャンと過ごすつもりだから」

「そうか」ベナブルはあたりを見回して、テーブルのそばでマーガレットと言葉を交わしているギャロに目を向けた。「彼はどうするんだ？」

キャサリンはベナブルの視線を追った。ギャロは顔を上げると、かすかな笑みを浮かべた。

とたんに胸が熱くなった。でも、今はしなければならないことがある。息子や親友よりギャロを取るわけにいかない。キャサリンは背を向けた。「香港に帰るわ」

「彼は後を追うだろう」

「それは彼が決めることとよ。来るなとは言えない」

「グアテマラシティに行けば彼と会わずにすむ」

キャサリンは首を振った。ベナブルの押しの強さは今に始まったことではなかった。

「無理よ」別れの挨拶をするために参列者の間を縫ってジョーに近づこうとした。「ほかの人を探してと言ったでしょ」


「疲れたでしょう」イヴがささやいた。「コテージに戻って少し横になったら？　残っている人は少なくなったし、みんなわかってくれるから」

ジェーンは首を振った。「最後までいなくちゃ。トレヴァーのお葬式だもの」一瞬、胸が詰まって言葉が続かなかった。「本当なら――わたしがしなくちゃいけないことまでやってもらって――」

「家族ならあたりまえよ。ジョーもわたしも、少しでもあなたの力になりたいの」

「どんなに心強いかわからない」ジェーンは声を震わせた。「倒れずにいられたのは二人のおかげよ。夢遊病者みたいだったのは自分でもよくわかってる」

「あなたなら耐え抜いてくれると信じていた。強い人だから」イヴはそっとジェーンの腕に触れた。「ジョーもわたしもあなたを誇りに思っているわ。さあ、少し休んで」ジェーンの頬にすばやくキスした。「どうしても最後まで残りたいと言うのなら、もう帰ってほしいとそれとなく催促してくるわ」

その場を離れかけたイヴは、少し離れたところに立っているセス・ケイレブに目をとめた。視線が合うと、ケイレブは持っていたワイングラスを掲げてみせた。

「ケイレブはあっさり引き上げそうにないわね。ずっと様子をうかがっている。ジョーに話をつけてもらったほうがよさそうね」

「放っておいて」ジェーンは止めた。こんなときにジョーとケイレブが言い争うのは見たくない。「さすがに今日はおとなしくしているわ」笑みを浮かべようとした。「おとなしすぎるぐらい。あんなケイレブを見たのは初めてよ」

「そう」イヴは納得のいかない顔になった。「なんだか心配だわ。面倒なことにならないといいけれど」

「だいじょうぶよ」いくらケイレブでも今日はそんなまねはしないだろう。「お悔やみを言うチャンスを待っているだけだと思う」

イヴはまだ半信半疑だった。「面倒なことを言ってきたら合図して」まだ残っている参列者に近づきながら言った。「すぐ駆けつけるから」

イヴはいつもそうだ。何かあったら飛んできてくれる。いつだって助けの手を差し伸べてくれる。

「よくきみをひとりにしたね」気がつくと、ケイレブがそばに立っていた。「朝からずっとぴったりきみに張りついていたのに」

「心配してくれてるの。今もあなたの様子が変だから、なんとかしようかと言っていた。わたしひとりじゃ相手ができないと思っているみたい」

「できそう？」

「できるけど、今日はそっとしておいてほしい」

「だろうな」ケイレブはそっけなく言った。「風が吹いただけで倒れそうだよ。心が血を流している。それが見えるし、感じられる」

「血を操れる人だもの」

「だが、きみの恋人を助けられなかった」

ジェーンの表情がこわばった。「助けようと力を尽くしてくれたわ」

「ああ、やれることは全部やった」こわばった顔の中で目が燃えている。「トレヴァーを死なせたくなかったから。こうなるとわかっていたから。あいつはきみのために死んだ。そんなやつに勝てるわけがない」

「今そのことは話したくない」ジェーンは声を震わせた。「悪いけど、もう帰って」

「気持ちはわかるよ。だが、これだけは言わせてほしい。腹の底から込み上げるものを吐き出さないと爆発しそうなんだ」ケイレブはワイングラスの細い脚を握った。「今日ここに集まった思いやりのある連中は、今きみを追いつめるなんてとんでもないと言うだろう。だが、あいにく、おれは利己的な人間なんでね」

「あなたは利己的な人間じゃないわ。あのときあなたが覆いかぶさってかばってくれなかったら、わたしはハリエットに撃たれていた」

「とっさの行動で、意識していたわけじゃない」ケイレブは一歩近づいた。「あの女はきみも殺す気だったんだ」

「あなたが助けてくれなかったら本当に殺されていたかもしれない」

「勘違いしないでくれ。おれはトレヴァーのような献身的な人間じゃない。彼のようになりたいとも思っていない」

「トレヴァーのような人はほかにいないわ」ジェーンはかすかな笑みを浮かべた。「でも、彼は献身的と言われても喜ばないでしょうね。前にあなたが言ったときも取り合わなかった」

「おれに褒められてもうれしくなかったんだろう。彼とは人間の出来が違うんだ」ケイレブは口元を引き締めた。「それなのに、おれだってその気になったら、自分が理想とする人間になれると言った」

「覚えてるわ」

「トレヴァーが理想とする人間になんかなりたくない」ケイレブの口調が急に荒々しくなった。「あいつが好きだった。あいつみたいになりたいわけじゃないのに、なろうとしていたのかもしれない。どうして助けられなかったのか、自分に腹が立ってしかたなかった」黒い目に炎が燃えていた。「最後に目が合ったとき、彼が何を考えているか、おれに何を望んでいるかわかった。彼はきみのことだけを考えていた」

「何が言いたいの？」ジェーンはとまどった。

「トレヴァーはきみを守るのが自分の務めだと思っていた。死ぬ間際まできみを心配していたんだ」

「ええ」声がかすれた。「トレヴァーはそういう人だった」

「それでどうしたと思う？　おれに何を伝えようとしたと思う？」

「わからない」

「きみをおれに託したんだ」怒りに声が震えていた。「身代わりになれと」

「できるわけないでしょ、そんなこと」

「おれだってそう思ったさ。いくらトレヴァーの頼みでも、できることとできないことがある。だが、彼はおれに約束させた。きみに何かあったときは代わりにきみを守るようにと」

「あなたがそう思い込んでいるだけ」

「そうじゃない」

「そんな約束に縛られることはないわ。あのときトレヴァーは朦朧（もうろう）としていたし」

「だが、彼の最後の望みだ。きみの言うとおり、約束に縛られることはないのかもしれない。それにこだわってきみとの関係を制限されるのは嫌だしね。時間が経(た)てば記憶は薄れていく。気持ちの整理がついた頃、また会いに来るよ」

ジェーンは無言で首を振った。

ケイレブがほほ笑んだ。「今はそう思えなくても、きっとその日は来る」

穏やかな声だったが、火のような情熱が伝わってきて、ジェーンは思わず一歩しりぞいた。「トレヴァーのことは忘れない」

「いつまでも過去にとらわれていたらトレヴァーが悲しむよ。彼の最後の言葉を覚えているだろう?」

〝きみは永遠に続くかのように生きてほしい〟

「無理よ、忘れるなんて」ジェーンは唇を舐(な)めた。「少し休むことにするわ。ケイレブ、もう帰って」

ケイレブはぎこちなくうなずいた。「わかった。言いたいことは言った。しばらくきみの前に現れないから安心してほしい」

ジェーンはうなずいた。「あなたといると心がざわざわしてくる。耐えられそうにない」

「おれはそういう人間だからね」ケイレブは一呼吸おいてから続けた。「トレヴァーのしたことにどうしてこんなに腹を立てているか、知りたくないかい?」

「トレヴァーは何もしてないわ。望みを託そうとしただけ」

「違う。おれの心に入り込んで封印していた感情を掘り起こしたんだ。彼の望みをかなえたくなってきた。なぜ最近は離れたところからきみを見守っていたと思う？　これでもきみを守っているつもりだった。近づくときみの心をかき乱すのがわかっていたからね。それぐらいの気遣いはできるようになった」

「どうせ今だけよ。それに、結局、わたしの心をかき乱したわ」

「なぜきみの前から立ち去るか話しておきたかったからだ。静かに消えていくのは嫌だった」

「あなたが静かに消えられるとは思えない」

「きみに立ち直る時間を与えたい。過去を振り返らず前に進んでほしいから」

「その気遣いはありがたいわ。今あなたにしてもらえることはないもの」

「きみを守りたいという気持ちは今後も変わらないだろう。今だけの感情ならどんなにいいかと自分でも思う。こんな気持ちに縛られるのは苦しい。きみが悲しんでいるのを見ると、胸がつぶれそうになる。この気持ちはトレヴァーとの約束とは関係がない。だが、さしあたりは彼との約束を守るつもりだ」ケイレブはワインの残りを一気に飲み干した。「それを忘れないでほしい」

「そのあとはこの呪縛から逃れる方法を考える」不敵な笑みを浮かべた。

　そう言うと、背を向けて離れていった。

後ろ姿を見送りながらジェーンは当惑していた。何も感じられないほど悲しみに打ちひしがれていたのに、ケイレブと話しているうちに生気がよみがえってきたような気がする。トレヴァーが死んだあとまで守ろうとしてくれたと思うと、涙が込み上げてきた。でも、なぜトレヴァーはその役目をケイレブに託したりしたのだろう？ トレヴァーの代わりは誰にもできないのに。

また気持ちが揺らいできた。ジェーンはコテージに戻ることにした。

足早にポーチに向かっていると名前を呼ばれた。振り向くと、マーガレットが近づいてくる。今朝から顔を合わせていなかったが、ずっとイヴの手伝いをしてくれているのは知っていた。

「マーガレット、お礼を言うのが遅くなってしまって――」

「いいのよ、そんなこと」マーガレットはさえぎった。「それより、だいじょうぶだった？ ケイレブと話していたでしょう。今日のケイレブは稲妻みたいに火花を散らしてたけど」

「稲妻には打たれなかったから心配しないで」ジェーンはぎこちなく笑ってみせた。「少し休むことにするわ。なんだかぐったりしてしまった」

「ケイレブと話したりするからよ。でも、刺激を受けたのは確かみたい」マーガレットは肩をすくめた。「このところずっと夢遊病者みたいだったものね。遠慮せずに休んで。お別れを言いに来ただけだから」

「もう帰るの？」

「あなたにはイヴがついてるもの」マーガレットはジェーンを抱き締めた。「うらやましいわ、イヴもジョーもいて。いい環境で育ったのね」

「サマーアイランドに戻るの？　デボンから電話をもらったわ。トビーはすっかり元気になったけど、もうしばらく預かりたいって。セラピーの効果が出て、子犬みたいに生き生きしているそうよ。あなたが戻ってくれたら安心だわ」

「すぐ島に戻るわけじゃないの。ケンドラがサンディエゴの家に泊めてくれることになって」

「あなたとケンドラなら刺激的な休暇が過ごせそうね。本当にありがとう。寂しくなるわ」

「これっきり会えないわけじゃないから。またふらりと来るかも」マーガレットは背を向けた。「さあ、早く休んで。わたしはイヴといっしょに残った人を追い出してくる」

ジェーンは言われるままに階段をのぼった。寂しさが胸に応えた。

またひとりすばらしい友人と別れることになった。愛する人に永遠の別れを告げたばかりなのに。

## 午前二時三十五分

「どうした？」ジョーがベッドの上でイヴを抱き寄せた。「ジェーンか？」

イヴはうなずいた。「ポーチに出ていく足音が聞こえたの。また眠れないみたい」

「ポーチがお気に入りだからね。ここに来たときからよくきみと二人で何時間も座っていたじゃないか」

「ジェーンのために何かできることはないかしら？」

「きみはもう充分やっているよ。あとは時間が解決してくれるのを待つしかない」ジョーは片肘をついて体を起こすと、イヴを見おろした。「こんなありきたりなことしか言えないが」

イヴはすばやくジョーにキスした。「あなたの気持ちはよくわかってるから」彼の体に腕を回して胸に顔をうずめた。

石鹸とレモンと男っぽい体臭のいりまじったジョーの匂いがする。ドーンにとらわれていた間、夜になるとジョーの匂いや感触を思い出さないよう努めた。思い出したら、かろうじて保っている正気を失いそうだった。

「こうしていると、自分がどんなに幸運かよくわかる」耳元でささやいた。「あなたがいてくれるのが当然だと思ってはだめね。目を閉じたら、愛も楽しい時間も一瞬で消えてしまうことだってあるんだから」

「ああ」ジョーは咳払(せきばら)いした。「きみに出会ったときから、ぼくはずっとそう思ってきたよ。きみがいてくれて当然だと思ったことはない」イヴを抱き締める腕に力を込めた。

「それはこれからも変わらない」

「わたしたちは恵まれているわね」イヴは涙が出そうになった。「いっしょに豊かな人生を過ごせて、いろんな経験をして、思い出をつくって」

「ジェーンにはそれができないと思っているんだね」

「いつか、そういう人生を送ってほしいけれど」イヴは手を伸ばしてジョーの頬に触れた。髭剃(ひげそ)り跡がちくちくした。ジョーはどこもかも硬くて温かくて生気に満ちている。いつまでもこうしていっしょにいられるように祈らずにいられなかった。「愛してるわ、ジョー」

ジョーは愛情を込めた長いキスをした。「わかってるよ」そう言うと、イヴをベッドの上に起こした。「きみがジェーンを励ましたくてうずうずしていることも」立ち上がってイヴにガウンを渡した。「ポーチに行って、いつものように二人で過ごすといい」

イヴはためらった。「でも、あなたのそばにもいたい」

「ぼくはどこにも行かないよ」ジョーはにっこりした。「いつだってきみを待っている」

ドアを開けながらイヴは振り返った。ジョーには何もかもお見通しだ。

「ぼくは一瞬で消えたりしない」ジョーが言った。「ちゃんと待っているから」

「眠れないの？」イヴは玄関口から声をかけると、ジェーンが乗っているポーチのブランコに近づいた。「もう真夜中よ」

「起こしてしまった？」ジェーンは湖に目を向けた。「ここは本当にきれいね。トレヴァーとコモ湖で週末を過ごしたことがあるの。でも、ここのほうがきれい。彼はここでジョーのバーベキューを食べるのを楽しみにしていたのよ。最後までそのことを……」言葉を切ると、気を静めようとした。「ごめんなさい。もううんざりでしょ――いつまでもめそめそして。これ以上迷惑はかけられないから、ロンドンに戻って仕事を再開しようかと思ってるの」

「あなたがしたいことをすればいい。仕事が救いになるかもしれない」イヴはジェーンと並んでブランコに腰かけた。「でも、迷惑だなんて考えないで。もう少しゆっくりすれば？　まだ一週間も経ってないじゃないの」

「もっとずっと長く感じる」ジェーンはしばらく黙っていたが、やがてささやくような声で言った。「つらいわ、イヴ。トレヴァーにもう一度会いたい。ずっと彼のことばかり考えているの。初めて会ったとき、わたしはまだ十七歳だった。あの日のことを覚えてる？　彼は映画スターみたいで、女の子はみんな虜になったわ。わたしがあんまり彼に夢中になるから心配してたわね」

「まだ十代だったし。彼のほうが良識を働かせて離れていってくれたときは、正直なところほっとした」

「もしあのとき彼を追いかけていったら、どうなっていたかと今でも思うときがある。まだ自分の生き方にこだわりのない頃なら、彼とうまくいったんじゃないかって。後悔したって始まらないのに。彼が生き返るわけじゃないのに」

「誰だってそうよ」イヴはブランコに寄りかかった。「わたしもボニーを亡くしたあと、こうすればよかった、あんなことをしなければよかったって後悔ばかりしていた。子犬をほしがっていたのに買ってあげなくて。クリスマスプレゼントにするつもりでいたけど、ボニーにはクリスマスは来なかった。思い出したらきりがないほど……」

「わたしに子犬のトビーをプレゼントしてくれたわね。あれはそのことが頭にあったからなの？」

「それもあったかもしれないけど、あなたに幸せになってほしかったからよ。その頃には、あなたが今日を精いっぱい生きる性格だと気づいていたから」

「明日は来ないかもしれないから」ジェーンはまた湖に目を向けた。「でも、あなたには明日は来たんでしょう、イヴ？　ボニーは戻ってきてくれたでしょう？」

「ええ」イヴは静かな口調で続けた。「隠していたわけじゃないの。ただ、あなたには信じられないだろうから黙っていただけ」

「わたしは頑固なリアリストだからね。でも、それで心が穏やかになれるなら、いいことだと思う。イヴには幸せになってもらいたいもの」

「心の平穏と幸せ。そうね、あの子はどちらもくれるわ」

「わたしだって、死んだらそれきりだなんて考えたくない。でも、これまでは生きることに夢中で、あまり考えたこともなかった。それが、突然……」ジェーンはいったん言葉を切った。「トレヴァーもあまり考えたことはないと言っていた。でも、たぶん、それきりではないだろうって」

「彼の言うとおりよ」イヴはジェーンを抱き寄せた。「でも、それは人から教えられるものじゃないの。自分で見つけるしかない」

「そうでしょうね」イヴの肩に寄りかかっていると、鼓動が伝わってきて、石鹸のいい匂いがした。心に空いた底なしの穴がいくらか埋まっていくような気がする。「わたしもいつかボニーのことが信じられるかしら？」

「焦らなくていいのよ」イヴはジェーンの額にキスした。「わたしが言うことを無条件に受け入れなくたっていいの。あなたを愛しているということ以外は。もう何も言わないで。気持ちが落ち着いたら眠れるかもしれないわ」

二人はしばらく黙って、松の木の枝を揺らす風の音を聞いていた。

何度イヴとこうしてポーチで過ごしたかしら。いろんなことを話し合ったり、トビーのユーモラスなしぐさを見て笑ったり、一日の終わりに静かにくつろいだり。でも、胸が張り裂けそうな悲しみをイヴに聞いてもらう夜が来るとは夢にも思っていなかった。でも、こんなこともある。人生は決して思いどおりにいかない。

ジェーンは顔を上げた。「つき合わせてしまってごめんなさい。一昨日、宅配便の荷物が届いていたわね。仕事を再開するんでしょ」

「あなたに必要とされなくなった場合に備えてね。でも、急ぎの仕事じゃないから」

「わたしのためにずいぶん時間を使わせてしまったわ」ジェーンは腰を上げると、イヴの手を取って立ち上がらせた。「話しているうちに頭が整理できたみたい。もうだいじょうぶよ。いつまでもめそめそしていられない。前に進まなくちゃ」

「人生に無駄な経験なんてない。今度の事件は災難だったけれど、わたしを大切に思ってくれる人たちが力を合わせてくれた。それぞれの人のことが前よりわかったような気がするし、みんなのありがたみが身にしみた。あなたはかけがえのない人を失うというつらい経験をしたけれど、それすら無駄な経験ではなかったと思える日がいつか来るはずよ」イヴはジェーンを抱きかかえるようにして玄関に向かった。「わたしもケヴィンの復顔像をつくるなんて恐ろしい経験をしたおかげで、行方不明になった子供たちのために復顔像をつくるのがどんなにやりがいのある仕事か気づいたの」そう言うと、ドアを開けた。「前に進まなければいけないのはたしかだけど、心を閉ざさないで受け入れる余裕がほしいわね」そこで苦笑した。「さあ、お説教はおしまい。しゃべり出すときりがなくなりそう」

イヴはあくびをしてみせた。「もう寝ましょう。おやすみ、ジェーン。何かあったら呼んで」

今夜はもうイヴを起こさないようにしなくては。廊下を進みながらジェーンは自分に言い聞かせた。イヴだってあんな目に遭ったばかりなんだから。

トレヴァーが亡くなってから、毎晩同じ夢を見ていることはイヴには黙っていた。毎晩同じ夢にうなされて、はっと目を覚ますと、二度と眠ることができなかった。

でも、今夜はだいじょうぶな気がする。きみは強い人だとトレヴァーは言ってくれた。その期待に応えることができたら……。

---

でも、やはり同じ夢を見た。はっと目を覚ますと、涙が頬をつたっていた。

ベッドに起き上がって呼吸を整えようとした。

気を強く持とうとしても、絶望の淵に引きずり込まれていく。

なぜ死んでしまったの、トレヴァー？　生きていれば楽しいことがいくらでもあったのに。二人で幸せな人生を送れたわ。あの夜、死ぬのはわたしだったはずなのに。

この悲しみは一生消えることはないだろう。胸がつぶれそうになった。

〝恐れることは何もないんだよ、ぼくたちはずっといっしょだ〟

トレヴァーの声がすぐそばで聞こえた。夢でもいいから、わたしの目の前に現れてほしいと思った。抱き締めて、愛していると言ってほしかった。

〝永遠に続くものなんてないらしい。だが、きみは……永遠に続くかのように生きてほしい〟

もう一度あなたに会いたい。精神を集中すれば、会いに来てくれるかもしれない。ボニーは来てくれるとイヴは言っていたもの。幻覚でもかまわない。イヴはそれで幸せになれると言っていた。ジェーンは顔を上げると、額にかかった髪を払った。わたしらしくないのはわかってるわ、トレヴァー。あなたは笑うだろうけど。

〝きみなら乗り越えられる。きみは強い人だから〟

もっと集中すれば、きっと彼が――。

「そんなことしても彼は喜ばないよ、ジェーン。彼がなんて言ってたか思い出して」

ジェーンははっとした。「トレヴァーなの？」

「違うよ。彼は来ない。あなたのためにならないから。あなたはすごく頑固だから、必死になって彼を引きとめようとする。だから、傷つかないように守ってあげなくちゃいけないって」

トレヴァーはいつもわたしを守ることばかり考えていた。幻覚の中でまでそうしようとするなんて。

「幻覚じゃないよ。イヴに言われたでしょ、心を閉ざさないで受け入れてって。やっとそうできたのよ、ジェーン。気がつかない？」

「自分の想像の産物に話しかけているみたいだけど」

「でも、話したい相手じゃないってことね」かすかな笑い声が聞こえた。「しょうがないのよ。トレヴァーに頼まれて説明しに来たの、彼のことを考えないようにしなくてはいけない理由を。トレヴァーを忘れなさいと言ってるんじゃないの。自分の人生を大切にしてほしいだけ。あなたが悲しむと、彼も悲しむ」

「そんな話、聞きたくない」

「彼を諦めることになるからでしょ。だけど、彼はあなたにそうしてほしいの」

「嘘よ、彼はわたしを愛している。だから、いつまでも――」

トレヴァーはわたしが何にも縛られず自由で幸せな人生を送ることを望んでいるだろう。突然、そんな思いが湧き上がってきた。

「彼だって何にも縛られたくないはずよ。あの世でやることがいっぱいあるから」

「あの世で？　あなたも彼と同じところにいるんでしょ。これが幻覚だという証拠はあるの？」

「彼に頼まれて来たと言ったでしょ。目を閉じて。そうすれば、あたしがどこにいるかわかるわ」

「これは何かのゲーム？」ジェーンは目を閉じた。「わかった。一種のかくれんぼね」

たしかに、何か温かくやさしい存在がそばにいるような気がする。

「もういいよ」

ジェーンは目を開けると、ベッドからおりた。そして、寝室を出ると玄関に急いだ。胸がどきどきしている。心を閉ざさないで受け入れれば、ひょっとしたら……。

ドアを開けてポーチを眺めた。

「やっと会えたわ、ジェーン。ずっと待ってた」

ポーチのブランコに脚を組んで座っていた、赤毛の小さな女の子が笑顔を向けた。

「このほうがずっといいわ。これで話ができるから、いろんなことをわかってもらえる」小首を傾げて輝くような笑みを浮かべた。「あたしが誰かわかる？」

ジェーンは女の子を見つめた。動揺と当惑が嘘のように消えていく。「ええ、わかるわ」これは夢ではない。幻覚でもない。「あなたがボニーね」

# 訳者あとがき

『囚(とら)われのイヴ』『慟哭(どうこく)のイヴ』に続くイヴ三部作の最後を飾る、『弔いのイヴ』をお届けします。

三部作の第一作では、イヴ・ダンカンが復顔彫刻家としての腕を見込まれて、謎の男ジム・ドーンに誘拐され、彼の息子ケヴィンの復顔を強要されます。実は、ケヴィンは連続幼女殺人犯だったのですが、ドーンの狙いは復顔像制作だけではなく、息子を殺した暗殺者ザンダーに復讐(ふくしゅう)するためにイヴを利用することだというのです。ザンダーがイヴの父親だからという理由で。でも、父親を知らないまま育ったイヴは当惑するばかり。持ち前の勇気と粘り強さを発揮して逃亡をはかり、極寒の森を逃げ続けます。

第二作では、気力も体力も尽き果てたイヴの前にザンダーが現れ、二人は初めて親子の対面を果たします。イヴはザンダーをドーンから助けようとして、またしても囚われの身に。一方、イヴのパートナーのジョー、養女のジェーンを始めとする友人たちは懸命の捜索を続け、ついにイヴが監禁されているゴーストタウンを突き止めました。

ＣＩＡ捜査官ベナブルの率いる攻撃チームが駆けつけますが、ベナブルはイヴの危険を顧みず攻撃しようとします。どうやら、ドーンは息子の復讐以外に何かたくらんでいるようです。結局、ゴーストタウンはドーンが火を放って大火に見舞われ、焼け跡から男女の遺体が発見されました。悲しみに暮れるジェーンにイヴの友人マーガレットが〝イヴは生きている〟と告げるところで第二作は終わっています。

さて、第三作の本書では、新たにイヴの友人キャサリン・リングＣＩＡ捜査官も捜索に加わり、ベナブル捜査官と虚々実々の駆け引きを繰り広げながら、次第にドーンに迫っていきます。ジョーやジェーン、ジェーンに思いを寄せる二人の男性や友人たちも協力を惜しみません。そんな中、ドーンの恐るべき計画が次第に明らかになっていきます。

著者がこれまでに生み出してきたさまざまなキャラクターが一堂に会し、それぞれの特技を発揮してイヴのために命がけの捜索を進めていきます。これだけ個性の強い人物をたくさん登場させながら、すっきりとテンポよくストーリーを展開していくのは、ロマンティック・サスペンスの女王、アイリス・ジョハンセンならではでしょう。ミステリアスで華やかで、そしてスリルいっぱいのジョハンセン・ワールドをご堪能ください。

二〇二〇年十一月

矢沢聖子

訳者紹介　矢沢聖子

英米文学翻訳家。津田塾大学卒業。幅広いジャンルの翻訳を手がける。主な訳書に、アイリス・ジョハンセン『囚われのイヴ』『慟哭のイヴ』(以上mirabooks)、ミック・フィンレー『探偵アローウッド 路地裏の依頼人』、トム・ミッチェル『人生を変えてくれたペンギン 海辺で君を見つけた日』(以上ハーパーBOOKS)など多数。

# 弔(とむら)いのイヴ

2020年11月15日発行　第1刷

著　者　アイリス・ジョハンセン

訳　者　矢沢聖子(やざわせいこ)

発行人　鈴木幸辰

発行所　株式会社ハーパーコリンズ・ジャパン
東京都千代田区大手町1-5-1
03-6269-2883(営業)
0570-008091(読者サービス係)

印刷・製本　中央精版印刷株式会社

定価はカバーに表示してあります。

ISBN978-4-596-91836-9

mirabooks

ホテル・インフェルノ
リンダ・ハワード
氏家真智子 訳
生まれつき数字を予知できる力を持つローナは、カジノを転々として生計を立てる日々。ある日高級カジノ・ホテル経営者ダンテに詐欺の疑いで捕らわれ…。

雷光のレクイエム
リンダ・ウィンステッド・ジョーンズ
杉本ユミ 訳
殺人課に異動になったホープは、検挙率の高さで知られるギデオンの相棒に抜擢される。高級スーツに身を包み刑事らしくない男だが、彼にはある秘密が…。

永遠のサンクチュアリ
ビバリー・バートン
中野 恵 訳
その素性を知らずに敵対一族の長ユダを愛してしまったマーシー。7年後、人里離れた屋敷で暮らすマーシーのもとにある日突然ユダが現れ…シリーズ最終話！

蒼玉のセイレーン
イローナ・アンドルーズ
仁嶋いずる 訳
姉から探偵事務所を引き継いだカタリーナは、ある事件の捜査中に命を狙われる。彼女を救ったのは、世界的セレブ、アレッサンドロで…。絶賛シリーズ、新章開幕！

夜明けを待ちわびて
J・R・ウォード
山本やよい 訳
金融界の若き寵児ショーンはある日、看護師のリジーから父の死を知らせる電話を受けた。純真な彼女に心奪われていく一方、幼い頃の記憶が彼を苦しめ…。

運命のいたずら
ジェイン・A・クレンツ
細郷妙子 訳
弟の会社を乗っ取ろうとしていると知り、ハナは非情と名高い投資家ギデオンに直談判に訪れる。大胆にも改心を説くハナに、彼は熱い視線を向けてきて…。